MINGUO TONGSU XIAOSHUO
DIANCANG WENKU

民国通俗小说典藏文库·张恨水卷

别有天地·新斩鬼传

张恨水 ◎ 著

中国文史出版社

小说大家张恨水（代序）

张赣生

民国通俗小说家中最享盛名者就是张恨水。在抗日战争前后的二十多年间，他的名字真是家喻户晓、妇孺皆知，即使不识字、没读过他的作品的人，也大都知道有位张恨水，就像从来不看戏的人也知道有位梅兰芳一样。

张恨水（1895—1967），本名心远，安徽潜山人。他的祖、父两辈均为清代武官。其父光绪年间供职江西，张恨水便是诞生于江西广信。他七岁入塾读书，十一岁时随父由南昌赴新城，在船上发现了一本《残唐演义》，感到很有趣，由此开始读小说，同时又对《千家诗》十分喜爱，读得"莫名其妙的有味"。十三岁时在江西新淦，恰逢塾师赴省城考拔贡，临行给学生们出了十个论文题，张氏后来回忆起这件事时说："我用小铜炉焚好一炉香，就做起斗方小名士来。这个毒是《聊斋》和《红楼梦》给我的。《野叟曝言》也给了我一些影响。那时，我桌上就有一本残本《聊斋》，是套色木版精印的，批注很多。我在这批注上懂了许多典故，又懂了许多形容笔法。例如形容一个很健美的女子，我知道'荷粉露垂，杏花烟润'是绝好的笔法。我那书桌上，除了这部残本《聊斋》外，还有《唐诗别裁》《袁王纲鉴》《东莱博议》。上两部是我自选的，下两部是父亲要我看的。这几部书，看起来很简单，现在我仔细一想，简直就代表了我所取的文学路径。"

宣统年间，张恨水转入学堂，接受新式教育，并从上海出版的报纸上获得了一些新知识，开阔了眼界。随后又转入甲种农业学校，除了学

1

习英文、数、理、化之外，他在假期又读了许多林琴南译的小说，懂得了不少描写手法，特别是西方小说的那种心理描写。民国元年，张氏的父亲患急症去世，家庭经济状况随之陷入困境，转年他在亲友资助下考入陈其美主持的蒙藏垦殖学校，到苏州就读。民国二年，讨袁失败，垦殖学校解散，张恨水又返回原籍。当时一般乡间人功利心重，对这样一个无所成就的青年很看不起，甚至当面嘲讽，这对他的自尊心是很大的刺激。因之，张氏在二十岁时又离家外出投奔亲友，先到南昌，不久又到汉口投奔一位搞文明戏的族兄，并开始为一个本家办的小报义务写些小稿，就在此时他取了"恨水"为笔名。过了几个月，经他的族兄介绍加入文明进化团。初始不会演戏，帮着写写说明书之类，后随剧团到各处巡回演出，日久自通，居然也能演小生，还演过《卖油郎独占花魁》的主角。剧团的工作不足以维持生活，脱离剧团后又经几度坎坷，经朋友介绍去芜湖担任《皖江报》总编辑。那年他二十四岁，正是雄心勃勃的年纪，一面自撰长篇《南国相思谱》在《皖江报》连载，一面又为上海的《民国日报》撰中篇章回小说《小说迷魂游地府记》，后为姚民哀收入《小说之霸王》。

1919 年，五四运动吸引了张恨水。他按捺不住"野马尘埃的心"，终于辞去《皖江报》的职务，变卖了行李，又借了十元钱，动身赴京。初到北京，帮一位驻京记者处理新闻稿，赚些钱维持生活，后又到《益世报》当助理编辑。待到 1923 年，局面渐渐打开，除担任"世界通讯社"总编辑外，还为上海的《申报》和《新闻报》写北京通讯。1924年，张氏应成舍我之邀加入《世界晚报》，并撰写长篇连载小说《春明外史》。这部小说博得了读者的欢迎，张氏也由此成名。1926 年，张氏又发表了他的另一部更重要的作品《金粉世家》，从而进一步扩大了他的影响。但真正把张氏声望推至高峰的是《啼笑因缘》。1929 年，上海的新闻记者团到北京访问，经钱芥尘介绍，张恨水得与严独鹤相识，严即约张撰写长篇小说。后来张氏回忆这件事的过程时说："友人钱芥尘先生，介绍我认识《新闻报》的严独鹤先生，他并在独鹤先生面前极力推许我的小说。那时，《上海画报》（三日刊）曾转载了我的《天上人间》，独鹤先生若对我有认识，也就是这篇小说而已。他倒是没有什么考虑，就约我写一篇，而且愿意带一部分稿子走。……在那几年间，上海洋场章回小说走着两条路子，一条是肉感的，一条是武侠而神怪的。《啼笑因缘》完全和这两种不同。又除了新文艺外，那些长篇运用的对话并不是纯粹白话。而《啼笑因缘》是以国语姿态出现的，这也不同。在这小说发表起初的几天，有人看了很觉眼生，也有人觉得描写过于琐碎，但并没有人主张不向下看。载过两回之后，所有读《新闻报》的人都感到了兴趣。独鹤先生特意写信告诉我，请我加油。不过报社方面根据一贯的作风，怕我这里面没有豪侠人物，会对读者减少吸引力，再三请我写两位侠客。我对于技击这类事本来也有祖传的家话（我祖父和父亲，都有极高的技击能力），但我自己不懂，而且也觉得是当时的一种滥调，我只是勉强地将关寿峰、关秀姑两人写了一些近乎传说的武侠行动……对于该书的批评，有的认为还是章回旧套，还是加以否定。有的认为章回小说到这里有些变了，还可以注意。大致地说，主张文艺革新的人，对此还认为不值一笑。温和一点的人，对该书只是就文论文，褒贬都有。至于爱好章回小说的人，自是予以同情的多。但不管怎么样，这书惹起了文坛上很大的注意，那却是事实。并有人说，如果《啼笑因缘》可以存在，那是被扬弃了的章回小说又要返魂。我真没有料到这书会引起这样大的反应……不过这些批评无论好坏，全给该书做了义务广告。《啼笑因缘》的销数，直到现在，还超过我其他作品的销数。除了国内、南洋各处私人盗印翻版的不算，我所能估计的，该书前后已超过二十版。第一版是一万部，第二版是一万五千部。以后各版有四五千部的，也有两三千部的。因为书销得这样多，所以人家说起张恨水，就联想到《啼笑因缘》。"

不论张氏本人怎样看，《啼笑因缘》是他最有影响的作品，这一点毫无疑问，可以随便举出几件事来证明。《啼笑因缘》发表后，被上海明星公司拍成六集影片，由当时最著名的电影明星胡蝶主演，同时还被改编为戏剧和曲艺，在各地广泛流传；再有《啼笑因缘》被许多人续写，迫使张氏不得不改变初衷，于1933年又续写了十回，张氏在《我的写作生涯》中说："在我结束该书的时候，主角虽都没有大团圆，也没有完全告诉戏已终场，但在文字上是看得出来的。我写着每个人都让读者有点儿有余不尽之意，这正是一个处理适当的办法，我绝没有续写下去的意思。可是上海方面，出版商人讲生意经，已经有好几种《啼笑因缘》的尾巴出现，尤其是一种《反啼笑因缘》，自始至终，将我那故事整个地翻案。执笔的又全是南方人，根本没过过黄河。写出的北平社会真是也让人又啼又笑。许多朋友看不下去，而原来出版的书社，见大批后半截买卖被别人抢了去，也分外眼红。无论如何，非让我写一篇续集不可。"这种由别人代庖的续作，出书者至少有四种：惜红馆主《续啼笑因缘》、青萍室主《啼笑因缘三集》、康尊容《新啼笑因缘》和徐哲身《反啼笑因缘》。虽然远不如《红楼梦》续作之多，但在民国通俗小说中已经是首屈一指了。张氏在《我的小说过程》一文中还说："我这次南来，上至党国名流，下至风尘少女，一见着面便问《啼笑因缘》。这不能不使我受宠若惊了。"

《啼笑因缘》使张氏名声大振，约他写稿的报刊和出版家蜂拥而至，有的小报甚至谣传张氏在十几分钟内收到几万元稿费，并用这笔钱在北平买下了一所王府，自备一部汽车。这自然不是事实，但张氏当时收到的稿酬也有六七千元，的确不能算少。这样，他就可以去搜集一些古旧木版小说，想要作一部《中国小说史》。就在此时，日寇侵华的"九一八事变"爆发，张氏的希望随之化为泡影。作为一位爱国的作家，在国难当头的状况下自不会沉默，张恨水在1931至1937的几年间，先后写了《热血之花》《弯弓集》《水浒别传》《东北四连长》《啼笑因缘续集》《风之夜》等涉及抗敌御侮内容的作品。

1934年，张恨水到陕西和甘肃走了一遭，此行使他的思想发生了很大的变化。张氏在《我的写作生涯》中说："陕甘人的苦不是华南人所能想象，也不是华北、东北人所能想象。更切实一点地说，我所经过的那条路，可说大部分的同胞还不够人类起码的生活。……人总是有人性的，这一些事实，引着我的思想起了极大的变迁。文字是生活和思想的反映，所以在西北之行以后，我不违言我的思想完全变了，文字自然也变了。"此后，他写了《燕归来》，以描写西北人民生活的惨状。

抗日战争全面爆发后，张恨水取道汉口，转赴重庆，于1938年初抵达，即应邀在《新民报》任职。抗战八年间，他除去写了一些战争题材的小说外，还有两种较重要的作品，即《八十一梦》和《魍魉世界》（原名《牛马走》），均先于《新民报》连载，后出单行本。抗战胜利，张氏重返北平，担任《新民报》经理，此后几年他写了《五子登科》等十来部小说，但均未产生重大影响。1948年底，张氏辞去《新民报》职务。1949年夏，他患脑溢血，经过几年调治，病情好转，张氏便又到江南和西北去旅行。1959年，张氏病情转重，至1967年初于北京去世，终年七十三岁。

张恨水一生写了九十多部小说，印成单行本的也在五十种左右。说到张氏作品的总特色，一般常感到不易把握，因为他总在不断地变。其实，这"变"就正是张恨水作品最鲜明的总特色。

张恨水是一个不甘心墨守成规的人，他好动不好静，敢于否定自己，这正是作为开创者必须具备的素质。读一读张氏的《我的写作生涯》，就会发现他总是在讲自己的变，那变的频繁、动因的多样，在民国通俗小说作家中实属仅见。……待到《金粉世家》《啼笑因缘》相继问世，张恨水的名声已如日中天，他在思想上的求新仍未稍解，他说："我又不能光写而不加油，因之，登床以后，我又必拥被看一两点钟书。看的书很拉杂，文艺的、哲学的、社会科学的，我都翻翻。还有几本长期订的杂志，也都看看。我所以不被时代抛得太远，就是这点儿加油的工作不错。"

追求入时，可说是张恨水的一贯作风，不仅小说的内容、思想随时而变，在文字风格上也不断应时变化。仅就内容、思想方面的变化而言，在民国通俗小说作家中也很常见，说不上是张氏独具的特色，但在文字风格上也不断变化，就不同于一般了。张氏在《我的写作生涯》中经常提到这方面的事例，譬如他曾提及回目格式的变化，他说："《春明外史》除了材料为人所注意而外，另有一件事为人所喜于讨论的，就是小说回目的构制。因为我自小就是个弄辞章的人，对中国许多旧小说回目的随便安顿向来就不同意。即到了我自己写小说，我一定要把它写得美善工整些。所以每回的回目都很经一番研究。我自己削足适履地定了好几个原则。一、两个回目，要能包括本回小说的最高潮。二、尽量地求其辞藻华丽。三、取的字句和典故一定要是浑成的，如以'夕阳无限好'，对'高处不胜寒'之类。四、每回的回目，字数一样多，求其一律。五、下联必定以平声落韵。这样，每个回目的写出，倒是能博得读者推敲的。可是我自己就太苦了……这完全是'包三寸金莲求好看'的念头，后来很不愿意向下做。不过创格在前，一时又收不回来。……在我放弃回目制以后，很多朋友反对，我解释我吃力不讨好的缘故，朋友也就笑而释之，谓不讨好云者，这种藻丽的回目，成为礼拜六派的口实。其实礼拜六派多是散体文言小说，堆砌的辞藻见于文内而不在回目内。礼拜六派也有作章回小说的，但他们的回目也很随便。"再譬如他在谈及《金粉世家》时说："以我的生活环境不同和我思想的变迁，加上笔路的修检，以后大概不会再写这样一部书。"诸如此类的变化不胜列举。

张氏的多变还体现在题材的多样化。他说："当年我写小说写得高兴的时候，哪一类的题材我都愿意试试。类似伶人反串的行为，我写过几篇侦探小说，在《世界日报》的旬刊上发表，我是一时兴到之作，现在是连题目都忘记了。其次是我写过两篇武侠小说，最先一篇叫《剑胆琴心》，在北平的《新晨报》上发表的，后来《南京晚报》转载，改名《世外群龙传》。最后上海《金刚钻小报》拿去出版，又叫《剑胆琴心》了。"第二篇叫《中原豪侠传》，是张氏自办《南京人报》时所作。此外，张氏还写过仿古的《水浒别传》和《水浒新传》，他说："《水浒别传》这书是我研究《水浒》后一时高兴之作，写的是打渔杀家那段故事。文字也学《水浒》口气。这原是试试的性质，终于这篇《水浒别传》有点儿成就，引着我在抗战期间写了一篇六七十万字的《水浒新传》。""《水浒新传》当时在上海很叫座。……书里写着水浒人物受了招安，跟随张叔夜和金人打仗。汴梁的陷落，他们一百零八人大多数是战死了。尤其是时迁这路小兄弟，我着力地去写。我的意思，是以愧士大夫阶级。汪精卫和日本人对此书都非常地不满，但说的是宋代故事，他们也无可奈何。这书里的官职地名，我都有相当的考据。文字我也极力模仿老《水浒》，以免看过《水浒》的人说是不像。"再有就是张氏还仿照《斩鬼传》写过一篇讽刺小说《新斩鬼传》。张恨水的一生都在不停地尝试，探寻着各色各样的内容及表达方式，他甚至也写过完全以实事为根据、类似报告文学的《虎贲万岁》，也写过全属虚幻的、抽象的或象征性的小说《秘密谷》，他的作风颇有些像那位既不愿重复前人也不愿重复自己的现代大画家毕加索。

张恨水写过一篇《我的小说过程》，的确，我们也只有称他的小说为"过程"才最名副其实。从一般意义上讲，任何人由始至终做的事都是一个过程，但有些始终一个模子印出来的过程是乏味的过程，而张氏的小说过程却是千变万化、丰富多彩的过程。有的评论者说张氏"鄙视自己的创作"，我认为这是误解了张氏的所为。张恨水对这一问题的态度，又和白羽、郑证因等人有所不同。张氏说："一面工作，一面也就是学习。世间什么事都是这样。"他对自己作品的批评，是为了写得越来越完善，而不是为了表示鄙视自己的创作道路。张氏对自己所从事的通俗小说创作是颇引以自豪的，并不认为自己低人一等。他说："众所周知，我一贯主张，写章回小说，向通俗路上走，绝不写人家看不懂的文字。"又说："中国的小说，还很难脱掉消闲的作用。对于此，作小说的人，如能有所领悟，他就利用这个机会，以尽他应尽的天职。"这段话不仅是对通俗小说而言，实际也是对新文艺作家们说的。读者看小说，本来就有一层消遣的意思，用一个更适当的说法，是或者要寻求审美愉悦，看通俗小说和看新文艺小说都一样。张氏的意思不是很明显吗？这便是他的态度！张氏是很清醒、很明智的，他一方面承认自己的作品有消闲作用，并不因此灰心，另一方面又不满足于仅供人消遣，而力求把消遣和更重大的社会使命统一起来，以尽其应尽的天职。他能以面对现实、实事求是的态度对待自己的工作，在局限中努力求施展，在必然中努力争自由，这正是他见识高人一筹之处，也正是最明智的选择。当然，我不是说除张氏之外别人都没有做到这一步，事实上民国最杰出的几位通俗小说名家大都能收到这样的效果，但他们往往不像张氏这样表现出鲜明的理论上的自觉。

张恨水在民国通俗小说史上是一位名副其实的大作家，他不仅留下了许多优秀的作品，他一生的探索也为后人留下了许多可贵的经验。

目　录

别有天地

新斩鬼传

别有天地

第一回

夸上任特报一封书
劝为官拼舍三年息

尧卿表兄阁下：

揖别以来，不觉匝月，只以酬酢匆忙，公私猬集，未能通候，叼在故交当不我罪。弟自到省后，即分谒余委员、王厅长，均蒙特别垂青，允为帮忙。弟又走某公脚路，向前途函催，至本月八日，听委令果然颁下，委弟为五渡河厘金局长。该局附有分卡四处，连同总局，平均每月比较三万元。若时局平定，河中水不干浅，当可照纳。弟在省布置三五日，即当启程赴局接事。堂叔学亮、敝亲瑞堂舅，均已各得一分卡，若好好办公，年可入千金。何癞痢表叔，究竟品学上不能上台盘，弟只委其在分卡上当一写票师爷。令弟国华，当留在总局办事，位置未定。乡中一切，均托我兄帮助，令弟之事，弟必设法，请勿挂念。此外有一小事，内人顿思吃家乡菜，拟在乡中找一乡厨以来卡，专办家中伙食，每月除供给其伙食外，卡中划丁分红钱，当摊派一份，不另支薪水。此种红钱，多时每人可分十元，弟系照拂乡人，才肯如此也。舍下存稻可卖则卖，否则暂存至五荒六月再说。弟现为国家办事，并不欲在稻上多挣钱。良以青黄不接时，乡人贫者正苦无粮，彼时将价稍低于他人一二升卖出，亦救济贫寒之一道耳。弟合家平安，内人在绸缎庄新买多件上海来的衣料，又置皮鞋两双，小女亦然。伊等谓上任去，不能不略事修饰，以壮观瞻。妇人之见，可发一笑。书至此，刘知事请客时间已到，已来电话催促，不得不去。尚有许多问题，容再函告，即颂近安。

弟赖国恒顿

这一封信，是由省城里寄到乡下来的。一个乡下先生正两手捧着，高声朗诵。他四周围着七八个人，都将一颗头直伸了过来张望。有两个将头伸不过来的，就捧了水烟袋，坐在一边板凳上凝着神听。

这位念信的乡先生，约莫有五十上下年纪，嘴上生两撇八字黑须，眼睛外罩着一副玳瑁边的虾子钳眼镜。眼镜两只腿子都断了一小截，却用一根粗棉线凑成了半周向后脑上一套，算把眼镜硬挂在头上。他毛蓝布夹袍上，也罩了一件青布马褂。那马褂虽说是青的，然而左一块、右一块都变了焦黄色，实在是有花纹的了。胸面前有两个纽襻已是稀松，万分扣不起来，纽扣便颠之倒之，像烂熟的苹果一般，向外翻着垂下。可是在这位乡先生，犹觉得他这样穿着，整整齐齐，不脱书生的本色。

他姓唐，号尧卿，是个自幼饱读孔孟之书，而不曾一游泮水的老童生。在他这样，一般人都很为他抱屈，真个文章憎命。然而到了四十以后，他也就淡于仕进，大有不为良相、即为良医之志，因此把一本《陈修园》，倒读得滚瓜烂熟。反正是科举停了，也不做别想，专门行医，顺便带着教一堂馆，一年倒有一二百元的进款。他的产业本不在中人以下，有他十年二三百元一混，利上加利，家产就很好了。

乡下只要有钱，便是大老爹。唐尧卿住的这一乡，只有五个秀才、一个举人、一个捐班知县，至于进洋学堂的毕业生，根本就不会在乡下当绅士。纵然当绅士，也是在外混不出去的东西，乡下人看不起。唐尧卿以老童生资格论，也是第八位。以资产论，除了那个捐班知县，举人都没有他的钱多。因此他在乡下说话，反居在第三位，比那五个秀才绅士资格还高一等。

这个写信的赖国恒是他的表弟，论亲也不过如此。只是这两年赖国恒在省城活动，金钱接济不上的时候，都托唐尧卿在乡下移挪，彼此共事不少。就是现在，赖国恒还拿田契托他在乡下借了二分息的债一千

4

元，所以一得了官，就写信告诉他。唐尧卿得了这封信，连封皮信纸一齐揣在身上，遇到什么宴会，谈起了他现在的公务私务，他就一定拿出这封信来，做一个谈话的资料。

这天本村唐麻子佃户家里，为结算去年陈租，要求减租，请了几个四五等的绅士和族长陪东家吃饭。唐尧卿是站在佃户族长的地位，是个有面子的人，因此也把他请到。那意思就是靠他撑撑腰，抵制东家勒索。他的东家宋阳泉，是个已故绅士的长子，在乡下十字路口开了一片杂货店。因为曾在经馆里读过三年书，能做一二百字的议论策，人家都叫他一声宋先生。他也自居是个读书人，对于佃户不免发点儿小脾气。

这次结算陈租，唐麻子知道不容易得着便宜，用了那句俗话"把鸡腿子塞东家的口"，将六大扁的酒席办得特别兴盛。六大扁，就是六大盘，一只三斤重的大公鸡，连鸡头鸡脚全摆上，也未必能满呢。在这桌酒席未办好之前，东家、陪客都来了，全在供着祖先的堂屋里坐下。堂屋三面是黄土砖墙，中间照例一张由白木变成黑木的四腿桌子，紧围着四条板凳。左墙角上首神龛下，一架扇稻的风扇；右角下，快到屋檐边，便是一架有架子的小石磨。桌上摆了一只高粱瓦茶壶、几只麻瓷碗、一把吃烟用的香，两根竹兜子水烟袋已经有人捧着了。照例，乡下人有什么交涉，是先抽烟喝茶闲谈的，必得吃了六大扁以后，才谈入正题。

这时，唐尧卿谈来谈去，谈到了他表弟做官。他就对大家道："我这位表弟赖老爹，和我的交情非同等闲，在一个上任的人，什么事都办不过来的，他居然肯在县知事请酒的中间，给我来一封信。不信，你们看看他这封信，写得有多么切实！"说着，于是就把信从身上掏出来，从头到尾念上了一遍。

其中有个胡二海，是个前清监生，据说是八两四钱银子捐的。这监生的好处，除了在乡下可以当一个绅士外，最大的成绩，就是遇到打官司，上了知县公堂，可以不必下跪，而且知县也不能胡乱打屁股，因之有人称监生是屁股罩子。当时他携了水烟袋坐在一边，将一封信听完，站了起来，将水烟袋一放，向着唐尧卿一拱手道："尧老，这件事我不知则已，我既知道了，有一件事奉托，不知道你肯不肯？"

唐尧卿一听他这话，似乎有请托介绍的意思，脸色立刻板起来，将玳瑁眼镜腿上的系线由后向上一拉，将眼镜提过了头，取了下来，在纽扣上取下挂的眼镜盒子，将眼镜装起，在衫袖笼里取出一个毛手巾卷儿，将鼻子眼睛擦上两擦，然后望着了胡二海。胡二海见他那样郑重的神气，也就明白了他的意思，便笑道："我并没有什么事重托尧老，不过想借了这封信抄上一份，念给家里小孩子们听听，也好鼓励鼓励他们，不知道尧老能不能赏光？"

唐尧卿一听是这样一件事，便沉吟了一会儿道："照说，我不能将这信拿出去抄读，以免表弟知道，说我有些招摇。至于二先生非同别人，可以拿去抄一抄，不过今日拿去，明日就要送还。"于是将信纸向封皮里，战战兢兢地交给了胡二海。胡二海向唐麻子讨了一张大草纸，将信包了两层揣在身上，然后将胸拍了一下，表示是装得稳妥了。

同坐的唐子和是唐尧卿的侄子，他除了看过这封信之外，全篇的大意都记下了，因为他听过这书信十三遍了，便道："据赖表叔这封信看来，一年有三十多万的收支，就是一万块钱里面一年也要挣三万多，这事实在是可干。听说这厘局在前清是府缺，非候补府干不上。照这样说来，我们表叔的官阶挤上知府了，怪不得县知事都请他吃酒。这样大的官，虽然他花了一些运动费，也亏他巴结得上。"

唐尧卿道："运动费还要他出吗？自然有人代垫啦。就以五渡河这一道厘局而论，有四个分卡，还有许多师爷、扦子手、划丁，哪个不要纳款？他不但不用花钱，而且还要在这里挣上几文哩！"那个小东家宋阳泉在一边听得耳熟心痒，忍不住插嘴问道："我们若是肯拿些钱出来的要捐一个分卡办办，总也不是杂事了？"胡二海听了这话，将头摇了一摇道："然而不然。做官有做官的才学，做官有做官的资格，我们乡下人要去做官，那是猴子捧了生姜，去了舍不得，要吃吃不下。"

唐尧卿一看宋阳泉的颜色，大有问津之势，心里忽然一动，便对胡

6

二海将头左右微摆两摆道："然而不然。做大官也难，做小官也难，唯有做这不大不小的官，很容易。因为有上面划了命令来，叫怎样做就怎样做。可是真做起来呢，又不必自己动手，师爷都会办好的。"宋阳泉道："若是办一个分卡，大概要拿多少钱出来？"唐尧卿道："那也不一定，一来要看自己和局长的关系，二来也要看缺的肥瘦如何。就像五渡河这种分卡，大概拿出一千元就可到手了。只要干上一年，准可对本对利。阳先生问这话，莫非也想混混？"

宋阳泉自己觉得突然提上做官，未免有些妄自尊大，因之倒有点儿难为情起来，就笑了一笑道："我哪有这种才学？"唐尧卿道："我不是说了吗？分卡是最容易做的，只要你有意思干，我倒可以专人送一封信去问一问我表老爹。不过官场中的事，不像我们乡下做中作保、买田卖地，一点儿都反悔不得。"宋阳泉笑道："真要干的话，自然是规规矩矩望下做。"说时，将左腿架在右腿上，捧了水烟袋，将香火点着烟抽上了两筒，口里喷出烟来的时候，带着一股子劲，那就是极事沉思的样子了。

胡二海一见唐尧卿对他大有帮忙之意，便道："阳先生，你就干吧，有尧老助你一臂之力，我想一定是马到成功的。圣人云……"正说了这三个字，只见唐麻子两手捧了托盘，盛着筷子酒杯，端到桌子上来。这样子，马上就要吃六大扁了，来不及说闲话，便站起身来，在黄土墙上取下一把稻草卷儿的刷子，替唐麻子擦抹桌椅。唐麻子摆好了杯筷，接着将托盘端了一大盘子椒麻鸡上来。

胡二海首先拱手道："东家老爹上坐。"宋阳泉向后退一步道："我怎么好坐？唐尧老请吧。"唐尧卿道："平常我们可以客气，今天是佃户请东家，陪客坐了，怎好说话？"宋阳泉哪里肯？用手扶了唐尧老只向前推。唐尧卿也是不肯，只管将手乱挥。最后还是唐尧卿坐了二席，大家才坐下。斟过了一遍酒，大家举箸便吃。第一盘子是鸡，第二盘子是丁张，直到第二盘薯粉丸了上来，吃过 遍，大家才说话。这薯粉丸子是土产，四方一块，有拳头那样大，用肉汤拌了红糖，淋在上面，吃了够饱又够腻的。

唐尧卿这时用筷子蘸了残酒，在桌上画了两个圈道："阳泉先生，你拼三年稻息不要，应该干一下子。年轻轻的正可有为，在乡下收租稻做土财主，那是我们的事，你何必学之呢？"说到末句，连连圈了几圈。在席上的人，一见唐尧卿叫他去做官，都也说："官是可干，干好了一任，一生都可不发愁了。就是赖老爷从前在家里时，不也是一个小财主由里向外混的吗？"这一席打动了宋阳泉的心，却不谈做官，另说出一番妙论来。其谈为何，下回交代。

第二回

靠土发财总须风水
吃里扒外转有人情

却说大家都劝宋阳泉做官，宋阳泉且不谈做官，先皱了一皱眉道："我有一件事，现在正十分为难呢！就是我家那个老掌形，我早就说不能在祖坟旁边开葬的。但是我们第三房那一支人，说是坟前那一支近水，是暗射着诗书之气，他们那一支识书的人多，与他们有利。若是今年年冬再能加两棺下去，他们更要好了。若是在前清，他们那一支，真有几个人有中的指望，不但是进而已。"说着，将腿摇着，连身体也摇动起来。

原来乡下人，对考取了秀才，谓之进学，省称为进，中就是中举人，那是人生最荣幸的事情了。唐尧卿一听这话，就完全明白了他的意思，便道："阳泉先生，你这话错了。你不是说，在祖坟旁开葬会走了官气吗？"宋阳泉道："正是这样说。我遇到许多地理先生，他们都说，那里要出一个官，但是我不敢断定这官就应在我身上。不过我若是自己出马去做官的话，我就不能不保重老坟，免得坏事。"

胡二海在乡下，平常只有三件事可谈，一件事打官司，二件事买田卖地的交涉，三件便是风水了。宋阳泉一谈到了祖坟开葬的问题，这正搔着痒处，便道："府上那个掌形，我也考究过多次，实在不错，就是来龙太直一点儿，我主张在后山岗子上，种起一排树林来，把来势隔一隔，那就好了。"说时，将一只筷子架在空盘上，然后用手指头钳了一块鸡脚骨头又架在筷子上，笑道，"这样一来，岂不是好？"

宋阳泉道："这倒也无所谓。种松树秧子的话，动土一二尺深罢了，这是不要紧。若是傍祖坟加棺，一定会走了元气。必定要祖坟不加葬，我才可以放心去下省运动。"唐尧卿端起酒杯,唰的一声干了一杯子酒,然后将杯子向他照了一照道:"这很不算什么。我大胆叫你一声阳泉老弟,若是你府上三房要傍祖坟加葬的话,我可以出来拦阻他们。我就说,你们家阳泉先生要去做官了,一族有官,大家增光,你们若是动祖坟把官气伤了,与你们自己无好处,倒把现成的一个官毁了,那又何必呢?"宋阳泉道:"只要唐尧老肯说这话,敝族的人一定是听话的。从此,我也就可以筹备起款子来。"唐尧老见他简直说出筹款来,这事有七八成可望了,便道:"我也很愿乡下多有几个人在外面混差事,将来刻起县志来,我们这一乡也风光些。若是阳泉先生肯干的话,说不得了,我丢了乡下的事不管,我可以陪你到省里去走一趟。"

宋阳泉听说做官,心里十分高兴。就是一样为难,这官场中的一切规矩,都不懂得。说到安庆省城,还是六七年前,跟着父亲下省贩货去过一趟,什么样子,都有些仿佛了。到省里去,一切举动没有一个亲信人去指导,那是不免露出乡巴佬的情形来的。现在唐尧老爹肯去,那就像小儿有了保姆一样,那就好极了。情不自禁地走下席来,对唐尧卿高高举手作了一个揖道:"尧老,你若是能去一趟,我就像浪里孤舟有了舵一样,我胆子要大好几倍,就是花钱做不到官,我也是甘心的。"唐尧卿站起来,拉住他一只手臂,按着他就了座,笑道:"你放心,遇事我都可以帮忙,纵然我有不知道的,放着我表弟那一班做官的朋友在省里,我随时都可以请教他们的。就是那些人,也可以由我介绍,和你做朋友。俗言道得好,官官相护。你一到省城,就是个来候补的了,总也是官,他们岂能不保护哩?"

宋阳泉一听他到省城里便是一个官,这就不由得心里奇痒一阵。进一步说,现在预备下省去,事实上也就是官了。从前读书的时候,先生就说我前途未可限量的,不料我居然要做官。当时一高兴之下,和唐尧卿格外谈得拢。唐尧卿也就因为他约着帮忙做官,诸事可以沾光,和他立刻情感也好起来。满席的人,听到他二人都谈的是些预备做官的事,大家也都是翻了眼睛望着,一句话说不得。

这一餐酒饭吃完了,唐麻子将桌子揩抹干净了,重新摆上茶来,这就预备着大家谈上租稻上去了。不料宋阳泉、唐尧卿都将做官的事谈得有劲，把租稻的事都忘了。宋阳泉是东家老爹，唐尧卿是佃户的保镖的，这两方面都不把租稻的事情提起，第二个人如何开口，因之大家只管抽烟喝茶，不能搭腔。

约莫有半小时，那个唐麻子坐坐又站站，伸了左手，却把右手来搔手臂，望了许多人，似乎有一句要说又不敢说的样子，将大家望了一遍，然后又向唐尧卿一笑道："尧老爹，我的那事……"说着，便笑了。唐尧卿这才想起今天是来讲租稻的，心想，正要和宋阳泉合作，原来想借着今天此会弄两块钱外花的，而今一想，好事在后，这就用不着了。因道："这事容易办，我和你的东家老爹是至好的朋友，你和东家老爹又是多年的东佃，彼此退让一点儿，几石稻子的事自然就过去了。阳泉，你看怎么样？"宋阳泉每到说租稻的日子，佃户要多让一粒稻，就如多割他一块肉，哪里肯让步？现在也是要和唐尧卿拉拢在一处，唐尧老说是应当怎样，就是不能完全答应，也当咬着牙齿答应一小半。现在看唐尧卿的意思，多少还有点儿相为，更是可以答应了。便道："尧老，你就斟酌了办，只要来得去得，我是无不遵命。"

他们两人这样一拍一合，其余的那些来吃饭的，都算是陪考的，乐得不说话。只急坏了唐麻子，总希望吃了六大扁的，替自己减少两石租稻，而今唐尧卿不是往常那样昂头天外的样子，眼见非自己上前不可，就对他道："尧老，你请到里面来，我有几句话说。"唐尧卿知道他有所要求了，便道："何必到里面去说？都不是外人，你有什么意思，大家当面，明人不做暗事，你就说吧。今年的年成不算怎样坏，你东家的田又是水路十足的田，还有多少话说？不过今天叨扰了你一顿，这自然出在东家头上，另外东家也要好看些，至于好看的数目多少，我是你一家，不便说出来，还请在座诸位做主。"大家都拱拱手道："这事就请尧老一手代办吧。尧老说的这话痛快极了，我们还有什么话说。"尧老听了这话，便望了宋阳泉道："贵租每年是多少哩？"宋阳泉道："每年是收一百二十石。但是每年都有几石的推让，这也只好看年成说话了。"唐尧卿手拉了宋阳泉的手拖到身子背后，却只捏住了他一个食指，因道："除了整数之外，你就收他这个数吧。"宋阳泉知道是实收一百一十石。今天这一餐饭差不多要吃掉佃户两石稻，就减收个十石稻，佃户也没有占多少便宜。好在自己是要做官的人了，何至于在这事上去计较，便点头答应了。

唐尧卿站起来，将唐麻子拉到大门外稻场上，对他道："我已经和你说好了，叫他减收十石，你实交一百一十石。"唐麻子不等他说完，早哭丧着脸，向着唐尧卿皱眉道："我的尧老爹，怎么今年只推让这一点点呢？哪一年也推让个一二十石呢，今年这样推班，倒只推让十石稻吗？"唐尧卿道："嘻！你是只知其一，不知其二。你们东家老爹马上要做官了。他一去做官，家里的租稻少不得要让他的师娘出来代收。那个时候，我是在家里的，一切的事也得我帮忙，我少算个十石二十石，谅他也不能有什么话说。这个时候拿甜指头让他吸吸，他好放心出门，以后的事就好办了。而且他做了官，我想租稻上，也不会过于追求，你正是一个好机会，为什么倒不答应？"说到这里，将唐麻子的手捏住，回头三方面看了一看，见没有人，头一伸，低着声音道："马上就有一笔生意可做了。他若下省去运动官做，总要带几千洋钱出去。这洋钱他若是不收账，就是卖稻。到了那时，你将稻折价，送钱到他家里去，怕不能沾十几块钱光吗？"唐麻子虽经唐尧卿许了将来的许多重利，然而在自己预期这次可以推让二成租稻的算盘上，究竟还是失望太多，伸了他那左边黄手臂，又不住地用右手来搔痒。嘴里像吸着肉骨头里面的骨髓一般，尽管是不住地吸着气，那一份踌躇而又不能不承诺的情形，都在这伸着手臂和吸气之中，完全表现出来。唐尧卿道："你只管答应，我是你的本家，我难道还能吃里扒外，帮别人的忙不成？你若是不答应，我不难和你再说下一两石稻，但是向后一想，怕你得不偿失呢。"唐麻子听了这话，觉得不答应总是不行，只好点了点头道："既是这样，就依着你老人家办吧。"说着，连耸了两下肩膀，进屋去了。

唐尧卿明知这事有点儿对不住唐麻子，但是自己有自己的计划要进行，也顾不得许多了。当时他也回到堂屋，将东佃的意思传达了一遍，要了一张单纸，便给他们写好了一张租约，这事就完全交卷了。其余来说租稻的人，吃了一餐，目的已经达到了，也就落得坐观其成，大家说了一声叨扰，如鸟兽散。

这里唐尧卿执着宋阳泉的手，出了村庄，走上大路，很沉重地对他道："现在这里只我们两人，我老实说一句话，像你这种人，手上拿得钱出来运动，又在年富力强的时候，为什么不出来？你就万分不会做官，一年三千块钱，我可以作那个保。做别的事挣了钱，人家不过说一声发财而已。唯有做官，挣了钱，人家还要说是荣宗耀祖。一样地挣钱，为什么不做官。你是个国字脸，很有官相。将来做久了，再添上两撇胡须，你不但像个知县，简直像个道尹。"

宋阳泉听了这话，直由心窝里笑将出来，仿佛自己已经做了道尹一样，便笑道："尧老，我若是有那样一天，别的无可报答，若是尧老介绍用人给我的话，我一定重用。你记着这话，今天我们在大路上说的，日后我若是言而无信，你就叫我记记以前的事，那么我就无辞以对了。"说到这无辞以对一句文言，身子晃荡着几下，表示出他那文气冲天的样子来。

唐尧卿道："但愿如此便好。事不宜迟，今天是不算了，从明天起，你就可以筹款。今天晚上，我就替你传一封信到省里去，十日之内，必然有妥当的信回来。老弟，我就恭喜你做官吧。"宋阳泉听了这话，实在是欢喜，便拱拱手道："我一切的事，都听尧老的指挥，尧老怎样说，我就怎样好。那么，今天我们分手吧。"于是很高兴地辞了尧老，就回家去。

一进门，他的妇人马氏问道："今天说租稻，倒很顺适，回来得这么早？"宋阳泉两手一拍，笑道："我要做官了，租稻算什么？我这一去，每年至少可以挣三千块钱，你看这是多么好？"马氏道："你不要拿大话来吓我，要吵的时候，我总是要和你吵的，你做官，我就怕你吗？"宋阳泉道："我为什么吓你，我是真要做官呢！那个大绅士唐尧老，你总应该知道。他的表弟赖国恒，现在就在外面做官，和他很有往来。他说了，要托赖老爷重重地帮我一个大忙。有了这样的路子，为什么不能做官？"马氏道："是去年在家里开贺礼的那个赖老爷吗？他的

13

确是个官，若是认识了他，倒不愁不做官。不过做官一要有文才，二要口才，你怕不行吧？"

宋阳泉道："我念了两三年经馆，在前清，我准可以进，论文才我未见得比不上人。口才有什么难，几次一练就好了。不过有一件事，我要和你商量，就是我这次初去做官，要花些运动费，少不得在家里带些钱出。"马氏道："什么叫运动费？"宋阳泉道："这是新名词。在前清，这就是捐官的捐款了。"马氏道："哦，说了半天，你还是要捐官做呀。那不行，人家做官，都是把钱往家里带，你做官，把钱往外面送，这个我不能答应。我情愿少发一点儿财，也不能把钱拿出去捐官。"宋阳泉道："这运动费和捐官不同的，捐款是肉包子打狗——有去无回。运动费就不然，放在人家那里，还可以收二分息，不做官的时候，款子照旧退回来。"

马氏道："真的吗？这事有哪个作保哩？"宋阳泉道："不用人保，只凭尧卿老爹和我做介绍人，这一件事情也就错不了哩。"马氏道："空口无凭，你信别人，我还不信你呢。我劝你不要做这一件事的好，你若是要做也可以，家里可不许拿出一个钱去。"

马氏说这话时，是站在进房过道口上，她是常端了一张矮凳子横拦着坐在这里的，家里一个人以至于一只鸡的行动都可以看得出来。现在她和宋阳泉越说越僵，就将头脖子一直，挺了胸脯向宋阳泉道："我不许你做官，我也不想发财，我有了这些家产就够了。"说毕，抽身向屋子里一缩，砰的一声，将房门关上了。

马氏对于丈夫向来就是这种办法，只要一拌嘴，便闹个关门不理，丈夫若不屈服，一个人在屋子就实行那一哭二闹三上吊的办法。因之为救人起见，这一扇房门，宋阳泉也不知道打毁了多少次了。这时，看到他妇人又关了房门，这是决裂的初步，千万不能声张，在外面一肚子经纶，打算要如何如何做官，这时家中拿不出钱来，不能不暂为中止，就决定另打开一条路出山。这另一条路，如何打开法，容下回交代。

第三回

见礼篮迎宾到密室
慕官样指主买陈衣

却说宋阳泉因为他老婆关上了房门，预备寻死，他一想，家里的款子万万不能动了，否则官做不成，家里倒先闹出人命来。不过老婆虽闹，这官也不能不做。好在现在是刚收租稻的时候，若是和所有的佃户商量，将租稻一齐改为现洋折收，那么，至少三块钱一石稻，可以折合一千洋钱。再就自己有往还的地方，临时凑一点儿短期款子，那么，一千六七百元是有把握的了。有了这些款子，先垫一垫再说。若是官真可以到手，我想亲戚朋友自然会帮我一个忙的，我就临时打一个大会，也还来得及。这样办，也不必拿自己家里的借字去收债，也不必用田地去押账，纵然用钱，老婆哪里知道？

主意想定，在过道里徘徊了一阵，然后使劲用脚一顿，又拍了一下手，喊起来道："无论如何，我不做官了。拿现钱去干赊账的事，我决计不做，也省得家里淘气。就是尧卿老爹送的那个官照，我也不要了。"

他老婆马氏虽然关门藏在屋子里，其实并不是寻死，正用背撑住门站着，静静地听他说些什么。这时听到说尧卿老爹送的官照也不要，她可急了，砰的一声打开门来，就向外一蹦道："你祖上没有那好福气，容不下一个官，人家送你的官为什么不要？"宋阳泉道："我怎么能要哩？我的官还没有动手，你就要和我拼命了。"马氏道："我不要你做官，是不要你花钱捐官，人家送你的官，我为什么不要你做？你做了官，我好歹总是一个太太呀。"宋阳泉道："我是个不愿做官，来荣宗耀祖的吗？无奈你和我拼命，我实在不敢惹这个大祸。"马氏一见丈夫说得那样可怜，就笑道："只要不花钱，你去做官，我有什么不愿意？

不但愿意，而且是越大越好。若是做人情的话，稍微一点儿小事，我也答应的。古言说得好，偷鸡还要一把米呢。"宋阳泉和老婆闹了一顿，落个偷鸡还要一把米的考语，这官才是做定了。当天在家里研究了一会儿，结果是把马氏说定了，到了将来，马氏一定是上任去做太太，宋阳泉先去运动再说，尧卿老爹既是那样肯帮忙，绝不能看轻了他。

因之到了次日上午，宋阳泉将自己杂货店里的糖包了两包，又拿两封茯苓糕，称了三斤干挂面，再捉上家里喂的一只大公鸡，然后亲自提着到唐尧卿家里来。唐尧卿正拿了一管旱烟袋要走出门来散步，一见宋阳泉提了一大篾篮子东西来，知道是送礼来的，便故意问道："阳泉先生，你向哪里去？这个样子，是有什么应酬呀？"宋阳泉笑道："自己家里的东西，不值什么，特意带来看你老爹的。"唐尧卿啊呀了一声道："这可不敢当。我们至好，为什么还要过这种虚套？"宋阳泉道："就是因为至好，不知道要怎样酬谢你老爹才对，所以我亲自来请教。带这点儿东西，不过是免得空着一双手进门，这又何足挂齿？"唐尧卿拱了拱手，连说了几声谢谢，又道："这远的路，你一个斯文人，把十几斤重的东西提了来，那真够受累的了。小三呢？小三呢？"于是昂着头连连叫了几声。但是当他叫唤之时，却并不见个小三答应着。他就老实不客气，弯着腰代宋阳泉提了篮子进去。

宋阳泉因他提了篮子，心里还老大过意不去，心想，人家传说唐尧卿和官场中有了来往，架子非常地大，多少人求他说话，他都正眼儿不瞧人一瞧。现在据我看来，也不见得。我纵然是快要做官的人，和他比起身份来，总也相差不多，他居然肯和我提送礼篮子，是比下去一层的人了，多么和气呢。

他心里这样想着，也就高兴极了，跟着他一路进了屋，就在唐尧卿卧室里坐下。这里是他的账房，是他的书房，也是他的内会客室，不是极相得的人，他是不让进来坐的。因为这里乡下人，平常的绅士，都有一个土砖壁子的客厅，三面是墙，一面是宽不二尺的天井，客厅中间，照例四条板凳、一张桌子。若是正面有一张条桌，再加一轴画、一副对联，那就是极上等布置了。然而这不叫客厅，却叫作私处，像唐尧卿老爹家里，他的私处就不让人到，又何况是卧室呢？

这时宋阳泉高兴极了，便道："尧老，我昨天回去之后，想了一整晚，我决计做官了。只是有一层，乡下妇人是鼠目寸光，她知道的款子实在是不容易动手。我想了两个路子去筹款，一是折卖租稻，二是在有来往的地方挪些月款，总以不用契纸抵押的为妙。这两笔款子，我想总有一千七八百块钱，大概够用的了。"

在他这样说出计划来的时候，唐尧卿昂着头，背了手，在屋子里踱来踱去，然后点了点头道："你这办法对，不过一千七八百元还未见得够，就以我私人而论，未尝不可以在外面和你挪些短款凑一凑，只是乡下人的事，你也知道，没有小便宜，人家对于钱财是不肯松动的。依我的意思，宁可多预备一点儿款子，不要到了省里再回来办钱，那就不免耽误事情了。"

这桌上摆着水烟袋和纸煤，宋阳泉捧起一管水烟袋，划着火柴把纸煤点上了，又把纸煤将托烟袋的手夹着。用右手来慢慢抢着这纸煤，使他上下松紧平均。纸煤抢完了，他再在烟盒子里，用指头挖了许久，然后才掏出一小撮烟来，放到烟斗上。唐尧卿不在屋里踱来踱去了，且坐到他对面的椅子上，看他说些什么出来。宋阳泉还是不说，忽突忽突将纸煤呼了许多下，才把它呼着。于是慢慢地吸上了一袋烟，用力将烟由鼻子里喷了出来。唐尧卿见他两只眼睛盯住了一只桌子脚，知道他在计划一切，这心事可就想大了。便道："阳泉先生，你对于这件事，用不着踌躇。譬方说，你就出二分利借上一千元，三四个月，也不过几十块利息。你在外面混三四个月，难道这点儿利息还混不出来吗？做大事的人，手要放得开，你不要为了几十块钱，把大事耽误了。"

宋阳泉吸着烟听他说话时，觉得是句句都可长思的，一直吸过三袋烟，然后将烟袋一放，用手一拍大腿道："尧老，你这话有理，我就是这样办，但不知道尧老指着可以借钱的地方，是不是熟人？"唐尧卿道："若是借款为容易松动起见，自然是熟人好。但是若不愿意你师娘知道，我应该找生人。"宋阳泉道："我并不是怎样怕她。不过自己既要出门去做事，犯不上和妇人们一般见识。"唐尧卿点点头道："很对很对，你就在我这里用午饭，我们把这件事慢慢地商量，你也不要客气，我这人就是如此，若要帮人的忙，非帮到底不可。"

宋阳泉本也想着完全靠了唐尧卿的力量，好向做官的路上走，只要他肯帮助，就不能不依从他一点儿。而且唐尧卿肯留着吃饭，也是一件体面的事，当时就陪着商量了一阵。结果，都依了他的办法，将各田庄上所有的租稻都折卖掉了。一面又托了唐尧老在外面借一千块钱的月款，按月二分息。本来乡下借债，是论周年二分息的，一年可以少付两个月的息，但是不到一年还债，却有些麻烦的。现在论月借款，有一月算一月，又便利多了。

诸事都商议妥当了，唐尧老就道："钱既然预备了，我一面写信到省里去重托我表弟，先安下脚路，一面你赶快做下两套衣服，预备到省里去应酬。乡下要办这些东西是不行的，你可以到县城里去找那由省里来的裁缝，合着城里最时髦的样子做。那么，人家一见面，就猜不出你是由乡下来的人了。"

宋阳泉听着这种教训，觉得很有道理。当日感谢了一番，说静候回信。自己回得店去，将收存的现款提取了二百元，就专程到县城里做下省的衣服。也是他的运气好，当他到了县里的时候，恰好有个县里被撤差的科员，该了各处账目不少，要卖掉些东西还债，正托了裁缝找主顾。裁缝从中给二人说合，拿了一些衣服给宋阳泉看，不是单的，便是棉的皮的，不大合适。

正在挑选之际，恰是那个科员也来了。他身上穿着深灰哔叽呢夹袍，外套围花青缎马褂，头上戴着青呢盆式大帽，脸上架着圆框大眼镜，手上还拿了一根手杖。宋阳泉对那人浑身上下打量了一番，却问那裁缝道："若是像他这样一身，要多少钱呢？这个我倒是用得着。"

那科员见他穿了一件蓝竹布长衫，外套黑布马褂，分明是个乡下人，便笑道："你看中了我身上这一套衣服吗？你若出得了价钱，我就卖给你。"宋阳泉笑道："不要笑话了，哪有把身上衣服脱下来卖的？"说着，对了他身上依然不住地打量。那科员道："那有什么不可以，先脱下来放在裁缝里是卖，临时脱下来也是卖，横竖是卖，管他什么先脱后脱呢?"宋阳泉伸手头上搔了两下,笑道:"你真是要卖的话,我倒用得着,但不知你要卖多少钱?"

那科员想道:哪有这样一个傻瓜?真指着人身上买衣服。既是如此,我就多卖他几文,也未尝不可。便道:"我这袍子做的是六十块钱,马褂做的是四十块,我只穿了几回,照理是不能少钱,但是我等钱用,我打个八折卖给你呢。但是你不要还价,你还价我就不卖。"

宋阳泉心想,这衣服究竟要值多少钱我是不知道,我又等着要穿,能买现成的也好。心里想着,他那一只手又情不自禁地伸到头上搔痒去。裁缝一回头,和科员眹了一眹眼,便道:"先生,你为什么吃那么大的亏,这衣服是我做的,我是知道价钱的,你要肯落价,就是九折,我也肯要。"宋阳泉一听,果然有了便宜,便道:"稍微让一点儿,行不行呢?"那科员笑道:"你这人讨便宜都不知足,便宜之后还要便宜,我不愿和你谈这种买卖了。"宋阳泉脚一顿手一摔道:"好,我就买你的。"

因将裁缝拉到一边,私问道:"我请你问一问他,他的帽子眼镜文明棍,我都愿意收下来,不知他肯卖不肯卖,要卖的话,我就一齐买了,老实告诉你,我是预备做好衣服,到省里去做官的,他那浑身上下一套我都用得着。"

裁缝退后一步,向着宋阳泉望了一望,笑道:"你要到省里做官去?果然,那是用得着的。不过衣服他有富余的,可以卖给你。至于眼镜帽子他是不是有富余,我可不知道。我和你去问一问看吧。"于是他请宋阳泉在铺子外站着,自到铺子里和那科员商量。宋阳泉站在窗子外听见科员在里面大声叫道:"那可不行。别的罢了,我这副眼镜是真正的水晶,戴了这多年了,我不能卖。省里混差事的人,讲究戴真水晶眼镜。有了这眼镜,应酬场上,人家也格外看得起一点儿,我不能卖他。"又听那裁缝大声劝道:"你这县里的债怎样还得了?你还是依我的办法是正经。你要到省里去,你不会到省里再买?"那人道:"也好,看在钱的分上,我卖了,但是我要卖三十块钱。"裁缝道:"多是不多,不过这东西在县里卖,恐怕不值,连帽子手杖一齐三十元吧?"那科员在隔壁还连叫太少。裁缝道："先生，你再要叫少，我这话就不好说了。"科员道："嗐，没有法子，我就依你。可是你去对他要多说几个，三十块钱，少了一个铜板，我也是不卖的。"

裁缝于是走到外面来，说是人家要五十块钱。宋阳泉道："你不必说了，你们的话我都听到了。他说了三十块钱，少一个也不行哩。"裁缝用手一拍他的肩膀，笑道："总算你这人鬼头骗不了你，就依着你的话，你拿出一百一十块钱来，你看着他身上的那一套都是你的了。"宋阳泉大喜，告诉他自己住在宋氏祠堂，叫他把东西送到祠堂里去，马上在祠堂里兑款。于是很高兴地在祠堂里等候，不多一会儿，裁缝将衣服等物都送来了，宋阳泉照付了一百一十元大洋。等裁缝走了，自己将长衣马褂穿好，更戴上帽子，挂上眼镜，那根手杖也拿在手里，于是装着一个官的样子，在屋子里摇摆着走了几步，表示那一身衣服的官样。这样摆着，虽没有镜子可以照出自己的相来，但是自己两手摆来摆去的时候，也就可以看到这衣服之美。手上拿了那根手杖，东戳戳，西戳戳，好不得意。心想：既是有了这套衣服，也不必等到省里去再穿，这就可以穿着全套东西，到乡下去先摆摆样子了。

当日已晚，次日在城里雇了一乘小轿，穿了那全套服装回家去。到家之后，远远望着家门口，就下了轿子，在路上走着。家门口的邻居，看见大路上有一个穿长袍马褂的人，后面又跟着一乘小轿，大家都说是县城中下乡的差老爷来了，大家追来一看。及至走到近处一看，原来是宋阳泉，没有一个不惊讶的。宋阳泉也知大家的意思，便道："我昨天到县里去，已经由县衙里转来一封信，我已经可以得一个小官做做了。这传信给我的，乃是县衙里一个科员，他的位分很小。听说我的脚路很大，就特意把他一身衣服送我。"说着，将文明棍向上举了一举道，"这也是他送的。照规矩说，没有官位的人是不能拿这种东西的。"说着，大摇大摆向自己家里来。不料他这官架子摆得太足了，几乎丢了半条性命，这也未免乐极生悲了。要知悲从何来，下回交代。

第四回

车上千金求官登道
镜中一笑对客凝眸

却说宋阳泉到家门口，大摇大摆地向着家里走，以为让他老婆看见，要格外惊奇一下。不料他自己换了衣服，既然另是一种面目，而且手上又拿了一根手杖，他家里那只大黄狗可就不认得他了。正当他进门，狗起了一个猛虎下山势，前脚伸起，汪的一声，向宋阳泉扑了过来。宋阳泉不怕狗咬人，却怕狗咬衣服。这一身衣服花了许多钱，刚刚要露脸，若是撕破了怎么办？他人向后一退，口里大叫救命。

马氏正把一个半岁的小孩子从摇篮里抱起，换了尿片，刚刚放下。一听到丈夫在大门外喊救命，声音非常地急，在摇篮抱了一个枕头就向外面飞跑。及至走到门口，那大黄狗认出了主人的声音，不敢咬了，摇了几下尾巴，垂着头自走到一边去了。马氏走出来也吃了一惊，哪里来了这样一个长袍马褂的阔人？及至细看，才知道是自己的丈夫，便道："哟，你已经做了官了吗？"

宋阳泉正待夸上一顿，一看后头的轿子已经跟上来了，而且马氏手上又抱了一个枕头，未免有失官体，便瞪了马氏一眼道："成什么规矩？有话进去说。"马氏见她丈夫目光射在怀里，低头一看，才知是抱了一个蓝布枕头出来了。掉转身躯，赶快就向家里头跑了进去。走到自己屋子里一看，那小孩子倒放在摇篮里，用尿片盖着头呢。连忙把小孩抱起，已经满头是汗，简直哭不出声来了。抱着小孩子，脸偎了脸，亲热了一会儿。

宋阳泉衣冠楚楚地走进房来，笑道："喂，这一来，你马上是太太了。就是我们大牛子，也做了少爷。我混到现在总算对得住你们了。"

马氏手上抱的那个大牛子，先是闭住了气，这时慢慢回转来，哇的一声哭了。宋阳泉将手杖连在地下顿了几顿道："该打该打！这彩头太不好了。"马氏见丈夫这一表人物，心里也是极为乐意，现在丈夫说是给了不好的彩头，自觉过意不去，于是忙着到厨房里做饭给宋阳泉吃，而且把那非上客来不开刀的腊肉也切了一块。宋阳泉一想，我穿了好衣服，坐了小轿，连我自己老婆都恭维我了。我这要出去借款，当然比以前容易，人家知道我要做官了，谁不巴结我呢？这样想着，就把坐来的小轿留住，在乡下拜访了一天客，才打发走了。

乡下人不知道底细，纷纷议论，都说宋阳泉要做官。果然他到各佃户家里去折卖租稻的时候，大家一点儿留难都没有，很痛快地拿出钱来。乡下人用钱，不会用钞票，无论多少，一律是现洋。不到三天工夫，宋阳泉的一只小木头箱子里，放满了白花花的洋钱，两只手都搬不动。

过了两天，唐尧卿坐了一乘小车，亲自来看宋阳泉，说是已经接到省里的回信，还有许多缺可以运动，叫赶快动身，以免错过机会，但不知宋阳泉预借了多少款项。宋阳泉道："原只打算折变一千二三百块钱的。这些佃户不让我吃亏，都照最近的租价折合的，我又多卖了一点儿，共有一千五百块钱了。"唐尧卿道："那就好极了。我已给你凑了六七百块钱，只要你亲笔写一张借字给我，我就可以把钱拿来。你把东西预借好，三天之内我们就可以动身。"

宋阳泉也是巴不得早一天就到省里去做官，唐尧卿说是三天之内就可以动身，自是欢喜。马上去告诉马氏，官就快要到手了，一面叫她预备伙食。马氏笑道："我说怎么样，做官只凭运气和本事，哪在乎钱，有钱去做本钱，我不会多办一点儿货，把生意做大些吗？还是我给你一场气生的好，你看现在并不要钱，官也到手了。"宋阳泉哪能驳他老婆的话，只说"是是"。

当日陪着唐尧卿喝了半天的酒，到了次日，宋阳泉把家事都交付了马氏，店里的事就托了他的一个堂兄宋本泉管理。到了第三日，雇了一辆小车，推着行李，到唐尧卿家去会合。马氏抱了大牛子，一直送到村庄口上。一个乡下妇人，看见别人家有什么生离死别的事，还少不得陪几点眼泪，到了自己丈夫离别，哪有不哭之理。只是她想到丈夫去做官去了，不要坏了彩头，因此忍住着眼泪，故意逗着孩子道："爷做官去了，你笑一个吧?"说着，抱着孩子逗了两逗，又在孩子脸上闻了一阵。宋阳泉知道他老婆眼泪预备得充足，随时可以流出，不敢多耽搁，催着车子向唐家而来。

唐尧卿并没有什么准备，只加了一个箱子到小车上，另外雇了一辆小车，二人分左右坐着，谈谈笑笑，向省城而来。一路之上，唐尧卿都说是做官的好处，宋阳泉也说做了官之后，一定多积下几个钱，首先就要买一块好地，葬几棺未曾葬下的坟。自此以后，改换门庭，往做官一条路上去，更不能不讲风水了。谈谈说说，不觉到了省城，唐尧卿便道："既然候差事，绝不能再去住试馆，我们可以先在试馆里歇歇腿，然后再去会会朋友，看是住哪个客栈合适，我们再从从容容地搬了去。"

宋阳泉在乡下的时候，还能周旋说话，一进了省城的门，只看到街道上车马往来和商家门面装饰辉煌，也不解何故，人就糊涂了。因之唐尧卿怎样说怎样好，作声不得。二人先在本县试馆住下，唐尧卿洗了手面，将罩住夹袍的蓝布大褂脱了，另外罩上一件洋缎马褂，然后出去找人。

出去了大半天，找了三个同乡来了。第一个是宋阳泉的族弟宋忠恕，他不过二十多岁。宋阳泉一看他穿了一件宝蓝花缎的夹袍，外罩青毛葛马褂，连纽扣都是亮灿灿蓝色罗钿的。头上戴的盆式帽，毛茸茸的，虽不知道好到什么地步，横竖是上等东西。其余两个人，一个是魏有德，一个是童秀奇，都穿的是西服，这个宋阳泉可分不出好歹来。

那宋忠恕一见宋阳泉，就走上前握了他一只手，连连摇撼了几下，笑道："好极了，好极了。我已经听到唐尧翁说，你这一番下省来的意思，唐尧翁已经告诉我了。我们宋姓，现在到外面来混事的人很少，家庭真不容易振作起来，你老哥能来，这就非常之好。现在财政厅孙厅长我有路子可走，你若是办税收一路的差事，我准可以帮忙。"

他一进门之后，就说上了这一大套，闹得宋阳泉倒不知如何答应是好，只唯唯点头而已。于是宋忠恕又将魏童两位介绍一番。宋忠恕抬头对屋子四周看了一看，笑道："这地方实在不能会客，刚才尧翁说，你要找家旅馆，这一层你不必去多费事，我们住的高升旅馆就不错，你不如住到我们一处去，遇事多少也有个照应。"宋阳泉心里也是如此想着，自己这件事若完全交在唐尧卿手里，让他一人去办，他要在这里面玩一点儿手段，可没奈他何。现在有个宋忠恕族弟兄在这里，比较总亲近一些，和他住在一处，也可以遇事讨教，因之并不思索，一口便答应了。

那魏有德在衣袋里取出一个匾皮匣子，抽出一根吕宋烟，衔在嘴里，又在身上掏了一只自来火铜匣子出来，也不知道他是怎样地一按，匣子上就冒出一缕火焰，自将烟燃着了。心想原来做官的人，洋火都不用的。实在这个铜匣子既好看又省事，我少不得也买上一个。做官的人，原来也不抽香烟，是抽这样粗一支的大烟卷，我也得照办，大概这事总花钱不多。心里这样地想着，眼睛少不得就只管对了那抽烟的魏有德望着。魏有德回过头对童秀奇眒一眒眼，又笑了一笑。宋忠恕却对魏童二人皱了一皱眉头，很觉他两人冒失，便向宋阳泉道："行李大概都是捆着现成的了，我现在有工夫，就陪你搬过去吧。到了下午，我有好几处应酬，恐怕不能奉陪。"魏有德很淡然的样子道："今天是哪个请客？"宋忠恕道："是财政厅第二科科长，其实我就不大愿意交这个朋友。因为有几个人要走这条路子，我不得不对他取点儿敷衍主义。"

宋阳泉耳朵里听了这话，对他望着，心想我老弟真阔，有科长和他交朋友，他都不在乎，这分明他是非厅长交朋友不可的了。我将来若有这样一天，我决不像他只在省城里住，一定要回乡下去，摆点儿阔劲儿给乡下人看。古书道得好，富贵不归故乡，如衣锦夜行。他有了好事情，不但不回家，连信也不带一个回去，真是傻极了。然而他或者有好事在后，现在混小事全不在乎，那么，这个堂兄弟更可靠了。

当时满意之下，和宋忠恕一路搬到高升旅馆，一进门，宋忠恕就吩咐茶房开后进的大房间，说是有个宋老爷来了。茶房一看他身后跟着两个乡下人，所谓老爷就是这个了。望了一望，笑嘻嘻地迎到后面去。唐尧卿走到那大房间里，见是两间房子打通的，家具都极是讲究，连忙一看右壁上一块玻璃框子，装置的旅馆规则，上面大书本号房间，每日大洋叁元。在省城里的客栈中，这是极贵的价钱了。候差事的人，日子不免长久一点儿的，这如何使得？

宋忠恕见他在这价目表上注意，便走过来轻轻扯了唐尧卿一下衣襟，因道："没关系，我们在这旅馆里像自己家里一样了，高兴多住两天，不高兴随时可以换房子，而且就是这间房子，也要打折头的。"

唐尧卿以为这里面也许有什么原因，就不向下说了。宋忠恕到了这时，索性不客气，就以老弟的资格代为布置一切。童秀奇、魏有德二人，也在房间里凑趣。宋阳泉心想，他们在省里混事的人当然都很忙，我一来就陪了不走，其情可感，似乎也应该客气两句。因道："我们这一来，倒把三位忙坏了，有事都请自便，回头我再去奉看。"宋忠恕道："他们二位也住在这旅馆里，今日有两个应酬，时候都还早。晚上我可以介绍两个朋友来和你谈谈，你倒是先去洗个澡，理一理发，再换上衣服要紧。"

宋阳泉看见人家都穿得那样阔，自己有一套衣服，也是急于要表现出来给人家看看，也就答应着和他出去。出去两三个钟头，将衣服都换了，手上拿了手杖，一步一摆，和宋忠恕一同走回旅馆。

这旅馆后进堂屋，正有两架穿衣镜，他一见对面一个人，斯文一派的样子迎面而来，连忙一拱手，手拱得忙一点儿，手上手杖的钩子在脸腮上碰了一下。而迎面来的那个人，也是一样碰着了腮。仔细看时，原来是自己的影子。心想这一换衣服，我自己不认得自己了。要说我是个官，不是乡下先生，准可以充得过去。

正自对着镜子出神，只见镜子里面，一个花枝般的女子向着自己嫣然一笑。宋阳泉倒吓了一跳，莫非自己眼又花了。回头看时，果然有个女子由外面进来。看那样子不过十八九岁，也不知道她身上穿的什么绸料，只是一件淡绿色的夹袍子，又光又软，套着她的身体穿了，把那细的腰肢完全显露出来。那漆黑的头发笼着一张白脸，在右耳朵边向下倒插着一朵小红花，真是妖媚极了。她穿的是一双高跟鞋，走一步，身子一扭，走到面前，她又将胁下一条花绸手绢掏起来，握了嘴一笑，然后折转身子，向再后一进而去。一看宋忠恕时，却不见了。自己站在镜子前，倒发了呆，心想这个漂亮女子为什么对我笑，莫不是因为我是个新来的老爷，有意逗引我。我听说，省城里有许多不规矩的女人，各处骗人的钱。我是一个初来的人，什么也不懂，可不要想吃这天鹅肉，中了人家的美人计。这样想着，立刻就庄重起来，将目光一正，自向自己屋子里来。宋忠恕已是早在屋子里等候了，因笑道："你照镜子怎么样？觉得这衣服合身吗？"宋阳泉笑道："你不要说笑话。我在家里也常穿绸衣服的。我是对着镜子，看看我的气色怎样？"唐尧卿道："你的气色极好，我在家里的时候，就看定了你今年该走好运了。"宋阳泉道："我正在照镜子……"

正说了这一句，只听到房后头，娇滴滴的有个女子说话道："刘妈，把我这衣服拿熨斗去烫上一烫，我一会儿还要出门呢。"因对宋忠恕道："这旅馆里还住有女客，这女客怕是不正经的人吧。"宋忠恕正色道："你可不要胡说。这是杜小姐，人家到省城里来考学堂的。我们同旅馆住了两个月，也没有点过一个头，后来是她的亲戚介绍了，才认识了。然而平常也很难有说话的机会哩。"

宋阳泉自己猜错了，就不敢再说了。坐了一会儿，宋忠恕说是要去应酬，唐尧卿也说要去打听赖国恒的消息，都走了。宋阳泉马褂脱了，帽子取下了，唯有那副眼镜，见人戴上，是不摘下来的，因之自己也不摘。自己本是很好的目光，罩上一副药水片子闷得十分难受，这时没有人，掩了房门，取下眼镜，推开房后的一扇小窗户，向外看看，要换换目光。不料只这一推，恰好那个女子站在后进的走檐下。她这时穿着一件窄小的水红绸短夹袄，越是现得身材窈窕。那袖子短短的，伸了一只白手臂，撑着一根檐柱，正昂着头，看了天上出神。许久，她一低头，见前面房间里有人半藏半露地望她，又向着这里一笑，脸上一红，连忙缩进屋里去了。她这一笑不打紧，笑出无限的风波来。正是：

从来一笑倾人国，况是天鹅下顾时。

26

第五回

似羞非羞半朝顾盼
有意无意一饭经营

却说宋阳泉打开窗户正向外望，遇到后院一个女子向他微笑，心里不觉奇痒一阵。心想街城上的女人真比乡下女子要好看十倍。不说旁的，只说她身上穿的衣服，身体粗的地方，衣服也粗，身体细的地方，衣服也细，这绝不是乡下裁缝所能做得出来的。

这位杜小姐，据忠恕说，还是到城里来求学的，那么，自然是个有身份的。她肯对着我笑一笑，绝不是行骗，一定看到我年轻做官，有些爱慕我了。你看她那一笑，露着一排雪白的牙齿，就看了动人的心。那脸上的颜色有红有白，嫩得像纸一般娇艳，真是指头儿都弹得破。这种好看的女人，漫说转她什么邪念，就是能和她做个朋友，说几句话，也不枉了。

自己正是这样想了出神，眼光就依然盯住了窗外。不多大一会儿，那个女子又出来了。这时她身上穿着青色的长衣，袖子里露出一小截雪白的花边，衬托得非常好看。她只管走来，眼光并不向前看，似乎没有理会到前面屋子里开了窗子，正有人看她。她很不经意地踱到天井里来，因为天井里摆了几盆花，她就只管绕着几盆花走，一直绕到前屋的窗子下，背了窗子站着，和窗子里的宋阳泉，约莫也只相隔二三尺路。宋阳泉在窗子里站着，虽然看不到她的脸色，然而她身上那一阵一阵的脂粉香，顺着风向人鼻子里送，令人闻到，说不出身上有一种什么愉快的感觉，总之心里头更觉得杜小姐可爱而已。

那杜小姐看了许久花，偶然回过头来，和宋阳泉正好打一个照面，四目相射。她哟了一声，表出那失惊的样子来，接着又向宋阳泉瞟了一眼，虽然不曾笑出来，看她那嘴角微微一动，知道大有笑意了。宋阳泉十分高兴，简直没有法子可以形容，接着心里也就扑突扑突跳了两下，那杜小姐似乎知道窗子里人对她不住地顾盼着，走上了走檐，情不自禁地又向这里回望了一下。等到进门的时候，颈一缩，肩膀又微微一抬，好像是笑了一笑，宋阳泉这一下子乐极了，伸起手来在脸上连抓了几下痒。

房门一开，唐尧卿进来了，两手一举道："阳泉，事情妥了吗？"宋阳泉听了这话，吓得身子骤然向上一缩，回过头来，向唐尧卿红了脸道："什么事情妥了？我倒不知道。"唐尧卿道："我还没有说给你听呢，你自然是不知道。"宋阳泉这才醒悟过来，他并不是说自己的，才定了一定神笑道："会到了赖老爷没有？他上任去了吗？"唐尧卿道："他已经上任去了。他回我信的时候，隔天就走了。不过他虽走了，他还有许多朋友都给我们留下话，介绍过了，明天请忠恕陪着我们，一家一家拜访去。第二步成了朋友，等到大家无话不谈，这事就好办了。"

宋阳泉一听赖国恒走了，少了一个现任的官帮忙，心里未免有一点儿失望。但是所幸宋忠恕对自己很好，将来可以多多倚托他一点儿，便道："若是这样办，日子就怕要延误一点儿了。好在舍弟忠恕路子也宽，看他的意思怎么样？"唐尧卿沉吟了一阵只说了"再说"二个字。

那旅馆里的茶房，却走进来道："宋老爷，前面宋先生请你去有话谈。"宋阳泉让茶房叫了一声老爷，立刻觉得身价抬高了几十倍，故意沉而重之，只将头微微点了一点，然后罩上大框眼镜，戴上呢帽，手上拿了手杖。唐尧卿道："你打算到哪里去？"宋阳泉道："不是忠恕打发茶房来请我吗？我到前面房间里去看看。"唐尧卿一想，不过是由后进走到前进去，何必还要这样地排场一番。目视宋阳泉将帽子扶得正正的，手里将手杖戳着地，一步一步走出去了。

他到了宋忠恕屋子里，帽子也不取下来，手里拿了手杖，正正端端，向着宋忠恕坐下。宋忠恕不觉一笑，接着怕这一笑会让人家识破了，便道："恭喜你，我给你找着一条路子了。不过就在这两天之内，你应当先破费几十块钱，先请一次客。最好是把财政厅长都请到，和你

28

当面一谈。我知道这财政厅长，是个胆小的人。"说着，一回头见门帘子高挂着，就将门帘子放下来，然后走近前，低低地对着他耳朵道，"他卖缺价钱不求高，只要是老实人，钱靠得住，他就放手做下去了。他若是和你会了面，知道你是由乡下来的，一定欢迎得很。"

宋阳泉一听要几十块钱请客，早有一点儿不愿意，接着他说可以把财政厅长请了来，意思又转变了，心想只要这一下便弄上了官做，纵然花几十块钱请一回客，也就不能不咬着牙齿答应。便沉吟着问："客要怎样的请法？"宋忠恕道："当然是请到最大的馆子里去，说不得了，我抽出一天的工夫替你专办这事，你只交给我五十块钱就行了。你不要嫌钱多，花四五十块钱，也不过上中等的台面。要不然，你见不了财政厅长，你的差事就没有我说得那样容易。"宋阳泉道："一定要上中等的吗？中等的怎么样呢？"宋忠恕听了这话，眼睛盯了他一下，心里就骂着，你这穷不死的守财奴，还想省这一点儿钱，便淡淡地答道："漫说中等的，就是不请这一餐酒那也没有关系。"宋阳泉一看人家有不愿意的样子，便道："我不过比方说一句，若是不成样子的话，就是那样办吧。"

宋忠恕再要说时，就听到门帘子外，娇滴滴的一声，有人问道："宋先生在家吗？"宋忠恕道："哦，是杜小姐吗？请进请进。"门帘子一掀，果然是那位杜小姐来了。她一进门，看到宋阳泉在这里，似乎有点儿失惊的样子，却向后微退了一步。宋忠恕连忙起身介绍道："这是我本家宋阳泉老爷，昨天才到省，这两天很忙，打算过一两天就请财政厅长吃饭。"杜小姐听说，这才满面含笑，和宋阳泉鞠着半个躬。宋阳泉并不知道这应当怎样还礼的，也就跟着人家一还礼，一个鞠躬，头弯着对了人家的肚脐眼。

宋忠恕微笑着，让了杜小姐和宋阳泉对面而坐。她一坐下，就笑道："我先时看到这位宋老爷，我就猜着是一位政界上的人，现在果然对了，总算我的眼力不错。"宋阳泉往常见着乡下女人叫她一声大嫂大姐，倒也行所无事，现在遇着这样的时髦人物可不会应对，左手按了膝盖，右手扶着手杖的钩子，只将手杖在地下钻着，自己低了头望着手杖下面，作声不得。宋忠恕一见他没有话说，便道："杜小姐，你可以赏一张名片给家兄，他还不知道对于你怎样地称呼呢。"

杜小姐笑吟吟的，打开她手上拿的小提包，在提包里面取出一张小小的精致的名片，一起身送到宋阳泉面前，当她伸出那一只白手时，接着有一阵香气随着人过来。宋阳泉这时候，几乎糊涂过去了，也不知怎样好，手上拿着名片，定了一定神，才想起刚才人家将名片送过来时，自己大模大样坐在这里接收，并没有回礼，于是赶紧一起身，捧了手杖，和人家拱了一拱手。一看那名片，乃是"杜梅贞"三个字。便向着片子点了一点头道："高雅得很。"梅贞听说微微一笑。梅贞如此一笑，宋忠恕也就跟着一笑。

宋阳泉见他两人都笑起来，倒有些难为情，心想莫非这话对女子是说不得的。但是已经说出来了，又不知道应当如何补救，也搭讪着一笑。宋忠恕很明白这一层道理，就对宋阳泉道："杜小姐为人极是文明的，而且也很能干，现在在省里一人住着。虽然有亲戚在省里，她简直不用亲戚过问她的事。"梅贞道："我就是这个脾气，自己做自己的事，不要拖累人，也不要人家来干涉我。敝亲知道我的脾气，这旅馆里简直没有来过。"宋阳泉幸是把自己所说的破绽，已经遮掩过去了，很愿就此谈开，连称"是是"。梅贞问着宋忠恕道："我托宋先生打听学校里的事情，有了着吗？"宋忠恕望了一望宋阳泉，便微笑道："他们自然是极端地愿意，不过校长现在到上海去了，无人做主。"梅贞道："我就是这两个月，急于要谋一点儿收入，过了这两个月，家兄由日本回来了，经济就不成问题了。"宋忠恕道："好吧，尽这几天之内，我负责和你进行。"梅贞说着，站了起来，和二宋道了一声再见，就走开了。

宋阳泉问道："听这位小姐的口音，似乎还要找事情，难道她还没有钱用吗？"宋忠恕叹了一口气道："这就叫红颜女子多薄命了。她父亲在四川做官，很有钱的，不幸在任上死了，做官所挣的那些钱，都让地方上的军队将它瓜分了。她哥哥又在日本留学没有回来，她闹个青黄不接，所以经济上很困难。"说到这里，那两个穿西装的朋友，一个魏有德，一个童秀崇，皮鞋橐橐走了进来。宋忠恕随便问了一句哪里来，

30

魏有德也随便答应，说是打了四圈穷牌，当他说到一个穷字，一转脸看见宋阳泉坐在这里，便接着笑道："我没有打过这样小的牌，不过是么半毛钱而已。"

宋忠恕听他说打穷牌，也是有点儿着急，所幸有他这一句话一转，才道："你们也真是无聊到了极点。今天晚上，韩道尹家里做寿，你们去不去？"童秀崇道："寿酒是不必吃，寿是当拜的。"他们三人，你一句，我一句，无非谈些官场应酬，宋阳泉坐在一边都听呆了。他们说笑了一阵，宋忠恕就对宋阳泉道："你没有入政界，不知道政界上这一份应酬的苦恼。但是要不应酬，这差事可又不容易混。譬如说，你明天请了客，过些日子有人请客的时候，他一定要带上你一个以便回礼。这样一来住，朋友的感情好了，自然差事容易到手。不过在政界越红的人，这应酬也就越多。你想，一餐饭有吃好几个地方的，不是痛苦吗？"宋阳泉一想，想吃酒席还有认为是痛苦的，这也闻所未闻了。魏有德在一边插言道："阳泉兄要打算请客吗？"宋忠恕眼睛望着他道："可不是吗？我想托人疏通一下，把张厅长请来坐一会儿，只要他肯来，人家就相信和财厅真有来往，在外头活动就容易得多了。"魏有德道："若是真请客，张厅长我一定能把他请到。阳泉兄还打算请些什么人？"宋阳泉哪知道请些什么人呢，便道："还是请忠恕给我支配吧。"魏有德右手点着左手的指数道："我们这里就是五个，张厅长、袁局长、鲍知事，或者添上个陈帮办，有了不算多，这帖子索性归我们代下，阳泉兄就不必过问了。"宋阳泉根本也就不知道这帖子怎样地写，唯唯而已。

坐谈了一会儿，大家一齐又拥到宋阳泉的屋子里来，直到晚上电灯亮了，大家还未将请客的问题完全打断，因之把大家的馋虫都引起来了。魏有德道："这样吧？让我来请客吧？到扬州馆子里叫两样菜，打点儿酒来喝吧？今天天气很凉，喝点儿酒冲冲寒。"宋忠恕笑道："在家兄屋子里怎好要你叫菜，我替他做主，叫三块钱的菜。"宋阳泉这时虽到了自己屋子里，但是有客在座，因之只把帽子和手杖暂时离开。那药水片的眼镜可依然戴上，这要表示一点儿官体。现在听到说凭空又要叫三块钱菜吃，觉得宋忠恕有点儿多事，然而这话又不好说得，连忙将眼镜一取，见宋忠恕伏在桌上写字条子把头伸了过来，见他并不是开菜单子，写的是：

梅贞女士鉴：

　　家兄阳泉，备有便菜数事，敬请来一同小叙，借聆高论，勿却是幸。

忠恕代约

宋阳泉一见，心里就是一喜，倒不料他有这样一招，自己一番不愿之意就完全打消了。忠恕回过脸来微笑道："我和你代约她来，你看如何？"宋阳泉也笑道："怕人家不肯来吧？而且也不恭敬。"

宋忠恕也不再和他辩论，就把茶房叫了来，将字条儿交给他道："你送到后面杜小姐屋子里，去请她给一个回信。"茶房拿着信去，一会儿就来了，说是杜小姐答应过一会儿来奉陪。童秀崇轻轻地笑道："还有女宾，这菜不能限定三块钱了，应该要好看一点儿才对。"宋忠恕笑道："你的建议也有理，改为四块吧。"于是就吩咐茶房叫四块钱的菜，另带一斤绍兴酒，越快越好。这一叫菜之后，大家谈风更健，提到候差事，都说宋阳泉大有希望。说着话，又叫了茶房去催两次送菜，茶房说一声就来。童秀崇马上叫茶房先将一张靠壁的桌子，抬了放在屋中间，接上摆好椅子，放好杯筷。魏童二人，各占一把椅子坐下，宋忠恕先是坐着一边，情不自禁地也坐上来了。三个人围了一张空桌面子，摸摸筷子，扶扶酒杯，复又停住。魏有德却一只手拿了一只筷子，敲着桌沿，打十番锣鼓的点子。门帘外边，忽然一声叫道："哪个屋子里叫菜，菜来了。"只这一声，却引出一场小流血的事情来。正是：

人生大事无如吃，饭碗竞争自古多。

第六回

席上传杯美人计就
座中践足荡子魂消

却说屋子门外面，有人叫了一声菜来了，魏有德童秀崇二人，马上站了起来，一面说着是这屋里，一面就去掀门帘子，以便送菜的好提了进来。不料二人的心事，恰是一样，魏有德由左边钻过来，童秀崇由右边钻过去，到了门边时，恰好两个人顶头相撞，魏有德的头向前一伸，直伸到童秀崇嘴边来。童秀崇原又张着大嘴，连喊把菜送进来。扑的一声，魏有德的额头撞在童秀崇的牙齿上。彼此的势子，都起得很猛，魏有德的额头便撞了一个窟窿下去。童秀崇的牙齿，虽然比额头结实些，无如这一撞来得太重，将牙根摇动，立刻流出血来。两人一阵怪痛，彼此对望着动弹不得。这样大的人，当然不能为这一撞就哭，因此对望着，倒苦笑了一笑。

宋忠恕看那样子，知道他们痛得厉害，便笑道："你们总是喜欢闹着玩，闹起来也不管轻重，若是生人在这里，不说你闹得好玩，倒说你们是好吃，那岂不是笑话？"说着话，从从容容地掀开门帘，馆子里的伙计一手提了一只食盒进来。魏有德一手揉着额头，一手帮着伙计提食盒子，口里还道："小心一点儿，不要泼了汤。"伙计将食盒子掀开，一样一样的菜向桌上端了放着。童秀崇一看，热气腾腾，冲上多高，那一股鸡肉鱼的香味一阵一阵吸到鼻子里去，令人不得不口涎滴下三尺来。便对宋阳泉、唐尧卿道："二位请坐呀。自己人还客气什么？"他说着这话，先坐下去，然后才两手反过去，连屁股和椅子一块儿端正来坐着。宋阳泉一想是自己叫的菜，自己为什么不吃？唐尧卿也想，他们和宋阳泉的交情当然比我还疏。他们丝毫也不客气，我又客气些什么，

33

因之也对宋阳泉道："陪大家喝一盅吧。"

宋阳泉倒迟疑了一会子，才道："还有那位杜小姐呢？"他说着这话，虽然鼓了十二分的勇气，然而声音吐出口来之时，已是细得像蚊子的声音一样，在座的人竟是都未听见。还是宋忠恕心里极灵，便猜着了，因道："还有一位贵客没有到，大家等一等。"童秀崇已是把牙齿上的血迹擦了干净，赶快跑到屋后窗子口，向着后进大叫"杜小姐！"他这样叫着，身后已经有人轻轻地答道："童先生不必客气，我来了。"童秀崇回头看时，杜梅贞已经进了屋子，在椅子上坐下了。童秀崇心想，我以为我快，她比我更快，自己这一份人情，总算是白做了。笑了一笑，重新入席，见酒已经让人斟上一杯了，左手端了杯子站着先喝了一口，右手扶了一双筷子，夹了一大夹子炒腰花送到嘴里，一面咀嚼着，一面坐下。

宋阳泉和唐尧卿也在下位坐着。正和了梅贞对面，梅贞脸上微红了两块，不知是擦了胭脂，也不知是臊得那样，她偏着头对宋忠恕道："我这人太不客气了，初见面就来叨扰。"说着这话，眼睛就向宋阳泉一瞟。宋阳泉身上，让这目光射着，犹如中了麻醉剂一般，知觉和血液同时麻木了，虽然知道应该向人客气一句的，然而竟是一个字也吐露不出来。还是宋忠恕代他答道："我们家兄为人是很慷慨的，小应酬向来不在乎的。而且杜小姐的品行学问，我又对他说了，他简直佩服得五体投地。"

宋阳泉听了这话，倒吓了一跳。一个男子可以对女子五体投地，在乡下是绝对没有听到过。真个五体投地，这内容不问可知，自然是极秘密的。现在宋忠恕不但不秘密，反当面宣布出来，这未免有点儿轻薄了女子。他这样想着，红了脸，便去偷看梅贞的颜色。不料她并不以为冒犯，而且笑着向宋阳泉道："宋老爷，你是个新贵人，怎么也对我说起这话来呢？手长衫袖短，我就怕攀交不上啊。"宋阳泉听了这话，只觉个个毫毛孔都向外透着热气，简直不知道要怎样答复她这一句话了。便拿着手上的筷子，夹了一丝肉，仅仅用几个门牙对咬着，一点一点地咀嚼着。在这样咀嚼的时候，却放出一种由心窝里痒痒直透出来的一种微笑。

梅贞见他如此，又向他瞟了一眼，便笑道："宋老爷的酒量如何？我来敬你一杯吧？"宋阳泉听了这话，连忙哦哦了两声，却一句话说不出。但是梅贞说完了话，也就起了身，走到宋阳泉这方，一手拿了桌上的酒壶，一手拿了宋阳泉面前的空杯，就给他满满斟上一杯。宋阳泉因为人家已经走到面前来了，绝不能还坐着，因之也站立起来。两人面对面地站着，其中还相隔不到一尺路，梅贞身上的那种脂粉香气，一阵一阵送到鼻子里来，几乎疑惑自己身上都有了脂粉了。梅贞手上的酒杯且不向桌上搁，只举着送到他面前，他只好伸手来接着，在这样两手传杯之间，梅贞白嫩的手却和他的黑手微微一触。宋阳泉接了杯子只管微笑。梅贞道："宋老爷，你喝呀！要再停一停，我就连敬三大杯。"宋阳泉听说，便觉得浑身都没有了主，拿起杯子就一昂头喝了。喝完了，还对梅贞照了一照空杯。梅贞笑道："我敬了主人一杯，少不得主人也要敬我一杯，我就老实一点儿，不用主人相劝，自己动手吧。"于是就拿了阳泉刚才喝剩的空杯，自斟了一杯喝下。然后将杯子放到桌上，笑着对他道："宋老爷，我这总算对得住你吧？"宋阳泉听她的口音，不知道是指着喝了一杯酒对得住也不知是说二人共喝一只杯子对得住，不过她说的这话，总是极有意思的，不能够认为随便说出来的话。自己在乡下时，也觉着是个调情的老手，只是人家都说自己是个老实人，虽有情才，无所表现，现在听梅贞这种话，决计是调情的，不应抹杀。一看那杯子里，正还留着一些剩酒，更有意思了，于是拿起酒壶，向杯子里一倒，倒了大半杯酒，先向着梅贞一笑，然后举着杯子咕嘟一声，完全喝了下去。

梅贞已是坐回她的原位，再行吃喝了，看到宋阳泉这种喝酒的样子，也就目光四射，最后落到他身上去。宋忠恕一顿吃喝已有了三分饱，便不是先前那样无工夫说话了，便笑道："杜小姐的量不错，家兄的量也不错，以后可以多找机会，聚会两餐。"梅贞笑道："我的小量，恐怕陪不过宋老爷。但是来而不往非礼也，哪一天宋老爷应酬闲一点儿的时候可以到我屋子里去小酌一次，不知道可能赏光？"

说着，将头微微侧着，斜了眼珠去看宋阳泉。宋阳泉有了许多次的周旋，不是先前那样逼不出话来了，便笑道："杜小姐，太客气。"他只说这六个字，不说去，也不说不去。宋忠恕道："当然要到的，我们有工夫自然陪着，我们就是没有工夫，家兄一人也是要到的。"梅贞笑道："宋先生总是要占便宜，赖着吃我们的饭。你看着，我要瞒着你，不让你知道，专请宋老爷一个人。"

她这句话，原是和宋忠恕打趣的，可是在宋阳泉听了这话，显得是她的目的，是专在请我，乃是对我独厚，这样看来，岂不是她有意于我。再说她叫宋忠恕是先生，叫我却是老爷，分明她又羡慕我做官。我现在还是来找事做的，她就如此倾心，设若我一朝真个有官到了手，她不定更要怎样地捧我相信我了。这样看来，以前她对我那样秋波送笑，绝不是偶然的事。趁着这个机会，我大可以在省城里弄个文明太太一路上任，这比家里那个乡下师娘，要高上一万倍了。

心里这样地想着，眼睛就不住地看到梅贞的脸上去。好在两人是彼此对面坐着，也不用费什么布置，自然看个对着。在席的人，魏童二人，都只顾着他们的吃，宋忠恕偶然和梅贞说一两句话，还带一点儿拉拢的性质。只有唐尧卿见宋阳泉全副精神都射到梅贞身上，大为不满。他也并不是抱道在躬，看不惯这种行为。只是想着，这样好的一个美人儿，倒让他一个乡下初来的人享受，令人不服，而且也怕杜小姐和宋忠恕是一路的人物，不要把箱子里那一包一包的现洋，倒让她滚着去了。因此越想越留意宋阳泉的行动，借以监视他调情。

宋阳泉这时只有口里知道是吃着菜，此外便只知有杜梅贞小姐，唐尧卿这样的老先生，他哪会放在心上？坐在一边的宋忠恕看到魏童二人时，他二人目光略照一照，有点儿笑意。看到唐尧卿，见他撅了胡子，手上不停地拨了菜盘子里的菜，眼光落到宋阳泉身上。宋忠恕一想，你一个乡下土绅士懂得什么？我们念你拉买卖上门，才和你合作。你这样子，还是怕我们多分了肥，还是你要吃这飞醋呢？我索性做上一做，看你怎么样？便对宋阳泉道："大哥，你能喝，杜小姐也能喝，隔了一张桌面子，怪不方便的，你和我互掉一个位子坐坐，好不好？"

宋阳泉见他和梅贞只隔了一个桌子角，正自想着，我坐在那里就好了。现在宋忠恕发起和他对调，简直猜到心眼里去了。不过说明了是陪杜小姐喝酒，倒有一点儿不好意思起来。倒是那杜小姐大方，却笑道："宋先生有意让你令兄灌醉我吗？但是我也不怕。好在是自己本旅馆里，喝醉了，我马上回房睡觉去，也就没有事了。"宋忠恕手上拿了自己的杯筷，一齐移到下首，也不再征求宋阳泉的同意，就把他的杯筷完全送到这边。将手扯着他的袖子道："请过去，请过去。杜小姐先就向你敬过一杯酒了，照说，你也应该过去陪两杯。"

宋阳泉把脸涨紫了，笑道："既是要陪，我就陪两杯吧。"于是坐了过来，先搭讪着各斟了一杯酒。梅贞笑道："宋老爷，你为人太老实呀。令弟是有意要用酒把我们灌醉来，你倒真喝起来了。"说时，那一双漆黑分明的眼珠在深的睫毛里向他一转。桌子底下便伸过一只脚来，将他的腿轻轻敲了一下。宋阳泉心里连跳了几下，几乎身子都要倒将下去，连忙举起杯子先喝了一口酒壮一壮精神，然后才向梅贞笑道："我知道杜小姐量大的，我慢慢地陪着，总也不至于醉。"说着这话，又觉软绵绵的东西靠着了自己的大腿，这不用再捉摸，一定是梅贞的腿伸过来了。而同时梅贞也就眉飞色舞的，望了人喝酒。宋阳泉真是乐极了，满心都搔不着痒处在哪里，只有笑和喝。

不知不觉之间，一餐饭已经吃完，梅贞首先告别，说是要回房去洗脸。宋阳泉虽然有点儿舍不得她走，然而当着许多人在这里，也没有法子可以挽留。眼望着她，一掀帘子，又回了头转着眼珠一笑，简直是其味无穷。魏有德、童秀崇本也想多徘徊一下子，免得人家说吃了就走。无如在房门外已经有扬州人的声音，设若这就是来收菜钱的，自己虽不用掏钱，然而抵在当面一声不发也不好，于是推着要洗脸也走开了。宋忠恕是一家人，便不客气，就在宋阳泉屋子里洗脸。馆子里收菜碗的来了，就替宋阳泉做主，喝的酒在内，连小费一共给四元五角。催着宋阳泉给钱。

宋阳泉一想，旅馆钱本是连房饭在内的，用不着另花什么钱。现在丢了正饭不吃，另外花了这些，正好值乡下一石半稻。一面盘算着，一面打开箱子，取出五块白花花的洋钱来。宋忠恕一伸手，将洋钱接了过去向袋里一揣，对那收碗的伙计道："明天早上，我们还叫点心吃，一块算吧。"伙计知道这屋子里是乡下来的财东，也不怕他们会少钱，自收拾碗筷去了。

宋阳泉听说宋忠恕明早还要叫点心吃，料着那要找零的五角钱，大概是成为画饼。好在一餐点心也不会少过五角钱，钱不够，他少不得要垫出来，明天且放怀吃他一顿，吃他两角钱回来才好。自己这样想着，慢慢地又回味到刚才吃的东西，其味真是不错，因为只顾着和杜小姐应酬，把菜味忘了。记得有一朵红花样的东西，吃到口里才知道是猪腰子。还有那雪白一粒的东西，看去倒有些像炒玉米花，吃到口里又鲜又软，作虾子味，他们说是炒虾仁。原来城里人吃虾子，把头和壳一齐剥了，只吃虾肉，这果然是好吃，将来回家去，也可以传给他们这一个法子。最奇怪的是那一碗炒子鸡，吃了半天，却没有吃到骨头，这却不知道是怎样做法。

他在这里出神，宋忠恕和唐尧卿猜他又是想到了杜小姐，一个嘴角上微笑，透出那得意之状；一个就深锁了两道眉毛，觉得这事阻之不能，不阻不平。还是唐尧卿微叹了一口气道："这年月真是不同了，大小姐也是一样可以出来应酬。"宋忠恕道："小姐出来应酬，这又算什么。现在许多老爷们办不了的事，还全靠小姐出来维持哩，杜小姐是不愿到四川去，她若愿意到四川去，一定比我们阔得多。她有一个干姊妹，现在是个道尹正夫人。还有个干姊妹嫁了个军长，虽然是姨太太，听说很有权在手里，多少人怂恿她去，她嫌离家太远不去。她的资格，我们比得上吗？"宋忠恕只管将杜小姐捧起来，把宋阳泉可急坏了，心想她有这样好的前程不去，在这旅馆里竟会看上了我，不要因为我是一个大官吧？我若无意于她，她看错了，就让她看错了，识破不过一笑而已。我若有意于她，那就要做得慷慨一点儿，不让她看出我的底子来，好在不久我就可以得差事。得了差事之后，虽然官小，是个现任的，也就好应付她了。如此一想，宋阳泉于此就变了一个人。正是：

人间最是魔城近，进退全凭一念中。

第七回

信口开河同炫政绩
衾缘入室自缚情罗

却说宋阳泉被杜梅贞在桌下轻轻勾了一腿，他明白了这是梅贞有意于他，下省来一腔子做官的热血，现在又加上了一层热恋的血液在内，更觉得心事复杂。便想到这样下去，不消几天工夫，就可以和她亲近起来的。我索性和她混到一处，运动她一路到四川去，将来还可以借着她的姊妹们一线力量，在四川弄一个官做，有了镇守使做后台，将来这官位还不知道要大到什么地方去哩。

他一个人打着利己的算盘，觉得和杜梅贞混到一处，总是有百利而无一害的事情。我看她那种人，不过开通一点儿，绝不是借着交男朋友来弄钱的。就是要弄钱，钱在我手上，我爱花就花，不爱花她不能在我手上抢了去，我怕什么？他这样想着，自己觉得有所恃而不恐。

当时宋忠恕见他歪躺在一张长椅上，昂了头只管出神。心想，这家伙有点儿色情狂，我且害他一害。于是在身上一掏，掏出一支半雪茄烟来。这烟只合六个六铜板一根，臭而且辣，他们平常也不大吸，只是大街上走着路，或者遇到了下级社会的人，这才将烟衔在口里，表示他们是有闲阶级。宋阳泉乍到省城来的时候，看到他们抽雪茄，也是很表示羡慕的。宋忠恕也是屡次看到他那种羡慕的神情，大有把这个凑上官架之意，现在就趁机会递过去一根，让他过下瘾。

宋阳泉见人递过烟来，就丝毫也不考虑，顺手接了过来，衔着。擦了一根火柴，随便就把烟头来点上。他真不料洋烟这样东西也会欺侮人，连吸了好几根火柴，始终也没有点上，将两片嘴唇只管噼卜噼卜地吸着，始终也没有烟到嘴里。宋忠恕要想不说，恐怕他拿着烟，没有办法放下。因微笑道："大哥，你想什么事情，疏了神了，你怎么忘了咬掉一点儿烟头再抽呢。你不咬掉烟头，那怎样会吸得着?"

宋阳泉明知他说这句话，是告诉他抽雪茄诀窍之意，笑道："我在这里想着请客的事呢，果然没有记得咬掉烟头。"说着，抽出雪茄来看了一看，然后再送进嘴去一咬。他并不知道应该咬多少，糊里糊涂的一口，几乎咬下来半寸。他一咬之后，第二个困难问题接上又发生了，这烟头究竟是要吞下去呢，还是应当吐出来呢? 他想了一想，还是吞到肚子里去的好，虽然不合，人家还不看见。若是吐出来了，人家说我失礼，我倒是受不了。因之咀嚼了两下，勉强地带着一口痰吞下去了。其初还不觉得怎样，就是这两下咀嚼着，把舌头都辣得翻转过来了。原是想忍着不表示出来，无如渐次把喉咙都辣到了，这就千万再忍不住，连忙站了起来，拿到茶壶，不问冷热，嘴对着嘴，喝上了一阵。宋忠恕明知道他辣了，要笑不敢笑，正待找一件什么事来遮掩过去，恰是外面有茶房叫道："宋先生，有一位赵处长来拜会你。"宋忠恕一面起身一面对宋阳泉道："这大概是那位烟酒征捐处的赵处长来了，我暂时失陪。"看他那样张皇的样子，大概这个处长是来头不小。

去了有一个钟头的光景，宋忠恕笑嘻嘻地来了，对宋阳泉道："我已经和赵处长说过，有一个族兄到省候差。他看了我的面子，倒愿和你见一见，你就去和他一谈如何?"宋阳泉到省城来以后，对于陌生的人都有些怕见，见了也是说不出话来，现在要他去见官，他便怯上加怯，望了一望宋忠恕，又望了一望唐尧卿，眼睛翻了多大，说不出所以然来。

宋忠恕知道他的毛病，便道："那要什么紧，是我的朋友，也就是你的朋友。既是到省城来候差，焉有不见官之理，有我在一边照应着，纵然你不会说话，我也会把你的话头引了起来。"宋阳泉别的不怕，就怕人家说他害臊怯官，于是站起身来笑道："那是笑话，我是想着要到你那里去拜会才对呢，或者是接到我屋子里才对呢?"宋忠恕道："照说是应该你去拜会他，我和他至好，请他来也可以。"说毕，转身去了。

宋阳泉一听说有处长登门，不能不客气一点儿，立刻将马褂穿上，帽子眼镜戴上，而且还把手杖拿在手里。只有桌上那一根咬了的雪茄，自己未免望着踌躇了一会子，若是衔在嘴里，刚才已经受过辣味。若置而不用，又是有官排子不会摆。他倒有了一个主意，也不丢掉，也不吸上，只是光衔在嘴里。他这里雪茄刚刚衔到嘴里，宋忠恕在前引路，已经把那个赵处长带将来了。这赵处长除了衣服颜色不同而外，手杖眼镜雪茄三项，竟和宋阳泉是一样。宋阳泉一见，更得意了，自己的装饰已经高比上了处长，这样一个官无疑。

宋忠恕当时站在二人中间，少不得有一番介绍。那个赵处长一见宋阳泉衣冠楚楚，手提文明棍，显然是个要出门的样子，便向宋忠恕低声道："我们来得不巧，不要耽误令兄的公务吧？"宋忠恕明知道他是误会了，可是宋阳泉穿得如此恭而且敬，又不能说他不是预备出门。便道："原是我约了家兄一路出门，拜会几个不相干的客，我不去他也不去的。"赵处长听他如此说，这才取下帽子，放下手杖来。

宋阳泉以为生客到了，除了几样官装，很不合适。因此帽子还顶在头上，手上的手杖也依然拿了，只管向地下点着嘚嘚地响。宋忠恕又气又笑，着实对他瞪了两眼。宋阳泉见他瞪了眼，明知是自己有什么事做错了但不知错自何生，也只好多望一眼而已。赵处长心里虽很以为奇，但是也疑到他是偶然大意，就不管了，自己大模大样地坐下，将嘴唇皮抿着雪茄，极力地吸了两下，喷出一道青烟来，昂着头在屋子里周围望了一望，微摇着头道："这屋子也不见得怎样高明。"宋忠恕道："在这客栈里，已是上等房间了。"赵处长道："上次王道尹来了，因为找不到地方，在这里住了大半天，是我一来，就把他引到华洋饭店去了。那里都是仿上海旅馆办法的，上等房间也不过十块钱一天，一个道尹住上一年也不算什么。无奈我这位把兄弟是贫寒出身，他却舍不得花钱，是我带说带笑地忠告了他几句，他不敢过于违背我把兄的意思，只得住下了。"宋忠恕道："哦，原来处长和王道尹还换过帖的，我今天才知道。我早要知道这件事，我倒不如托赵处长和我介绍一下，让我到江南去找点儿机会。"赵处长道："你要到江南去，那很容易，我随便写一封信，就把你带去了。不过我不劝你到道尹以下，去找一个小事。你在省里且再候一个月，我准给你弄个厘金。"说时，右腿架在左腿上，脚板不住地向上一顶一顶，表示出他那样得意的样子来。

宋忠恕连忙站起来，拱了一拱手道："赵处长若是能帮我这一个大忙，我真感激不了，将来一定重谢。"赵处长道："重谢什么？我不过白说两句话，并不费什么力量的。"宋忠恕和赵处长一唱一拍，大谈特谈，宋阳泉坐在一边呆听着，却插不下嘴去。他两人谈了一会儿，见宋阳泉始终不说话，偶然问他一两句，他也只是听一句答一句。赵处长觉得这并没有什么意思，便站起来道："我要去赴一个宴会，晚上有事，打电话到我公馆里去再谈吧。"宋忠恕道："赵处长的包车来了吗？"赵处长道："大概来了。我们这省城里，不知道哪一年能修起马路，有汽车也不能坐。"宋忠恕笑道："因为样样不舒服，我知道赵处长不愿在省里做官，所以刘督军送你一辆汽车，你也只好丢在上海。我将来到上海去，一定要借你的汽车坐坐的。"

说着话，已经走到了大门口，宋阳泉也就脱下帽子，学着城里人行礼，深深地一个鞠躬。宋忠恕看到街边一辆干净些的人力车，便低声问赵处长道："那是你自用的车子吗？"于是将手招了一招，对那个拉车子的大声叫道，"拉过来，赵处长上车。"不料那个车夫，不但不拉过来，反而冷笑道："赵处长？赵省长我也不拉。昨天拉他到义和当铺里去，说明了来回三角钱，他当了当不回来，只给我一角钱，说来说去，添了六个铜板。"宋忠恕深怕宋阳泉听清楚了，拉了他就向旅馆里跑，说是有一句话，要同他到自己屋子里去说。宋阳泉不明所以，只好跟着跑。

到了屋子里，宋忠恕觉得无甚可说，便想了一想，笑道："这件事很关重要，我暂还不能说，让我到了晚晌，把这事慢慢地告诉你吧。"宋阳泉是始终莫名其妙，也只得由了他不说。这时，魏有德、童秀崇笑嘻嘻地由外面进来。魏有先道："老赵……"宋忠恕和他丢了一个眼色，便道，"你这人太岂有此理。无论如何，人家是个处长，比我们的地位高得多，背后这样开玩笑，已经是不恭敬。若是闹惯了，将来闹得当面也和人开玩笑，与我们的前途是大有妨碍的。"

魏有德见宋阳泉在这里，宋忠恕又丢了一个眼色，这事就十分明白了，便笑道："我这喜欢闹着玩的毛病，实在不好，以后要痛改才对。赵处长今天来议论了些什么事？"宋忠恕笑道："他和我的交情不错，他已经答应我在省里找个差事了。你们又是什么事，这样笑嘻嘻地走来。"魏有德道："今天晚上我们可以热闹一阵子，杜小姐说吃了宋阳翁的不过意，要请宋阳翁去看戏。不过她不大喜欢那位唐先生，最好是请宋先生不要通知他。"

宋阳泉听说杜小姐请看戏，心里先有几分愿意。加上她又很能体谅，不带唐尧卿去，这更是对劲儿。因为唐尧卿虽不说什么，但是他看见自己和杜梅贞在一处，板了脸，老撅着胡子，实在也有些讨厌。当时情不自禁地，就向魏有德连连拱了两下手道："不敢当，不敢当。"魏有德笑道："又不是我请你，有什么敢当不敢当，我不过是个传书带信的，你要谢，去谢请你的人吧。"宋阳泉一时失言，倒红了脸。宋忠恕道："不要说笑话，倒是真应该去谢一谢杜小姐的。就算不是谢看戏，人家到你屋子里来过，你也应该谢一谢步才对。你不要作声，悄悄地我带你去。"于是牵了一牵宋阳泉的袖子，在前面走去。

宋阳泉是巴不得时时刻刻有接近杜小姐的机会，有了宋忠恕引导，自不必怕，于是低了头在他后面紧随着。宋忠恕快到杜梅贞房门口，先咳嗽了一声，然后将脚步放得重重的，走到房门口来。梅贞已是自己打着帘子，由屋子里笑着迎出来，身子向房边一闪，点着头道："请里面坐，请里面坐。"她口里这样地说，眼珠就对宋阳泉瞟了一下。

当宋阳泉进门的时候，似乎有一种极浓的香味，袭入鼻端，同时她的手也在肋下微微一碰，也不知道什么缘故，心里又跳起来了。所幸一到屋子里，梅贞就让他坐下，不然竟会失了主持身体的能力，要摔在地上。看一看屋子里，不像自己屋子里那样雪白，壁上不知是绸子裱的，也不知是油彩漆的，只觉又绿又黄的颜色，上面填着红花，非常好看。屋子里的家具，由桌椅以至床柱，都是一种黄又不黄、白又不白的颜色，一点儿灰尘也没有，非常之好看。床上悬的帐子，并不是乡下人用的夏布，也不是竹布，乃是一种细丝织的料子，却是胡椒眼大的窟窿，在帐子外看到帐子里通亮，既是凉快，蚊子自然也飞不进去。那颜色是绿的，映到帐子里的洁白的床单、水红绸的秋被，整整齐齐，干干净净，较之乡下所视为上等的铺盖，红布大被印花布毯子，相隔天渊。那枕头不是长的，四四方方，松松地堆着多高。似乎也是水红绸子的，四周披着荷叶边。一个人若是能在这床上睡觉，不必要有女子陪着，这也就够舒服的了。

他在这里望着床上出神，宋忠恕向梅贞努了一努嘴，又微笑了一笑。梅贞会意，故意装成不知道，让宋阳泉一个人去看。宋阳泉由床上看下来，复看到那些陈设上去。第一注意到的，自然是桌子上的，以前到省里来过两趟，却也是见过。唯有紧邻桌子的一张梳妆台上，放了许多大大小小的玻璃瓶罐，隔了玻璃，可以看到里面红的红，白的白，也不知道是些什么。大概这都是杜小姐装饰上用的了。原来城里头的妇女，是要用这些装饰品的，怪不得总比乡下人好看。那梳妆台上，除了固有的一面镜子不算，此外大大小小有好几面镜子，簇拥在那大镜子之下。而且那镜子都是亮晶晶的，不像自己老婆那面陪嫁的镜子，只有巴掌大一块，用四方一块板子托着，日久落了水银，像癞痢壳一般。

正想到了镜子，自然也就望了镜子出神。在这出神之间，梅贞就在镜子里面对着他点头微笑，心里一惊，我不要是真着魔了，怎么坐在一处的人，会看到她钻进了镜子？连忙回头一看，并不是人钻进了镜子，原来梅贞还向镜子里点着头呢。也不知几时，宋忠恕竟先走了，这里只剩宾主二人。他那一颗容易冲动的心，不知什么缘故又跳跃起来。要知梅贞如何应付他，下回交代。

第八回

着色魔误事恨旅客
弄乖巧探信拜佳宾

　　却说宋阳泉一人在杜梅贞屋子里坐着，虽然觉得是个绝好的机会，然而有了这样好的机会要如何去进行，却是忙中无计。若是并不想什么计策，把这个机会安然地放过去却也心有未甘。心里一再犹豫不定，嘴里就有什么话也说不出来，只好默然地和梅贞相对坐着，而且也不敢将目光正对着人家，只是低了头。

　　梅贞见他不作声，就知道他露出了怯劲儿，因笑道："宋老爷，不吸香烟的吗？"宋阳泉答应了"不吸的"三个字，又没有话说了，依然正了面色坐着。梅贞道："不吸烟，我这里就没有什么敬客的了。等我来找找看，有什么没有？"说着，开抽屉，开橱子，乱忙了一阵，然后捧了一大捧东西出来，放在桌上。

　　宋阳泉偷眼看时，见有一包糖果、一包白瓜子，另外还有一叠纸片纸本儿，却不知道是些什么。可是宋阳泉在这里偷看，梅贞倒是很大方地来看他。见他不能说话，倒先招呼起来，就用手抓了一把白瓜子，送了过来，笑道："我是很随便，碟子都没有摆，就是这样子敬客。先请用一点儿吧。"宋阳泉见人家一直送到自己面前来，这却未便置之不理，只好站了起来，伸出手来接着，笑说"不敢当"。梅贞且不把瓜子递给他，却将他的手捏了一把，笑道："你这手好柔软，真是一双发财的手。"捏着他的手时，却用眼睛斜望着，微微一笑。

　　宋阳泉让她如此一捏，真个神魂飘荡，姑且放大了胆子，将姗的手也紧紧捏了两下，报之以笑。梅贞低了声笑道："我看你是个老实人，怎么也不老实起来？"宋阳泉看她那样子，料着无事，便笑道："你是一个开通人，怎么也说这话呢？"梅贞放了手道："你不要闹，我让你来看两样东西。"于是先站到桌子边，和他点了一点头。

宋阳泉走过来一看，桌上全摆的是些梅贞的相片，也有坐的，也有站的，也有半身放大的。她的人本就好看，照在相片上，光线配合得法，更是好看。看了这张，又看那张，简直爱不忍释。

梅贞笑道："你觉得好看吗？没有你们乡下的太太漂亮吧？"她这一提，宋阳泉真觉得是万分惭愧，笑道："乡下人知道什么？你何必见笑哩？"梅贞也不再去理会他这句话，便道："你若是不嫌弃的话，看着哪张相片好，你就拿哪一张去。"宋阳泉到了这时，已经没有什么顾忌了，便笑道："若据我看，张张都好，但是我不能张张都拿去呀。"梅贞道："你爱哪一张，你就尽管拿去。相是由人照出来的，我若是不嫌烦腻，照一百张一千张也有。要我的相片，最好是把我人得着，那要看什么相片也有了。"宋阳泉笑道："那可是好，哪……哪……哪个有那样大的福气呀？"说着话时，便偷看梅贞的颜色如何，见她依然笑盈盈的，不带一点儿不快之情，又笑道，"我们这乡下来的人，什么也不懂，只好看看罢了。"梅贞道："乡下来的？我初见面，还以为你是上海来的呢。你的相貌太好，将来一定要发达，我老实告诉你，我这人看人，是不会走眼的。"

宋阳泉一听她这话，心里便想着，我明白了。她这样肯失身份和我要好，一定是贪着我将来的富贵。鼓儿词上王三姐抛彩球，不是打中了花子吗？我也不管她的看法准不准，借着这个机会正可以来笼络她，便笑道："我若有那样一天，我决忘不了杜小姐。到了那个时候，杜小姐一定也是好了的，但不知道可还记得我？"梅贞道："一个女子会好到哪里去，无非……"说了这两个字，她不肯再向下说了，只是微笑了一笑。

她说话时，手下就按了两册纸订的本子。宋阳泉道："那是什么，能让我看一看吗？"梅贞道："这是我作的日记，不能给人看的。"说时，望了宋阳泉的脸道，"但是我们的交情不同，你要看，可以让你看。不过现在不是时候，到了晚半天十一二点钟，你的朋友都睡了，你再来

46

看吧。"

宋阳泉虽是乡下人，很念过几年书，梅贞说的这种话岂有不懂之理？便笑道："真的吗？我不够资格吧？"梅贞笑道："我既然叫你来，你来就是了。够资格不够资格，你不必问我，你问你自己就明白了。"宋阳泉道："我一定来，但不知道那个时候，你睡了没有？"梅贞望着他许久，然后嫣然一笑道："说你这个人老实，你又调皮，说你这个人调皮，你又老实。你想，我既然叫你来，哪有不等你来就睡之理？现在你也不必在这里多坐，省得旁人疑心。"

宋阳泉听了这话，一阵愉快由头顶心直通到脚板底下去，笑道："其实多坐一会子，也不要紧。"梅贞道："不必这样恋恋不舍，仔细为小失大。"说毕，扑哧一笑。宋阳泉越听她的话越有味，倒真有点儿舍不得走，无如梅贞不肯容留，笑着扶了他的肩膀，将他推出房门外。等他出了房门之时，却又微笑着和他点了一点头。宋阳泉高兴极了，也是微笑着一点头。这一下子，把宋阳泉乐得真个成了疯子，不料城里的女子是这样富于情感，而且这样容易上手。她不但没有丝毫要钱的意思，而且连心腹事都肯告诉我，恍惚就是自己人了。她既是叫我十一二点钟去，我就十一二点钟去。这样想着，高兴极了，回得房去，对唐尧卿一字不提。

唐尧卿哪里知道他肚子里面有一本绝妙的香艳文章，便对他说了些运动差事的事情，又说赖国恒的卡子内容要扩大起来，或者要添两个分卡，若是宋阳泉愿意干一个分卡，他可以帮忙。宋阳泉靠在椅子上，把那没有吸完的雪茄烟衔在口里，装出一种传神凝思的样子来，其实唐尧卿说的是些什么，他一个字也没有听见，口里只管随便地哼着答应。唐尧卿道："你不用想，我既然把你带了出来，又花了这些钱，我自然要给你找一个位子，至于你那位贵本家……"说到这里，伸着头，看了一看门外，低声道，"他们的话，我看来有点儿言过其实。"宋阳泉道："怎么会言过其实，他说的厅长局长我都见过面了，随便他怎样吹，这人不会假的。我们是从乡下来的，不能不仰仗城里朋友。"唐尧卿道："城里朋友，我也不少。我的舍亲赖老爷，他就告诉过我在城里交朋友的许多诀窍。"宋阳泉这时全副精神都在挂钟上，坐了一会儿，便溜到堂屋里去，看看有几点钟了。看钟的时候，顺便又看旅馆里的人有没有休息的。然而在九十点钟之间，省城里正是热闹时间，不但无人休息，对面房间里噼噼啪啪一阵聒耳的巨声，震动了四周，原来已经打起麻雀牌来了。

宋阳泉心想，这些东西，也不知什么事情，这样快乐，晚晌不睡觉，倒要打牌。省城里的警察，还不如我们县城里，旅馆里就让他这样胡闹？这时心里恨极了对面房间那些人，恨不得走了过去，一脚把他们的桌子踢翻。偏是在这时间，前进屋子里，又有人拉胡琴唱戏，越来越热闹了。宋阳泉一气，一言不发，倒在床上躺下。唐尧卿以为自己的话说得他有点儿相信，已经在筹划了，便道："我已经写了挂号信给赖老爷了。你忍耐等待两三天，一定有好回信。"

宋阳泉并不理会，只管在床上随便哼着，一直躺到外里堂屋里钟响。数着那响声，正是十一下。约会的时候到了，旅馆里还闹哄哄的，不用猜想，绝不能按时间去探访杜小姐的了。唐尧卿究竟在乡下住惯，养不成晚睡的习惯，打了几个呵欠，便先脱衣上床睡觉。宋阳泉不但穿了长衣，连那副大框眼镜也还在鼻子上架着，以为万一有机会见杜小姐，借此可壮观瞻。不料等到十二点，旅馆里还很热闹，一看床上的唐尧卿鼾声大作，悄悄走到窗子边，向后进一看，恰好砰的一声，听到杜小姐关了房门，接上那屋子里电灯也熄了。这不用猜疑，一定是她等得不耐烦，生了气了。自己也有些麻木，就是旅馆里的人没有睡，我正正堂堂地去拜会她，又要什么紧。现在她关了房门熄了灯，再去敲她的房门，那就不免为旅客所注意，这也只好放在心里，今晚作为罢论，自去睡觉。上得床来，翻来覆去，哪里睡得着，一直挨到三点钟，才迷糊着睡去。

次日清早，还未曾醒过来，宋忠恕就跑到床面前，大声叫起来道："快醒吧，昨晚我已经见着张厅长，当面和你请了他吃晚饭，他已经答应来，回头他手下有一个科长来拜会我，你赶快起来，我也好介绍你见面。"宋阳泉睡了一觉，把昨晚那一阵色狂已经挨了过去，这时听到说把财政厅长请动了，是官运亨通的象征，不能自误，于是一头爬了起来，忙着漱洗一阵，就问宋忠恕这话是真吗？宋忠恕道："昨天晚上他派了一个科员来请我的，你不信，这科员的名片我还揣在身上。"说着，就把名片拿了出来给宋阳泉看。他接过来先看名片上角的一行官衔，果然是"财政厅第二科科员"名字却是"魏有仁"。宋阳泉道："看这名字，是魏有德先生的昆仲了。"宋忠恕道："虽然也是兄弟班，很疏的，老魏随便和他走了条路子，弄了一个二等科员，若是老魏的亲兄弟，他不会让他在机关里混这一个小差事的。"

唐尧卿原不信宋忠恕的话，以为不过是那么一回事，这时见宋忠恕拿出名片来，就也检着看了一看，便道："这位魏科员还来不来？我们可以先谈谈。"宋忠恕道："何必见他，他有什么力量，回头他的科长来了，我都介绍就是了。"说到这里，宋阳泉方便去了，唐尧卿便问道："真的？你把财政厅长请到了吗？"宋忠恕正色道："前天我们商量的事，那是万一走不通路子的话。若是有办法，我们又何必不和他介绍介绍？我也知道你不会马上就相信，回头你一见着人，自然就明白了。"宋忠恕还不曾说完了话，茶房就在堂屋里叫道："宋先生，郝科长在你屋子里，请你就去。"宋忠恕笑问唐尧卿道："如何？如何？"他笑着去了。

唐尧卿对他这话半信半疑，心想且不问真假如何，先去打听打听。于是手上捧了一管水烟袋，踏了鞋子，慢慢地走向前进，见了茶房，故意问道："今天的日报，到了没有？"说时，见天井屋檐下，一张长凳上，有一个穿蓝竹布长衫的，正捧了一张报看。他见唐尧卿问报，马上站起来，将报递了过来，笑道："你请看报。"说着话时，还弯了腰鞠躬。看他那样子，谦逊过分，似乎是个听差。这一点对下人的官派，唐尧卿早是从赖国恒那里学过来的，见那人鞠着躬，却只微微地点了一个头。拿着报还不曾看，他倒先笑道："今天报上登着我们厅长的消息，说是要进京，这倒是真的，报馆里消息真灵通。"

唐尧卿道："你们厅长是谁？"说到这个"谁"字，将舌尖卷着，打起京腔，表示自己也是个官。那人道："我们上司，就是财政厅长，我们科长，现在不是在宋老爷房间里吗？"唐尧卿道："你是跟郝科长的吗？"他道："不错，我是郝科长的听差。宋老爷我也很熟的。"唐尧卿听他如此说，这倒把宋忠恕的话证实了，于是回转身到屋子里去，见着宋阳泉道："回头忠恕介绍你和郝科长见面的话，你不可大意，我陪着你一块儿去，他是厅长的二把手，我们不把这头关打破了，这第二关如何得进去？大概马上就要来了，我们先换上衣服。"于是唐尧老将一件天青素缎长马褂先穿上。原来在前清的时候，他曾买了人家一件旧天青缎外套，鼎革以后，废物利用，将外套改了马褂，遇有大事，然后穿上。这时加在身上，将手缩着，垂了袖子，在浑身上扑了几扑，又将架子上的湿手巾擦了一擦脸。

宋阳泉看他那样郑重其事，自然把他那套官架所要的东西，也一齐预备好。他这里装饰好了，宋忠恕果然就派茶房来相请，说是请过去用早点。二人恭恭敬敬，走到宋忠恕屋子里，只魏童二人和一个白胖子在座。那白胖子约莫有五十上下年纪，嘴上养了一撮胡子，架着大框眼镜，脸上很有个派头。身上穿了灰呢袍子、青呢马褂，马褂纽扣上挂了一个景泰蓝的徽章，半藏半掩着，看不清楚是什么字样。但是只看他这堂堂一表，是个科长，绝对没有疑问的了。

唐宋二人进来，宋忠恕介绍着，就让他们围了桌子坐下。原来桌上正摆了两个大笼屉，热气由漏缝里伸出来，便有一阵肉香钻入鼻子眼。茶房过来，按下六双筷子，和酱油碟子，揭开笼屉，一屉子是饺子，一屉子是包子，只看那包子折缝里，流出油汁来，便知道这东西其味不错。郝科长拿了筷子，首先夹了一个包子，在酱油碟子里一蘸，一口吞了。然后将筷子头向着大家一画，又对笼屉点了几点，笑道："今天难得遇到二位新朋友，今天的点心，小小一个东，算我会了。"大家谦逊了一句，也吃起来。

宋阳泉心想，既是人家会东，便不能不客气一点儿。况且人家都疑心乡下人食量大的，不要放出本相来，于是只吃了三个包子三个饺子。不料他这一谦逊，几乎气死过去，原来又上了当。致其上当原因下回交代。

50

第九回

二成打牌敬陪科长
五股拆账大吃寿头

却说宋阳泉因为郝科长说明了，这个点心东归他做，不敢怎样露出穷相，只吃三个包子三个饺子。其余的这几个人，谁也不肯客气，都是一炮三响嘴里一个，筷子上一个，眼睛里射着又一个。吃完了之后，宋忠恕喊了一声茶房拿笼屉出去，那茶房进来，便问一声："这点心钱回头给吗？"郝科长手向衣袋一插，一阵乱摸索，口里连道："我这里给，我这里给。"宋忠恕伸开了两手，向前一拦道："那如何使得？我付我付！"说着话，将手一挥让茶房出去。茶房见宋忠恕要会账，这就是个麻烦，手上捧了几格笼屉，退一步，又望一望他，始终不曾痛快地走了出去。宋忠恕也明白他的用意，便道："你在门外等一等，叫馆子里人不要走。"说着，在身上一掏掏出一个皮夹子，在皮夹子里拿出一叠钞票看了一看，连忙又向里面一塞道，"我的票子起码是十元一张的。"说着向宋阳泉道，"你身上有零的先掏一块给他。"

宋阳泉虽十分不愿意，但是一想有郝科长在座，这人求教他的日子还多，不能得罪的，只得在身上摸了一块钱交给那茶房。心里同时也纳闷，宋忠恕身上哪里来许多钞票？若完全是十元一张的，恐怕有二三百元，设若他在省城里没有差事，何至身上揣许多钱？身上有钱，偏不会账，倒要我拿钱出来，真是岂有此理！自己出一块钱只吃了六个点心，这点心真贵得吓人，早知是自己会账至少也吃十二个。这位郝科长已经给钱了，宋忠恕偏要抢着拦住，这样子分明是拿我的钱开心。越想越气，坐着一边，一言不发地出了神。

宋忠恕正待当着郝科长的面，给宋阳泉谈一谈差事，见他发了呆，心里也有点儿明白，大概是为了这一块点心钱之故，便拍着他的肩膀道："这郝科长是财政厅里最走红的人，诸事请他帮一点儿忙，就容易成功了。"宋阳泉这时才醒过来，只得和郝科长拱了一拱手，脸上放出一阵苦笑，却不知道说些什么好。郝科长用手拧着胡子尖笑道："我可以帮忙，但是要请客呀。"宋忠恕道："帖子已经办好了，就是明天，你能到吗？"郝科长想了一想道："再说吧，有我的上司在座，恐怕不便到。"

宋忠恕将宋阳泉的衣服一扯，接着就起身到隔壁魏有德屋子里去了。宋阳泉会意，也跟了来。宋忠恕扯着他的袖子，低声道："这位科长，他位子虽低，权力很大，不联络他不行。明天他又不能到场，怎么办呢？"宋阳泉一面听他说话，一面向横窗的桌子上看去。只见那桌子上叠了一大叠洋信封，信封上写了专呈张厅长台照。

宋忠恕见他眼光注意到此，就转过话锋来，笑道："这就是为你忙的了。"说着将那叠信封拿了过来交到宋阳泉手里。他一看那信封，上面有写着厅长的，有写着帮办的，有写着道尹的，都是中等以上的官。那信封里硬邦邦的，抽出里面的东西一看，原来是一张白纸壳上面印了金字，是月日时恭候台光字样，正中下列一行字，是宋阳泉敬订。除了宋阳泉三字，是墨笔填写的而外，连谨订两字，也是金字。他看到这里，才明白这是请帖，心里一番得意，不料我宋阳泉居然有和厅长道尹通姓名下请帖的日子，真是意外。再看最后一行，印的是席设同春居，也是金字。他忽然省悟，想起一件事来，便问道："这帖子还是专门印的，花钱不少吧？"宋忠恕道："这是饭馆子里印的，只要每月能和他做三百块洋钱生意的人，就可以得这种请帖，这是我拿来的，不花钱。"说着这话，脸上表示出一种得意的样子。宋阳泉倒不料他每月要请这些钱的客，心想自己要做官，这一笔钱自然也省不得了。因问道："你叫我到这屋子来，就是为了看这请帖吗？"宋忠恕道："我刚才说了，就是要敷衍这位郝科长。他既是不能到场，今天可以留他在这里打一场小牌……"宋阳泉脸色一怔，宋忠恕不等他开口，连忙按着他的手道："我知道你不会打牌，而且郝科长至小打十块底一输好几十元，我也不能让你来。好在这里有魏童两位，加上我和他，就够一桌了。"

宋阳泉听说他三人完全出马代劳，这很可感激，马上拱拱手道："多谢多谢!"宋忠恕道："这不算什么，我们哪一天不打几圈哩。只是一层，这场牌，若是你一点儿关系没有，人家就不会见你的情，我想不如你和我搭个二八成的股份，我赢十块钱呢，就对分。我输十块钱呢，你只拿两块钱出来就是了。"宋阳泉一想，这也很有限的事，点点头道："这个办法很好。但是我也不想赢了分五块，我只想输了出一块，你看行不行?"宋忠恕道："若是照你那样说，我又何必要你搭股，就是我一个人来完了。"说着，脸色一沉，表示很不愿意的样子。宋阳泉一想，不要把郝科长气走了，连道："我不过白说，你何必介意，就是那样办吧。"宋忠恕道："你搭股不搭，都不要紧，只是留人在这里打牌，不能让人饿肚子，要打馆子里叫一桌菜来，请人吃午饭。"

宋阳泉一听，又要花好几块钱，心里实在不愿。正在考虑之间，唐尧卿也由那边屋子走了过来，笑着低声道："你们商量什么? 是要请郝科长吃饭吗? 我看你们的情形就有些像。"宋阳泉一句话不曾说出来，又来了一个赞成的，便将宋忠恕的话告诉了他，唐尧卿点头道："当然是这样办，那还有什么话说?"宋阳泉无可推诿只得说了"好吧"两个字。宋忠恕大喜，马上将他屋子里一班人，一齐调到宋阳泉屋子里来，一面通知茶房取麻雀牌和筹码来。

宋阳泉见他们高高兴兴坐下来打牌，并不掏出现钱，每人面前只叠着几堆红绿白的小圆牌子，他们输赢全是用这东西来回。这才明白这是代替钱的，那牌子究竟算多少钱，也不知道。那魏有德一上场，便是精神十倍，吩咐茶房泡茶，买香烟买瓜子，那茶房答应着，就都办了。宋阳泉原怕这一吩咐，又是要自己出钱，现在见不拿钱东西也来了，心里叫声惭愧，空自着急。

四圈牌打完之后，魏有德将牌子点了一点，赢了二十块。郝科长牌子输光，而且欠了债，正是赢的他的。只见他掏出两张钞票很快地塞到魏有德手上。魏有德笑道："我们还来，何必就付?"郝科长笑道："小事还不清了再打吗?"于是魏有德收了。童秀崇点点牌子，输了五块，

53

除头钱之外，付宋忠恕三元。只见他在身上，掏出三块白花花的现洋，向宋忠恕面前一放，然后宋忠恕收起来了。宋阳泉一想，他们真不含糊。所幸宋忠恕赢了三元，若是照他的话来分，自己可以分一元五，若再赢一元五，这一餐中饭的钱，自己就不用出什么钱了。这时不但不怕打牌，反希望多打几圈了。郝科长却是那样毫不在乎的样子，说是还有一处约会，不必打了。宋忠恕笑道："还来四圈吧，家兄已经到扬州馆子里去叫了菜，预备下饭了。"郝科长道："不必吧？初次见面的朋友，怎好叨扰？"宋忠恕道："实在已经叫菜去了，科长就是有事，饭总也是要吃的。"郝科长听了他这种话，这才忍耐下来，重新拈风打起牌来。

宋忠恕让宋阳泉替他打了两牌，他就到自己屋里去开菜单子。宋阳泉在乡下，是个土财主，算是半时髦人物，麻雀牌总是会打的。所以这时上场面来，倒也不怎样露怯。不料就在他打第二牌的时候，郝科长却和了一个三元。自己这也不知道要会多少钱，倒是童秀崇伸过手来，替代抓着筹码代付了。宋忠恕走来，听说郝科长和了一牌大的，便站在宋阳泉身后笑道："我们要扳本，还是两个人合作吧。你打我在后面看着，准不会错。"

宋阳泉不打则已，一打就打起瘾来了，也是有些舍不得走开，宋忠恕坐在他后面，始终也不说上场，不料四圈牌打完，竟输了三十六七元之多。宋忠恕连忙道："不打了，不打了，菜已经送来了。"于是将宋阳泉的衣襟一扯，同走到房外来，因皱了眉，"若是由我一手打，何至于输这多。钱大部分输给郝科长了，先四圈人家给钱多痛快，现在我们也要痛快点儿才好，大家都是个面子。我有话在先，输了你出二成。现在你就出六块钱，此外一齐归我。"宋阳泉算算先赢的，和现在输的，自己出六块钱，真不算多。而况这四圈牌，完全是自己打输的，有什么话说，只得悄悄地回房开箱子，悄悄地掏出六块钱来，放到宋忠恕手上，于是他在皮夹中抽了几张钞票，一齐交到郝科长手上去了。

宋阳泉虽然自己输了钱，也有一点儿替宋忠恕不好过，他明是为自己陪客而输的了。可是看看他本人呢，究竟是在城市里混惯了的，对于这事毫不为意，只是吩咐茶房抹桌子放杯筷，又叫茶房到馆子里去催菜。一会子菜来了，也只郝科长谦虚了一句随便坐，就在上席坐下，倒是他首先扶起筷子，夹了两粒虾仁到嘴去咀嚼。宋阳泉心想，大概官场上遇到吃的一桩事，都不客气的，不然何以他们都是这样放浪？那宋忠恕总是关照这位族兄的，已经提了酒壶，和他满桌斟起酒来。这是宋忠恕一人包办点的菜，都是很切实的，大家饱啖一顿，依然还剩下不少。宋忠恕就走到房门外，对茶房低声道："这些菜太多了，全倒到我那口干净洋瓷脸盆里去，你们不许动。"茶房道："你吩咐了，我们自然不动，但是先生们打牌丢下的头钱呢？"宋忠恕迟疑了一会子，在身上掏出皮夹子来，拿了一块钱出来，交给茶房道："你拿去换铜板还香烟钱，你扣下五十个铜板头钱，多的拿还我。"

正在他这样说话，不料皮夹子里落下一卷钞票来，茶房倒一惊，连忙弯腰拾起来，只一看，原来上面印有酆都银行字样，是人家丧事，烧化给亡人的冥用钞票。宋忠恕红了脸，抢着过来，笑道："你不要作声，我拿这东西和童先生闹着玩的。"茶房又哪里知道他什么用意，将钞票交给宋忠恕，自换钱去了。

宋忠恕见郝科长已经站了起来，大有要走之意，便道："郝科长的帽子，还在我屋子里呢。"他道："我不再去打搅你了，叫茶房把我帽子拿来吧，我要走了。"宋忠恕道："不，我还有两句要紧的事，要和你商量呢。"于是握着手，一路走出房来。童秀崇道："我送一送吧？"魏有德说一句对了，已自起了身。立刻这四个人，一齐拥到宋忠恕屋子里来。

一到了屋子里，将房门一关，宋忠恕立刻将脸色一变，一伸手，抓住郝科长下巴下的衣领，瞪着眼道："今天你吃也吃了，喝也喝了，我们辛辛苦苦弄来六块钱，你就想一下子拿起走吗？你还图下次不图下次？"郝科长见他封喉一把扭住，也有些生气，及至他问着图下次不图下次，不由得不软化下来。因笑道："我就走了，这钱也不能独吞，何况还没有走呢？我是不要紧，跟我来的小刘，不知道吃了没有？"宋忠恕道："都是朋友，这还要你招呼吗？叫菜的时候，我就另外和他叫了两个菜一个汤了。"郝科长在身上掏出四块钱来，笑道："你松手吧。

我们两个人，一个人只想带一只洋回去。这四块钱给你们去分，你看公道不公道？"宋忠恕松了手，接了钱，对魏童二人道："不是我要多得，一来主意是我出的，二来我还垫了头钱一元，我应该分两块，你们一人一块。"童秀崇道："以后合作的日子长呢，这个我不计较，不过今天那许多剩菜，晚上来四两酒，大家再快活一夜行不行？"宋忠恕笑道："这倒可以，老实说，只要你们听我调度，这一只大肥猪，我们还有得热闹呢。明日这一餐同春居，又是可以大乐一顿的。"郝科长道："你有点儿损德，明知道我听到吃，打通壁，偏是派我这样一个差事，不能和大人物同桌。"宋忠恕道："你是图这一餐呢，还是图将来的好处呢？"郝科长正待说话，在窗子眼里看见宋阳泉已经到了天井里面，连忙用手向外乱指。

宋忠恕会意，便大声道："今天真对不住科长，菜不大好，又耽误了你这久的工夫。"童秀崇赶快轻轻地开了门，郝科长在前，大家跟随在后，一路走了出来。郝科长带来的那个听差，早是垂手站在旁边，恭候上司。宋阳泉见他三人都送，自己也在后面跟随着。到了大门，宋忠恕都是深深地一鞠躬送别。望见郝科长大摇大摆而去，魏有德回转身来，首先向宋阳泉一伸大拇指道："宋大哥，你这面子大极了。这位郝科长，向来不大理生朋友的，今天居然受你招待，这真了不得。刚才我们把他包围在屋子里，他已经答应和你做介绍人，去拉拢张厅长了。据他说，有五个屠宰税、三个印花税、两个烟酒税空了缺，随你要一个。我们说，你不是小干的，非厘金不可，至于运动费倒不在乎。他点着头，答应帮忙。今天你这一餐饭，总算不曾白请了人。"

大家一面说着，同向里走。走到中进，只见杜小姐由内出来。她先向宋阳泉飘了一个眼风，然后问大家哪里去。宋阳泉笑着抢上前答道："我送郝科长。"杜小姐不觉扑哧一笑，大家看到，都呆了一呆，要知此笑为何，下回交代。

第十回

学人情空房说鬼话
问天气酒座失官仪

却说杜小姐一笑，大家呆了。她也觉这事有点儿冒失，便对宋阳泉道："我看到你这几天交际越发地大起来，我心里很欢喜啊！"这两句话的理由，无论是谁听到，也觉得不能成立。但是宋阳泉方沉醉在杜小姐身上，倒觉得她这话贴己，更当努力去交际，才能够不负人家这一笑。当时虽说不出所以然来，也忍不住报人家一个微笑。

大家走进房来之后，宋忠恕道："杜小姐究竟是个官家后代，你看她并不和我们在一处，已经知道阳泉兄交际大了。"魏有德道："这样看来，可见在外面应酬，实在是万万不能省的一件事，你看，明天若再把一堂客请过了，你这声名就更大了。"唐尧卿问道："明天所请的，是些什么人？"说着这话，眼光可就射到宋忠恕身上，心想你不要大闹其圈套，将人家的钱花在不相干的事情上。宋忠恕道："不含糊，都是有力量的人。就是请不到张厅长，至少也能够把张厅长的二老爷请了来。就是帮令亲赖局长忙的那个陈帮办，我们也一定可以请到。好在这事到了明天就要实现，我们纵然是吹牛，也只好吹今日一天，明天就出丑了。"

唐尧卿一句质问的话不过是轻描淡写着，不料宋忠恕所答的，针针见血，让他一句也再补不得，便笑道："我不过这样问一声，何曾说到阁下是胡吹的。"宋忠恕道："明天之约，因主人方面人太多，怕坐不卜，找枏唐尧老都没有预备位子的。这样说，唐尧老可以去看看，宁可把预定的两个县知事删了。"唐尧卿道："那不好，宁可我不去，不要挤掉一个县知事。"宋阳泉道："忠恕，你怎么不去？你不去，哪个和

57

我招待呢?"童秀崇见话说扭了,不能不转圜一下,便道:"忠恕当然是去,客多的话,我就不到吧。"魏有德笑道:"那很好。你和宋氏贤昆仲的交情,当然不在乎这一餐吃。"童秀崇听他如此说,恨不得走上前踢他一脚,心里怕这事越说越真,就默然了。

这一天,就谈论了一下午明天请客的事。据魏有德说,最好请宋阳泉还买一套新衣服,交际场中,宁可让人说阔,不可让人说穷。宋阳泉便问买一身衣服,要多少钱呢?魏有德说:"总要六七十元。"宋阳泉望着宋忠恕,皱了一皱眉毛道:"你看怎样,这一定是要办的吗?"宋忠恕道:"明天当然是要穿好一点儿,但是你要省俭一点儿,明天先借一套衣服来穿一穿,也不要紧。"宋阳泉大喜:"若借得到,那就阔些也好,这事情就拜托你了。"宋忠恕满口答应着,说是不成问题。魏童二人,彼此对望了一眼,好像是他们已经知道这其间有什么意思一般。

到了晚上,宋忠恕果然借了两件衣服来,乃是一件蓝软缎袍子,一件青细呢马褂,他对宋阳泉道:"这衣服既阔绰,又大方,以省城里而论,不是头等阔人是不能穿的。"宋阳泉当时试了一试,先觉身长过长一点儿,宋忠恕说是现在时新长。又觉腰身肥一点儿,宋忠恕说现在时新肥,觉得袖子短一点儿,他还是说现在时新短,结果竟是完全合适的了。宋阳泉何曾知道省城里的衣服,是要什么样的?人家说是极合适,只好认为极合适了。

当天吃过晚饭,自己特意到宋忠恕屋子里去,问了一些对客的对答应酬。到了次日,宋阳泉又是欢喜,又是害怕。欢喜者,能够和阔人来往了。害怕者,这官场的规矩,自己一切不懂,实在也不敢和官谈话,这一下子要见许多官,自己更是不知道要怎样是好了。好在有个宋忠恕做指导,心里还可以放宽一点儿。只是自己心里像害了心冲症一样,扑突扑突直跳。自己强自镇静,拿着唐尧卿的一管水烟袋,不断地抽烟。抽完了烟,自己背了两只手,又在屋子里踱来踱去,不住地想心事。

到了下午,唐尧卿已经睡了午觉了,宋阳泉就将借来的衣服完全穿好,练习些应酬的礼节,先站在房门口,凭空恭身作了一个揖,口里连道:"哦,这是张厅长。请坐请坐!不敢当,兄弟不知道什么,还要多多指教。近来天气很好，天气好，时局平静多了。"说着话时，已是欠着身子，坐在一张方凳子上望了一把空椅子点头点脑。忽然站起来，抢步到了门口，又作了一个揖道："这是陈帮办，久仰！久仰！请坐！兄弟草草奉邀，不恭得很！请坐。"说着，笑嘻嘻地转过了身，两手微伸，巴掌心向上，做那要请人入座之势。于是拿了一只茶杯，两手高举，向鼻子尖上一比对空椅子道："请用茶，请用茶。"一面说着，一面将茶杯放在桌上。茶杯刚一放下，猛然一回头，又做迎接第三个客人的样子，自己不觉摆了两下头道："行，决计没有什么难处。我再来试一试看，究竟行不行？"于是坐在椅子上，将身子侧过来，对了隔壁空椅子，连点了两下头，又笑道，"兄弟不敢说有什么才具，若是厅长栽培，一定效力。"掉转身来，又对这边桌上的茶壶点了一个头，笑道，"黄仁兄的政声很好，兄弟早已知道了。贵县民情如何？哦，那就好办了。"

他正在这里说到得意之时，宋忠恕来了，见他一人在屋子里做手做脚，自言自语，倒吃了一惊，心想莫非是疯了。便站在门外，暂不进去，及至他做出种种的谦逊态度，才知道他是练习应酬，便先咳嗽了一声。宋阳泉回头一看，不觉红了脸。宋忠恕笑着一拍他的肩膀道："好，这样就好。你是能够处处如此留心，官没有做不成功的。老实说一句，我们初混到政界的人什么也不懂，哪不是凭着练出来的呢？你现在一出手，就是如此老练，真是难得了。现在我来做客，你且对我说说看。"宋阳泉笑道："怪不好意思的，不必了。"宋忠恕道："你不要动，让我看看。"于是退后两步，偏了头，对宋阳泉浑身上下一看，笑道："行了。不必你说话，就凭你这一表人才，走了出去，也是一个办阔差事的，绝不至于失仪的。"说时，魏有德童秀崇也来了，都说宋阳泉的态度不错。他自己虽然有些信心不过，经不得这些人拼命地恭维，胆子也自然大起来。

到了六点钟，魏有德道："我们可以出发了吧？"宋忠恕点点头。唐尧老坐在一边吸水烟袋。童秀崇一言不发，先溜开了。于是一宋和魏有德一路到同春居了。

宋阳泉走到门口，却是一幢洋楼，并不见厨房在什么地方，心想这是馆子吗？跟了宋忠恕进去，走上一层楼，那楼梯很像台阶上面铺有被褥一般的东西，脚下踏着软绵绵的。宋忠恕说了一声"我姓宋"，一个茶房上前掀开一幅门帘子，让大家进去。

这屋子四壁的粉墙，绿茵茵的，油亮亮的，比旅馆中还好，正中安了一张圆桌，团团转地放着杯筷，心想，街城里坐席都不同，原来是坐圆桌子的。但不知这样转圈儿坐着，哪里又是首席？他这样出神时，宋忠恕、魏有德已经在一边一张长椅子上共坐了。宋忠恕大腿架在二腿上，旁边茶几上放了一筒香烟，他随便地拿出一根，向嘴唇里一抿着，茶房马上一弯腰，擦了火柴给他点上，他坦然受之，摇晃着身体，吸着喷了烟出来。茶房笑问道："宋老爷，你好久没有请客了，今天请多少位客？"宋忠恕用手指着宋阳泉道："今天不是我请客，乃是我本家老爷请客。大概有上十位，你们把菜做好些。"那茶房对宋阳泉浑身上下一看，心想这就是主人？

宋阳泉也取了一根香烟，用嘴唇抿住了，以为茶房也会来给他擦火柴的，不料茶房就当没有看见一般，竟自掉转身走了。宋阳泉这一气非同小可，难道我主人翁就受不得你一进火。他或者疑心我花不起钱吗？于是也坐在一张长椅上，架起腿来摇晃。等着茶房进来，故意在衣袋里掏出个手绢包，将他慢慢透开，取出一沓钞票，慢慢地数着。原来他由乡下带来的款子都是现洋，自从到了省城以后，要买什么东西都用手绢包提着一包洋钱，真是老大不便。看见人家将纸印的钞票，也是一样买东西，这才用现洋兑换了一点儿放在身上。这时他取出来点着数目，以为茶房应该惊异一下。不料这大馆子里的茶房，也是看见过局面的，对于他数钞票的事却不理会，他也就没有法子了。

还是宋忠恕看出了他的意思，心想，他请客很不容易，若是埋没了他这种阔绰的举动，他一不高兴，以后就不好办了。于是很随便的样子，走到外面来，将一个茶房找到一边，低声道："今天我把这本家老爷请来了，可是不容易呀。我不告诉你，你也猜不出他是怎样一个人。我实对你说，他是我们那一县的首富，家财有好几百万。这样主顾，你不能把他拉住，你还打算要拉怎样的主顾呢？能花大钱的，还是这些土财主呀，因为他们不懂外面的情形哩。"茶房一看宋阳泉穿得那样阔，而且又不合身份，说是个土财主倒很像，当时笑道："很谢谢宋老爷，回头请多赏我们两个小费。"宋忠恕道："这不算什么，我和你顺便提上一声就行了。"

茶房一听大喜，当时两三个茶房轮流着来伺候宋阳泉，有倒茶的，有点儿烟的，有打手巾把子的，立刻热闹起来。宋阳泉以为越装越有人理，于是斜靠了长椅坐着，架了腿，只管抖文。过了一会儿，只见童秀崇首先笑嘻嘻地向屋子里一钻，手上拿了帽子，连招了两招道："我把袁局长找来了，他本来要在小鸭子家里打牌，我告诉他说，今天这个约会很有兴趣的，就是舍不得小鸭子，也可以把她找来。他听到如此说，他才来了。他现在大门口遇着一个朋友，在那里说话呢。"

宋忠恕对宋阳泉道："这是印花局总局长，他很有势力的，你不能不客气一点儿。"宋阳泉听了这话，便站起身来。童秀崇拉了一拉他的袖子道："我陪你一块儿下楼去欢迎他。"宋阳泉连忙在挂衣架上取了帽子和手杖，跟着童秀崇到楼下。正好那个袁局长站在门口等人力车夫找车钱零头，一看到童秀崇出来了，便对车夫一挥手道："去吧，两个钟头以后来接我。"说着，便摆了大袖向里来。

童秀崇问道："袁局长把车子打发走了吗？"袁局长道："我太太还要出去一趟，我叫车夫回去送太太去了。"童秀崇将身子一侧，向宋阳泉一指道："这就是宋先生。"袁局长是不必人介绍的了，宋阳泉早是恭身作了一个揖，两手抱着，弯到膝盖边去，然后高抬着，直碰着前方额头，将家里练习的那一大套，顺口说出来道："哦，这是袁局长，请里面坐，请里面坐。"

他们说话的地方是在楼梯边，楼梯后面是通到厕所里去的一扇木门，他说着请里面坐，倒好像是把客请到厕所里去。童秀崇也觉不像话，连忙先上了两步楼梯，向袁局长招了两招手。袁局长也不待宋阳泉再谦逊，已经跟着上楼来了。童秀崇在后，对宋阳泉道："我本来不打算来的，无如这位袁局长非我陪着不可，我不愿你失却这一位佳宾，所以只好来一趟。我再替你打电话去催鲍知事吧。"

宋阳泉见他这样卖力，就也不去计较他辞而又来。到了屋子里，见那袁局长和宋忠恕极熟的样子，拉到窗子角落里，对着他耳朵，唧唧地说了一阵，见宋阳泉进来，就斜着眼望了一望。宋忠恕连忙站开，微微点了一点头，那意思好像是说，我们是为了你的事在说话。

宋阳泉心里也明白，就拱手请袁局长坐下，递烟送茶，然后坐下来，突然向着袁局长笑道："近来天气好。"这本是应酬场中，彼此没有谈话资料的时候，偶然插上一两句，免得彼此冷落了，绝不能突然向客人问出来。袁局长听了，倒有些惊愕，正要答一句话时，宋忠恕说一声"鲍知事来了"，已是迎上前去。

宋阳泉见进来一个人，头戴红顶乌瓜皮帽，尖尖脸儿，梳着菱角胡子。嘴里衔着一管六七寸长的旱烟袋，但是烟袋头上装的不是烟丝，装的是烟卷。心想原来烟卷也可以在旱烟袋里抽的。他倒不要人介绍，走向前和宋阳泉拱了一拱手道："这是宋阳翁，兄弟是鲍虞时。"说着，早在身上抽出一张名片，递了过去。宋阳泉见那名片右角印有好些官衔，也来不及细细去看，先揣在身上，也就满脸放下笑容来欢迎。只见他将外面青呢马褂一脱，里面露出一件紧绷在身上的青缎三袋小嵌肩，上面一个袋子，黄澄澄地垂出一挂小金链子。那青缎嵌肩，罩在浅灰哔叽袍上，颜色分明，装饰却是漂亮极了。

他坐下来之后，宋阳泉敬烟敬茶，鲍知事笑道："我们都是极随便的朋友，不要这样客气。"宋阳泉答应了一个是字，这第二句话不知道如何说了，只得问道："近来天气好？"所幸鲍知事还没有觉察出这话突然而来，便道："现在正是天高气爽之秋，城外的风景好，一定可以找许多趣事。"这一句话，把宋阳泉所知道的典故，就引出来了，笑道："果然地，乡下稻早割了，晚荞麦也完了，无事闲人多，偷稻偷菜的小贼慢慢出来。庄稼人有了钱，也是爬墙头，去找野女人，常常生是非。"这一句话，引得大家哄堂大笑起来。正是：

农家自有农家趣，怎向衣冠索解人？

第十一回

佳馔乍尝食不知味
名花四绕看到移情

却说宋阳泉正背着他一肚子的见识，不料在座的人都哈哈大笑起来。他不知道这笑是好意还是坏意，然而这话中有找野女人一句，也许是不大高明的，就不便再谈了。鲍知事觉得今天既是来吃人家的饭，多少要和人家捧一捧场，怎么好当面耻笑人家呢？因道："正是，宋阳翁说的话不错的，乡下庄稼人把稻收到了家，钱也有了，人也闲了，自然要找一点儿玩意儿，城里人不也是这一样吗？我们混差事的人，哪个不是薪水到手就大阔三天呢？"

正说到这里，进来一个茶房对着宋忠恕要做一个报告的样子，口里刚刚只说了一个陈字，宋忠恕连忙跳起来道："是陈帮办到了。"宋阳泉听到他们平常谈话之时，都说陈帮办了不得，而且这位陈帮办不是本省城里的官，乃是北京城里某部的官，宋阳泉只知道本省有个军务帮办，比军务督办只差一级，地位比镇守使还高。现在陈帮办既是部里头的帮办，也许只比总长差一级，这地位就高多了。

他见宋忠恕说了一声陈帮办，已是站起身来，出门去相迎，自己是主人，更不敢怠慢，也紧随着宋忠恕之后走向前去。只这时，见一个三十多岁的瘦削汉子走上楼来。他穿着一身花哨有光的长袍马褂，看不出是什么绸缎。袖子长长的，罩得一点儿手指都看不见。他头上戴了一顶盆式帽，几乎罩到了眉毛头上。手上倒也是拿着一根手杖，拿了撑着当拐杖，一步一步走了过来。在宋阳泉的原意中，以为这陈帮办一定是一个身体魁梧的，现在一见，见他在大衣服里面扛着两只肩膀，雪白如纸的脸，高撑两个颧骨，简直是个大烟鬼，怎么会做起帮办来的呢？不过宋忠恕对他很恭敬，一见之后，先就是一拱。那陈帮办却很随便回礼，只见他比着两长袖，手也不曾伸出袖笼，对着宋忠恕举了一举。

宋忠恕道："陈帮办，我介绍今天的主人翁和你先相见。"说着，用手向宋阳泉一指。宋阳泉哪里还能不客气，也就赶着向前，向地下一伸手，然后举了起来。陈帮办拱拱手道："哦，这就是你令兄，幸会幸会。"宋阳泉正想把练习的那几句八板头说了出来，忽而童秀崇魏有德一律也都迎了出来，又点头，又作揖。宋阳泉心想，连他们都是这样欢迎，料着陈帮办的来头不小，自己还是不要胡乱说话的好，于是把预备的那一套话都吓回去了。

那陈帮办倒和在座的人相识，和鲍知事更是熟识，一进来就和他坐在一连椅子上，笑问道："近来怎么样？有消息了吗？"宋忠恕见宋阳泉目灼灼地望着他两人，觉得这种谈话不能延长下去的，就插上一句道："鲍知事干外任干得腻了，想到北京去呢。"说着话，周旋了一遍烟卷，接着其余几位方知事赵处长也来了，就只差财政张厅长没有到。

袁局长见圆桌上面已摆好了杯筷和干湿碟子，就问宋阳泉道："宋阳翁，还有客吗？"宋阳泉瞪了眼睛，说不出所以然。宋忠恕便代答道："还有个张厅长呢，我去打个电话催催看。"他起身出去打电话，魏有德也就跟着去了。过了一会儿，他进来道："张厅长就在这斜对过四海居吃饭，我已经请有德过去，代为面请了，大概一会儿工夫，也就会来的。"宋阳泉心里正想着，今天这一餐酒席，就完全为了张厅长而设的，若是张厅长不来，这些人的力量有限，何必要弄这丰盛的酒席？现在听说张厅长就会来，这倒不枉今天这一会，略安定了一点儿。

约莫有十分钟的工夫，魏有德匆匆忙忙地跑了进来，对宋忠恕道："张厅长正要来，接到省长公署的电话，省长有事面谈，他再三地说，不能到这里来，他很抱歉，不过他已派他介弟张子诚先生来当代表，说话就到。"袁局长先哈哈一声道："是张子诚？他在政界上活动的力量，这在张厅长以上了。张厅长总是现职官员，有许多事不能出面。张子诚可不然，闲云野鹤，他在哪里出来，也不打人的眼睛。我们有什么活动的地方，还是走他这条路子，比较便当得多。"

只他这一句话，早听到楼梯脚步声响着上来。于是宋忠恕说一声"来了"，就迎接出房门来。大家把这位张厅长介弟迎到房子里，宋阳泉一看，不过是位二十多岁的后生，也穿着一套西服，背心的扣袋里，一截金链子坠将出来之外，还多插一根红色的管子在外。他只知道红色的宝贝，以珊瑚为最值钱，也许这就是珊瑚，这却不敢妄猜了。宋忠恕先给他介绍："这是二老爷。"宋阳泉也就跟着叫二老爷。

这二老爷倒不卖大，伸出一只右手来，先和宋阳泉要握手。宋阳泉却不知道他是什么玩意儿，见他伸着手，便回过头来问宋忠恕道："二老爷要什么？"宋忠恕怕大家会笑将起来，就走上前伸着手和张子诚握了一握。宋阳泉这才明白，原来是这么一回事，连忙也伸了手出来。他因张子诚对面，伸的是右边这只手，自己是左手在人家一边，也就伸着左手和人家握一握。满座的人虽不敢大声发笑，但是也彼此望着，发出一种笑容，面面相觑。

宋忠恕道："客都到齐了，请坐吧。大家也不必谦逊，请张二老爷坐一席……"只这一句话，张子诚连忙站起来道："叙齿也罢，叙爵也罢，哪有我坐一席的道理？"宋忠恕道虽然如此，但是二老爷是代表张厅长的，照着张厅长的位分说，应该坐一席，二老爷就可以代表他坐。陈帮办呢？也是个简任职，好像没有什么分别，不过张厅长是个独立的机关，陈帮办就请坐第二位吧。陈帮办有了他这一番解释，竟认为很对，点了一点头，就在二席上坐下，也不去谦逊。其余的人，更可以老实一点儿，大家就按着主人的吩咐坐下了。

宋忠恕陪着宋阳泉坐在下席，分别敬着酒，再行请菜。宋阳泉一看桌子上的东西，除了冷荤碟子而外，还有整个的水果摆着，心里正疑惑怎样吃，难道也用筷子夹着整个大梨向嘴里塞？他的疑惑还没有解除之时，一个茶房却偏上前来问道："宋老爷，水果撤了吗？"宋阳泉知道撤了，便是拿走，却大不以为然，宋忠恕已是代为点头道："好，先撤下去。"宋阳泉也不知道水果算钱不算钱，只好撤了。

接着茶房端上一个大盘子来，里面装着像粉丝和挂面一类的东西，上面还摆了一撮生芹菜。心想这种东西，在我们乡下，也是极粗的点心，怎么到了城里头来，倒会是头菜？这也只好到一乡走一帮，当是贵菜来请，及至挑到嘴里，才知道不是挂面和粉丝，滑溜溜的，倒有点儿鲜味。

这盘菜以后，菜陆续着跟了上，都不知道叫什么名字。也只好吃了四五样菜之后，忽然一阵香风一拂，满座的人都笑起来。自己回头一望，只见一个时装打扮的女子，约莫有十八九岁，擦了一脸的胭脂粉，头发也梳得奇怪，有一层一层波浪纹，好像外国人的头发一样。那右耳上面，头发下面，倒插着一朵小红花，格外觉得娇媚动人。她一见人便微开着两片红嘴唇，露出一片雪白的牙齿，笑着叫了一声"陈老爷"，就走到陈帮办身边，用手扶了他的肩膀，眼睛瞟着宋阳泉，对着陈帮办的耳朵说话，那意思就是问主人是这位吗，陈帮办点了一点头。早有茶房端了一个方凳子，放在陈帮办身后，那女子就坐下来。

陈帮办道："这是哪个的主意，怎么也不通知一声，就叫了来了。"魏有德道："本来应当先通知的，又怕通知了，大家要谦虚一番。好在都是拣最熟的人写条子，哪个的人来了，还能说不收吗？"陈帮办笑道："这样说，大概还有人了，但不知鲍兄的小鸭子来不来。"童秀崇道："来的，今天还要她多唱两出呢。就是没有替二老爷预备，二老爷要叫哪个人呢？"说着话，他已起身，端了一个小木托盆过来。那托盆里面，有笔砚，有一叠红纸片，只见他提起笔，就在上面写了几个字，拿着向张子诚一照，笑问："好吗？"张子诚笑道："何必呢，但是主人翁有没有？"宋阳泉坐在下席，发了半天的呆，现时才明白，原来是叫妓女陪酒。这件事似乎很花钱的，怎么他们就不先告诉我一声？及至张子诚问他有没有，他逼出了两个字没有。鲍虞时笑道："那太不平等了，做客的都吃荤，不能让主人翁吃素。"

宋忠恕心想，他已够窘的了，不要弄得他不终席而逃，便笑道："我本来可以介绍一位，但是都是熟人，只他一个人是生人，没有意思。我已经叫了玉香来奉陪了。"大家也很明白他的意思，只要大家可以取乐，主人翁有没有人陪着，这倒不必去讨问。于是大家并无异议，由童秀崇只把写了的条子，交给茶房拿了出去。这样一来，更加是热闹，妓

66

女陆陆续续地来着，分坐在各人身后。这些妓女都是扬州人，满口的什哩辣块。这种女子的声音，在北京天津上海听到，觉得有点儿刺耳。可是在内地听到，便算燕语莺声，非常好听。内地的妓女，要想脱去土货字号，也得用舌头尖子顶着牙齿，先练习几个月什哩辣块的扬州话。

这时宋阳泉看着满眼的时装女子，听了满耳的扬州话，也不由他不心荡神怡。他听到小鸭子这个名字，本来认为很奇怪，怎么叫这种村俗不堪的字眼。及至那个小鸭子来了，他却万分意料不到。看那样子，也不过十六岁，穿了一件短的红袍子，袍子上都是黑丝辫的纽襻，配得颜色分明。袍子短到膝盖以上，露了整条的大腿在外面。腿上看不见裤子，只有一层极薄的丝袜子，裹着那溜圆的大腿。脚上穿了一双紫绒的软底鞋子，瘦瘦的，平平的，正也和着她的身材很平均。她是一张圆脸子，漆黑的头发，梳着童花式，长鬓由两耳边抄将下来，和那脸子映得黑白分明。

宋阳泉到省城来以后，经过了杜小姐一番陶融之后，觉得城里女子的眼光也不过如此，并不见得把自己就比下去了。因之偷看小鸭子的时候，见她也向着自己这边看了一下，心里一动。心想着，妓女们做的是买卖，只要肯花钱，人家可以想得到，我又有什么想不到？不知鲍虞时和她的关系怎样，设若关系不深的话……

张子诚忽然笑起来道："宋阳翁你在想什么？只管出神。"宋阳泉倒不料人家当面喊破，脸一红道："我没有想什么。"宋忠恕将他的衣襟一扯，然后向张子诚道："二老爷，我家兄有一句话和你说。"于是他先起身向隔壁的一间屋子里去，张子诚、宋阳泉也都跟着来。宋忠恕将三张方凳子，拖得成个等边三角形摆着在一处，叫一声请坐，拉着二人的袖子同坐下来。他笑着低声和张子诚道："昨天我托郝科长转托厅长的那一件事……"张子诚正了一正颜色，声音又加低一些，握了宋忠恕一只手道："家兄已经告诉我了，说有两个厘卡可以腾出来，这两处正是一大一小，大的呢，恐怕只能弄个分卡，小的倒没有什么人注意，一年大概有这个数目。"说着，将左手的大指小指两头一伸，中间三指捏住，然后向宋阳泉望了微笑。这分明是说有六千块钱一年的好处，有

67

了这种好处，也就可以心满意足了。宋阳泉正待说一句感谢的话，只听到那边有人笑着道："人都来了，快来吧，有话回头说。"张子诚伸着手，拍了一拍宋阳泉的肩膀道："这里不便多说，我们彼此心照就是了。"说毕，三人笑嘻嘻地入座。

宋阳泉以为官可以到手，更可放怀饮酒，而且张子诚、宋忠恕叫的局都来了，更显得珠围翠绕。宋忠恕的姑娘玉容，却是真正的扬州人，坐在二人身边，她用手抹了宋阳泉的手臂，却回转头去问宋忠恕道："这位老爷贵姓?"宋忠恕道："是我本家。"玉容道："怎么不叫一个局?"宋忠恕道："没有熟人，你介绍一个吧。"玉容笑道："我介绍一个吗? 叫是来不及了，转个现成的局吧。"她两只手分别拉住了二宋，眼睛一瞟，向小鸭子一努嘴道："这位妹子怎么样?"宋阳泉什么话也说不出，先啊呀了一声。宋忠恕笑道："你这人介绍得岂有此理，专点人家心爱的转局。"玉容道："我自然有原因的。因为她是个小先生，大家朋友共着捧捧，不会吃醋的。"鲍虞时笑道："说得有理，你先转过去吧。"说着，携了小鸭子的手，把她送到宋阳泉身边来。小鸭子轻轻碰了他一下手，在身后坐着，笑道："宋老爷，我是小孩子，不懂什么，你照应点儿哟。"宋阳泉什么也说不出来，勉强笑了一笑，然而他心里这一份高兴，却不住地在自夸，以为人要走运了，真是不同，要什么就有什么。恰是这小鸭子的乌师来了，她就问道："宋老爷，要不要唱一个?"宋阳泉虽料着唱就要花钱的，但是生平也没有遇过这种乐事，花钱就花钱，答应了两个字："好的。"

胡琴弦子一响，小鸭子就唱了一段《三娘教子》的老生。这种戏，乡班子里常唱，宋阳泉要表示他懂，人家叫了几声好，他也点点头道："果然不错，你就是到阴阳班子里去，也比不下来哩。"小鸭子听了这话，以为是挖苦她的话，立刻脸红起来，大家也觉没趣。所幸宋忠恕解释一番，大家才笑起来。什么是阴阳班子呢，下回交代。

第十二回

隐奇思羹汤吃后退
发妙论碗碟账中包

当时大家一席的人，正都注意着宋阳泉那一种奇怪的神气，偏是他又说出一句阴阳班子来。小鸭子以为阴阳班子是指下等妓女所在，大不高兴。宋忠恕知道了这意思，便笑道："什么叫阴阳班子，在座诸公大概还不明了。其实这是歙县一个极好的颂扬话。去冬歙县的汪氏一族修谱，在县城大祠堂里演戏庆祝，邀的是省城里男女合演的班子。汪氏族中的老先生说，一阴一阳之谓道，这个戏班有男有女，最合道理，就叫为阴阳班子。家兄说小鸭子可以到阴阳班子里去，正是恭维她呢。"大家听了，哈哈大笑。鲍虞时笑道："这样说起来，官做得好，可以叫阴阳官；为人很好，可以叫阴阳人。但不知哪一位自己，肯承认是阴阳人呢？"他不举例说明也还罢了，这一举例，大家又是哈哈大笑一阵。宋阳泉自以为实话实说，却猜不到大家何以要这样哄堂大笑。那小鸭子现在倒是不怪他说错了话，只是看出他是个乡下人，对着他就不大爱理。当妓女的，固然是为着要钱，但是更要一个虚面子，现在叫她来陪伴一个乡下客人，未免有点儿难为情，因之只在宋阳泉身边坐了几分钟的工夫，依然坐到鲍虞时身后去。

宋忠恕和玉容丢了一个眼色，右手伸到椅子后面，将大拇指和食指比作一个圆圈圈，做出一个大洋钱的样子，又把手将玉容的腿轻轻拍了两下。玉容究竟比小鸭子大两岁，便有成竹在胸。宋忠恕道："玉容，我算小半个主人，也算半个客，你来替我斟上两杯酒，谢一谢主人翁。"玉容也不容再问一句，已是站了起来，就提了酒壶在手，一手扶着宋阳泉的肩膀，一手就提了壶向他面前的杯子里斟将下去。宋阳泉正待起身拿杯子来接，玉容在他肩上，连拍了两下，笑道："你不要和我客气，我们都是自己人一样。"他正回过头来，玉容却把眼神向他一瞟。宋阳泉哪里受得了这个，笑道："我的酒量小，你只斟上半杯吧。"玉容正斟着酒，他说这话已是来不及，酒已斟上一满杯了。她笑道："这是我的不对。宋老爷连说着只要半杯，偏是我倒斟了满杯，多的这半杯，我来替你喝了吧。"如此说着，马上她就端了杯子起来，用那通红的嘴唇挨着杯子，喝了一半下去，她也不再将杯子放下，就把这杯子送到宋阳泉嘴边，笑道："你不要客气，若是客气，就是嫌我把酒喝残了。"宋阳泉心中想和这样漂亮的人，能喝一杯交杯酒，纵然就是一杯毒药，也要把它喝下去。当时嘴就着杯子，咕嘟一声。玉容说了一声："谢谢。"将杯子放下。宋阳泉道："应该我谢你，怎样你倒谢起我来了?"玉容道："你喝了我半杯残酒，太给我的面子了，我怎样不要谢谢你呢?"宋阳泉道："但是你肯和我共一个杯子喝酒，这面子赏得我更大。我又要怎样地来谢谢你呢?"宋忠恕道："你要谢谢她，那很容易，酒席散了，我们一路到她家去坐坐，你喜欢怎么样子谢谢，你就怎么样子谢谢。"玉容一伸手，在他肩上拍了一下道："你这人说话真也不怕吃亏。"

陈帮办笑道："忠恕，这位姑娘待你不错呀! 当着许多人，一句笑话也不让你吃亏，若是不当着大众呢?"于是大家也笑起来。其中有两个人，实在不感到什么兴趣，并不能笑，因为大家都在笑，他不能不笑，勉强张开了大嘴，只管哈哈哈，由嗓子眼里，发出那种怪声音来。宋阳泉不会假发笑声，只勉强微笑了一笑。接着另有姑娘唱戏，大家就替姑娘叫好去了，才把宋阳泉这边的事放搁下来。宋阳泉也不知道哪个姑娘唱得好，哪个姑娘唱得不好。只觉每位姑娘唱完了，在席上的人都是同叫一阵好，并且有夹着好声里鼓掌的。心里纳着闷，难道个个姑娘都唱得好? 最后临得玉容唱，因见大家都在她长音的时候叫好，于是也情不自禁地，跟着大家叫了一声好。

说也奇怪，旁人叫好，大家无所谓，宋阳泉叫好，大家就笑将起来。他心里也不知人家是好意是恶意，只是看在眼里，放在心里。等到这一阵闹过，那上的菜已经变了四个大海碗，魏有德、童秀崇二人虽是健饭的分子，到了这时，也只管谦逊并不向那大碗里下筷子，只叫茶房来稀饭。稀饭端上桌来时，宋阳泉一看，不过是米汤上漂着几粒饭。而且那稀饭，都只有小半碗。在乡下自己家里不煮粥吃，人家都十分羡慕，偶然吃一餐粥，都是煮成了饭糊，可以用筷子挑起来吃。喝这样清水一般的稀粥，至少要在大荒三年之后。不料这城市中，在大筵会之后，却是如此一碗一碗的小米汤，奇怪之极。而且这些捧着稀饭碗的人，并不吃那海碗里的菜，只将筷子拨着面前小碟子里的咸菜萝卜干吃。看那海碗里时，有两样菜是认得的，一样是整个的炖肥鸭，一样是红烧扣肉。这都是很好的菜，不知道这些客人，为什么不吃这个，却要吃咸菜碟子。这稀饭喝起来也容易，不多大一会儿工夫，大家就喝完了，那四海碗菜，依然没动。宋阳泉心想，没有动也好，整碗地端来，整碗地端走，总也不能算我的钱吧？

正这样想着，茶房们却把先前撤下去的几碟水果，现在都切开了，重新送到旁边桌上。这不用提，原来以为不算钱的思想，完全错误，这个不过是吃饭以后的点缀品罢了。自己在碟子里拿了一片梨，坐在一边咀嚼。这里的茶房趁势走过来，轻轻地对宋阳泉道："宋老爷，还多有许多的菜，要不要送到公馆里去？"宋阳泉正不知道如何答复是好，魏有德看到，却上前来将手一扯茶房道："你是问剩菜吗？"茶房道："是的，要不要呢？"魏有德道："还有好些菜没动，怎么不要？你给我们送到高升旅馆去。"宋阳泉料着没有动的菜，是不会要钱的，省下了也好，偏是魏有德又叫送到旅馆里去，这钱更是花定了，心想若不是要魏有德给自己拉拢张厅长这条路子，从今以后，我真可以不必理他。朋友的钱，同自己的也差不多，哪可以这样开玩笑呢？

那水果这时吃完了，在场的客各人又抽了一卷烟，然后才纷纷告别。那个张厅长的兄弟二老爷却是最后才走，似乎是故意留步似的。他见宋阳泉坐在一边椅子上却拖了一把椅子，塞在屁股底下，靠了他附近坐着，笑嘻嘻地将手略拱了一拱道："今天叨扰，谢谢。刚才我们所提的那一件事情我负责，答应过一两天我就给宋阳翁回信，但不知道款子预备好了没有？"宋忠恕头向前一插，也拱了拱手道："钱早预备好了。只要事情说妥，随时都可以交款，二老爷这样和家兄帮忙，我们总知道二老爷的好处，将来一定……"说着，笑了一笑。张子诚笑道："笑话，我和家兄办事，我还能从中再要一份吗？而况二位对我都很不错，我这人做事就是这样，只重感情，不重金钱。只要宋阳翁的事情快快发表，政界上我们多一个通气的人，岂不是好？"宋忠恕对宋阳泉道："老大哥，你听见了没有？这位二老爷肯这样和我们帮忙，真是难得的事。我们若再不让人家办得顺手一点儿，真有些说不过去。"宋阳泉哪知这里面有什么缘故，口中连称着"是是"。张子诚站起来道："我们就这样一言为定，彼此心照。"说着，戴了帽子，告辞而去。

宋忠恕向茶房招了一招手，叫伙计开了账来，只在这时，童秀崇和魏有德说了一声先走一步，也告辞了。茶房送上账单来，宋阳泉一伸手抢了过去，先看纸尾开的总目是多少。只见写着中国号码字，乃是六十八元八角，心里不由透了一口凉气，事先原说好了，至多只吃三四十元的，而且桌上还有许多菜不曾吃，似乎也不能算钱，何以开起账来，却超过预定的数目一倍有余？两手捧了这张单子，如戏台上太监降圣旨的那种神气，好久说不出话来。宋忠恕道："一共是多少钱？"宋阳泉道："这个账目没有开错吗？据我说是不会有许多钱的。"宋忠恕一看总数，也觉过分。及看细目，第一项便开的是垫款十元，魏先生手。又垫款十元，童先生手。心想这两个东西，太岂有此理，怎么在吃酒这一刻工夫，也揩油二十元。本当说破了，怕为了这一点，会失掉宋阳泉的信用，只得默然。再看其他的细目，所有来的许多客人，车钱都是账房垫付的。以至于三炮台的香烟，也拿了十盒，这当然是各人揣上口袋，私人享用的。每人在这些零碎上，多耗费一块钱，也就可观。而且又叫了这些扬州姑娘，哪样不是花钱的。最荒谬的，便是在外面开了一个中桌，是赏给一些听差们吃的。连魏有德童秀崇二人，临时都有了听差。这样开销，怎么不要七八十元？于是将账单子向身上一揣，对宋阳泉道："数目并没有错。你要知道，这不算多，在张子诚眼光里看去，也不过是一桌三等酒席罢了。你不要以为花了这些钱，其实这像买东西一样，一分钱一分货。你既然下了这一笔本钱，自然买到一笔货。你不见张二老爷，对你说得那样恳切吗？连他应得的一份敬礼，他都不要了。你想，若是今天他吃得不好，他有这样好说话吗？你这就算省在里头了。"

宋阳泉一想，他这话也有道理，但是身上只带了三十块钱来，还差得多，宋忠恕曾揣着好多张十块一张的钞票，就问他能不能借用三四十元？宋忠恕道："我的钱已存到银行里去了，身上也是不方便。你没带那些钱不要紧，你先把身上所带来的交给柜上，不够的，让店里派人跟着我们去拿就是了。好在我们还有许多没吃的菜，也要叫他们派人送去的。"宋阳泉像个忽然大悟的样子，将手拍了一拍道："我想起一件事来，我们最后上的四碗大菜，大家都没有下过筷子，我们不必要了，退给他们，我们不要省下一笔钱来吗？"宋忠恕道："酒馆子里吃东西，可不像别的什么，拿上桌来就算钱，你退回他也是要出钱的，那何必呢？"宋阳泉这一听，心中倒为之一喜，便道："既是规矩如此，这钱照付了，倒也值得。"于是先将三十块交柜，然后叫酒店里派一个茶房挑了食盒，一路到旅馆里来拿钱。

到了家，将箱子打开，把那整百一包的现洋，搬出一包来放在桌上，然后一五一十数了三十七块，交给宋忠恕道："请你数一数看，这数目够是不够？"宋忠恕一数，便只有三十二块，因道："你不要忙，你一忙就少数了一手了。"宋阳泉道："是少数了一手吗？我倒没有留心哩。"宋忠恕也不答复他这个问题，当了他的面，又把那一大截现洋数了一数，果然是三十二块。宋阳泉一时没有想起是怎样少数一手之故，只得又在原包里面取出五块钱交给了宋忠恕，也来不及管原包是多少钱，放到箱子里去，马上就把箱子关上了。宋忠恕出去，把洋钱先交给了酒馆子的伙计，然后自己掏出身上的皮夹子，左手在裤子插兜里拿出，哗啷啷一声，将五块现洋放了进去。据伙计的意思，还要和宋忠恕另要些酒钱，宋忠恕道："你们不要不知足了，你们在总账上已经开了五块钱的小账了，你们还打算要多少。还有几毛零头，不用找了，就赏给你吧。"说着，转身进来，又和宋阳泉要了给伙计酒钱一块现洋揣在身上，然后走出来，放在自己袋里。

　　这时只把个唐尧老气得翻了大眼睛，他们这样地大吃大喝，简直不带自己玩一个，也不知这宋忠恕能拉拢张厅长是真是假。若是假的，自己绝不能这样漠视，让他们去胡闹。当时见宋阳泉脸上醉醺醺地露着红色，两手挽在背后，在屋子里踱来踱去，似乎很得意的样子，便问道："客是请了，你看这效力怎么样？"宋阳泉有了几分酒意，笑着头一摆道："我会到了张厅长的兄弟了，很好，他真有心和我攀个交情呢！你过几天就知道了。"唐尧卿道："今天一共花了多少钱？"宋阳泉道："八十多块钱。"唐尧卿一拍大腿，站了起来，问道："什么？一餐酒席吃八十多块钱，那了不得！"宋阳泉道："其实也不算贵，连筷子碗都在内的，单提那一桌菜碗，大大小小，有三四十样，就也值二十块钱。而况那些筷子，还是银子包头的。"唐尧卿道："不能够，我没听见说，吃酒席连饭碗都买下来的。"宋阳泉道："那不会错，忠恕告诉了我，他说端上桌来的东西都算钱的，我们就是不要，也要花钱的。"唐尧卿道："原来如此，这倒是个新吃法。但是省里这些阔人，差不多三两天就请一回客，若是三两天，就买下一桌碗筷，一年下来，家里要剩下多少碗筷呢？"宋阳泉道："对了，这件事，我倒也不大明白，设若这些碗都收了回来，家里也没有这些橱子收下呢？哦，我想起来了，刚才那酒馆子伙计送东西来，碗放在哪里？"便把旅馆里的茶房叫进来，问伙计把碗碟放在哪里？"茶房道："是问他送菜来的碗碟吗？他倒下菜，把碗碟带走了。"宋阳泉听到，大叫一声跳了起来。要知又出何问题，下回交代。

第十三回

小计勾魂掌中秘画
微资辱志车后亲随

却说宋阳泉听到一声碗碟由饭馆子里带走了，他觉得这个亏吃大了。由里向外一跳，口里连说道："那不行，那不行！"宋忠恕是最关心他的行动的，听了这话，赶快跑了出来，迎着他问道："什么事情，又要你这样大大地发急？"宋阳泉向他翻着眼道："这饭馆子里伙计太可恶，既然拿了我们一块钱那样多的小费，为什么把送菜来的碗碟还带回去了？"宋忠恕道："他自然带回去，难道还搁着这里，让你自己送去不成？"宋阳泉道："咦，你怎么这样说，他们的碗碟不是卖给我们了吗？你在馆子里就和我说了，说是端上桌子来的东西，都算是花了钱的，为什么他要把碗碟拿了回去了？"

宋忠恕这才明白，原来他是误会了，便笑道："我的老爷，你这是怎样一种算法？你想，酒馆子里办酒席，把碗碟都要卖掉，他家里不开一座官窑，能够办得过来吗？我说端上桌子来的都算，是指着酒菜而言，碗碟并不能包括在内。"宋阳泉道："既是不能包括在内，何以会花我七八十块钱？你说了只要三四十块钱的，现在多花好几十块钱，叫我怎样不急？"宋忠恕道："原来为的是这个，你早说舍不得花钱，不请这一趟客就是了。好吧，我带累了你多花了钱，以后请你不要理我就完了。"他说毕，气呼呼地自回房间去了。

宋阳泉一见这情形，心里倒软了大半截，自己一条做官的大路就靠着宋忠恕，若是将他得罪了，自己在省城里还干个什么劲儿。不过他既翻了脸，马上就去说好话，也有点儿不好意思，只得无精打采地转回房去。唐尧卿看到，便问是何缘故。宋阳泉两手一扬道："在城里交朋友真是不容易，花了钱，问都不能问上一声。"唐尧卿见他已有埋怨宋忠恕的意思，心中大喜，就微笑道："我已经早劝你不必大干，只要小就，设若你愿意干什么分卡之类的差事，我托重托重我的老表，多少有些成就。现在你要往大路上办，我又见不着你托重的大人物，我知道你们办的是怎么一回事？"宋阳泉道："事情呢倒是不假，今天我已和那个张厅长的二老爷碰了头了，他已满口答应帮我的忙，一两天之内就有回信了。有了这样好的路子，我看这事也假不到哪里去。"唐尧卿道："既是如此，你为什么还要得罪宋忠恕？"宋阳泉皱了眉道："我也是不愿得罪他们的，无奈我钱花得太多了，我不能不算一算这笔账。但是他就这样脾气大，连账都不许我算。"唐尧卿原以为他可以挣一口气，不料他一点儿反抗的力都没有，便叹了一口气道："好吧，我看你办吧。"

宋阳泉眉毛上尽管拴着无数的疙瘩，但是总不能说一句宋忠恕不对的话。正自一人在屋子里徘徊着，茶房却进来说是魏先生相请。宋阳泉正也要借了他们转圜，和宋忠恕言归于好，因之毫不考虑，就到魏有德屋子里来，他和童秀崇横躺在床上，谈得正高兴呢。魏有德首先在床上跳起来抓了宋阳泉的手笑道："你怎么还在家里，在酒席上人家和你斟酒，那算是白斟了吗？你也应该到人家家里去看看。"

这一句话，却猜到他心坎里去，原是早就想去看看，无如这句话有点儿不好出口，现在魏有德先提出来，他欢喜极了，却抬起一只手来，搔着头发道："我又一点儿规矩不懂，也不知道要带多少钱。"魏有德道："打茶围，用不着带钱的。这好比我们去看朋友一般，她不但是不要钱，而且还要供我们的茶烟，高起兴来，可以叫她唱一段给我们听听。"宋阳泉笑道："不能吧？你们又骗我。在省城里，动一步脚，都要花钱，而况这班子里又是花钱炉，怎能够不带钱去呢？"魏有德笑道："班子里，就是这一点儿邪气。你若是不相信，可以跟我们去看看，先到我们相好的那里，看见我们花钱以后，你再花钱。若是我们并不花钱呢，你就落得玩一玩了。"宋阳泉道："若是并不花钱，只是去看一看，我倒愿意去的。不过那个小鸭子，她不大爱理我，我不愿意到她那里去。"魏有德道："你不愿到小鸭子那里去，就到玉容那里去也可以，我看她对你感情很好的。"宋阳泉道:"那去不得,她是忠恕的姑娘,刚才我说错了两句话,忠恕正有点儿怪我呢。"

魏有德哈哈笑道:"不相干,不相干,堂子里姑娘,父子同嫖也不成问题。你这样的本家兄弟,大家同玩,要什么紧?何况忠恕和玉容,也仅仅是叫过两个局,哪里就能算是他的姑娘了。你若是愿意做她,老老实实,就叫忠恕相让。"说着,把宋忠恕叫来,就告以此意。宋阳泉极力说是不可以。宋忠恕笑道:"那要什么紧?我并不愿意做她,苦的是叫了两个局,不知道要如何敷衍下台。现在我推荐给你,正好了事呢。你若是不答应的话,倒真觉我们彼此之间有什么意见了。去吧去吧,或者在她们那里可以会到二老爷呢。"于是他们一行四人,先在别家班子里混了两处,然后一同到玉容家里来。

玉容对于宋忠恕,实在不大欢迎。这次却因为宋忠恕给了她一点儿暗示,说是宋阳泉有钱,大可以拉拢,因之他们一来,就放出一副笑脸,接了他们进去。宋忠恕笑道:"你不用忙,我今天是来办交代的,你不要认错了主人翁。"说时,和她丢了一个眼色,接着眼珠向宋阳泉一转。玉容听了他这话,心里就明白了,笑道:"到了这里来的,都是我的好朋友,管他哪个是主人呢?你们都请坐吧。宋老爷,今天谢谢你呀。"说着话,她一手就捞了宋阳泉的手,先拉着他在一处坐了。宋阳泉长了这么大,当了人的面,和异性坐在一处,却还是第一次。不过刚才和魏有德走过两家,见他们也是如此,所以虽有点儿不好意思,却也不认为是怎样奇耻大辱,只默然地和玉容坐在一处。

玉容笑道:"宋老爷你为人真忠厚,这样的客人十年也不容易碰到一个,我碰到你真是欢喜呀。"宋忠恕望了宋阳泉微微一笑道:"我的话怎么样?她是欢迎你,还是欢迎我呢?"他做了这种神气,玉容也看见了,她仿佛是一点儿也不知道,却捉了宋阳泉的手,暗中用一个手指搔着他的手板心,眼神就对他斜望着。宋阳泉受她这样一挑拨,几乎全身都痒了起来,却故装去看这屋子里的陈设,把视线移了开去。原来这一房家具都是白漆的,上面是白漆的无架床,床上叠着的绸被,用白线网罩上,连着白毯子白枕衣,真个是一片雪景。床上垂了一个大珠络灯球下来，里面罩着一盏红电灯泡。心里想着，晚上在这床睡觉，岂不是令人沉醉的一个所在吗？

正这样想着，偶然一回头，却看到一个黄黑矮胖子，紧紧傍着一个漂亮的妙龄女子坐了。只看那黑矮胖子，呆了一双白果眼，只管向自己看着。你看他那件马褂，大而无当的，在上身肿了一团，多么难看。秃着一颗和尚头，沿着额顶，有一道圆圈圈，大概那是帽子小了戴出来的痕迹。哪里来这样一个蠢货？只管对我望着，不由得吓了一跳。仔细一揣度，这是个大笑话，原来那人却是自己的影子，自己倒是如此一位难看的角色。连忙挺了一挺胸脯子，牵了一牵马褂子的下摆，打算将精神振作一番。但是当他看到自己的影子时，究竟不过是那一副形象，绝对振作不起来，又未免软化了。

所幸玉容这个人，究竟是爱他，虽然宋阳泉自己，看到有些不便，她依然握住了他一只手，用一个手指在他手心里乱画着，宋阳泉让她涂抹了许久，慢慢地也就醒悟过来，趁势将她的指头捏了两下，暗中表示已经知道她的意思了。魏有德坐在她对面，她的行动自然是看得十分清楚，就斜了眼睛望中宋阳泉道："在省城里混差事应酬，少不得要找一个姑娘的。玉容对你很好，她又没有什么青楼呆气，你就专做她也好。"玉容听说，又连在宋阳泉手心里搔了几下，却将身子扭着道："哟，魏老爷这样极力保荐啦，只怕宋老爷看不上眼吧？"

宋阳泉本来就无辞可措，经魏有德一说之后，索性难为情起来，简直不知道如何说是好，先就笑了一笑，然后低着声音道："她是忠恕的人，那怎样胡来得？"童秀崇笑道："要那样认真，那成了笑话了。堂子里玩笑，对于姑娘，犹如交朋友一般，谁也不能算谁的人。"宋忠恕更是笑了起来道："你不是不放心吗？我现在说明了，马上办交代，若是你有点儿难为情，我马上就走。"说毕戴了帽子，马上就走。

魏童二人既不拦他，也不跟了他走，只是微笑。玉容先站起来，斜视着忠恕道："不要胡说八道了！"宋忠恕并不答复，笑着向外走。玉容道："你就再坐一会子，也不要紧，为什么急了要走呢？"宋忠恕向外走，玉容借着送客，也就走出屋子来。童秀崇低声对宋阳泉道："人家这样相就，你为什么还不接受？你再要推诿，不但姑娘脸上抹不下来，就是忠恕荐一个姑娘也荐不上，他是很难为情的，你看对不对"？宋阳泉笑道："这里头规矩，我一点儿也不懂。"魏有德道："这个好办，遇事请我做顾问就是了，哪个又是生下来就会嫖的？"

说到这里，玉容进来了，她先笑道："其实宋老爷也是多心，我对这位宋老爷，"说着将嘴向宋阳泉一努道，"也不过喜欢他为人忠厚而已，我并没有别的意思，这样一来，我倒不能不……"她不向下说了，只是一笑。童秀崇道："我不闹着玩，说实话，这位宋老爷，他的心眼是真好，你不许对他胡灌米汤，也不许胡掉枪花，要实心实意对他才好。"玉容握着宋阳泉的手笑道："你看我这人，是不是坏人呢？"宋阳泉哪有什么话说，只是笑。魏童二人看了这种情形，自然是莫逆于心，索性陪着宋阳泉痛痛快快坐了一顿，直到晚上一点钟，方才回家。

宋阳泉心想，人家都说妓女是毒药一般的东西，沾惹不得，但是照着玉容为人看起来，这话就不尽然，只觉她妩媚可亲，并不见得有什么可怕之处。现在自己既然算是她正式的客人，不妨努力去进行。这当然和对付后进这位杜小姐，容易得多，可以公开地去和她纠缠。

心里有了这一份把握，次日起来，见着魏有德，正想请问着第二步要怎样去进行，魏有德似乎知道了他的心事似的，笑道："今天你应当再去一趟才对，要是这样，她才知道你是真心为着她。"宋阳泉笑道："我想想还是不去也罢，第一我是一点儿规矩不懂，第二我也不愿花这种不正当的钱。你是知道的，我到省城里来，并不是为着玩笑，设若唐尧老把我在省里胡为的事，回家全报告出来，我拿什么脸见人？"魏有德道："这要什么紧？在省城里混差事，哪个不嫖不赌不抽鸦片烟，这也并不是找快乐，都是为了应酬朋友，去找脚路而言。设若你差事发表了，将来有什么宴会，大家都叫局，就是你一个人可以空了不成？"宋阳泉笑道："我也是这样想，只要花钱不多，招呼一个姑娘在这里预备着，也没有什么不可以。"魏有德笑道："你暂且不要作声，吃过午饭，我带你一路去玩玩，你随便带一些钱就行了。你若是怕不在行，钱放在我身上，我代你花费就是了。"

宋阳泉虽然舍不得钱，但是这个时候，实在为玉容引得神魂颠倒，心里自念着，只要差事到了手，花费几个钱，总是挣得回来的，又何必不去玩玩。这样想着，就不会再考虑，偷偷儿地在箱子里取了五块钱，交到魏有德手里。两点钟的时候，推说要看一个朋友，二人齐向玉容家来。魏有德拿了五块钱在手上，真够一个朋友，出得门来，先就雇好一辆人力车，让宋阳泉坐上，再要第二辆时，车子已经没有了。宋阳泉心想，当然这钱是我出，既叫不到车，我不能一人坐，乐得把这车钱省下来。于是跳下车来，也不肯坐。魏有德道："你坐上吧，街上到处是车子，我一面走一面找，也还来得及。我穿的是西装，在街上走路，可以说是学洋鬼子。你穿长衣服不坐，人家会说有失官体的。"宋阳泉恐怕"有失官体"四个字，只得坐了车上去。

魏有德一步一步在后面跟着，转过了好几条街，到了后来，他索性不要车，看到车子也不叫一声。车子拉到了一条冷静些的巷子，宋阳泉逼着车夫停了车，跳下来道："有德，你上去坐一截路，让我走着。"车夫一见，这是新闻，两个人坐一部东洋车，还要彼此让上一让。魏有德见车夫笑嘻嘻地望着，也未免有点儿难为情，便道："你只管坐，我并不是不叫车，实因我有腿病，医生吩咐我需要多走路。"

宋阳泉因他推了有病不能坐车，这不能再勉强了，又坐上去，心里觉得这个朋友真好，二十四分过意不去。一直拉到玉容的宝山班门口，魏有德在身上掏出两角钱，又抢着会了车钱。宋阳泉曾留意了的，那五块钱并没有换，这零头钱一定是他花的了，心下大喜。但是古言道：贪小便宜者上大当，他是不是会上大当呢？下回分解。

第十四回

访香巢耗资入圈套
买肥缺论价说交情

世上交朋友，本来是互相利用的，甲利用乙，乙也利用甲，这是很公道的事。设若甲想一无所损要利用乙，结果是一无所得，被乙利用，却也是自作孽。唯有甲并无利用人之心，偏有乙以愿受利用来引诱。甲纵然还存个互相利用的心思，结果是明明全受人家利用，还以为利用了别人，于心不忍，这种人却是可怜。

像现在的宋阳泉，就归于这最后的一种。魏有德是个何等样人，自然是看透了他的颜色，于是一伸手拍着他的肩膀道："我们这样好的朋友，这随手掏用的零钱，哪个身上方便哪个就给，何必介意呢？"说着，将嘴向大门里面一努，"到了里面，可不要提起这件事。"宋阳泉笑着点了一点头，和他一路走了进去。

那个扬妓玉容，她在窗户里看到魏有德陪着宋阳泉来了，知道有意，拉到屋子里先就笑着，然后迎出来握着宋阳泉的手笑道："我猜你昨天就会来的，怎么迟到今天呢？"宋阳泉在未来之先，心里早就预想着说些什么话，可是一见着玉容，什么话也说不出来，又犯了傻笑的毛病了。

玉容手牵着手，将他拉到屋子里，同在床沿上坐下，笑道："怎么迟到今天才来？"宋阳泉道："昨天到家已经很晚了，怎么还能够出来？"魏有德坐在一边，笑道："你这人究竟是太老实，夜深了要什么紧？越夜深越好哇。我是没有姑娘叫我夜深去，若是有姑娘肯叫我的话，就是大风大雪我也肯出门。因为熬到了那个目的地，就不用回家了。"玉容瞅了他一眼道："你总不肯说好的。我请宋老爷来，并没有别什么事，不过有点儿水果请请他。"

魏有德突然站近前，一伸手，在她脸上掏了一把，笑道："你倒会说话。吃水果是什么忙事，早上可以吃，晚上可以吃，饭前可以吃，饭后也可以吃，为什么一定要那样夜深来吃？吃水果我倒是个外行，你可以把这原委说给我听听。"玉容笑道："哎哟，魏老爷，你也有要好的姑娘，为什么要处处拆穿人家的西洋镜呢？"魏有德听了这句话，却也无所谓。宋阳泉听了，只觉心痒难搔，人向后一仰，不觉倒在床上。他倒下去，原是极快活的表示。但是倒下去以后，心里就想着，自己一点儿规矩不懂，这床上究竟是能倒不能倒的呢？因之受了第二个感想的支配，立刻要坐将起来。但是当他正要将身子坐起来的时候，玉容却把两只手按住他的胸脯，也躺了下来。将嘴伸到他耳朵边，叽叽喳喳说了。坐了个魏有德，可不知道人家看到，会有什么感想。昂起头来一看，只见他斜靠了桌子抽烟卷，自在得很，什么事情也不曾想到呢。

宋阳泉先听了一套有味的，后来听的却不见得怎样有味，可是他也听一句哼一句地答应了。魏有德过了许久，喂了一声道："你们有什么话不要瞒着人，说出来大家听听呀。"玉容道："其实没有事，我这一向子生意上清闲得很，我和宋老爷商量，能不能够和我打一场牌？"魏有德道："那不成问题，像你们这样的交情，小小地捧一捧场，那还有什么可说的？不要说别人，我老魏就能凑上一脚。"

宋阳泉心里想着，事情虽然可以答应，然而要花多少钱，还得考虑一下，不料自己还在盘算，旁边凑脚的人儿都答应了，这还有什么法子可以推诿？玉容道："谢谢了。你们各位哪天有工夫哩？就是这两天，好不好？"魏有德道："可以可以，今天我们和几位朋友商量，明天腾出工夫来，就一齐到这里来，你要好好地招待呀。"

玉容看这种情形，料是不会撒谎的。到房门外去走了一趟，不多一会儿，扬州娘姨忙着搬着糖包水果碟子进来，殷勤相待。魏有德心想，只能适可而止，便和宋阳泉丢了一个眼色，对玉容道："我们要走了，我还得陪着宋老爷到张厅长家里去呢。"玉容知道魏有德这班人，在省城里玩笑场中很有威权，应酬他们不周到的时候，他们就可以随便捣乱。因之特意将魏有德拉到套房里去，说了许多要他帮忙的话。魏有德故意地大声答道："就是这样办吧，你也不必再说什么了。"说毕，和玉容一路出来，然后微笑着和她一点头，拉着宋阳泉走了。

走出大门，宋阳泉忍不住先问道："她刚才拉你过去，说了些什么？"魏有德道："还有什么事呢？无非是要钱，我对她说了，既是明天要人打牌，今天就不必再要人家破费什么。不过面子总也是要做的，今天只把那五块钱，赏了她们娘姨，让她转交了。今天是我来了，要不然，说不定你今天要破费十块二十块，而且也没有多大的面子。"

宋阳泉道："唯其是这样，所以我一个人总是不敢来。明天这件事，你看要不要对忠恕他们说？"魏有德心想，这笔买卖最好是一人包办，不过这姑娘原是忠恕的，若是瞒了忠恕，怕他发起脾气来，会把自己轰出团体以外，因道："除了唐胡子以外，我看都可以说一说。"宋阳泉道："你这话我很赞成，本来玩笑的场中，也不应该一个人取乐，你看这要花多少钱呢？花了钱之后，又怎么样呢？"他说着话，一面走路，一面搔着头发，嘴角上露出微笑，那一种踌躇满志的样子，自然和平常不同。魏有德心想，我知道他是一个舍不得钱的人，今天花了五块钱，不但没有一点儿眷念的意思，而且还问要怎样地花钱，这样看来，他对于玉容是着了迷了，便道："打牌之后，自然就是接线头做整账，一套上。"宋阳泉便问什么叫接线头和做整账？魏有德将规矩详细告诉了他，因笑道："总而言之，统而言之，就是那么一回事，花钱的老爷达到最后的目的。"

宋阳泉笑着摆了一摆头道："你虽然这样猜着，但是我没有这个目的，我不过做一个姑娘应酬应酬朋友而已。"魏有德道："我们招呼姑娘，哪个又不是只打算应酬朋友。不过和姑娘有了相当的交情，若是不理会姑娘那件事，姑娘怕是你嫌她，她心里十分不欢喜的。人都是感情动物，彼此感情都很好，一定要勉强做假道学，那也太没有意思。"宋阳泉道："我就向来反对道学先生那些假做作的，我岂肯矫情？不过……不过……"他说着，将手上的手杖敲着路上的石板，低了头笑起来。魏有德道："那要什么紧，我们这些人，哪个没有要好的姑娘？就是公开出来，大家知道，也不过哈哈一笑。"宋阳泉道："这些规矩，我一概不懂。"魏有德道："哪里还有什么规矩，规矩你都经验过一大半了。只要你把牌一打过，玉容自然会约会你的。你万一不好意思到她家里去，把她叫到旅馆里来，也没有什么关系。哦，你屋子里，还有个唐胡子。"说着，也笑起来了。

宋阳泉笑道："我真得请你做个顾问，多花几个冤钱，那还在其次，花了钱，还要让人家见笑，那就太不值得了。所以我总要慎重出之。叫她到旅馆是不行的了。譬方说，她真约会我，那天我怎样去，我又要花多少钱，钱交给谁手里呢？"他这样一问，恨不得把魏有德肚子里的嫖经，要盘个痛快淋漓。魏有德倒是够朋友，却是知无不言，言无不尽。

让魏有德把这事请了个八成账了。宋阳泉笑道："也不过白问一声罢了，我并不想达什么目的。"魏有德笑道："法子我全教给你了，顾问的责任总算尽了。至于你要怎样办，我是在所不计的。玉容这个孩子真不错哇，我看这些姑娘，没有哪个人比得上她皮肤白嫩的，这要在红罗帐下一看，真个令人销魂荡魄呀。"宋阳泉笑道："既是这样，你何不做她？"魏有德道："我与她无缘呀。她实在是喜欢你。虽然老爷们同样花钱，有的钱一花就在劲儿上，有的花一辈子，也不得姑娘欢喜，那又何必呢？"

两人说着说着，不觉路之远近，已经快到旅店门口。宋阳泉笑道："我们谈话谈得很有趣的，还在路上兜个圈子吧。"魏有德道："我们回旅馆去坐着谈不好吗？"宋阳泉说："旅馆里人太多，说不上三句话，就会挤上一屋子人。"魏有德道："可惜我身上没带零钱，要不然，我们可以上茶馆里去泡一壶茶，慢慢地去谈。"宋阳泉连忙答道："一块钱够了吗？我身上有钱，我们同去吧。"

魏有德见他愿出一块钱去上茶馆，就答应了和他去。好在他肚子里嫖经很渊博，一面吃喝，一面谈话，那材料也就源源而来。而且他知道宋阳泉答应出到一块钱来喝茶的。在茶馆里用一块钱，那是比较地宽裕，因之叫了一笼包子之外，又要了一碟拌干丝。干丝送上来了，他再要一碟大花生，将花生仁剥出来，放在干丝里拌着吃。他告诉宋阳泉说："这种吃法，大有鸡丝火腿味。"宋阳泉先是不信，后来一吃，果然其味不错，花了一块钱，学了许多嫖经，又得着一样新吃法，这不算白来了。

回得旅馆去，兀自高兴，对人只说是同着魏有德去拜了几位客回来。宋忠恕埋怨着道："你出去，也不留下一个消息，把我真急坏了。张二老爷约了今天下午来的，这也就快到了。若是他来了，你并不在家，机会一失，又不知道要延误到什么时候了。"宋阳泉大惊道："他来过了吗？"宋忠恕道："所幸是他没有来，他来了，我真无词以对呢。你在家候着吧，不久就要到了。"

这事正也是巧，说到这里，茶房由外面喊着进来，说是有一位张老爷来拜会宋老爷。宋阳泉掀起一角窗帘子，隔着玻璃向外一看，果然是张厅长的兄弟张子诚来了。这是自己到省城来，唯一所要找的人物，当然要格外恭敬地去欢迎他。好在帽子手杖马褂，一律都是随身的，马上掀着帘子，就远远地作了一个揖。张子诚待还揖时，他又取下帽子，向他鞠了一个躬。

张子诚一看这旅店过堂里，不住地来往着人，绝不好意思，对面对的，也回他一个鞠躬，只得站着白受了他这一个礼。宋阳泉一想，唐尧卿总说自己交的阔朋友未必靠得住，现在张二老爷亲自来了，这不能不引到自己屋子里去，让唐尧老看看是真是假。于是拱手道："二老爷，请到我房间里去坐，我在家里等你等久了，总怕失了机会。若是把机会失了，再要找二老爷来，那又费大了事了。"张子诚望了他，不知所答。宋忠恕也怕他再说什么。张子诚听到，大家是一路，倒无所谓，若是让茶房他们听去，觉得自己捧的这个本家老爷，未免不对，便依了他的意思，赶快将张子诚让到他屋里去。

唐尧卿在屋里见着，少不得介绍一番。大家先谈了两句闲，接着张二老爷便正色道："兄弟做事，向来说到哪里，就做到哪里。昨天叨扰宋阳翁之后，回家去见着家兄，把宋兄的事提了。家兄说，缺是有，不过现在要的人太多，而且还有两个人，荐主太硬，不能不敷衍，所以这件事要考虑考虑。我听到说考虑二字，明知就不能做十分希望了。因说，宋阳翁的事，我一力担承了的，若不发表，对人失了信用，以后我就便不在外边接洽什么问题，我也只有不干了。家兄怕我说得到就做得到，心里很着急，便道：我答应你设法子就是了。不过有两个人送了很重的礼来，我都收下了。现在我要不将人家的事发表，我能收下人家的礼吗？这是叫我赔本了。我听说，就知道家兄之意所在，只是宋阳翁这边……"

宋忠恕连忙握住张子诚一只手，摇了一摇道："这事多得你帮忙，我们这里预备的钱绝对不成问题，但是数目一层，请二老爷给我们一个范围。"张子诚听他说到了钱的数目问题，便不肯含糊，将自己坐的方凳子拖着向前移了一移，和宋忠恕面对了面，拍着他的大腿，轻轻地道："我和你们看中了的，是柴家渡的厘金，除了总局，外带四个分卡，每年有一万以上两万附近的好处，若少花钱可以弄到手，哪个不去办？"

宋忠恕点了一点头，偷眼看宋阳泉坐在一边，已是听呆了。因道："这话我们也知道。若不是有二老爷这条路子，我们怎敢有此妄想？所以我们不能全说是靠钱，要托一半面子，暂时送这个数目的茶敬，你以为如何？"说着，将右手一个食指，向上伸着。张子诚突然站起来，将放在茶几上的呢帽向头上一磕，摇了头微笑道："这话我们将来再谈吧。"宋阳泉怕他真走出去了，抢着走到房门口去，两手横伸，连道："二老爷，你千万不要走，有什么话我们总好商量。"宋忠恕也扶着他的手，让他坐下道："我们也不过这样商量，哪就敢决定数目，只要能力办得到，自然还是尽力而为，这是就公的一方面而言。若是就私人方面而言，我们总还要对二老爷有些报酬。"张子诚见他二人这样地拦阻，也就不便坚决要走，又坐下了。

宋阳泉心想张二老爷一听说对他私人有办法，就不走，这自然是有原因。连忙打开箱子，照着乡下聘童养媳的聘金数目，取了二十四块现洋，用草纸包了。再把网篮里包点心的红招牌纸，用一张在外面一裹，手里捏着，走到张子诚身边，向他手里一塞。张子诚倒有些莫名其妙。他如何答复，下回交代。

第十五回

别具深心苞苴婉谢
饱餐秀色玉体横陈

却说张子诚正和宋忠恕在谈生意经，忽然宋阳泉拿了一个红纸包向他手里一塞，他不能不吃一惊，手里捏着硬邦邦的沉甸甸的，可不知道这是什么。明知道宋阳泉是一种暗中的馈送，又不知道是不是能收的。他正在犹豫着，宋阳泉却笑着向他道："我实在感谢张二老爷。无论什么事，都是人心换人心，张二老爷既然先待我们好，我们就不能说那句空话，什么余情后感。"说到这里，他嘿嘿地笑了一声道，"这是二十四块钱，送给张二老爷……嘿嘿，买点儿茶叶喝吧。"张子诚手上拿着那洋钱包，暗中掂了两掂，脸上已是表示出那踌躇的样子来。宋忠恕看到，连忙和他丢一个眼色，微微地摆了一摆头。而且同时鼓了嘴，将牙齿对咬着。在这种情形里面，那很可以知道，他是反对收下那钱的了。

张子诚突然将脸一变，手上拿着那个洋钱包，指着宋阳泉道："我看你是个老实人，所以在家兄方面，极力和你帮忙，不料你玩弄这种手腕，未免太瞧不起人了。"唐尧卿在一边看到，也替宋阳泉捏一把汗。心想，这个张二老爷，有钱不要，眼睛框子很大，不会是冒充的。便起身拱拱手道："二老爷，你不可误会了，我们这位贤弟，他是按照乡下的风俗，乃是一番最恭敬的意思，他哪里知道在城里是犯忌讳的事呢?"

张子诚手上举着的那个洋钱包，不觉慢慢垂将下来。宋忠恕一见，连忙抢着上前，一伸手，将那洋钱包抢到手里来，即刻向宋阳泉手里一递，皱了眉道："你这人真是太老实了，收回去吧。"宋阳泉经张子诚一说，本来人都吓呆了，站在那里发怔，不知说些什么是好。现在宋忠恕将钱拿了过来，他才有些醒悟，脸上放出一番苦笑，向张子诚拱拱手道："我真是不懂规矩，请二老爷不要介意。"

张子诚心里也想，官不打送礼的，狗不咬屙屎的，我本来也就不想和他为难，不过宋忠恕不让我收这笔钱，我只好不收罢了。他心里如此一想，也就怔怔地望着。还是宋忠恕从中转圜，将张子诚的手握着，笑了让他坐下，便道："你不要怪家兄，只原谅他一点儿诚意罢了。至于那整数目的话，我们还可以从长研究。"

张子诚将原先移拢了的凳子，重新搬开，将桌上放的茶杯，端起来喝了一口便放下，放下之后又端起来喝一口，显着那样充分的不耐烦。宋忠恕就拱了拱手道："这件事，当然是不能照我们所说的那个程度去办，不过我们总可尽力而为。但不知据张二老爷的看法，至少要出多少数目？"张子诚微笑道："请宋忠翁想一想，这样的好处，若是出这一点儿数目，就可得到手，哪个又不愿伸手去办呢？若照我的看法，至少也要孔门弟子之数，可是据你这方面定的数目，就相差得太远了。"宋忠恕燃了一根烟卷，坐着抽了一阵，然后又站起身来，背着手在屋子里走了几个来回，似乎他对这事已经用尽了心机了。

他在想心事，宋阳泉和唐尧卿也就默然望着，不敢作声，最后他把那根烟卷抽得只剩几分长了，拿着向痰盂子里一掷，然后走向张子诚面前，放出肯定的样子道："数目一层，暂时不要决定，我尽今天一天的工夫，和家兄通盘筹划一下，只要求你在这几天之内，在张厅长面前千万不要松口。"张子诚淡淡地道："办是可以办得到，只是日期恐怕不能久等，尽我的力量，以三天为限，三天以后我就不负责任了。"

宋忠恕一面装出沉吟的样子，一面对着宋阳泉望着。过了一会儿，问道："对于日期上面，你看有什么问题吗？"宋阳泉心想，把箱子里的钱全花光了，也不够三千块钱，总数就没法子凑付，日子长短，倒没有什么关系，因此沉吟着，未曾答应出来。宋忠恕点着头道："好吧，就是这样办，我想有三天的限期，多少总可以凑些款子的。"张子诚道："三天的限期，可是连今天在内，否则我是不负责任的。"说着，又站起身来，将帽子戴在头上。宋忠恕道："现在你总不忙，何不宽坐一下。"张子诚道："家兄还有两件要紧的事，等了我的回信，这个时候我就要去了。"说着，将手连拱两拱，匆匆忙忙地就走出房去了。

二宋一直送到大门外，宋忠恕道："二老爷没有坐自己的包车来吗？我再送一程。"于是将张子诚一直送到大街上去。张子诚回头望了一望，一顿脚道："你是什么意思，定要把这件事情弄成僵局才放手吗？我都照着你的话说了，现在就看你怎样接着向下办了。"宋忠恕道："我做事，不见得不如你聪明。设若我没有几分把握，我肯说出这种话来吗？"张子诚道："那都罢了，我到手的那一截洋钱，这也与大体无关，你为什么一定要我退回去？"宋忠恕道："并不是我妒忌你多挣几个钱，实在因为你的面子太大了，若是那一点儿小款都收下，可就把西洋镜拆穿。你要知道唐尧卿那个老东西，实在不能用乡下佬待他的。在他面前不能不规矩的。不信，你看看这个。"

说着，他在身上掏出一封信来交到他手上。张子诚接过来一看，上面写着有五渡河厘金总局缄的一行字。张子诚道："呀，这是赖国恒的信啦。"一面走，一面看着那信，信上写的是：

尧卿表兄大鉴：

表示均悉。宋忠恕魏有德等，为省城中著名之无赖少年。对官场中虽亦认识数人，不过花天酒地，偶然共同作乐，绝不足以言共同活动。宋阳泉君既有心出来谋差事，弟亦赞成。但当顺序而进，不可听宋忠恕等之欺骗，过于躐等。若宋阳翁愿与弟合作，只须出价千元上下，弟可腾出一分卡令其试办。使合作周年半载之后，已有经验，再谋独树一帜，亦尚不迟也。吾兄以为如何？十日内外，弟拟来省一行，一切不妨面商。对于宋忠恕等，可以虚与委蛇，不必得罪。良以此等人成事不足，坏事有余耳。专此奉复，并颂财安！

愚表弟国恒顿首

张子诚呀了一声道："怎么会来这一封信？你是怎样拿到手了？"宋忠恕道："也是天不绝曹，这封信由邮差送到旅馆来的时候，恰好我要出门，在门口遇到。我一看是挂号信，上下款又是如此，身上正有一张唐尧卿的名片，要账房在回执上打了一个图章，交给邮差，便把信弄到手了。你想，十天前后，赖国恒就要来，他一来了，这事情那还有我们的份吗？所以我预先告诉你，只能出三天的限期。这几天，我们不能不加紧工作。你晚上还到旅馆里来一趟，这事就更好办了。"说着，对了他的耳朵，叽叽喳喳说了一阵。

张子诚点着头笑道："你告诉过我的办法，我自然知道办，不过你也要看事行事，不要一味逼迫得太凶了。"宋忠恕一把将信拿了过去，揣在身上，笑道："放在你身上不稳，我拿回去烧了吧。"说着，和他点了点头，笑着回旅馆了。

到了旅馆门口，只见杜梅贞脸上带有三分气愤的样子，站在门口望街，一见宋忠恕，便板着脸道："你们这种人，真不讲交情，把我耍够了，现在又换了新花样了。"宋忠恕对门里望了一望，低声笑道："我不明白你什么事生气，有话我们到里面去说，好不好？"梅贞冷笑道："好，我怕什么？哪里都可以去。"说着，她竟在前面走，先到宋忠恕屋子里来。

宋忠恕一进门，见她坐在床上，两手抱了大腿的膝盖，将头偏到一边。宋忠恕笑着递了一根烟卷给她，她就接着向嘴里一衔。宋忠恕找着火柴擦了一根送过去，她就俯首将烟头就着火来吸上，总表示她那不在乎的样子。宋忠恕退着坐在她对面椅子上，笑道："杜小姐，我什么事得罪了你呢？"梅贞道："你除了用美人计，就没有别的方法吗？为什么把那扬州婊子又让给了他。他昨天去了，今天又去了。"

宋忠恕低声笑道："原来你是为一点儿酸醋的关系……"偷眼看她时，她偏了头，鼻子眼里喷出两道青烟，箭似的飙到老远。她又吸了一口，带着烟冷笑道："酸醋倒是酸醋，不过我这酸醋，与别人的酸醋有点儿不同。人可以让给你的相好，只是我的报酬呢？"宋忠恕笑道："你就是这样糊里糊涂生我的闷气，我哪里知道是什么缘故？"梅贞道："你叫魏有德来问一问就明白了。"宋忠恕敲着板壁，只喊出了一个"魏"字。魏有德笑道："东窗事发，不好了，不好了。"说时，他已笑

90

着走了进来，笑道："不用问，我全说了吧。"于是除了自己落下两次钱的事不提而外，其余和宋阳泉同游的经过都说出来了。因道："这都是他自己愿意这样办的，与我们什么相干？你有本事，把他吸引住了，不让他向外跑就是了。"

梅贞静静地抽着香烟，冷笑道："只要你们不拉我的后腿，我总可以把他吸引住。倘若你们再把自己的相好来包围他，那我就没有法子了。"宋忠恕笑道："言重，言重！我们若是肯那样做，也就发了财了，何至于到现在，还要大家来凑着想法子哩？我的小姐，你有什么道法，你都搬演出来吧。我们绝不从中捣蛋。小魏的心事，我是知道，无非是想从中闹几文。这一层，我可以监督他，你有计划，只管去进行。"

梅贞站起来道："好，我马上就去演我的法术了。话已说明，你们哪个要想和我捣乱的话，我也和你们捣乱。闹一个鱼死网烂，大家吹灰。"说着，一手夹了嘴里的香烟，一手撑着腰，摇摇摆摆地走出去了。宋忠恕望了魏有德，魏有德却伸了一伸舌头。梅贞走回房去，匆匆地布置了一番，就由宋阳泉屋子后窗外，向里望了一下，于是走回房，对自己的娘姨道："你说魏老爷在这里，把前面屋里的宋老爷请来。"娘姨心里，自也是明白的，便到宋阳泉屋子里来相请。

宋阳泉听说魏有德在梅贞屋子里请他，倒有点儿奇怪。但是杜小姐也是愿意接近的，马上就走向后进来。他并没有经什么考虑，见梅贞屋子里的门帘是垂下来的，伸手一掀门帘，就向屋子里一钻，钻进来看时，倒不由吃了一惊。屋子里哪里有魏有德？只是梅贞一个人，斜躺在那张半旧的沙发椅上睡觉。她上身穿了一件短袖子的对襟粉红卫生衣，紧绷绷地捆在身上，胸面前，高高地突出两块。两只如雪藕似的手臂高举起来，环抱在头上。下身穿了一条白短脚短衩裤，还不到一尺长，两只大白腿赤条条地平放在沙发上。地板上一条花绒毯子，只有一个小小的尖角，压在她身底下椅子上。再看她脸上时，白白的带着红晕，也不知道是抹了胭脂，也不知道是喝了酒。

自己冒冒失失地走进来，本当立刻就退出去的，但是在看到她这种形态之后，不免站着发起呆来，望了这个海棠带醉的美人图，竟是移动不得，心里倒扑突扑突，乱跳上了一阵。心里想着，这毯子落在地板上，未免冷了她两只腿，正想向前一弯腰，去捡起那床毯子。梅贞忽然两手一伸，眼睛微微睁开。她仿佛看见面前站了一个人，连忙坐了起来，宋阳泉百忙中叫了一声"杜小姐"。梅贞哎呀了一声，连忙光着双脚走下地来，就向衣橱后面藏。宋阳泉也红了两脸，转身便要走。手一掀门帘子，还不曾走出去，梅贞忽然笑起来道："原来是小宋，我还没有看清楚呢，不要走，不要走。"

宋阳泉转了身站着，见她伸出一只手臂乱招，笑道："对不住，请你和我做一点儿事，把床档上那一件长衣服递给我。"宋阳泉见她并不见怪，果然在床上取了一件花格子布长衣交给她，笑道："对不住，并不是我故意闯进来的。你家娘姨，说是魏有德在这里，所以我跑进来了。"梅贞披了长衣，眼睛向他一瞟道："这是你，若是别人，我真要把娘姨大骂一顿的。"说着，又光了赤脚走出来，将毯子捡起，才踏了鞋坐着。

宋阳泉不客气，也坐在椅子上。梅贞道："我睡得迷迷糊糊的时候，仿佛你向我身边走来，你是干什么？"说时，斜转着眼珠望了人。宋阳泉将双手搓了两搓，微笑道："难道说我还敢乱来不成？我看到你的毯子落到地板上，我想和你捡起来。"梅贞微笑道："真的吗？"说了，嘴一撇，她顺手开了衣橱，取出一双长腰的粉红丝袜慢慢地穿起。穿了之后，才站起来，对着橱子上的镜子，慢慢扣起衣纽扣。扣完了衣纽扣，坐着梳妆桌边，对了镜子，扑了一扑粉。宋阳泉正坐在梳妆桌的一边，她这一阵乱扑着粉，粉和香气飞了宋阳泉一脸。

宋阳泉坐在那里，一声不响，只管笑嘻嘻地望着。梅贞瞟了他一眼道："傻子，你看呆了吗？"宋阳泉伸手在腮上擦了一擦，微笑着。梅贞道："你为什么不作声？"宋阳泉道："我心里乱得很，不知道怎样说是好。"梅贞听说，放下粉扑，两手撑着桌子，望了他微微一笑，又说出他心痒难搔的两句话来。这两句话，留在下回交代。

第十六回

藏现洋机灵谋合作
送相片明白表深情

那宋阳泉正是心痒难搔之际，梅贞索性逗引他一下，瞅着他微笑道："你到我这里来，要秘密一点儿，不要让他们知道。"宋阳泉笑道："我虽然老实，这一点儿事我总知道，我哪里会让别人知道？"梅贞将桌上的化妆品瓶罐，向前推了一推，表示出一种无聊的样子，脚在地下点了两点，向着宋阳泉微笑。

宋阳泉也不知如何是好，拿着香水瓶子闻闻，拿起香粉盒子看看，不时地用眼睛斜瞟着梅贞。梅贞低声道："那个扬州姑娘，长得好看吗？"宋阳泉道："哪个扬州姑娘？我不知道。"梅贞将嘴一撇道："哼，我早知道了，你还要瞒我呢？"宋阳泉笑道："我不过是跟着大家应酬应酬，自己并没有招呼什么人，你是听见哪个说的？"梅贞道："你们在屋子里大谈嫖经，还有什么顾忌吗？你们是怎样子的玩法，我全都听到了。"宋阳泉笑道："老实说，我并没有在那些地方玩的意思。不过我老想接近你，你总是不给我一个机会。好像那回晚上十一点钟，你叫我来的，后来你就睡了。事后我得不着机会，又不便问你。"

梅贞向圈椅上一坐，举起两只白手臂，伸了一个懒腰，望了他微笑道："你还说这个呢，那天真把我等了一个够，我的门是虚掩的。"

宋阳泉一跌脚，咳了一声道："可惜，可惜，我简直不知道。不知道还有那种机会没有？"说时，斜望着梅贞。梅贞低了头，将两只手卷着自己的衣裳角。宋阳泉走到她身边，将嘴伸到她耳朵下，轻轻地叽咕了两句。梅贞将身子一扭道："讨厌！"宋阳泉用手拍了她的肩膀道："就是这样一言为定了，不许再骗我的。"梅贞道："其实我就一回也没有骗过你，只怪你太老实罢了。"宋阳泉笑道："那就好极了。你点破了我，以后我就不会再误事的了。"梅贞笑道："你还要人点破，你不过装老实罢了。譬方我今天一个人在屋子里，并没有通知你，你怎么就会来的呢？"宋阳泉心想，你本是叫娘姨去叫我来的，你既是不好意思承认，我也不必说破，只要彼此心里明白也就是了，于是笑着在旁边一张长椅上坐下来。梅贞道："这个时候，你在这里坐着做什么。你简直是打草惊蛇，故意让人知道了。去吧去吧，回头再来吧。"宋阳泉道："你何必催我，让我多坐一会子，也不要紧呀。"梅贞道："不是我不要你坐，这旅馆里人多口杂，多少人和我来往，我都淡淡的，爱理不理。只有你，我特别地待你不错，人家一定要疑心我的。"

宋阳泉听说，也伸了一个懒腰，慢慢站起身来。梅贞瞅着他微笑道："不要做出这种样子，去吧。"宋阳泉走到房门口，还和她做了一个鬼脸，然后笑着去了。他一到了自己屋子里，宋忠恕就来了，埋怨他出门去，何以也不先说一声，张二老爷的约会就是这两天工夫了期，他不再等的，你不怕失了这机会吗？宋阳泉道："我已经答应尽我的力量办，他尽管说要多少，我拿不出来有什么法子呢？"宋忠恕衔了一根烟，架着脚坐着，颠了几颠。因向他问道："你究竟有多少款子，告诉我一声，我也好和你计划一下。"

这个问题提了出来之后，宋阳泉不能不默然了，先看了唐尧卿一下，然后再看着宋忠恕，沉吟着道："已经不到两千块钱了。就是把张二老爷的这笔款子划出来，少不得还要留些款子，做别的用途。我的事你是知道的，我就托你给我代为接洽一下。接洽好了，你再来和我说，只要我的力量办得到，我自然是答应的。"宋忠恕道："银钱的事，我们总要分个来清去白。我不能那样先斩后奏。张二老爷大概约了今天晚上十二点钟接头，我就在那个时候，约你当一下面，大事就决定了。"宋阳泉道："今天晚上不行，我这几天累极了，要休息休息。无非是价钱多少那几句话，你代我说说就行了，何必一定还要我当面？"宋忠恕道："你若不当面，到了明天早上成了定局，就不许推翻的。"宋阳泉道："你既然知道我的事，就是和我答应了，自然也和我答应的一样，何必还要我当面，我当了面，倒有些地方不好转弯了。你做好事，让我今天晚上睡一个痛快，千万不要叫我。"宋忠恕点点头道："本来在乡下早睡早起惯了的，到了省城里，突然把生活改变了，这也难怪你要休息一晚了。好吧，你只管睡，我今天晚上决不惊动你，明天早上你就等我的回信吧。"

他说着这话，脸色可是板得很郑重的，绝不是开玩笑，宋阳泉自也放心了。这一天晚上，他就放了心去休息，宋忠恕果然不曾惊动。到了次日早上，也不过七点钟的时候，宋阳泉就在天井里走着，闲闲地散步。杜梅贞也起来了，在窗子下洗脸洗头，隔了窗子玻璃看见，便笑道："宋老爷，没有吃早点吧？我们一块儿吃吧。"宋阳泉笑道："好的，让我来请你吧。"说着这话，也就走到她屋子里去了。

梅贞向他微笑道："你洗过了脸吗？"宋阳泉伏在桌上，低声微笑道："洗过了。那老头子睡得死狗一样，一点儿也不知道。但不知道你起得这样早，睡够了没有？"梅贞笑道："自然是睡够了，不睡够，我下午还可以睡午觉呢。他们说今天上午回你的信，回了信吗？"宋阳泉道："还没有回信呢。好在忠恕知道我的事，真是钱出得太多，他就不会和我再出了。"梅贞道："我和你并不是外人了，我知道的事我就忍不住要说。我看你出到一千二三，也就不必再添了，在省城里运动差事的人，也都不过是这个数目。你冷他们一下，一定可以省下些钱的。"宋阳泉道："设若我冷一下，把这机会丢了怎么办呢？"梅贞将一个食指，指着自己的鼻子尖笑道："都包在我杜小姐身上。"宋阳泉笑道："设若忠恕答应了一定的数目呢？"梅贞笑道："有我这个女军师，准不要紧。你只管说尽力而为，只拿得出一千二百块钱。倘若他不信，你就当了他的面，把箱子打开给他们看。"宋阳泉道："那怎样能给他们看啦，我箱子里不止那些钱啦。"梅贞道："我说你这人老实，你究竟是老实过分了。你不会把你的钱，暂时换一个地方吗？有亲戚，你就放在亲戚那里，没有亲戚，放到一个靠得住的朋友手上也可以。"宋阳泉道："省城里，我没有亲戚，靠得住的朋友也不多。而且我都是现洋，把许多钱由旅馆里搬进搬出，也是不便。就是便当，忠恕马上就要对我说的，也来不及了。"梅贞笑道："那没有法子，宋老爷就多花两百块吧。"

宋阳泉在屋子里踱着小步，绕了两个来回，笑道："我有一个办法了。不如就存在你这里吧。"梅贞一阵笑意涌上脸来，突然又止住了，正着脸色摇了一摇头道："这个不妥当。你想，我们虽然还相处得不错，究竟日子不多，你我二人的情形，都还没有摸得清楚。你突然存笔款子在我这里，我怎样敢受?"宋阳泉将手拍了她的香肩，微笑道："你和我说的话，难道说就忘记了吗？你说得清清楚楚，我有了差事，将来你就跟我到任上去，和我照料事情，你怎么和我存一点儿款子，都要避起嫌疑来哩？"梅贞道："我原是不能和你存的。不过我到了现在，连身子都可以说是你的了，还避个什么嫌？你要拿来，你就早点儿拿来吧。过一会子，大家醒了，那就来不及了。"说着，在身上掏出一大把钥匙，指着一个卐字头的告诉他道："你去先把我那只红皮箱打开。箱子底上，有个首饰盒子，你拿来先给我理一理，把钱就放在那里头，我不动手。将来你要拿，你就自己去拿。"

宋阳泉接过钥匙，果然将那皮箱打开一看里面，全是上等绸衣服，再打开那首饰箱子，大的珠圈金镯子，小的金别针金耳环，就有好几十件。心想，我倒不料她是这样一个有钱的角色，东西放在她这里，那自然是最靠得住的了。如此想着，他不再犹豫了，偷偷地再回房去，就将五十一包的现洋运了八整包，送到梅贞箱子里去，替她箱子锁好了，将钥匙交给梅贞。她真个说话不失信，在一串钥匙上，把开皮箱和开首饰箱子的两把钥匙，一齐交到宋阳泉手上。宋阳泉道："我们既不见外，这钥匙何必一定要交到我手上来呢？"梅贞笑道："你就和我管一管，也不要紧啦。你不应当和我管的吗？"说时，眼睛斜望了他。在这斜望之中，自然表示着无限的神秘意味在内。宋阳泉一想，彼此虽然感情不错，果然是她的话，彼此还是初交，将把柄拿在手上也好，因之含笑揣到身上去，不再说了。

过了一会儿，茶房叫的一小笼汤包已经送来了，梅贞就让着坐在一处吃，先倒了一杯茶给他，吃完了，又给他拧了一把手巾，让他擦脸。一面叫了茶房来，丢了一块钱在笼屉里，让他带到前面，吩咐取笼屉的来了就给他钱。这样子是她要抢着做东了。心想，和这种女子在一处混，真是合算，不花钱，还可以得着许多好处。她既表示自己和我是一家人一样，拿出钱来，随便替我会账，那么，我也就不必和她道谢，反露出什么痕迹。因之对她拿出钱来一节，并不作声。

梅贞瞟了他一眼，笑道："男子们都是一样，只好一个新鲜，现在我们一说好，好得就时刻不离。过了几天，你就随便了。你回自己屋子里去吧。一会子大家都起来了，你这样黏着我，岂不是让人家笑话？"宋阳泉听说，只好笑着走回自己屋子去了。到了屋子里，唐尧卿捧着水烟袋，拿了一张报，正在看冠盖往来，一回头见他进来，便问道："一早就没有看到你，你上哪里去了？"宋阳泉随口答道："在大门口遇见两个上次同席的，谈了几句闲话。"房门外忽然有人答道："阳泉兄，我已经来了一趟了，哪里知道你在大门口呢。"说着话，魏有德进来了。他拉着手，对他耳朵轻轻地道："昨天你怎么爽约，不到玉容那里去？"阳泉微笑着，摇了一摇头。魏有德一顿脚道："唉，我真是白费一番心血。你那事情，有点儿头绪了，到我屋子里坐着去谈谈，好不好？"宋阳泉以为是张二老爷的事有头绪了，便跟着他前去。

魏有德将房门虚掩了一掩，低声笑道："你这人太岂有此理，玉容的一切事情都和你预备了，你怎么来个临阵脱逃？"宋阳泉笑道："并不是我临阵脱逃，因为昨天忠恕已经约定了晚上三头会面，我不能误了这正事。而且我这笔款子，差不多出到了尽头，我也不敢在嫖字上多花钱了。"魏有德微笑点着头道："这算你看破了。但是玉容也不是个专在现钱上打主意的人，她的眼光很远，知道你要得差事，不过现在和你谈谈交情，以后望你和她多捧两回。其实你昨天若去看她，简直一个钱也不用花。"宋阳泉笑道："我虽没有玩过，理总想得开，她做的是这行生意，她不要钱，那为了什么？"

魏有德一把将他拖着，同在沙发上坐下，拍着他的肩膀道："你越过越精明了。你只知道她做生意，你就不知道做生意，各有各一种手腕了。她现时不要你的钱，正是放你一笔账，将来愁你做老爷的人，会少她做姑娘的钱吗？"宋阳泉一听他这话，却也有理，便笑道："这两天我也没有工夫玩，迟一两天，等我差使发表了，我们再去一趟，你看好不好？"魏有德道："只要你答应不失信，迟个一天两天，那倒没有什么关系。不过她对于你那番意思，是实在不错，你若不信，我这里还有一个证据。"

说着，他在身上掏出了一个钥匙，将桌子抽屉打开，在里面找出个扁平的纸包，将这纸包一阵忙着解开，就抽出了一张相片，向宋阳泉怀里一抛，笑道："你看这张相片，这也假得了吗？"宋阳泉接着相片一看，正是玉容的半身相，她半侧着身子，一只手扶了膝盖，一只手用一个食指比着嘴唇。眼珠斜了低看着，嘴角淤着酒窝儿微笑着，只看这一点儿形态，多么妩媚动人？而且旁边还夹着两行字，上款是宋老爷爱存，下款是妹妹玉容敬赠。魏有德笑道："你的面子不小哇。平常的客人，花了好几百、好几千，还得不到姑娘一张相片哩。你并没有花什么就得了这种好处。你看这种称呼，是多么亲热？你要再不去敷衍人家，你简直太没有良心了。"宋阳泉笑道："这也无非是她一种生意经的手腕罢了。"魏有德昂着头叹了一口气道："痴心女子负心汉，这一句话真是不错。"说毕，又摇了一摇头，看他那神气，实在有些愤愤不平。

宋阳泉笑道："这张相片，是什么时候给你的？"魏有德道："昨晚我因为你没去，觉得有些对不住人，所以我溜着去见她，极力道歉，说你有公事分不开身。她听说不但不怪你，而且说公事总是要紧的，不能为了玩耍耽误了，道歉就千万不敢当。她为了表示她不埋怨你起见，所以送你这张相片。你想，这人岂不是太好吗？"宋阳泉扑哧一声，就忍不住笑了。他如何答复，下回交代。

第十七回

借色揩油冤家斗智
开箱现款傀儡逞能

话说宋阳泉接到那张相片，扑哧一声笑。魏有德道："怎么着，你还有什么不满意吗？你就说她是假的，假的也很有道理。她为什么不和张三假，不和李四假，单是对你假呢？"宋阳泉道："我并没说她对我有什么假意，我倒不料我官运未通，桃花运先红起来，居然有女人来抢着要我！"说着，头摆了两摆，现出他那份得意的情形来。

魏有德先找了他一趟，没见着人，也并不在大门外，这时又说出这种话来，心里就明白了一大半，便笑道："你的事情，我一大半明白了。"说着，伸了个大拇指，向背后指了一指，笑道，"岂不是为了这位？我早看出来了，你们有一手的，原来到昨天晚上才大功告成。那要什么紧？在外头玩笑的人，绝不能专对一个女人去注意。漫说她，不过和你要好罢了，就是你自己的太太，你瞒了她在外面玩玩，也不要紧。一个男人总不能专对一个女人。"

宋阳泉红了脸笑道："你不要胡说，人家是千金小姐，破坏人家的名誉，该当何罪？"魏有德笑道："你公开出来，好得多呢？你瞒别人倒也罢了，你若瞒我，是活把一个高等顾问辞掉了，多么可惜呢？杜小姐不是还有一条做官的大路，她自己又没有嫁人吗？你若是照着我的话进行，我准保你把她娶了，而且……"宋阳泉道："你又胡扯了，我家里还有老婆呢。"魏有德道："你才是胡扯呢。家里老婆，那算一个屁。我们省城里，由省长算起，放着家里乡下老婆不算，在外面重来一个太太的，简直算不清楚，你又何必不学一学呢？"宋阳泉笑道："谈何容易？"说着，将头昂着望了天，身上哆嗦着抖起文来。魏有德道："你

99

不管容易不容易，只要你能照着我的话办，我准保可以成功。话也说明了，你现在可以和我到玉容那里去一趟了吧？你再要不去，我都无面目见人了。"宋阳泉笑道："我去不去，和你有什么关系？要你无面目见人。"魏有德正色道："你不去，谁也不能勉强你，你不要说这些风凉话。在外面混事情、谋差事是交朋友，玩笑也是交朋友。但是交朋友并不是有利于哪一方面的事，树帮藤，藤也帮着树。"

宋阳泉一见他有些着恼的样子，便笑道："说着玩笑，你为什么着起急来？"魏有德道："并不是我着急，你想我们为了应酬，找个把姑娘敷衍局面，完全就是面子账，若是在姑娘那里，先就丢了面子，我们在外面还混些什么？你又并不是拿不出钱，姑娘也不是不欢喜你，就拿出个三四十元来敷衍敷衍姑娘，也不过是一餐酒席费，你又何必看得那样死，简直不理会呢？"

这一番话，说得宋阳泉哑口无言，停了一停，笑道："你不用生气，回头我们瞒着大家，偷偷地去看她一回。别时话不必谈，我当面去谢谢她，约一个日子，和她打一场牌，也就完了。这可要声明在先，还是根据了你那一回的话，打牌是个样子，明分输赢，暗不付钱，我一把丢个十来二十块的头钱，就不管了。"魏有德笑起来道："说起来，你岂不是一个很内行的人，这样办，面子有了，花钱又很有限。只要你有这话，我可以先去告诉玉容，迟个一半天实行，我想倒没有多大关系。"宋阳泉道："这话就谈到于此为止了，忠恕正要找我接洽差事，张二老爷也快来了，不要谈得让他们听见。"说毕，走出屋子来，不先不后，恰是碰到了宋忠恕。

宋忠恕见他由魏有德屋子里出来的，而且见了人，脸上有些红红的，这就料着这里面不能无问题，狠狠地盯上他一眼。宋阳泉也是做贼的心虚，只低了头不作声。倒是宋忠恕怕得罪了他，极力敷衍着，笑道："大概你又是商量钱不够的事，这个你不用着急，我已经和张二老爷谈了大半夜，他已经有通融的意思了。你到房里去等着，他快来了。"宋阳泉自己也觉得是先避开了他的眼光好，一溜就进房去了。

宋忠恕眼望他走远，就向魏有德屋子里一跳，轻轻喝道："我的事情正进行有十之八九了，你不要在里面胡来，你若是把事弄僵了，请你不要在省城里站脚。"魏有德口里衔了一支烟卷，斜躺在一张藤椅上，脚向对面一张方凳上一搁，架得高高的，笑道："一个人有不愿发财的吗？你办成了功，二一添作五，我少不得有一股，我为什么破坏？但是在不破坏之中，捡一点儿小便宜，我希望你也不要干涉得太厉害了，要不然，你会为小失大的。"他说着，喷了一口烟出来，用眼睛斜瞟着宋忠恕。

宋忠恕背了两手，在屋中踱来踱去，走了两个来回，问道："你骗他，是走哪一条路下手，能不能告诉我一点儿？"魏有德微笑道："这个'骗'字，下得太重一点儿吧？这样子说话，你简直不替你自己留地位呢。"宋忠恕道："你这是怎么一回事，是说着玩呢，还是有心捣蛋呢？"魏有德道："我也说不定，随便你用哪一种眼光看。我也不妨告诉你一点，就是梅贞这东西，我有点儿讨厌她，我要破坏她和老宋接近。从中揩油，我倒认为是小事。"宋忠恕笑道："你这样一说我倒有些明白，你是叫他做玉容了。他花一百，你也弄不到一十，你又何必？"魏有德道："我已经说了，我的目的不在弄钱。"宋忠恕笑道："难道对梅贞那个滥货，你还为相思成恨。这也不算什么，我告诉她，让她来敷衍敷衍你就是了。"魏有德跳起来道："你千万不能告诉她，现在她送上门来，我也是不要的。"宋忠恕笑着还想说什么时，窗子外已有人先叫了一声，乃是张子诚到了。宋忠恕连忙迎了出来，将他引到自己屋子里，叽叽咕咕先说了一阵，然后一同到宋阳泉房间来。

张子诚进门拱拱手，对宋阳泉道："哎呀，你们这位本家老爷真是厉害，昨晚上说了五六个钟头，说得我简直无话可答。"说着，向宋忠恕一笑，头又点上一点，表示他那种钦佩的意思。宋阳泉还没有得宋忠恕的回信，这事究竟是如何解决的，自也未便答复张子诚的话，含糊地周旋着一阵。张子诚先道："昨晚忠恕说，可以当老兄全权的代表，说是在一千五六上下，还可以想法子，对吗？"宋阳泉伸手摸了一摸头发，又吸了一口气，表现那踌躇的样子来，皱眉道："就是这个数目，也怕很困难吧？"宋忠恕很惊诧地道："你不是还预备着有这个数目吗？"宋阳泉道："虽然有这个数目，在省城里来住了这久，也就慢慢花费不少了。"张子诚听了这话，望着宋忠恕，宋忠恕又望着宋阳泉，这一望之间，表示着充量的怀疑与失望。

宋阳泉又补着一句道："这是的确的数目，因为我就没有算到这款子，要用到一千五六的。"宋忠恕就没有料到他只有这些钱，心中很不高兴，便正色道："阳泉，你要知道我们为你这事，都当作自己事办，很下了一番功夫，到了现在，你来个钱不够，这怎么办呢？"宋阳泉道："并不是我故意推诿，说是没有这些钱就打算了事，不信，你打开我箱子看看，我究竟有多少钱。"说着，两手掀起一片衣襟来，露出裤带子上挂了一把钥匙，他就解下来，交给宋忠恕道，"我们是自家兄弟，你只管打开箱子看看，就知道我这人绝对不撒谎的了。"

宋忠恕将手一推道："我怎么好看你的箱子，干不干那是你的自由。"说着这话，眼睛已经瞟到唐尧卿身上去。唐尧卿哪里知道宋阳泉已经把一部分现洋搬走。江湖上有一句老话，财不露白。除了自己衣包里还包着二百现洋，这可是不让人看的。因之他捧了一管水烟袋，沉着脸色抽着，缓缓地喷出烟来。

宋忠恕想着，这里面或者另有什么文章，大概阳泉猜了我不会开他箱子，所以这样紧我一步的。心里这样想着，脸色自然缓变过来，便向宋阳泉道："你这话自也是实情，但是以前为什么不提到呢？"宋阳泉手上拿着钥匙，站着呆了一呆，忽然一点头道："你不便开我箱子，我开给你看也不要紧。"于是两手抱了他那口箱子，向屋中间桌子上一放，一阵风似的，开了箱盖，把里面细软衣服扯出来堆到一边，然后笑着向箱子里一指道，"老弟台，你看我的话真不真呢？"

宋忠恕和张子诚坐得离桌子都不远，虽不便怎样伸手点着数目，就也免不了各斜着眼珠，对着箱子里那一截一截的白纸包，心里少不得跳上两跳。仔细一看，那可不是二十四包，共起来一千二百元吗？像他这种乡下人，当然舍不得把钱存到别人腰里去。那么，他的钱尽其所有，当然都在箱子里。若是不答应他把这数目减让下，自然是不能向下商议，眼见得这一千多块钱也是一个拿不到手，与其决裂了，何不少拿几个就少拿几个呢？便向宋阳泉笑道："你这人做事，未免太老实了，你果然是拿不出来，我们再说拿不出来的话，何必还要这一箱子钱，拿出来大家看呢？收起来吧，收起来吧，太笑话了。"

说着话，向他连拱了两下手。宋阳泉看宋忠恕的神气，既是不以为忤，而且还很有一些同情的样子，心想，梅贞这个女孩子，实在太聪明了。一下猜个正着，替我省下许多钱，而且在这一件事上，也很可以知道她待我是怎样有真心了。如此想着，笑嘻嘻地把箱子检了起来，对张子诚道："张二老爷，你这总可以知道我这人是不撒谎的了。"张子诚向他点了点头，眼睛可就瞟着宋忠恕，在他那脸色上，似乎表现出来等着一个回答，以为你对这事怎样处置呢？

宋忠恕道："张二老爷背后对我说了不止一次，夸奖你为人忠厚。他是一个轻财仗义有侠气的人，只要他赞成你这个人，一定会极力帮忙的。姑且照着你这个数目，让二老爷去和前途商量商量看。"张子诚听了这话，眼望着他，下巴颏动了两动，立刻向着宋阳泉现出踌躇之色来。宋阳泉拱拱手道："二老爷待我的好处，我总记在心里的。"说着，立刻偏了头向宋忠恕道，"这个数目里面，自然我还要留些零用的款子，所以照这样说起来，我至多只能出到整数，其余的二百元我还应该留着。"宋忠恕听了他这话，越是不对了，怎么缩到只能出上整数为止呢？便皱了眉道："好吧，我们再商量吧。"

宋阳泉看到他那无精打采的样子，又怕接洽的差事要从中破坏，不敢再强硬着向下说了。只在这个时候，后面窗户一推，杜梅贞站在外面伸了头进来，笑着向大家点头，大家也和她点头，似乎连张子诚她也很熟的。她先笑道："诸位谈正经事，我有事打岔了。"张子诚起身笑道："不要紧的，何妨请进来坐坐呢？杜小姐什么时候有工夫？我们来四圈吧。"梅贞点了点头，接着就向宋阳泉丢了一个眼色，笑道："宋老爷你要借的那一套小说，我找出来了，请你拿去吧。"说着，一手托了几册袖珍木小说，一手向他招了两招。宋阳泉会意，走了过去。

他这窗子向后开，他走到窗子边，自然是背对了大家，挡住了大家的视线。梅贞由窗子上递了书进来，书面有一张纸条，写了几个字道：

"千万不要松口，我自有路子。"她嘴向书上一努，眼睛对宋阳泉一望。宋阳泉看着，一点下巴颏，算是明白。趁着送书的工夫，梅贞就把字条抽回去了。宋阳泉拿了书来，放在桌上，宋忠恕连忙抢着拿过来翻了一翻，原来是一部聚珍板的《今古奇观》，这里面也并没有什么可以夹带，只好放下。那唐尧卿半天没有说话的机会，这时见大家都默然了，他是一个很好的机会。他左腿架在右腿上，左手将水烟袋和纸煤一齐捧着，右手慢慢地由纸煤根上向杪上抢，摆了一摆头，操着半吊子官话道："有一位萨仁俊，二老爷认识吗？"这萨仁俊三个字，被他用官话一撇，倒像是杀人精，张子诚倒吃了惊，不知道他暗指着哪个军阀骂的，便道："兄弟倒不认识。"唐尧卿道："我倒认识他，他从前办屠宰，和我就要好。在江南办了三县的屠宰，办得很红，也很弄点儿油水。听说他现时也在省里，要包办全省的屠宰，这事真吗？他要走全省屠宰这条路，不能不得张厅长的同意，不知二老爷赞成不赞成？"

张子诚听了大骇，一个杀人精，屠宰过三县，现时又要屠宰全省，哪里出了这样的李自成张献忠？这位先生，怎么说起这样骇人听闻的消息呢？我要做混世魔王，怎么会赞成屠宰全省？他心里如此想着，望了唐尧卿，却说不出所以然来。还是宋忠恕明白双方的意思，笑道："二老爷大概有点儿不明白。敝县绅士说话，常做缩脚语，譬如承办烟酒税的，简称办烟酒。承办鸡蛋捐的，叫办鸡蛋。所以办屠宰，就是办屠宰税。"张子诚听了这话，这才点着头，哈哈大笑起来。宋阳泉以为人家是夸奖这缩脚语说得有味，便道："你这话说得有理，宋忠，你也办一办屠宰吧？"他这话一说出来，大家又哈哈大笑起来了。

第十八回

好朋友骗人谈义气
假厅长见客露排场

宋阳泉突然见大家哈哈大笑，而且笑得有些邪气，却呆住了。原来他把宋忠恕缩成了宋忠，有些像送终，而加上又是那句缩脚话——办屠宰，大家一连串地想起来，就不能不笑了。还是宋忠恕看在钱的分上，心想不能让宋阳泉太难为情了，他一急之下，嫌人家看不起，彼此会伤面子的。因道："大家不要笑，我实在有这个意思的，只要张二老爷肯帮我的忙，我就办一办屠宰税。"说着向张子诚拱一拱手道："这件事不是有人出到三千，包办下来吗？若是没有成就的话，添上个千把多块钱，我倒是愿意的。"

张子诚不笑了，立刻正着脸色道："我倒知道你的手笔大，随便就可以拼凑一二千洋钱的，不过这样大的数目，你一时拿得出来吗？"在他们这样说话的时间，宋阳泉已是将箱子收起，坐在一边静听他们说话。宋忠恕道："钱虽多，你要知道并不用我拿出什么来，钻这条路子的人，在我们省城里说，至少有三四十人，每人让他出一百元，也可以到那数目的了。请你和我当心打听一下。"张子诚道："这个事，希望太小，你不用着急，还是等一等吧，总有机会的。明天省长请全体顾问公宴，你也可以到到。你的脾气就是这样不好，有点儿傲上，其实你也应该和他多打几个照面。"宋忠恕道："我并不是傲上，我就不满意我们的省长，为什么实在的差使不给我，只给我这种空衔的顾问。"张子诚点点头道："你帮他忙的时候，实在不少，那一回到万年圩去查水灾，他差一点儿让灾民包围了，幸是你出来演说，把灾民敷衍走了。我听说那一回事，省长和你握过手。"宋忠恕道："怎么没有握过手？他还说要和我拜把子呢，不过到了事后，他就完全忘记了，这也只好由他。"张子诚道："他虽然忘记了，不过你一见他的面，他就会想起这件事的。到了那个时候，你当面和他一谈，我想他也不能不替你想点儿法子。"二人越说越起劲儿，左一句省长，右一句省长，几乎把宋阳泉的事忘了。宋阳泉心想，我倒猜不到，宋忠恕原来可以直接见省长的。他有这样好的路子，为什么总不和我提到呢？是了，一定是为了没有找到好缺，不好意思对我说。这样想着，就后悔刚才不该强硬起来，一边呆听着，却不住地向着人家发出微笑来。

张子诚谈了一阵子，就对宋阳泉笑道："老兄的事既是限于实力，那也无可如何。不过我既答应帮忙在先，一定帮忙到底，你等我的信吧。"宋阳泉又一想，他既是说帮忙到底，或者不加钱也可以办到，我暂用不着软化了。因道："我也一老一实地说，只有这些钱了。办得成，我自然是十分感谢。若是办不成，只好怪自己本钱不够。张二老爷的好意，我也总是忘不了的。"宋忠恕一听，心想这东西，大概是有些福至心灵，怎么会说出这样不强不弱的话来，莫不是赖国恒那边，已经给了主意他了吧？因道："张二老爷还请留一留步，我有一些小事和你商量。"说着，他故意向宋阳泉丢个眼色，表示是为他挽留张子诚的。

张子诚皱了眉头道："我实在忙得很，分不开身来，怎么办呢？再过一会儿，家兄恐怕要找我了。"宋忠恕笑道："老兄，何必拿乔呢？我不过说两句话罢了。"说毕，连连作两个揖，笑道，"挽留挽留，无论如何，挽留五分钟。"说着，抢上前两步，拦阻了张子诚的去路，然后回转身来左一个揖右一个揖，把他引到自己屋子里去。

宋阳泉在窗子里看得清楚，就对唐尧卿道："我这位本家兄弟很有义气，总算帮了我的忙不少。"唐尧卿手上捧了水烟袋，脚抖着文微笑。宋阳泉料着宋忠恕总有回信的，在屋子里静静地候着。那边屋子里的宋忠恕果然陪着张子诚，在商议宋阳泉的事。

宋忠恕低声道："这事简直一步也缓不得了。我看他那神气，对我们似乎有点儿疑心了，再不进行，我们连这一千也想不到了。"张子诚道："你先是铺张扬厉，对我说着，好像可以发一笔大财似的，现在不

106

过是一千块钱，你那边先就有三个人分，再加上我们这几个人，一个人不过分个一二百元，那有什么意思呢？"宋忠恕道："虽然分得少一点儿，好歹能分几个，又不是将钱拿出去，有什么不可以。你若是不干，我一个人也要进行的。"张子诚踌躇了一会子道："我有什么不干，不过费这么大的气力，结果不过弄这一点儿的小数目，还要背一个臭名声。你能不能特别体谅我一下，从中抽出二十块钱，做我的车费。你自然是大功臣一个，另外也抽二十块钱介绍费。"

宋忠恕正色道："那是什么话？难道我还那样不讲义气？我也是看到在城里一班朋友，许久混不出一些油水来，所以弄下这一个局面。我要是分了一股之外，又再要一股，未免太没有人格。我们也是多年好朋友，你怎样如此看不起我？你若是嫌钱少的话，那我也不敢勉强，这次的事你可以不必过问，等到下次有好机会，我们再说。"张子诚的脸色忽然一变，干笑道："老兄，彼此携带携带，也不要紧，何必认真呢？漫说还有我一股分，就是没有，我们都不是不讲交情只爱钱的人，什么话也不必再提，你就吩咐要怎样进行吧。你是我们同志里面的智多星，就请你发令吧。"说着，笑嘻嘻地向宋忠恕一拱手，将坐的椅子一拖，拖得靠近了宋忠恕，笑道，"怎么进行呢？"

宋忠恕将桌上的半截香烟头，捡着衔在嘴里，张子诚连忙拿过火柴盒子，擦了一根给他点上烟，又拱拱手道："看在兄弟们的义气分上，千万不要生气。"宋忠恕道："你想，宋阳泉是我一个同族兄弟，若不是为了大家朋友义气上，我会引了他出来，把钱分给大家用吗？"张子诚把话说错了，有什么法子，只是笑嘻嘻的，让宋忠恕去吧。大家究竟是意气相投的朋友，宋忠恕发了一番牢骚，也就不再说他，把计划商量起来。商量一阵，张子诚轻轻拍着手，低了声音点着头道："好！真好！当然就是这样办了。"因道，"事不宜迟，我马上就去办，这里的事都交给你了。"宋忠恕道："你还要不要那二十块钱的另一笔报酬呢？"张子诚将右手伸着伏在桌上，五个手指乱爬一阵，笑道："我再要不讲义气，就是这个东西。"他说毕，又深深地向宋忠恕作了三个揖，然后开房门走出来，恰好碰到宋阳泉。

宋忠恕赶了出来，立刻停住了脚，深深地弯腰鞠着躬道："张二老爷，一切的事都十分地恳托你了。将来虽不能怎样报答，这一份好意我们总记在心里。"张子诚却挺胸，昂着头，大步子走了出去。宋忠恕恭恭敬敬地将他送出了大门，才回转身来向宋阳泉笑道："这件事真不容易呀。我用尽九牛二虎之力，和他说了许多好话，才把他的心事说转了一点儿，加上在屋子里说话，我也顾不得许多，左一个揖，右一个揖，只是向他求情，我就是差着和他磕头下拜了。"

说着，左右望了一望，低声道："他已经答应回去和你设法，他说，今天有一点儿便，也许可以去和张厅长见一面。不过见了面之后，款子就要交出来，人家现任的财政厅长，可是不能开玩笑的。"宋阳泉听说今天能去见财政厅长，这差使更有把握了，也捧着拳头，只管向宋忠恕道谢。他道："这算什么？一笔难写两个宋字，谁叫我们是本家弟兄呢？弟兄们这一点儿义气都没有，那简直不如朋友了。你今天暂不要出门，等着张二老爷的回信。他若来了，一定是张厅长答应见你一面。"

宋阳泉听到这话，不觉心中乱跳一阵，因皱着眉道："一定要见吗？"宋忠恕道："你也见过许多政界的人物了，难道你还怯官？"宋阳泉道："怯官是不怯官。不过以前见官，都有你陪着，我要错了，你可以指教我。现在我一个人去见，我很怕失礼。"说着，伸起手来在后脑搔头发一直搔到额角，而且学了魏有德的样子，口里吸着气。宋忠恕道："那再看情形吧，若是张厅长愿意的话，我不妨陪你去见一见。"这时宋阳泉心里既是欣喜又是害怕，连忙走回房去，对唐尧卿道："这是怎么好呢？今天我要去见厅长了。"说着，挽了两手在背后，不住地在屋子里踱来踱去。唐尧卿道："只怕见不到。若是见得到，那就不用发表差使，你的声势也壮得多，在外面交结起来的时候，你就可以说能直接见厅长，不必你招揽，自有人来和你交朋友。你要谋差事，款子不够，就可以让这些带肚子到你面前来办事，那么，你自然可以用别人的钱去钻路子，这就是所谓慷他人之慨了。"说着，将头带身子一齐摇动起来。宋阳泉听说，也高兴起来，两手背在身后，右手捏了拳头打左手心，得意极了，只管在屋子里踱来踱去。

到了两个钟头以后，张子诚果然慌慌忙忙地跑了来，笑着向宋阳泉拱手道："好极了，好极了，张厅长答应了见你一见，我们这就去吧。"宋阳泉听说，又惊又喜，心里重复乱跳起来，急忙穿上马褂戴了呢帽和眼镜，又要拿手杖。张子诚终于是忍不住了，便道："见上司手杖不带也罢。"宋阳泉在行头上少了一样东西，两手很有些不自然，于是打开箱子拿了一条毛手巾，捏在手里，宋忠恕也很谅解他的苦衷，也穿上衣服，高着声音叫道："和我们叫上三部干净洋车，到财政厅张厅长公馆里。"茶房把车子叫好了，三人大步走了出来，登上车子。

到了张公馆门口，宋阳泉一看，果然是八字门楼，朱漆大门，里面有一座绿漆点金的屏风，而且门口站着一个荷枪的警士，局面很大。到了这时，一点儿主意没有，只将毛手巾揩额角上的汗。张子诚付了车钱，先进去了。然后宋忠恕带着他站在大门外，自己单独进去和号房说话，走了进去和号房连作两个揖。号房对他望了一望，问道："好久不见了，来干什么？宋忠恕笑道："我新由梅城县来的，找你们这里厨房里刘司务。"号房笑道："老刘这一程很挣钱，同乡来找他的也就多了。到厨房里去，你走后门多省事。"宋忠恕拱拱手笑道："我带了一位乡下朋友来，他想看看大房子。陈二爷你引一引，好不好？我吩咐他不作声。哪天你到天仙去看戏，我请你坐包厢。戏院子里茶房，全是熟人。"陈二爷笑道："厅长不在家，带去看看可以，但是叫你同乡大方一点子，有人问，只说瓦木匠来看房子的好了，因为正要修理呢。"

宋忠恕大笑，连忙走出来，将宋阳泉拉到一边，说道："你少作声，你照着我的口风转就是了。"宋阳泉答应了是，跟他走进去。门房迎出来，问宋忠恕道："就是他？"宋忠恕道："是的，人家预备好久了，只要见一见。"号房对宋阳泉身上一看，见他果然是个乡下人，也就不多说，将大客厅小客厅小花园都引着看了，便向厨房里路上引，因对宋忠恕道："穿过这廊子，就是……"宋忠恕连忙插嘴道："我知道我知道，请便吧。"号房去了。宋忠恕道："我们站在这里候着吧，张厅长就要出来的，若是等他到客厅里再传见，怕遇到人，彼此不便。"

宋阳泉哪里知道官场规矩，只答应是。转过穿廊，院中有一座假山，假山后有些油腥味吹过来。宋忠恕道，"山后是内客厅，厅长正在请客呢。"说时，张子诚由山后转出来，大声道："我们大哥来了。"宋阳泉听了心中一跳，一定是张厅长了。接着一个大胖子，身上穿了一件灰呢袍，手上拿了呢帽，光着一颗肉头，一摇一摆地出来。

宋忠恕向宋阳泉丢个眼色，低声道："只行礼，莫作声。"他于是诚诚恳恳地鞠了一个躬，低头不敢作声。那胖子道："就是他？子诚都对我说了，那很行。但是我等着用，今晚上不送来明天得送来。"宋忠恕道："一定一定，绝不误事。"胖子脸色一沉道："你虽说得这样决断，到了交货又是慢慢吞吞的，上次你介绍的那一家，不就差点儿误事吗？"张子诚在一边笑道："大哥，你怎么向介绍人发官威呢？这里来，我和你说话。"说着拉了胖子就走。

胖子走到门口，号房问道："老刘，有人找你，见着了吗？"老刘道："是城外菜园子里包送新鲜菜的，其实我不认得他，是宋忠恕介绍来的。"号房笑道："穿得这样干净，哪里去打茶围吗？人家不认得你是张公馆的厨子了。"老刘不作声，和张子诚笑着去了。

里面的宋忠恕，说是前门不便再走，引着宋阳泉由后门回旅舍，一直把他送进房。宋阳泉笑道："哎呀，忠恕，这厅长家里，你很熟呀。"宋忠恕道："自然很熟，我从前常由他后门里进去打小牌呢。因为你是初去，比不得我们，总得由大门口进。你还算沾我们的光呢，一直到上房假山外见着他，再要进一步，就是上房了。他的话你已听见了，你今天要拿出款子来了。"宋阳泉到此，已是死心塌地地相信宋忠恕，便满口答应。忽然有个人道："交款吗？且慢。"要知此人是谁，下回交代。

第十九回

敲铜盘奇闻报喜信
刻豆腐妙术拓印章

却说宋忠恕正催着宋阳泉交款，忽然有人说声且慢，回头看时，却是杜梅贞由后面窗户里伸出半个身子来，便笑道："我们忙着办一件公事呢，回头事情办完了，我再来陪你打牌。"梅贞笑着点头道："什么公事？公事也是私事，私事也是公事。"说着眼珠向宋忠恕一转。宋忠恕道："哦，倒忘了，昨天和你移动的二十块钱还没有还你。"说着，就跑出房来，一直到杜梅贞屋子里去。

杜梅贞见他匆匆地跑到屋子里来，料着有话，于是也跟着走进来，点头微笑。宋忠恕笑道："我们正在进行这一件未了之事，你为什么跑出来说话？难道还不愿我们成功吗？"梅贞微笑道："怎么不愿意成功，成功之后，我多少总也能分你几个呀。但是你们用得着我的时候，就和我有商有量，用不着我的时候，简直不理会。现在我要问问你们，在预算里面，也摊上了我一股没有？"宋忠恕低声道："请你低声说，行不行？我们开始就带有你一个，岂有到了现在，反把你抛去之理？"梅贞道："那么，摊到我名下，有多少钱？"宋忠恕抱了拳头，连作了两个揖道："我的娘，你不要这样大喊大叫，行不行呢？把这事情戳穿了，我们固然是没有好处，但是你也不见得有什么利益。"梅贞笑道："我这人就是这样，我就不服哪个人独自发财。"宋忠恕笑道："这是你错了，我们对于杜姑娘从来不当作外人，哪有瞒着杜姑娘去发财之理。"梅贞道："现在不是谈客气话的时候，你老实说吧，一股可以分多少钱？我这个月里头，手边挤窄一点儿，等着钱用，我名下应得的，请你就先拿来，我不愿追着你们身后去讨钱。"宋忠恕道："这就难一点儿了。这款项拿出来，我得找了大家，开个小小会议，把款子分摊，若是……"

梅贞眉毛一扬，将手一摇道："你以为我也是从乡下来的土财主，可以由你用这些话来骗我。这件事，你就是宋江大哥，全是由你做主，开个什么会？就是要开会，你只管事后对人说，杜梅贞一股，她先提出去了，我想也没有哪个敢说一个不字。"说毕，两手一叉腰，背对了宋忠恕，在房门口站着。

宋忠恕站在屋子里头，默然了一会儿，然后走近身，扯了一扯她的衣服。梅贞突然将身子转了过来，瞪了眼道："做什么？青天白日，你想……"宋忠恕低着声音作揖道："请你不要生气，就依着你的话办，你要多少钱哩？"梅贞道："你是头把椅子，当然是你的钱要多分些。我虽没有你那个身份，钱也不应该少，你要知道我是拿身体去换来的。我也不问你们能分多少，老老实实，你就送我一百元。若是不行，我就先叫出来。"宋忠恕含着微笑，看看她的脸色，倒没有丝毫的笑容，自己只得把笑容收起，便道："我们有十几个人分呢，你要得未免多一点儿。"梅贞道："钱在你们手上，不给我也没有你的法子，既是如此，听你的便，请出。"说着，将手向他连挥了几下。

宋忠恕笑着拱拱手道："你先分一点儿，事后……"梅贞大声道："请出，闲话尽管说许多做什么？"宋忠恕望着她为难了一阵子，低声道："就是一百吧，请你别对朋友们把实话说出来。不然，他们会疑我有私心的。款子大概就可到手，等一会子，你到我屋子里去等着，我就可以将钱拿出来。"梅贞笑道："这个用不着你吩咐，我要钱用，自然会到你屋子里去找你。而且老实说一句，你若是不给钱到我，也休想逃出这旅馆的大门。"宋忠恕笑道："有如此地凶。你真看透了我们没奈你何呀。"梅贞只是微笑着，并不说什么。

宋忠恕回到了宋阳泉屋子里，他急忙问道："什么事呢？她断住着不要我交款。"宋忠恕笑道："小姐们总是这样，把天下事看得十分容易的。她说你的官快要到手了，要你事先请两次客。"宋阳泉心中知道梅贞是帮助自己的，断着自己交款，原因不会如此简单，正自犹豫着，只是梅贞又在后面窗户伸出头来，笑道："宋老爷恭喜呀！差事快发表了，这应该请一请客了吧？"宋阳泉一听她的话，正和宋忠恕所说一样，这才心里宽慰了许多，便点头道："那一定。"

正如此说着，只听到外面天井里，噼噼啪啪，一阵爆竹声，并夹有一阵小锣声。唐尧卿道："这个卖糖荸荠的，也太不懂规矩了，怎么跑到人家旅馆里面来卖东西呢？"说时，这锣声索性敲到房门口来了，就有人问道："哪位是宋老爷，报喜的来了。"宋阳泉站在屋子中间呆了，只瞪了两只眼睛，向着房门外，作声不得。还是宋忠恕镇静得多，就挤到房门口去问道："这旅馆里有好几位宋老爷，你是报哪一位宋老爷的喜？"

宋阳泉也明白了一些，向房门外一看，只见有三个穿破旧衣服的汉子，各戴了一顶黑灰堆积的呢帽，两个人手里各拿了一面小锣，用筷子绑着一个布锤在敲。其实只有一面是卖糖荸荠的小锣，另一面，乃是生铜茶盘子，边上有个小窟窿，穿了一根独脚麻索，提着当锣敲。另外一个人，手上拿了一根短竹竿子，竿上还挑着几个没有放完的爆竹。他便答道："我们是报这里宋阳泉宋老爷的喜讯，财政厅已经发表宋老爷做五渡河的厘金局长了。"

宋阳泉也不知道衙门发表差使，是一套什么手续，既是有人来报喜，当然是有根据的，一听之下，望着这个又望那个，只管发笑。宋忠恕道："你们既是报喜的，报单呢？"那个拿竹竿的汉子，连连答应说："有有！"于是就在身上掏索了一阵，掏出一张红纸来，打开一看，约莫有二尺长、一尺宽，上面大书特书："捷报贵府宋老爷印阳泉，蒙本省财政厅长张委任为五渡河厘金总局长。指日高升。"那字却全是墨笔写的斗方，和从前科举时代的那种泥金捷报，却有点儿不同。

宋忠恕接着，两手举起，高声朗诵了一遍，然后交给宋阳泉，拱手道："恭喜！恭喜！"接着又低声道，"这种报喜的办法，是个热闹意思，现在省公署里禁止这种事情，这报单不贴也罢。好在锣一响，爆竹一放，这旅馆里的人，也都已知道，用不着向大家报告了。"

宋阳泉听是犯禁的事，自然不敢贴，便折叠好了，放到箱里去。他倒福至心灵就问道："这要给他们多少赏钱哩？"宋忠恕低声道："这是街上一班流氓，你对付他不了，他们乱开口，也许一下子就要四十五十。等我到外面去，慢慢和他谈谈。"于是他就走出来，把这三人带走了。宋阳泉在里面，听到他们大声一阵，小声一阵，闹了许久。然后宋忠恕摇着头进来道："这些家伙真会淘气，开口一百八十地胡说，还讨厌我是旁人，多管闲事。我说出来了是你的本家兄弟，他们才慢慢和我讲价。讲到最后，我说要叫警察来，他们才软下来了，答应只要二十块钱，你就给他十五元，也行了。"宋阳泉道："既是他们怕警察，你何不去叫警察呢？叫来了，我们也许一个都不用给了。"宋忠恕道："你这又是糊涂话了，你既做了官，这几个欢喜钱，如何也可以省去？就算省去了，这班流氓也不是好惹的。将来总有一天和你为难，他们挨打坐牢，磕头赔礼，都不算一回事，你一个厘金局长能和他们去拼吗？"

唐尧卿见宋阳泉真得了差事，他也是十分惊异，把藐视宋忠恕朋党的意思完全改变，就对宋阳泉道："这话也很对，你高升的日子，也不省给这些小人的几个钱。"宋阳泉听唐尧卿都如此说，当然是对，并不再踌躇，就拿了十五块钱交给宋忠恕去代发。宋忠恕将十二块钱放到身上，对三个报喜的，一人赏了一块钱，他们倒是大喜而去。

这一下子，把全旅馆人都惊动了，不料一个这样的乡下先生，居然得了厘金局长。有些人向茶房打听，有些人也就拿了自己的名片叫茶房送去道喜，有两个人简直亲自到宋阳泉屋子里来拜会。宋阳泉由心里乐将出来，也不知如何是好，只管见着人就笑。

童秀崇、魏有德二人，正为了私事，在外边耽误了一会儿，走回旅馆来，沸沸扬扬，听说宋阳泉的事已经发表了，二人相视而笑，先到宋忠恕屋子里去，听见他说话的声在上边屋子，也就笑嘻嘻地走进来。宋忠恕先站起来道："阳泉的差事，已经发表了，你看快不快呢？"魏童二人都是西装，不便作揖，每个人捉住宋阳泉一只手，乱摇一阵。宋阳泉笑道："我真不料有这样快，不过和张厅长刚才见面的，厅里马上就知道了，这些报喜的人更快，他们也就知道了来报信。"

宋忠恕道："这有什么难？厅长一个电话，由家里打到衙门里，衙门里消息只要透出一点来，报喜的人马上就来，自然快了。他们若不图快，这十五块钱的赏金哪里能到手呢？"魏童二人听了这话，向宋忠恕看了一眼，他心里明白，便笑道："公事应该快下来了，二位同我一路去催一催，好不好？"他二人会意，一齐起身出来。宋阳泉聪明多了，也拱拱手连说有劳各位。

他们三人走出来，魏有德问到哪里去。宋忠恕道："我们先到得意楼茶馆里去谈谈。"魏有德笑道："你该请客了。"三人一阵大笑，到了茶楼上，找了一个单间，放下门帘，品茗闲话。童秀崇笑道："忠恕，你的胆也忒大了，怎么还弄几个流氓报喜。"魏有德笑道："这有什么不明白！不过敲那冤大头十五块赏钱的竹杠。"宋忠恕道："实在没有十五块，我已经花了三块多了。"魏有德道："这是你的手腕，我们不分你的，你请我们小吃一餐也就行了。只是喜报了，钱还在人手上，你怎么办？"宋忠恕道："所以我要找二位来商量。我已经告诉了张子诚，预备一张委任状，他有点儿不讲交情，要求许多条件。我想这东西，我们自己也能干，何必找他？买一张纸，我们自己写上一写，也就行了。"魏有德道："他是专造这一类东西的，哪有他的好？而且这一颗印总要刻，临时哪来得及？"宋忠恕笑道："那有什么难？勉强我就会，好在宋阳泉那冤大头，他没有看过委任状是怎么个样子，也不知道财政厅的印是怎么个样子，我一用手段，自然会把他瞒过。这里就只有一层要和你们商量，乃是要把他带出去玩个大半天，好让我在家里动手。至于我怎样动手，你们不必问，到了晚上十点钟，我可以交卷。那个时候，你们看到了，自然会惊异一下子。"魏有德道："你会偷委任状不成，或者是会变？"宋忠恕笑道："这一层你不必问，今天晚上十二点钟，我们分赃发财就是了。你们要吃什么东西，赶快就吃，吃了好去办事。"魏有德笑着向童秀崇道："痛快！"于是二人要这样，要那样，连吃带喝，快活了一阵，笑嘻嘻地同回旅馆去。

这里宋忠恕会了东，却向一家熟豆腐店来，定做了二十块加大加紧的豆腐干，出了两块钱的价钱，约两小时之内取货，自己便在街上跑着，买好两把剔脚刀、两个白纸公事信封、一大盒印泥、一包蓝色颜料，全用报纸包了，然后取了豆腐干，悄悄地回旅馆去。一问茶房，知道宋阳泉和童魏二人出去了，于是吩咐茶房将房门倒锁着，自己一人坐在屋子里，将剔脚刀子把豆腐干分别雕刻起来。不过两小时之久，就雕刻完毕。先取一块长方形的，放在印泥里一扑，然后取出来向上仰着，将一张纸盖在上面用手平平正正一按，再揭开看时，妙极了，正是某某省财政厅之印八个篆字。然后把其余的豆腐干拼在一块，用蓝水一抹，将一张纸也印了一印，居然是个公事信封的样子，便放手将信封印了。委任状没有多大问题，用毛边纸写上一张，将豆腐干一印，便成功了。

诸事办毕，叫茶房打开了锁，自上街去。今天身上有的是钱，正在小饭馆子里饱啖一顿回来，刚好是十点钟，宋阳泉也是正到家。宋忠恕在屋子外面就喊道："阳泉阳泉！事情完全办妥了，好了，好了，我算轻了一副千斤担子了。"宋阳泉抢着由屋子里迎了出来，问道："怎么样？公事下来了吗？"

噗！哎呀呀！哗啷啷！一片响声，原来二人一进一出，隔了门帘，碰个对着。宋阳泉痛得向后一退，把桌子上的茶杯撞翻了两个。但是他也顾不了许多，身子向下一蹲。魏童二人忙抢上前看时，只见他口中鲜血直淋，犹如中了毒一般。他二人想着，眼睁睁一千洋钱，就要拿出来瓜分，现在出钱的本主子有了问题，这事如何还谈得上？两人心里一急，也都呆住了。唐尧卿见他三人如此，以为是在外面吃东西中了毒，也大叫起来。要知宋阳泉出了什么毛病，下回交代。

第二十回

一千元买来假委任
七五扣索将大赃银

话说宋阳泉被宋忠恕一碰，向后一退，嘴里鲜血直淋，唐尧卿吓得大叫。宋阳泉站定了，用一只手去握着嘴揉了几揉，摇着头道："不要紧的，我牙齿撞破了，嘴唇皮出了血了。"宋忠恕听说并无多大问题，连忙破脸堆下笑来深深地打着拱道："真对不住，但是这是一个好彩头，挂了红了。"童秀崇也在着慌，找不着一句什么恰当的话来替他解释。听了宋忠恕挂红两个字，觉得意思太好了，拍了掌哈哈大笑道："这是难求得的事，从前我一个叔叔，在差事发表的那一天，也是要想得一个挂红的彩头，就找一个初出手的剃头匠来刮脸。偏是这剃头匠不懂窍，小小心心地剃，一条口子也不曾割下，真把我叔叔气坏了。抢过剃头刀，在下巴上割了两刀，流了好些个血，才消了气。说也怪，那一任差事，我叔叔差不多挣上了一万。他那还是有意找的彩头，结果都那样好。阳泉兄是无意找的彩头，这要论到前途，更是未可限量。"

他举了这样一个极好的例子出来，魏有德自是无可说的了，便倒了一杯凉茶递给宋阳泉道："你先漱一漱口吧。"说着，叫了两声茶房，也不见有人答应，于是亲自拿了宋阳泉的脸盆跑到厨房里去，给他捧了一盆洗脸水来。他这时已是止住了痛，便笑道："这如何敢当，还要魏先生和我倒水。"魏有德道："圣人云，疾病相扶持，你把牙齿碰出了血，我们帮你一点儿忙。"说着，他将洗脸盆放在架子上，宋忠恕赶紧就扯了手巾，在水里铺着。

唐尧卿看到，心里想着，果然是宋阳泉做官了，要不然，这三个人不会这样地捧他。这个东西，真是走死运，弄假成真的，真给他弄了一

117

个官做，我却一点儿好处未得，未免冤枉。不过他到了上任的时候，本利一齐要，可以和他多弄几个钱。这样想着，也就和宋阳泉连拱了两拱手道："挂彩总是好彩头，你的事大概是成功了。"

宋忠恕见宋阳泉漱过了口，擦过了脸，已是无事的样子了，便道："怎么大概成功，委任状已经由我在张厅长那里拿来了。"说着，将手上拿着一个大报纸包，解了开来，首先露出来的，却是一张硬素纸，将硬素纸打开，里面又是棉纸，将棉纸再打开，才露出了那个蓝色印字，盖着朱印的公文封套。

宋忠恕拿在手上一晃，笑道："就是这个了。"宋阳泉看到公文拿来了，一百二十分心都可以放下，便笑嘻嘻地迎上前来，打算将公文接了过去。宋忠恕拿着公文，两手连忙向怀里一缩，摇了一摇头道："且慢，这公事我在张厅长手上拿来的，可开了一张便条给他，就在明天早上交给他一千块钱，分文不得短少。亲是亲，钱财上要分明，你拿了，公文到手，迟个三天两天交款，在你没有什么关系，但是我以后要在财政厅这条路上说话，就一点儿也不灵验了。"

宋阳泉倒不料手伸得快，还有这样一道波折，便笑道："这个不成问题，我既然说了给一千块钱，这个数目我也是分文不会短少的。钱是现成的，但不知交给哪个手里。"宋忠恕道："公事在我手上，钱自然也是交到我手上的。我拿了你这笔钱，才能到张厅长那里去，把我的便条取了回来。"

宋阳泉见公文在人家手上，不能拿过来看，是很可焦急的事，既是宋忠恕非拿钱到手不办，这也就不必耽误了。于是赶快地打开箱子，将那五十元一包的现洋，搬了二十圆包，放在桌上。当那洋钱包放到桌上的时候，便落在桌上，扑笃一下响，那声音很是沉着。魏童二人只要一听声响，眼望了纸包，身上的肌肉便哆嗦一下。直等到二十包一齐搁下了，宋忠恕便坐在桌子边，透开纸包来，一五一十地数了一个够。宋阳泉怕他数不清，自然取监视的态度。唐尧卿见着，整大包的洋钱让人家搬了去，丝毫不能染指，自然也不免眼馋。魏童二人更是瞪了四只大眼睛，生怕宋忠恕会道术，把这些洋钱遁了去。所以在这个时候，一屋子人，只有宋忠恕口里数着一五一十的声音，此外倒寂然了。一直让他将二十包洋钱一齐都数完了，他站起来一伸懒腰道："不错，我做事最规矩，决不失信，公文你这就拿去了。"说毕，将手上的一封公文双手高高捧起，笑着一点头道，"恭喜恭喜！你这就是五渡河厘金局长了。"

宋阳泉一面接着公文，一面笑着回礼。拆开公文来一看时，自己也不知道公文是什么体裁。只见一张毛边纸折成一个手折的形式，前后两面都盖有两颗红印，掀开来，正中几行字写得清楚：兹委任宋阳泉为五渡河厘金总局局长。自己的尊姓大名，总算上了公文，经官许可称为局长，这一生算不枉来了。脚下只管在屋子由东到西，由西到东，哼着兹委任宋阳泉为五渡河厘金总局局长一句话，像当年在私塾念四书那样起劲儿，捉住了这句死也不松口。

唐尧卿本想伸着手过来，将委任状接过去看上一看的。然而这位乡先生，现在已是一位局长了，叫他阳泉吧，未免太不恭敬，读书做绅士的人，难道官民之分都不知道？要叫他作局长吧，陡然又改不过口来。不称呼人家一声，贸然就把委任状拿过来，自己又没这样的勇气。想来想去，只有含糊着行一个礼的办法，比较妥当。因之把那件旧缎马褂，临时加在长衣上，并且也将帽子拿在手里，然后对宋阳泉一拱到地，两手抬起来高过额顶，笑道："恭喜恭喜！我们西乡又多了一个官了，将来修起县志，我们一乡多么荣耀。"

宋阳泉受了他一揖，自也未便置之不理，因也一揖相还，笑着一摇头道："我也是这样想，我们西乡做官的太少了，让别的乡看不起。总应该出来几个人，争回这没有得到一件实在的差事，这也就由于运气的关系了。"说着，一看屋子里，宋忠恕和童魏二人都不见了，也不知是什么时候都走了，心想他们今天倒不敲我的竹杠，若是要我小请他们一餐，却也是义不容辞的哩。

他如此想着，岂知宋忠恕不但不能敲他的竹杠，而且反有人敲他的竹杠。原来宋忠恕数过了二十包洋钱之后，拿了一块桌布，将洋钱一齐包了，然后背在肩上，就向房外走。同时，和魏童二人丢了一个眼色。走出房门来，魏童二人抢着上前，一个在宋忠恕之左，一个在宋忠恕之右，各伸了一只手，按着那包袱。

宋忠恕低声笑道："你们放心，我跑不了。但是要求你二位不要作声，免得让杜梅贞知道了，又要分去一股。"说着，走到自己屋子门口，见房门是虚掩的，自己只觉粗心，何以出门去不带上房门。于是童秀崇和他推开门，魏有德进房去和他扭着电灯。宋忠恕一脚踏进屋，将洋钱包袱向椅子上一放，倒不由得他不吓一跳，原来他要瞒着的杜梅贞，恰是正正端端坐在椅子上，见他们进来，点着头微笑了一笑。

宋忠恕笑道："怎么不作声的，就溜进了我的屋子。"梅贞笑道："半夜三更走进人家，非奸即盗。你说吧，要治我哪一项大罪呢？"宋忠恕拱了一拱手道："我的小姐，你就不要高声说话了，我算认得你。"杜梅贞并不理会这句话，见布包袱放在一张小桌子上，将嘴一努道："你们费了整个月工夫，引动一大班人，所得的钱都在这里吗？"宋忠恕道："可不是吗？我们的手段，也就算不行得很的了。这么些个人说也可怜，真分不到多少钱。"

梅贞连忙摇了两摇手，笑道："你不要和我谈这个，可怜也是自作孽，哪个叫你们放了正事不干，来做骗子的。我们闲话少说，你看该给我多少钱，你还是给我多少钱。少给一文，我们就同坐在这里，今晚熬到明天，明天熬到后天。"宋忠恕笑道："杜小姐真厉害，你的手段玩出来，叫人家哭不是，笑也不是。"梅贞笑道："我用不着你给高帽子戴，你拿钱来。"说着，将手向宋忠恕一伸。

他料着这个样子，不给钱是通不过去的，因望着童魏二人，微笑了一笑，那意思是说，怎么办呢？没有法子可以混过这一关啦。魏有德心想，让杜梅贞先分一股去也好，我们落个有例可援，还怕你能少分我一个吗？便道："杜小姐对于我们这件事，出力出大了。我想她也是等着要钱用，她这一股你就先分给她吧。彼此都是知道的，哪个还能说出什么不公道的话来不成？"梅贞坐在那里，点了一点头笑道："聪明人总不肯为小失大的。"说着，见桌上有一盒香烟，她拿出一根，嘴里衔着，然后一擦火柴，头枕在椅子背上，很自在地吸着喷出烟来，连话也懒说了。

宋忠恕看这神气，料定不给钱是不行，只得将包袱打开，指着让梅贞看道："小姐，你看我撒谎不撒谎？不都在这里吗？这有一二十位来分呢。"梅贞依然枕着椅子背，昂了头抽她的烟，对于他的话并不答复。宋忠恕便拿了两包洋钱，放在她面前桌子上，笑道："杜小姐，就依了你的话办，这是一百元。"梅贞看也不看一眼，冷笑一声道："你少在我面前捣鬼，你做的事我都知道。这事就是你们三人是大主脑，其余的人和你们在一处吃了喝了，不过落个小便宜，知道你们什么内容？就是知道，你们分给他们三块两块，也就行了。你们三三个一，每人都分二三百，却分一百到我，那不是太不公道了吧？你们为这事，上卖嘴，下卖腿，你可知道我还卖身呢？无论如何，这卖身的钱不应该比你们少。话要说明，这一千块钱，我要分个七五扣。若是办不到，我也不要。"说毕，由椅子上站起来，一手夹着烟卷抽，一手叉了腰，斜靠了桌子站定，只等宋忠恕的回话。

她一双眼睛，不望了洋钱，却望了房门，好像要走出去的样子。宋忠恕看到，连忙一伸手，将门关上，笑道："怎么样？你还想和我大开玩笑吗？其实我们在外头混，大家讲个义气，一回事情做完了，还有第二回呢。你为了手边难，多分几个，那也不要紧，下回还要请你多帮一点儿忙呢。"梅贞点点头道："话是说得好听，但是我这个人，你也知道的，不是几句米汤可以灌倒的，我总还要有了实惠，才和朋友谈交情。你说多分几个，那也不要紧，我要个七五回扣，你总是可以答应的了。"

宋忠恕见她没有坐下，而且也没有松口，这自然是无可通融的一件事，站着想了一想，点点头道："请你坐下，我们慢慢地商量。"梅贞笑道："你有话尽管说，我不怕站着累倒，你还替我累什么？"宋忠恕对着她脸上望了一望，才微笑一声道："杜小姐，我们商量一下子，行不行？我们这些钱，实在不止三四个人分，每个人手上，无论如何，分不到一百以上……"

梅贞脸一板道："你不要和我讲这些苦情，我要多少钱就要多少钱。我这是讲交情，才只和你要个七五扣。我要不讲价钱，我指着这一千块

121

钱绑票，一定要五百，你又有什么法子？你若是不给，我叫了起来，不但是大家得不了钱，恐怕还要到警察厅去走上一遭。这件事你看要怎样对付，你自己斟酌吧。"

说着，拿起桌上的一只破旧闹钟，看了一看，笑道："现在到十一点，还差五分，我就以这五分钟为限，过了这五分钟，你就照给七五扣的二百五十元，我也是不要。不过让一个人发财，这总是让人红眼睛的事，你要留心一点儿。"说毕，只管抽烟，就一句别的话也不再说。

宋忠恕心想，这个人说话是说得到就做得到的，真个叫出来，大家是同归于尽。便笑道："杜小姐什么事也不肯上当，这件事却有点儿不大高明，不多不少，怎么做个二百五？"梅贞笑道："我只要有钱，什么人都肯做的，二百五又待何妨？你即是有这好意思，怕我上当，我也很感激，你就给我二百六吧。"魏有德笑道："不怕忠恕有天大的本事，遇到了杜小姐，也总只好退避三舍，说了许多话，不但没有减少一文钱，倒反而要加上十块。"宋忠恕道："这个时候，哪有工夫说笑话，你们就袖手旁观，一点儿不管吗？也和我疏通疏通呀。"

梅贞全不理会，眼睛瞟着那只闹钟，只管微笑。宋忠恕没有法子，只得走向前和梅贞作了个揖，笑道："杜小姐，山不转路转，请你多少让一点儿步，行不行？"梅贞不答话先向宋忠恕鞠了一个躬，笑道："宋先生不敢当！我这里有礼相还。钱的事，我想不必通融了。一千块钱，我只要二百五，这已算是十二分地认交情了，你还要来说话吗？好吧，看在你作个揖的情分上，减少十块钱，也免得做二百五。只有一分钟了，你不答应我就对宋阳泉说去。"说毕，就做要向外走之势。宋魏童三人，都为之失色。要知他们能拦住也无，下回交代。

第二十一回

调虎离山良朋各散
引狼入室大责谁承

天下有许多假事，明明不必去理会，而事实上却不能不去理会，也是为人应付环境的一种苦闷。譬如有权威的疆吏向中央政府要求什么未得，就可以辞职来要挟。明明是别有举动，并非倦勤，政府投鼠忌器，不能不挽留。还有那泼辣妇人，娘家又有势力，动不动要寻短见恐吓丈夫。丈夫虽然极想她死，又知道这是假死，也不能不救。现在杜梅贞讹索宋忠恕二百四十元，要以出门叫破他们的秘密为要挟，宋忠恕虽明知道她未必做得到，然而她果然做出来又怎么办？

因之他首先一跳，跳到房门边，先弯腰笑着作了一个揖，说道："我的大姑姑，何必急呢？我们再商量上一阵子，行不行？"杜梅贞昂着头道："宋先生，你打算怎么样？半夜三更，关了一个大姑娘在屋子里，不许人家走吗？"说时已经走到门边，推着宋忠恕就要出去。

魏童二人怕这事真闹翻了，连忙抢上前也作揖道："杜小姐，面子面子，请坐请坐，总让你过得去就是了。"梅贞倒退了两步，一手扶了桌子，一手叉了腰，微笑道："二位是调停的了。有什么话，请简单地说，话多了，我是不耐听的。"魏有德轻轻一顿脚道："好，我也来个痛快，不问老宋如何，叫他奉送二百整数。"梅贞依然是叉腰昂首两个姿势，将脚却在地板上点了几点道："这样办，我是吃一点儿亏，不过我也有个条件，请三位当面答应一下子，好在这条件并用不着花三位多少钱。"

魏有德便忙问是什么事，梅贞低声道："这样子一来，大家和宋阳泉都是要脱离关系的了。你们今天有了钱，明天就可以远走高飞，但是我姓杜的是个女流，行走就不能像你们那样便当，他若是还死命地黏着我，我怎么办？在这一点，必要想个金蝉脱壳之法，先把我救出圈子外来才好。我倒有一个小主意，只要你们肯办就行得了。"于是她在椅子上坐了下来，把她想的主意对着三人，笑嘻嘻地低声说了出来。

魏有德笑道："但是这一笔费用，出在我们身上，杜小姐又敲了一个小小竹杠去了。"梅贞道："我一让步，就是四十块钱。你们三个人凑着出一点儿钱，又算什么？而且照我这个办法，也可以把他轰出省城去。他早一天回了乡下老家，你们早一点儿出来活动不好吗？"魏有德道："好，就是这样办了。"

宋忠恕望着梅贞，虽然二十四分不高兴，但是也急于要出这旅馆，也不用得数了，就把那五十元一包的洋钱，拿了四包交到梅贞手上，笑道："我领教了。"梅贞鼻子一耸，哼着微笑道："我怕你们下次不带我玩吗？"她就提起长衣下身两只角，把四包洋钱兜着走了。宋忠恕望了她后影，半晌不作声，等她脚步声走远了，便顿着轻轻骂道："这个婊子养的，太不成人，先是无条件要和我们合作，合作成功了，就这样来挟制我们一下子。老魏，她说的事不要和她办。"

童秀崇道："不和她办的话，恐怕不行吧。你想她要是脱不了身的话，能放过吗？"魏有德笑道："这个法子也好，闹得他明天十二点以后，才能回旅馆。我们在明天上午，从从容容地开差，不比今天晚上溜开强吗？"魏有德想了一想笑道："这个法子倒妙，你们暂在屋子里坐着莫动，我去找他去。只是一层，人心隔肚皮，八百洋钱存在你们这里，我倒去办差事，一转身，你们脚板上擦猪油，我到哪里去找你们呢？老老实实，先锁两百块钱到我箱子里去。话要说明，这不过是种保障，我名下应该分多少，将来算账，有多的话，我自然会退出来。我当然和杜梅贞不同，不能把持住了不拿出来，你们相信不相信我的话呢？"

童秀崇笑道："我们还来这手吗？老宋，你为保全信用起见，你就拨二百块钱，存在他那里，好让他安心去办事。"说着，用手扯了宋忠恕一下衣襟。宋忠恕一想，这或者是有些原因的，便慨然地拿出二百块钱，交给了魏有德，他接着钱笑嘻嘻地去了。先将钱在自己屋子里安顿好，然后一个人说着话，由外面天井里一路说到宋阳泉屋子里去。口里连道："这是对的，应该这样办，夜深了也不要紧，我陪了宋局长一同走一趟就是了。你到外面柜房里去等着，我一会子就来。"

他说着话，走到房里来。宋阳泉正衔了一截雪茄烟屁股，躺在睡椅上，左腿架着右腿，把一只脚只管颠动。魏有德走进来，连连拱着手道："宋局长，你现在的运气，简直点得着火，张厅长因为委任状已经下了，有几句要紧的话和你谈谈。为了避免别人的耳目起见，所以特意派了一个亲信的人来，约你马上就去。"低声道，"我怕你对答上也许有点儿疏漏，所以我答应陪你一块儿去。好在张厅长已是见过一回面的了，都是熟人，话也没有什么难说，宋局长，你去不去？"

宋阳泉被他叫了几声局长，高兴已极，而且又是张厅长秘密召见，这面子就大了，因微笑道："现在我是局长，和他只差一级，他自然会来请我的，既是你愿意陪我去，我们就同走一趟吧。"他得意之下，穿好衣服，和魏有德就一同走出了旅馆。旅馆门口，已是停好两乘人力车，一脚跨上，也不必告诉到什么地方，车夫就拉起走了。

到了一个地方，车子停放了。宋阳泉在路灯下依稀认得，乃是扬州班子玉容家里。心想，这就奇了，怎么张厅长约我在这里会面，难道他和这班子里的姑娘也有些来往吗？因扯着魏有德的袖子，低声问道："怎么引我到这种地方来？"魏有德笑道："你不必问，等一会子你就明白了。"于是拍开了门，将宋阳泉引了进去，在天井里，先扬声大咳嗽了两下。玉容走了出来，魏有德抢向前一步，握着她的手摇撼了两下，笑道："来，我有话和你说，你先把宋局长陪进房去。"

玉容道："你就不能……"魏有德道："你不要忙，我自然会进去。"玉容对于魏有德这班城里的混世虫，向来有点儿怕，既是他做手做脚，料着有些缘故，便依了他的话，先挽宋阳泉的一只手，把他送到屋子里去，然后再走出来。话没有说出，先向着魏有德叹了一口气，又皱了一皱眉毛。她虽不说什么，魏有德心里已经明白了，轻轻地道："这两天，不但是他，就是我，也忙得要命。约了你做花头，本不能失信，但是公事总要紧一点儿。现在我把他送了来，我这里先付上一笔小小的费用。"说着，在身上掏出一小包现洋，塞在玉容手里，笑道："你好好地灌他一阵迷汤，不怕他不会补给你，你若是不放心的话，今天晚上，就让他在你们这里搭一夜干铺，也不要紧。只是今天他和朋友打赌来的，他若回去了，面子上真下不去。再说，他已得了委任，是五渡河厘金局局长了。你只要好好款待他，我想他花一千八百是不在乎的。"

玉容捏着洋钱，倒是重甸甸的，望着魏有德迟疑了一会子，微笑道："只听到你们答应我这样那样，总没有赏我一个面子。"魏有德道："这回绝不能失信。若失信，以后还见面不见呢？而况我已经交给你……"接着一笑道，"不说了，我们都是面子上的人，这样较量未免不对。"说着，又向玉容耳朵里咕噜了几声，玉容笑道："是了，你们这班短……莫惹我要说出不好的话来。"魏有德就大声向着屋子里叫道："宋局长，你安心在这里休息吧，明天见了。"说着，哈哈一笑，他竟自走了。宋阳泉这才明白，魏有德是骗他到这里来的。待要追出屋子来，未免又不像样，只得叫道："你进来，我有话和你说。"然而应着声进来的不是魏有德，乃是玉容。

玉容改了晚装，穿了那大红色的紧身短夹袄，白的手臂、白的颈脖，和红色是非常调和，胸前紧绷绷地突出两个小圆包，和那瘦小的腰肢，恰是相衬不过。她前面的覆发直覆到眉头上来，眼珠儿向人一溜，在灯下看着，处处都是丰韵。她见宋阳泉坐在沙发上，空着一大截地位，就挨身向下一坐，用手搭在他的肩上，笑道："你来就来吧，为什么还要朋友送你来呢？"

宋阳泉被她的软手向肩上一搭，一阵香气袭入鼻子，也不知道说什么是好，只得照实说道："他骗我来的，我到了这里，才知道呢。"玉容身子向他怀里一倒，扭了几扭，笑道："好哇，原来你不喜欢恼的样子来。"宋阳泉有生以来，哪里经过这事，禁不住哈哈大笑起来，这样地被玉容麻烦了一阵，把时刻不忘的做官事业，也就丢到九霄云外，有什么大事都留到明天再谈了。

到了次日上午十二时，他才坐了一乘车子，从从容容地回旅馆来。

一到屋子里，只见唐尧卿捧了一管水烟袋在那里吸烟，地上布满了一粒一粒的烟粪。两个指头只捏了一根半寸长的纸煤，兀自不肯放下。他一见宋阳泉，才将烟袋放在桌上，望了宋阳泉的脸道："你昨晚见张厅长，怎么到这时才回来？"宋阳泉也早知道他要问这一句话，在路上便预备下了一句话回复他的，很自在地笑道："尧老，厅长待我不错，留我打了半夜牌。"唐尧卿道："有宋忠恕他们在场吗？"宋阳泉一想，这个谎可撒不得，他们昨晚要没出门，岂不是戳穿纸老虎，便笑道："没有他们，都是新朋友。"唐尧卿道："这事可怪，他们昨晚算清店账，搬着行李就走了。"宋阳泉听了这话也吓了一跳，问道："他……他……他他们说到哪里去！"唐尧卿道："我也不知道，昨晚你走之后，我有点儿事找宋忠恕，他约了我今天上午七点钟喝茶，请我先到茶楼上去等他，我等到十点钟，不见他的影子。走回旅馆来一问，茶房说他们昨晚三点钟，搭上水轮船到上海去了。这里面，我怕有点儿什么圈套，你去问问张厅长他收到了钱没有。"

宋阳泉听说，立刻面如土色，呆着站在屋子中间，如木雕泥塑的偶像一般。唐尧卿道："事不宜迟，你赶快去问张厅长，究竟是怎么回事。"宋阳泉道："我哪里认识张厅长呢？"唐尧卿道："咦，你刚才说和张厅长在一处打牌，怎么转身不认得了？"宋阳泉顿了一顿，软着嗓子道："昨晚上我没见张厅长，是在一个……一个朋友那里打牌。"唐尧卿道："那么，你没有见过张厅长吗？"宋阳泉道："见是见过一面的。"于是将那天到张公馆去的事从头至尾说了。唐尧卿道："哼，这里面怕有什么原因吧？一个厅长见人，哪有不在客厅里规规矩矩见客的哩？"

宋阳泉越想越不妙，不觉两眼流下眼泪来。唐尧卿又捧着烟袋点了纸煤，坐在那里一言不发地抽烟。宋阳泉用手摸着眼眶道："那不行，引狼入室，是你介绍他和我认识的，你要交出他们来。"唐尧卿道："不错，是我介绍他们和你认识的。但是谈到钻路子，请酒拜客，以至于昨晚上交款，你有哪一件事和我商量过？现在他们跑了，你倒和我要人。"宋阳泉戴着帽子，穿了马褂，手上拿了手杖，就这样在一把椅子上坐定，眼角上两粒泪珠只活动动地要落下来。唐尧卿道："发呆也是

127

不行，你且把昨晚上的公事，拿出来仔细看看。"宋阳泉丢下手杖，赶忙打开箱子，将公文取了出来。唐尧卿拿在手上，念了几遍，却看不出什么破绽。

正犹豫着，茶房进来说，有位赖局长来拜会，说时，递了一张名片给唐尧卿。他一见之下，将公文一放，口里说着"请请请"，在衣架上找下一件马褂，向肩上一搭，手就乱伸着穿袖子，偏是这袖子顷刻不见，再也穿不上，站在屋中乱转。正忙着，那赖局长已进来了。他先摇手道："我们还客气什么？"唐尧卿回头看到，哎呀了一声，肩上挂着半边马褂，只管作揖。因见宋阳泉呆站在那里，点点头道："这是赖国恒局长，过来见见。"

宋阳泉只得忍住眼泪，起身作了一揖。赖国恒对他打量一番，便笑道："这是宋先生了，久仰久仰！"唐尧卿已是丢了马褂不穿，先将手擦了烟袋嘴，双手捧过来，又倒了一杯茶，放到桌上，点头作揖，请他坐。自己刚坐下，又站起来拱了拱手道："正有一件事要请教呢。"于是将宋阳泉的事略说一遍，当他说时，赖国恒眼睛斜望着桌上的公文只管微笑，摇了一摇头道："这班东西好大的胆，居然敢假造文书。"说着，伸了三个指头，将桌子沿一拍。唐尧卿道："怎么样，这文书果然是假的吗？"赖国恒道："这财政厅的公文，我还看少了吗？一到眼真假立辨的。"

说着，他身上取了一盒香烟出来，燃着了一根，两指扶着嘴里吸了一阵，闭上眼睛，喷出一口烟来。然后架着大腿，向着宋阳泉将头摆个大圈子，微笑道："这个宋忠恕是贵本家，阁下何以不知道他为人呢？"宋阳泉已如死去了大半个人，哪里会说话，头歪垂在肩膀上，瘫在椅子上。唐尧卿道："他不怪他兄弟，倒怪我引狼入室呢。"赖国恒听他这话，却以为然，于是和宋阳泉想出个补救之法。这一补救，就现出官场别有天地来了。

128

第二十二回

索欠款闭户作商量
觅新枝当面谋补救

话说宋阳泉将宋忠恕这班人伙骗的行为识破以后，三魂失二，坐在那里动弹不得。还是赖国恒向着他问道："宋先生，路已走错了，那是悔不转来的，现在我所要问你的，是不是想另找一条路子，来补救一下？"唐尧卿摇摆着头现出得意的样子道："我们赖局长，是现任的官，说出来的话都是有分量的，比不得那些骗子，他说和你想法子，那就是真正地想法子，你何不趁此向赖局长求个情。要不然，你亏空下一二千块钱，怎样回家交代呢？"唐尧卿不提倒也罢，一提之下，他含在眼角上两点眼泪水再也忍不住，就突然流将下来了，赶忙拿袖头去擦时，已经是来不及了。

赖国恒抽着烟，脸上放出微笑来，因道："宋先生这人太老实，未尝不可以共事。但是事到如今，哭也无益，你自己总得拿出一个主意来才好。"唐尧卿道："是呀，你应当拿个主意呀。"宋阳泉突然站立起来，向赖国恒作了两个揖，哭丧着脸道："赖局长，我求求你了。"赖国恒却也站起来回了一个揖，因道："你不要性急，我为人生平就是助强扶弱，爱打不平。既是你受了人家的骗，说不得了，我应当帮你一个忙。不过我自己局子里、几个分局子，人都挤满了，实在再安插不下去。假如你愿意我帮忙的话，我和你去找找财政厅的丁科长，或者能想点儿法子。"宋阳泉道："不有一个科长姓郝吗？我倒是认识。"赖国恒又摇着头叹了一口气道："你这人太老实了。你认识的那科长厅长，没有一个是真的，全是宋忠恕那些人蒙混你的，你到现在还信以为真吗？"宋阳泉鼓了嘴，作声不得。赖国恒道："宋先生拿定了主意没有？我可不能再三地问你，要不然，倒疑心我也是个骗子，要骗你的钱了。"

宋阳泉还没什么表示，唐尧卿早是哦呀了一声，站将起来，连向赖国恒作了几个揖，笑道："他这人岂有那样不知好歹？我大胆说一句，以后他的身家性命，都在赖局长保护之下了。阳泉，快些求求赖局长吧。"宋阳泉现在是毫无主意，灵魂都在人家身上，于是走过来，又和赖国恒作了几个揖。他将手摸了摸胡子，笑道："我和你找找路子看，凭我的力量去做，能不用花费是更好。纵然不免有点儿花费……"他现出那沉吟之状，连身子和头一齐摇荡了几下，笑道："那实在不成问题，若是我能够早一天赶到，你的钱不流出去，尽够用的了。这样吧，让我来做个小东，约着丁科长和你见一见面。以后有什么事接洽，尧老……"

唐尧卿站起来打了一拱，道声不敢当。赖国恒也并不理会，依然接着道："你可以陪了他到丁科长家里去。在这个时候，你再仔细打听打听，财政厅是不是有个丁科长。"唐尧卿先笑起来道："难道我们这样的亲戚，还有什么疑心不成？"赖国恒道："我们虽是亲戚，但是和宋先生不过同乡而已。"唐尧卿道："既是同乡，也就大可放心了。"赖国恒也不再说了，站起身伸了一个懒腰道："我初到看，还有几处要紧的地方，得前去走动走动，过一天再会吧。"

正说到这里，茶房忽然进来说，丁科长派人来请赖局长。赖国恒道："是派人来的呢，还是打电话来的呢？"茶房道："是派专差来的，局长有什么话吩咐吗？"赖国恒道："既是有人来，你叫他进来。"说着，他又大模大样地坐了下去。门帘子一掀，这时进来一个穿黄色制服的卫兵，那衣领子上有两个铜字，一边是财字，一边是卫字，这不用说，实实在在是个财政厅的卫兵。他见赖国恒举手行了一个军礼。脚上的皮鞋，缩着一比齐，啪的一声，打了一下响。赖国恒只略微点了一点头，很不经意的样子，昂着头问道："丁科长说了什么吗？"卫兵直着脖子和眼光，答道："是，科长请局长过去。"赖国恒笑道："你回去对科长说，叫他预备两样好菜，我要到他公馆里去吃饭。我现时还有两个地方走走，两个钟头内准到。"卫兵听说，又答应两声是，然后走了。

赖国恒向宋阳泉点着头笑道："说曹操，曹操就到了，真是你的运气好，回头我见着他，我一定和你提起。我和他太熟了，是用不着客气的。"宋阳泉眼睛看到，耳朵听到，这是假不了的。而况赖国恒这个官总假不了，跟着他走，决计是没有错。马上站起来，和他作了两个揖，很诚恳地道："诸事都仰仗赖局长了，兄弟不是不懂事的，将来自然要重重地报答。"赖国恒抱了拳头，歪到左肩，连连拱了几下，笑道："快快不要提到这一层上去。若提到酬报的话，我就不便过问了。"唐尧卿道："老表，你不是说了他是一个老实人吗？你还有什么不明白，他不会说话。"赖国恒点点头道："他这也总是好意，我心领了。"说着打一个哈哈而去。

唐尧卿用手指着宋阳泉道："这真是天无绝人之路了。赖局长有这番好心，肯帮你的，总算难得，一半呢，也就是看着我的面子。"说着，用手指了二指鼻子尖。宋阳泉到了这时，才把头上那顶呢帽取下，放在身边的文明杖也放到一边去，然后将挂在钩上的冷手巾，取下来揩了一揩额头上的汗。摸过桌上的水烟袋，低了头，架着腿，抽起烟来。半晌，才道："我想，真要花几个钱的话，大概还拿得出。我箱子里存着，将近二百元，尧老……箱子里。"他说着可不敢向人家望，声音低得像蚊子大小。

唐尧卿突然向上一站，手由长袍下面向上一掳，将衣下摆抱在怀里，瞪了一双大眼睛，望着宋阳泉。宋阳泉本来就没有了胆，一看唐尧老这种样子，把说话的那一丝游气也吓得退回去了。唐尧老道："你可没有存钱在我箱子里，由乡下动身到省里来，一进城我就将款子完全交给你了。你听了宋忠恕那班人将钱乱花，现在花空了，倒想向我身边来榨油吗？"宋阳泉垂着头道："你老人家得原谅我，我现在丧魂失魄，有些糊涂了。以后的事，我还要多多仰仗你老人家啦。"唐尧卿道："我若不念你在老实一边，我就不管你的事，让你无面目见江东父老。"说着，一顿脚，掉过身子坐到靠窗户的椅子上去，离着宋阳泉远远的。

宋阳泉放下烟袋，走过来，连作了三个大揖，皱眉道："尧老，你还生我的气吗？这回办事，我不听你的话，弄到这种田地，我简直是个牲畜。你还生牲畜的气吗？"唐尧老叹了一口气道："你这人说话，真

131

是可怜又可嫌，自己的钱糊里糊涂地花费了，现在倒要乱抓人。据我算一算，昨天在箱子里拿出来的应该还有，并没有用完吧？"

这一句话，提醒了宋阳泉，他忽然哦了一声。唐尧卿道："你想起了什么事情吗？"宋阳泉道："我还有四百块钱，存在一个朋友那里，还可以拿来应用。"唐尧卿道："朋友？什么朋友？恐怕又是送给别人了吧？"宋阳泉连连摇着头道："不会不会，她是一个最好的朋友，我马上去拿回来。"说时，他抬起一只袖子，擦了一擦眼睛，就向外边走。他一看后面天井里，杜梅贞很自在的样子，正靠了门柱抽香烟。心想，大概她还不知道我遭了这样的大不幸，要不然，她不会这样自在。于是从从容容走到后院去，先和她点了个头，然后走向她屋子里去。

梅贞先瞟了他一眼，懒懒地跟到屋里来，且不问他什么话，一屁股自坐到床上去，依然昂着头，用眼睛斜望了他。宋阳泉微笑了一笑，低声道："我有一件事要告诉你。"杜梅贞将香烟头向地下一丢，挺了胸脯子道："不用说，我全知道了。昨天晚上，你很快活，不是住在扬州班子里吗？"宋阳泉倒吃了一惊，这件事她怎么会知道呢？低声道："没有这事吧。"梅贞由床面前一跳，跳到宋阳泉面前来，脸色一沉，一拍桌子道："你把我当什么人？你把我也当残花败柳看待吗？你以前也不知道和多少下作女人胡闹过，把传来的杨梅大疮又打算传染到我身上来。我指望你是个好人，所以把终身相托，原来你也这样是不长进的。我长到二十岁的名门小姐，让你破了贞节，你倒给我传染杨梅疮，你太狠心了，太欺侮人了。我就能够让你这样白白欺侮吗？"说到这里，嗓子就硬了。宋阳泉道："我怎么欺侮了你呢？我的小姐。"梅贞道："事到如今，你还要说没有欺……欺……"她说不下去了，两行眼泪便如抛沙一般地滚将下来。

宋阳泉本来是要和梅贞说，那件事已经办坏了，请她把钱拿出来，好去另行设法。现在她一哭，这话怎么开口呢？这只有一个法子，把她先哄住了哭再说，因扯着手道："你不要闹，先听我说。"梅贞将手一摔，抽身便走了开去，又伏到床上索性呜呜咽咽哭了起来。那声音越来越大，差不多屋外都可听到。心想这事情要闹得大家知道了，简直是一

132

场奸案，吃官司事小，妨碍自己的名誉，这一条不绝如缕的官路又要断了。只得悄悄地走开，回自己屋子里来。

唐尧卿本在抽水烟出神，陡然将水烟袋放下，打了桌面一下响，问道："什么？你的钱，存在杜小姐那里吗？"宋阳泉顿了一顿，摇头道："不……不放在她那里。"唐尧卿道："不放在她那里，为什么谈到钱你赶快就去找梅贞呢？"宋阳泉道："我是和她打听宋忠恕他们这班人的下落，她似乎也很伤心，在那里流着泪哭，我也不好意思再坐，就走开了。"唐尧卿看看宋阳泉和杜梅贞那种情形，料着多少不免有点儿关系，至于关系有多深，却不知道。现在宋阳泉说她为了他失败而哭，感情自然是深，但是别看是城市里的姑娘，倒是真爱老宋，也就算是个好人了。他如此想着，就不住看着宋阳泉的面孔。

宋阳泉怕他会疑心自己存钱在梅贞那里，便极力做出郑重的样子，只当没事。坐着抽了一会子水烟，就在床上躺下。在床上躺着翻了大眼睛，口里念念有词。究竟躺不着，又坐起来抽水烟。唐尧卿昨天买的二两皮丝，这样轮流地抽着，抽得干干净净。唐尧卿以为他是图官失败，不免发愁，至于此外还有问题，哪里会知道？只是劝他说，事情做错了，也不必再发愁，好在有赖局长答应和你帮忙，总会有点儿结果的。宋阳泉一肚皮苦水，一个字吐不出来，只是绷着脸，点头说是。

到了晚上九点钟，心里正想再去找梅贞谈谈，不料梅贞倒在这时，吩咐茶房来请他去。心想莫非她自动地愿意将钱还我，心中为之一喜。连忙用手巾擦了一擦眼睛，立刻到梅贞屋子里来。梅贞斜躺在一张长椅上，哭丧着脸，似乎是十分地烦闷。宋阳泉一弯腰，正想挨着她身子坐下，来安慰她几句，她突然坐了起来，用手将他一推，变着脸喝了一声道："滚过去！小姐的叔父还是一个武官，我能让你拿去当玩物吗？我让你破了贞节，又传染了梅毒，我这亏吃大了，非告你一状不可！"宋阳泉被她一推，已是羞愤交加，现在她又说要告状，心里更是乱跳。只站在屋子中间，望了她发呆。

梅贞道："你怎么不说话？不说话就行了吗？我现在问你，我们还是官休，还是私休？若是官休，那很好说。"说着，站起身来，突然抢步上前，砰的一声，将房门关住，接着道："我马上喊起来，说你跑进屋子里来强奸我。我索性抓破面皮，和你到法庭上去相见，至少判你个三年五年监禁。到那个时候，我看你是做官，还是做犯人？"宋阳泉连连摇手道："不，不，不！私休吧，私休吧。"梅贞道："你提到私休吗？这可算是好过了你。只要把寄存在我这里的四百洋钱，算送给我做遮羞钱，我就放过你去。"宋阳泉一听到她说要把四百块钱没收，自己一线希望也完全断绝了，未免七魄剩一，立刻脸色变成死色，一句话没有得说。梅贞道："你说话呀。你再不说话，我就叫了。"宋阳泉向她连连摇了几下手，又拱拱手道："你不要忙，我们商量商量。"梅贞板着脸道："我没有什么商量，官休私休两条路，听便你择一条。你说话不说话？再不说，我就要叫了。"说着一伸头，做个张嘴欲喊之势。

宋阳泉在乡下就怕和人打官司，到了城里来，更是不敢谈到这层上去了，便道："杜小姐，我答应私休就是了。"梅贞微微一笑道："我也不怕你不私休。"说着，扯开桌子抽屉，拿出纸笔墨砚，纸上有一张草稿，指着道："你照那稿子，誊一张收条给我。"宋阳泉拿着那稿子一看，上写"兹收到杜先生退回寄款洋四百元，此据。年月日宋阳泉押"。梅贞微笑道："你不要犹疑，我还有三分爱你，才这样办。要不然，我就找几个军界熟人，用枪把你打死。"说着，咬了牙齿。宋阳泉一看房门拴了又扣，梅贞两手叉腰在门里站着，料想逃脱不掉，只得把这收条照写，轻轻悄悄又去四百元了。

第二十三回

为捞本谋借阎王债
因图利拟设鸡蛋捐

宋阳泉把收条写好了，坐着望了杜梅贞道："现在你可以放我出去了吧？"梅贞微笑道："我既是不爱你了，当然可以放你走。但是你要明白我还是好意待你，这话不许你对第二个人说一声。你若是破了我的名节，老实不客气，将来我会用手段对付你的。"说着，站起身来，将房门打开身子一偏，手一推道，"请出！"宋阳泉一声不响地溜了出来，垂头丧气地走回房去。

唐尧卿见他又是满脸忧愁不堪的样子，便道："做买卖有蚀本的时候，做庄稼也有年岁歉收时候，这算不了什么，一回不成呢，我们可以二回再来。刚才赖局长送了一封信来，你可以看看，若从前就照这样办，这事多妥当，何至于上当呢？"说着，他伸手在马褂袋里，摸索了一阵，掏出一个手巾包，打开手巾包，是一张报纸，再展开报纸，乃是一封信。他颤巍巍地，由信封里抽出一张八行来，两手捧着交给宋阳泉。看时，上写道：

尧卿表兄大鉴：

弟顷访丁科长，谈及宋兄之事，彼甚为不平，愿为设补救之法，代觅一小厘金局，一切花费，约需八百元。款项交弟手，由弟负责，俟宋兄到差之后，弟方交与前途，以策万全。唯宋兄是否有此能力，弟不敢知，故未切实言定，请与宋君熟筹，回我一信，而且弟在省不能耽误多日，事不宜缓也。匆此即颂客祺。

弟　赖国恒顿首

宋阳泉将这封信从头至尾，看了有六七遍之多，却回不出话来。唐尧卿将信拿去，照原样包好，放在身上，坐下来两腿一架，闭了眼睛，摇着头道："难道你还不能放心我的表弟吗？"宋阳泉皱眉道："不是我不放心，现在要我拿出八百块钱来，不是一件难事吗？"唐尧卿本来已睁开了眼睛，听他如此说，复把眼睛闭上，然后沉着脸色道："这一点子钱，难道你回家去还捞不出来？你要知道，这不是运动差事，这是像赌输了钱一般，是捞本来了。请问，你要不赶快拿这八百块钱去，你花的一千多岂不是丢下水去了？"说到这里，他已是睁开了大眼睛，望了宋阳泉，要等他的回话。

宋阳泉在这种情形之下，早是一点儿主意没有了。唯一的出路，就是靠唐尧卿、赖国恒帮忙。本来花了许多钱，舍不得再花钱了，但是要不再花钱，这种已花费的款子如何收得回来呢？款子收不回来，又怎样回家去见亲戚朋友哩？到了此时，自然只有一不做二不休这个法子，可以挽回万一的希望。因之他也就望了唐尧卿，慢慢将脸色沉了下去。久之久之，皱了眉道："这一千多块钱，本来就是托你帮忙，才把它凑成功。这时候叫我回去办钱，不有点儿困难吗？"

唐尧卿在桌上，将水烟袋和纸煤拿到手上，抽着烟，半开半闭眼睛，低了头只管想心事。抽完一根纸煤之后，接着又抽了一根纸煤。这时屋子里寂寞极了，只有呼噜呼噜的抽水烟声和若干时候宋阳泉一下咳嗽声。

唐尧卿把两根纸煤都抽完了，才摆了一摆头道："我有个法子了。你不会把你的田契偷出来，送到曹国政那里去押一笔款子吗？"宋阳泉道："那如何行得？他是个有名放阎王账的人。"唐尧卿道："他放阎王账，无非因为他是个武举人出身，现在举人值什么钱？你一做了官，你还他的钱，他能不把契纸还你吗？要不然，你匆匆忙忙回家去借钱，乡下不见得有那样便利，而且人家因为你这钱是要秘密借贷，也不敢放手。只有曹国政自负不凡，他不怕这些事，而且手边的钱是非常地便利，什么时候要什么时候有。你这一件事，除了去找他，哪能找第二个？"宋阳泉道："只是利钱重一点儿。"唐尧卿捧着烟袋站了起来，长叹了一口气道："你这人真是知二五不知一十。利钱无论怎样重，八百块钱的本，总要不了八百块钱的利。好差使你干一年下来，就可以弄个三千五千的，难道这点儿利息，还有什么担任不了吗？俗言道得好，借不了一千银子债，发不了一万银子财。你不放开手来做，怎么捞得回本钱来呢？"

宋阳泉且不答话，走过来接过他的水烟袋，找了纸煤，又四周找火柴，把两样全找着了，然后才坐下来。大凡想心事的人，对于时间是不大经济的。然而在不经济的当中，也正是在想法子。在这样寻东西抽烟的时候，宋阳泉心中是比他的外表，还要忙上七八倍。抽了一袋烟之后，他忽然将烟袋交到左手，右手一拍大腿道："借不到一千银子债，发不了一万银子财，你这是至理名言，事到如今，我不借钱，我也是无法回去交账的。再借一笔，无非也是不能交账。万一拿这一笔钱把以前的本钱充出来了，岂不是很好？不充出来，再做道理。"唐尧卿道："这算你明白了，并不是我不存好心，劝你冒险弄官做。但是你以前不听我的话，搭上了强盗船，现在想要逃出火坑来，不能不拼命干一下。你如果有这个决心，我还可以写封信给曹老头子，请他在利钱上推让一点儿。"宋阳泉道："我怎么没有这个决心？只是要请你和赖局长商量一下，把这事办快一点儿。因为日子一迟，我被骗的消息传到了乡下去，借不动钱，就不好办了。"唐尧卿道："我马上就去见我表弟，省得回信上说不清。"说着，戴了帽子，加上马褂，就到赖国恒的寓所来拜访。

赖国恒是久于省城中居住的，很会打算盘，住在县试馆里。试馆里居住的，不是学生便是赋闲找事的人，像他这样现任的局长，谁也愿意和他交朋友的，而且也有点儿怕他。所以他不在省城里，也给他留下三大间空房，他一来之后，随便搬进去住。而且看试馆的人，总伺候那些闲汉和学生，没有一点儿趣味。赖国恒来了，他就可以伺候老爷，多少可以沾些官气，尝尝跟老爷当差的味儿，也是 种光荣。所以赖国恒到试馆里来，可以得着许多便利。

这时唐尧卿来拜访他，他先到看试馆的屋子里去通知了一声，他也

137

知道传达的规矩，先和唐尧卿要一张片子。唐尧卿到省以后，本来有名片的。只是初用名片，觉得时髦，逢人便递一张，不久就用完了。今天出门，恰是不曾带得，现在看试馆的和他要，他拿不出来，便笑道："不用也罢，我和赖局长是老表。"看试馆的道："赖老爷脾气大，没有片子，他会骂我的。"唐尧卿见他桌上放了笔墨，又有一个空火柴盒，有了，于是将火柴盒拆开，撕了一片，在无字的一面，提笔写了自己的名字，交给他先拿了进去，然后他二次出来，执着一片火柴盒，把唐尧卿引了进去。

赖国恒虽住在试馆，排场未可小放，他将正中一间住房当了客厅，把两条板凳三块铺板，搭了一个假木炕，用一床从军毯子盖着。铺正中，倒有一个炕几，只是三个腿，另用木柴钉着配一个。此外有两个茶几、四把木椅，八字形放着。赖国恒先要唐尧卿登炕，他再三再四，只肯坐在椅子上。先谈了些闲话，然后谈到宋阳泉的事。赖国恒道："只要他肯出钱，我姓赖的不和他弄个官做，那就算白在外面混了。你先回寓，我马上去见丁科长，明天一早我就有回信。"他说着，也去找了马褂穿上，唐尧卿一看，是不容久坐的，告辞自去。

赖国恒也坐了人力车，到了科长家来。这丁科长在财政厅实在是个红人，因为和赖国恒很共过几次银钱上的来往，所以他来了，是随到随见。这丁科长正因为姨太太和他要东西，他愁着应付不过来，这时见赖国恒冒夜而来，料是必有所为，便先到客厅来等候。

赖国恒一进来，丁科长抢向前两步，执了他的手笑道："什么好买卖成功了，等不及明天来说。"赖国恒把他拉到长椅上，一同坐下，笑道："大买卖是没有，就是那姓宋的一件事。"丁科长皱了眉道："你说他只能出八百块钱，我能和他想什么法子？你也是个有差事的人了，这种小买卖胡乱拉些什么呢？"赖国恒低了声音道："我的事，别人不清楚，难道你还有什么不明白的吗？你想，我那个局子，完全是骗局，除了总局有七八个，其余都是一个师爷、一个扦子手、一个划丁，还有两处分卡，就只一个划丁和一个扦子手，扦子手兼做师爷和分卡长，划丁兼查票和账房，已是穷得可以了，每月还是不够开销。"丁科长道：

"本来有几处小河汉子，没什么生意的，你何必又添一个分卡呢？"赖国恒道："从前我到差的时候，这些人都带了肚子（带肚子者，谋差人以钱借与局长，按款多少予以职务，就事后或分期摊还或赖而不还，为厘金局通行之弊）来的。我一时图钱用，都收下了，怎能不安插他呢？现在除缴厅里的比较而外，我每月落不了一二百块钱，我势非到省另找外花不可。这一件事你就成全我吧。八百之数，我得毛诗一部，其余听凭于你。"说毕，站将起来连连和他拱了几下手。

丁科长道："我无所谓，这是要老总下一道札子的，怎能和他开口？"赖国恒道："二百三百的款子若去和老总请示，当然是碰钉子回来。你索性就说，有一个亲戚为了要和父亲做七十岁，想得一个名义，做寿也风光些。硬碰硬的，你就请老总随便指定山野草县或者小码头上一种征收机关的名义，那就行了。这种征收机关，是额外的，能解款，固然是好，不能解款，与厅里的收入又没关系，你何不答应一试呢？而且以前，也很有人办过的，如牛骨捐、草纸捐、萝卜捐之类。"

丁科长道："老总有这种闲工夫去想名义，他会用在麻雀牌上怎样去和三抬了。等我来替他想一想看吧。"说着，拿了一根香烟，躺在睡椅上想心事。眼睛望了墙上的画，只管出神。这轴画是画的田家乐，其中有一只母鸡，带了一群小鸡在篱下行走。笑着坐起来，一拍手道："我有个法子了。现在外国人在江南收鸡蛋收得厉害，乡下人只图钱，总是整担地挑过江来。这一程子，市上的鸡蛋很恐慌，有人提议禁止出口。这鸡蛋是与国计民生无多大关系的，不必那样小题大做。现在不妨就用这寓禁于征的法子，添一种鸡蛋捐，在江南各要道上都设起局子来。这不但是对姓宋的一个人，至少还可以安插八九个找事的。有上十个人谋这种事呢，一人二百，十人二千，用这个数目呈给老总看，他也就可以勉强办一办了。你路上还有别人没有，索性并案办理。打一网鱼湿了网，打十网也不过是湿网，你看怎么样？"

赖国恒笑着一拍手道："好极了，要人出十八百块钱弄一个缺，哪个不干，干了之后，能挣多少钱，人家是不同的，委任状一到手，大小是个官，只凭当差的叫一声老爷，他就愿干了。姓宋的那是不成问题的，若是数目还低一点儿，我还可以找出几个人来。"丁科长指点着赖国恒道："你这个人真是不好惹，得一步进二步。你那姓宋的一份钱全靠我出主意，和你想到手，你又想在别处多拉买卖，又想按下我们这边的数目。我告诉你，手段不要太辣了，我可以随时打退堂鼓的。"赖国恒又连作了几个揖，笑道："不怨我贪，只怨我穷，我巴到你那个位分，我也就像你这一样，要规矩起来了。事就是如此，一言为定，你明天请示老总之后，可以放出空气去。省里想钻路子的人多得很啦，一说有鸡蛋捐的差事出现，而且又是鸡蛋禁止出口的时候，大家一定来抢着要了。"丁科长笑道："这就全靠你们在外拉拢的人，怎样放空气了。空气越放得好，人就越来得多的。"

赖国恒拿了一根烟抽着，望了窗户外，也只是出神，忽然一拍腿道："必得这样办才行。"因轻轻地将主意告诉了丁科长。丁科片指点着他笑道："你是不干便罢，若是要干的话，就非把人哄得死心塌地不可的。"哈哈一笑，于是进内室去了。约有半小时，丁科长拿了一样东西出来，交给赖国恒。赖国恒道："事不宜迟，现在我就去开始工作，只是一层。"说时弯了腰，向丁科长道，"哈哈，重赏之下，必有勇夫，哈哈！"他的两只眼睛笑成一条缝，将肩膀耸着，和头成了个山字形。丁科长道："嘻，你只管放手做去就是了，我又几时亏过你呢？"赖国恒见他的口风已是松了，大为欢喜，作了几个手碰额的揖，怀了丁科长给他的那个锦囊妙计，就高高兴兴回试馆来。要知道锦囊妙计如何行使出来，下回交代。

第二十四回

两客入笼公文做饵
四兵护轿官样还家

却说赖国恒接了丁科长一样东西，哈哈大笑而出。这不是别什么，乃是丁科长给他的一封亲笔信。不用说，这封信是印有财政厅下款的信封，就是里面的信纸，也是有印字的财政厅启事笺。他将信揣在身上，带回家去，便放在桌上。却另写了一个字条，于次日一早，派人送到宋阳泉旅馆里去。大意说，磋商之事，略有头绪，可以到试馆来面谈一切。

宋阳泉接了这封信，心中又欢喜了一阵，便拿着信来与唐尧卿商量。唐尧卿笑道："这是极好的事，我表弟在政界里是很有身份的，平常许多人去拜访他，他还是不肯见面呢。现在他为了你的事，到我们这里来跑了许多趟，又写信来让我们去，这真是二十四分地给面子了。现在我们就去吧。"他一面说着，一面就找着马褂向身上披了。手向袖子里伸去的时候，人也就走出了房门。宋阳泉见他都是如此性急，自己当然刻不容缓，也就将帽子马褂手杖眼镜一套东西，匆匆忙忙一齐配上。然后就跟了他一路，来见赖国恒。

这回看试馆的，不向客人要名片了，说是赖老爷在里等着，请进去吧。二人走进去，在门外一听，里面却是静悄悄的。唐尧卿先咳嗽了一声，然后站着，以等屋子里的回话。不料屋子里人，依然不动声色。唐尧卿大着胆子，叫了一声表弟。随着向前将门一推，伸头看时，屋子里哪里有人？唐尧卿道："既是他叫我们来的，一定有要紧的事。既来之，则安之，我们先在这里坐着等上一等吧。"宋阳泉对于这些实际之事，向来是不能出主意的，唐尧卿吩咐他坐着，他就在靠桌子边的一把椅子上坐下。手一伏了桌子，头一低就看到桌子一边，一叠乱纸的中间，露出半个信封。这信封上，下款有印着的红字，在外面四个字乃是财政厅缄。在红的厅字上，有个笔写的黑丁字。这不必猜疑，一定是丁科长写给赖国恒的信了。

宋阳泉随手将那信一抽，抽到了手上，先将信面端详了一遍，然后向唐尧卿点点头道："尧老，这封信，大概与我们的事有点儿关系。"说着，将信交到他手里去。唐尧卿虽也知道城市里规矩，是不能偷看别人私信的，自负是赖国恒老表，总不算消息外泄。随手抽出信纸来一看，只见上面写道：

国恒仁兄道鉴：

　　来示奉悉。所云与宋君安插一节，目前虽有机会，然因所云位置，过于优厚，竞争者多，宋君不能多出手续费，弟未便破例帮忙。盖近来外人收买鸡蛋，生意极佳。本厅决添设鸡蛋局，专事征收，以资把注。兄如有意自谋，吾人交情不同，则当另为设法也。如何之处，尚乞见复为何。

　　　　　　　　　　　　　　弟守廉顿

唐尧卿将信看了，点着头道："吾知之矣。"说着，站起身来，连头带腰杆子都扭上了几扭，表示那种得意的情形。宋阳泉禁不住问道："尧老，据你看，这事有些路子吗？"唐尧卿道："你看这信上的口气，丁科长说，好缺是有，因为你出钱少了，不能交你办，若是让我表弟去办呢，哪怕完全奉送，不要他一个钱，他也是愿意的。你看这信就明白了。"说着，将信交给宋阳泉去看。宋阳泉口里一行一行地念着。唐尧卿笑道："你不要看到这信是两面说话，但是只要我表弟肯帮忙的话，由我表弟一力承担下来，然后再让给你，也就依然是你的了。"

正说到这里，赖国恒一脚踏进了房门，他的眼光首先就看到宋阳泉手上的那封信。他什么话没说，先将眉毛皱了一皱，宋阳泉慌了，连忙将信纸叠着，向信囊里一塞。赖国恒从从容容地坐下，取了一根烟卷，斜靠了椅子背坐着，半昂着头，凝神抽着烟，微微一笑道："对于乡下人，真是没有办法，现在一些新法律总是不大知道的，怎么可以随便拆开人家的信来看呢？"宋阳泉脸涨得通红，拱了一拱手道："赖局长，这件事是我有些不对。不过是尧老交给我，我才看的。"

唐尧卿正要辩论两句，赖国恒转怒为喜，笑着摇了一摇手道："其实我们都是至好亲友，我也不曾做什么犯法的事，就是看了我的私信，那也不要紧。不过照规矩说，是不合的罢了。这封信既是由二位看了，我也不必隐瞒。"说着，又嘻嘻地笑了起来，因道，"这鸡蛋捐的差使，虽是新办的。但是我很有把握，一个月准能落下二三千的数目。我听了这消息，本想自弄一个，不过丁科长他要趁这个机会，和我四六拆账，我出了面子，他倒实用，我有些不服气，而且我已经在办厘卡，再办上鸡蛋捐，也会招外边的物议。所以他虽然有那番好意，我可不领情呢。"宋阳泉道："原来这是四六拆账的，那么，所得的也就有限了。"赖国恒道："要是你们去办的话，当然先付他一笔款子，他先上了腰包，就不再找零账了。"

唐尧卿看赖国恒一点儿怒色没有，很自然的样子，便道："设若让我们这位宋先生去办的话，可不可以免除四六拆账的办法呢？"赖国恒将头昂着，哈哈一笑道："不是我夸口说句大话，老丁也是我瓮中之鳖，假使让我出面硬干的话，他不能不敷衍我。"正说到这里，看试馆的送了一封公文进来，背对了唐宋二位，将公文递到他手上去。他道："你就开一张收条给他，打上试馆一个图记就行了。"看试馆的带一点儿笑意走开，他便抽出那张公文来看了一看，微笑着自言自语地道："这也真叫着是有幸有不幸了。"宋阳泉坐在桌子一边，偷眼看那公文套子，上面正印着是财政厅等字样。赖国恒偶然一回头，和宋阳泉的目光遇个正着，因微笑道："你们既然碰着了，我也不必隐瞒。你看，这就是我一个朋友，托我谋得的鸡蛋捐。因为他事先送了我三百块钱，我怎样推辞也不行，只得收了。收下之后，我不能不把他这事办成功。至于宋先生的一份呢，我完全是做人情的，先后一步，也没有什么关系。"

唐尧卿拱了手笑道："请看同乡的分上，还是请你多帮一点儿忙吧。

据这信上说，丁科长是嫌钱少的意思，我想稍微增加一点儿，阳泉或者还可以设法。"说着，望了他一下。赖国恒且不理会唐尧卿这个提议，却把套子里的公事抽了出来，交给宋阳泉道："你看看，这岂不是明证，我说话焉有欺人之理？"宋阳泉看那公事，正是鸡蛋捐的委任状，手里拿着，仔细研究，觉得比以前自己所得的公文完全两样，印的字固然整齐干净，写的字也很端正。还是唐尧卿要看一遍，他才松了手。看毕，他将公文交回赖国恒，趁此连作几个揖，笑道："这非你帮忙不可，我虽然不能替阳泉兄做主，我想有事在这里打比，他心里自也明白，绝不会忘了你这番好意。"说着，只管向阳泉以目示意。他低了声音，只哼了一声，意思是不敢说不送钱，可又舍不得送钱。

赖国恒道："宋先生这一番为难的意思，不用说，我早猜透了。就是不再向前干吧，丢了一千多块钱，如何弄得转来，要上前干吧，回去筹款也实在难。其实天下没有不转弯的路，只怕你半途而废罢了。若说筹钱困难，我倒有个法子，就是你只管放出空气去，说是差使已经发表了。然后我给你找四名武装护兵护威，坐了轿子，自己回家去跑一趟。那四个武装护兵，随着你的轿子一块儿走，乡下的情形，我是知道的，只要你肯自己做作一点儿，我想乡下人一定死心塌地地相信做了官了。你有这种情形，和人借钱，人家有个不借的吗？"

宋阳泉道："不过做了官是发财的，何以反要到乡下来借债呢？"赖国恒道："这就由人说了。你就可以说是办公费一时领不下来，先在乡下拿着用一用，过了一个礼拜，就将款奉还，而且借钱多的，还可以给他一点儿事情做。那么，漫说一千八百，就是三千五千，也不会成多大问题的。"说到这里，颜色正了一正道："这并不是一句笑话，你在那方面把钱办成了功，我这方面的公事也就可以下来，你领了公事，上任之后，事情千真万确了，就是迟了三月两月的还人家钱，人家还有什么不放心的吗？"

宋阳泉听他这话，坐了呆着，却是犹疑了答复不出来。赖国恒见他已经有些动心了，然后抽着香烟，笑嘻嘻地和他说了一套计划，而且说完全由他筹办。宋阳泉觉得这话很有道理，也笑了。当天他和唐尧卿回旅馆去，又议论了一番。

到了次日一早，果然有四名护兵押着一乘小轿，抬到旅馆门口来。四个护兵，齐齐整整地走了进来，向他立着正，举了一举手，有一个领头的很和缓地说，是赖局长派过来伺候宋老爷的。宋阳泉听他如此称呼，心里又是一阵痛快。平常看到大兵，浑身的骨头都软了起来，而今四个大兵倒立正向他行礼，这真足以雪当年之耻了。自己看了许多做老爷的架子，心里也有些明白的，因之昂着头挺了胸脯，微微哼了一声。一个护兵道："轿子已经预备好了，老爷是不是马上就启程?"宋阳泉点点头，哼了一声。于是四个兵由里吆喝了出去，预备轿子。

昨天一晚，宋阳泉已经把所有的事都安置妥当了，现在向唐尧卿暂时告别，就登轿而去。这四个护兵虽没有带着枪械，但是各人都武装齐整，系着裹腿，穿了草鞋，四人两排在轿前一丈路走着。这轿子后面挂着两个铁丝灯笼，上面大书特书红黑字相间，注明了财政厅。宋阳泉两手扶了轿子里的扶手板，不住地四面瞻顾。凡经过乡镇或村子，路上有人站着观看时，他就板着面孔，挺起腰子，以表示他那望之俨然的官派。一路之上，好不威风。

次日到了自己家乡，乡下人看见轿子前四个大兵，料是大老爷来了，远远地吓得就跑。轿子一直抬到自己家门口，路上遇着的人有躲避不及的，都闪开站着到干稻田里去。宋阳泉怕乡下人不知是他回家了，只得由轿子门伸出大半截身子来，好让人看看。遇了人，叫着人家的名字，然后点了点头。有几个人听出了他的声音，这就立刻掉转身跑着叫起来："宋先生做官回来了，宋先生坐轿子带兵回来了。"满村子去投信。

宋阳泉一轿子抬到自己大门口，正值一群庄稼人在稻场上打稻，突然见四个兵来了，丢了稻走舍不得，不走又害怕，都如泥塑的偶像一般，呆站在稻场上。还是宋阳泉喝声到了，轿子停住，四个护兵立刻向他门口一站，分排在两边。轿子放下，宋阳泉戴了呢帽，手上拿了文明杖，一步一摆，大开着步子，向四个护兵的中间，走进家去。

他妻子马氏在过堂的砖缝里向外张望见四个大兵，站在门外，正不知如何是好。两手扒着墙眼，人都动不得，浑身一阵麻木，只把冷汗催将下来。这时见宋阳泉从四个兵中间，昂头举步而入，那四个兵一缩脚一挺腰杆，用手比了一下眉毛，不知是何作用，大概是向自己丈夫行礼的神气。而且遥遥地看到门外有一乘三人抬的小轿，不用说丈夫做了官回来了。这才心中一喜，醒将过来。不过她第二个感想，立刻跟了上来，丈夫是个官了，以前常常和他生气，用很厉害的言语伤他，而今他做了官，又带了兵，设若他记起前事，要报仇起来，那怎么办呢？心里刚一灵活，于是又呆了。

宋阳泉走向了堂屋，口里便喊着"夫人，夫人呢？"原来他在看旧戏的时候，常见古人做了官，都是称自己老婆作夫人，他想一进门就让老婆欢喜一下，便喊夫人。而且一喊夫人，也就不啻表示自己已经做了官，不料叫着夫人，夫人却不懂此二字作何解释，依然是不动不应。宋阳泉依然叫着道："夫人呢？夫人在哪里？下官回来了。"说着，一直找向里面。

宋阳泉的屋子尚不算小，有几家多年邻居，大家先虽惊慌一阵，现在慢慢看出情形来了，都欢喜起来，有人见马氏发呆站着，早就有妇人们跑过来，摇撼着她的身体道："嫂子嫂子，你们宋先生做官回来了，你还不上前去迎接吗？"马氏道："我有点儿怕他，怎么办呢？张大婶，你送我上前吧。"张大婶和同族的人打过一场田地官司，上县城见过两回官，因此不大怕生人，在本村子里，可以算是个交际家，便笑道："自己当家的做了官回来，这是一喜，你怕什么呢？上前去见他吧。"于是牵了她一只手，带拉带扯，扯着来见老爷。

宋阳泉已是和邻居们周旋了一阵，坐在自己厨房间壁一间空房里。这里有一张桌子四条板凳、一个破书橱，放了《幼学琼林》《纲鉴易知录》《医宗金鉴》《星相须知》几部书，墙上也有一张红绿印彩画的刘海戏金蟾，又半副白纸对联：诗礼振家声，算是客厅书房饭厅混合所在。他便正正端端坐在一把有十二年岁月的黑木围椅上，静等夫人参谒。等了许久，夫人未来，他又叫起来。这一来，又有妙事，容在下回交代。

第二十五回

下马威居心吓村妇
上任费信口搞乡愚

乡下人怕官，与城里人怕官完全不同。城里人怕官，是饱受了官厅的压迫；乡下人怕官，却完全是传统上的虚荣心所震吓，好像小孩子听见人说老虎的威风，只知道老虎是个会吃人的动物，根本就不曾看到老虎是个什么样子。现在马氏的心中，听说丈夫做了官，犹之乎丈夫变了老虎一般，以前亲近虽然是实事，而今和个老虎在一块儿混，当然有些不同。因之她让张大婶引到厨房里来时，一见之下，看到丈夫那一貌堂堂的样子，仿佛一瞪眼就能打倒人。他回家来之后，有恩报恩，有仇报仇，设若丈夫要报起仇来，那怎么办？在她这一个感想之后，神经立刻受着重大的刺激，哇的一声喊叫起来，同时，身子也就向后一退。张大婶正想借了这个机会，来看一看新老爷，借此也可以谈点儿交情。不料马氏不识抬举，见了面，倒反向后走起来，连忙两手左右分张，拦住了她的去路，抢着道："大嫂子，你怎么了？"

马氏侧了身子，只管向前横挤，口里连道："我不见他，我不要见他。"口里说着话，嘴唇皮乱抖颤着。张大婶道："人家高高兴兴地升官发财回来，为什么倒不去见他呢？"马氏的嘴唇皮抖颤得更厉害，在抖颤的当中而且还带了一些哭音。张大婶道："傻子一个，这样欢天喜地的事，你为什么做出这种样子来？赶快进去吧。"说着，两手抓了她的身子，只管向屋子里面推。马氏身子一阵乱搓挪着，拼命地要挤着向外去。

在她如此挣扎的时候，先把宋阳泉也惊得呆了，心想莫不是她发了疯病。后来见她那种神情，渐渐有点儿醒悟，一定是她怕官，有些不敢向前，既是她怕我，那更好办，我就趁此机会摆些官排子，先给她一个下马威，以后我要借钱也好，卖田卖地也好，可以由我一手去办，她就不敢来拦我了。如此想着，就把面孔正了一正，身子挺了一挺，向外望着，叫了一声"来呀!"这来呀两个字，是他在省城里混了许久得来的成绩，这是老爷叫听差的一个代名词。他起先也疑惑着何以叫听差们的名词，都叫着来呀。后来才知道是一种命令语，当老爷喊了这句"来呀"之后，听差们只有极端地服从，前来伺候。他一路之上，要那四个卫兵护威，是很客气的，并不曾以仆役看待他们，现在因为要摆一摆官威，说不得了，只好委屈他们点儿，叫了一声"来呀"。

那四个卫兵，受了赖国恒的秘计，倒很懂事，当宋阳泉进家之后，就分为两班，一班站在大门口，一班站在进他内室的门口。他叫着"来呀"，卫兵根本上就没有听到，所以一点儿回响也没有。宋阳泉心想，在省城里听到人家叫"来呀"的时候，照例下面就紧接着一个喳字。而今初到家乡来，第一个"来呀"便放了一个闷气爆竹，未免有点儿扫兴，只得走出来一步，伸着头向门外问道："我的卫兵呢?"

马氏一见丈夫果然一脸怒色，又向外面问了一声卫兵，身子向地下一赖，摆脱张大婶的手，跳将起来，向外面便跑，口里喊道："我不进去，我不进去，他要叫大兵来打我了。"说话之时，不觉就带了一种哭音。前面的那个卫兵，听了里面这又哭又嚷的声音，也就跑进来看看。他何尝知道这就是宋太太，见一个妇人，头发从脸上披了下来，两行眼泪，一行鼻涕，顺着脸皮向下纷流，衣襟披下来一半边，一双马蹄小脚，左右拖着两根鞋带，像个疯子一般迎面跑了来。

卫兵脸一沉，将手拦住去路，大声喝道："做什么的，老爷在这里，不许乱叫。"马氏看到两个卫兵，突然呆住了，向后一缩，缩到一个墙角落里，手臂抱着手臂缩成了一团。两个卫兵都双双瞪了大圆眼睛，两只手虽然下垂，却紧紧捏着大拳头。宋阳泉坐在屋里，心想到了这时，万不能斯文条理地还摆着官派了，只可一步抢了出来，向卫兵摆摆手道："不要动，不要动! 这是我们夫人，她有点儿羊角风，现在发了，过一会子就好的。"卫兵听说这是夫人，不敢得罪，喳了一声，向后退了。

马氏见卫兵退开，丈夫又卫护着自己，这倒放宽了一大半心，就掀起袖子来，揩了一揩眼泪。张大婶一见，知道事情有了转圜，便扶着马氏道："哦哟，我的大嫂子，现在你该明白一点儿了，我扶你进房去换两件新衣服吧。"说时，半扶半推，把马氏推走了。

经过这一场搅扰之后，宋阳泉越觉得这官和兵两种人物，真是不同凡俗的，越发地端端正正坐着不动。村子上的人，先是有些怕大兵，后来有几个胆大的一想，无论如何，这卫兵是宋阳泉手下的人，大家以前和宋阳泉很要好，而今他回乡来，就是要和大家接近，当然他手下的兵不至于不认同乡，因之也就各赔着笑脸，慢慢地走到宋家来。

宋阳泉是要回来借钱的，正也要找几个熟人帮忙，所以他们来了，也就如平常一样，茶烟款待。前面来的人，既然受了优待，这话传扬出去，大家都说宋阳泉富贵不骄，实在是个好人，也就纷纷地到他家来拜访。他那一当数用的客厅人坐不下去，大家就挤到厨房里。有些人自告奋勇和他端板凳烧茶水。黄烟抽完了，还有人在家里将蒿子香、家里自种自刨的黄烟也带来。几个认识字的庄稼人和有胡子的老者，就团团将他围住，听他诉说官场中的情形。宋阳泉说，财政厅长请他吃过好几回酒，丁科长是他把兄弟，非常说得来，现在是先办新设的鸡蛋捐，将来有什么新设的征收机关，都可以由他去办，这财就发大了。

大家听说宋阳泉做了官又要发财，哪个不羡慕？上次和唐麻子说租稻的胡二海，今天也在座，便笑道："宋老爷，你还记得我们在唐麻子家里那回叙谈的事情吗？我早就对你说了，你身带贵相，命带贵人……"旁边有个年老的庄稼人就插嘴道："宋老爷果然有福气，但不知贵庚多少？"说这话时便面向着胡二海。因为他既知道宋阳泉命带贵人，一定知道他的八字，胡二海仿佛记得他的年龄是二十四岁，就道："年轻得很啦，今年才只二十四……"宋阳泉道："不！我今年贱长二十五岁了。"胡二海脸一红道："哪一个月的？"宋阳泉道："是十一月的。"胡二海笑道："这还是我说得对了。十一月建子，有道是冬至一阳生，其实这十一月过生日，也就该轮到用下半年算了。所以我说二十四岁，就是这个道理。"

乡下人念了《三字经》《百家姓》《七言杂字》而外，其次便是干支的常识，必定要念得滚瓜烂熟。所以在胡二海说得这样很中肯的时候，他也无可同驳，便点头笑道："但愿像胡二哥这样夸奖的话，有那样一天，就是大家的福。怎么说是大家的福呢？我想我的机关若是更加多起来的话，我一定得找一些靠得住的同乡，去帮帮我的忙。"胡二海听他说这话时，两只眼睛珠子真个如两道电光一般，注视在他的脸上。好像他所说找几位同乡帮忙，就有一个胡二海在内了。因笑道："只要是在宋老爷面前办事，上中下三等，我都不论的，这就请你吩咐吧。"

宋阳泉手上捧了一管水烟袋，闭着眼睛想了一想。在这样一想之间，好像把在省城里所模仿几个阔人的神气，简直具体化了。他默然不语有两三分钟，然后将手里捧的水烟袋向前一举，做个要交给人的样子。只他这样一动，在座有七八个人，一齐迎了上前来，要接住他的水烟袋。其实他是起一起身子，并不是将水烟袋要交给哪个，大家见他并不是交出水烟袋来，都呆着进退不得，他却掉过脸来对胡二海轻声说道："我还有点儿事情，要和你商量商量，等客走散了，我再和你说。"胡二海一听此话，简直连浑身肌肉都颤动起来，连忙起身答道："我虽有几件要紧的事，一齐可以放得下来的，宋老爷放心，我一定在这里等候差使的。"宋阳泉见他极力地巴结，心里又稳了一大半。

到了晚半天，客渐渐地散了，马氏在旁偷看着丈夫，也眼熟了许多，觉得丈夫虽然做出许多派头来，但是乡下人那一股子劲儿依然还在，大概前去亲近亲近他，也不要紧。因之她就抬起她的大袖子，用手捏了她的一只袖子角，掩住了她自己的嘴唇，走三步又退两步地慢慢挨到客厅屋子里来，然后才靠住门框，扭着头笑了笑道："大牛子爹，恭喜呀。"

宋阳泉听了这话，十分不高兴。究竟乡下女人，一点儿知识没有。我叫她夫人长夫人短，她并不叫我一声老爷，开口就是俗不可耐地把小孩儿抬出来，叫一句大牛子爹，和城里所见的那两个女人，真是相差到天远地隔。因此只将屁股在凳子上起了一起，并不曾答话。

马氏虽觉得丈夫有些托大，转念一想，做官的人大概就是这样的，也不去计较。于是挨了墙走着，去倒一碗茶来，放在宋阳泉面前。回头见胡二海坐在一边，人家总是一客，于是也倒了一碗茶来，向胡二海面前送去。他哎哟了一声，站起身来向后一退。等马氏将碗放下，然后比齐两只拳头，一拱到地，口里连连道："宋夫人，宋太太，你折杀我了。你现在是贵人，哪有贵人这样款待我们子民的。"

马氏也不知道如何答复人家是好，只笑着说："你喝吧。"胡二海且不答应她这一句话，掉转身去，又向宋阳泉深深地作了一个揖。宋阳泉点点头，算是回礼，笑道："我虽然做了官来管百姓，但是我只管别一县的百姓，自己人是要客气一点儿的。而且我看你是一个好朋友，所以今天才留住了你谈话，你就用不着客气了。"说着，向马氏一摆头道，"你且走开，我们要商量几件国家大事，你妇道人家不便听。"马氏也不知道什么叫国家大事，不过这话里面，既然有了一个国家，料着其事不小，便悄悄地走开了。

这屋子里热闹了大半天，现时算是另换了一种空气。宋阳泉心里盘算着，已是开口的时期了，这话要如何说得人家才相信呢？乡下人要想什么心事，第一步便是把水烟袋捞到手上再说。所以宋阳泉见桌上有了水烟袋，先就捧到手上抽了几筒，然后半闭着眼睛和胡二海道："我这次回家，一来是扫墓，二来是看看亲戚朋友，因为我一做官，以后就不知何年何月回家了。第三呢……"说到这里，把尾音拖得极长，又抽了一筒烟，然后才道，"有一点儿极不相干的事。就是我马上要到差，这新设的衙门，没有上手交款下来，一切都要现开销的。财政厅虽然也发了几个开办费，官样文章的事能有多少钱拿出。所以我还要带些钱去。省城里混事，都是一个面子，我怎好说手中不便，和人借钱？所以只有赶快跑了回来，在自己产业上设一点法子。你是很有计划的人，我还想带你出去混混呢，所以别人可以瞒，我就不瞒你。"

胡二海见被宋阳泉引为心腹之人，心下大喜，沉吟了一会儿道："这个不大妥当吧？从来做官的人，都是回家买田做屋，哪有做了官，倒反是去卖产业的哩？"宋阳泉一红脸道："我这个有点儿不同，我是没有上任的官呢。但钱上要周转得过来，我也不一定要动产业。我想……"昂着头沉吟了一会儿道："曹举人家是不断现款的，和他通融个几百块钱，你看怎么样？"胡二海道："他的利钱很重的。要说宋老爷做官了，也不在乎这上面，只是他借钱给人，总要拿契约去做抵押的，要是拿契约去押的话，又怕太太不肯。"

宋阳泉将身子挪动了一下道："那不要紧，我做了官了，她就要听我的命令。只是我这笔钱，等着要用，借得越快越好。"胡二海道："哎呀，这就是一件难事了。曹国正别什么不在行，谈到放债盘利，他是最有考究的。假如你去和他借钱，你说一时周转不过来，请他设一点儿法，若是不行，再找别人。只要你是靠得住的债主，绝不让你走向第二家。假设你说，认明了这里来的，他就一定说怎么手边不顺，怎么他怕负放债的名声，等你再三地求他，他才约你两天后或者三天后去拿钱，你想这不是一件很困难的事吗？"

宋阳泉一听他这话，也觉一时没有办法。两个在房门外守卫的卫兵，这时也坐在厨房里喝茶抽烟，打量宋家的情形，同时可就侧着半边脸，听屋子里说些什么。及至听到胡二海的话，一个叫刁作人的，就起身走进来向宋阳泉行了个举手礼，然后立着正道："刚才所说的话，卫兵也听到一两句，这种放阎王债的人，从前卫兵也制伏过一个，若是局长能用卫兵一条计，卫兵包可以明日就把钱借得来。"宋阳泉知道省城里长大的人，都有些手段的，便问有什么法子。刁作人道："只要四根木棍、四卷子黄布，这款子就借来了。"宋阳泉问借债要这个何用，那卫兵将缘由一说，大家都哈哈大笑起来。要知是何缘故，下回交代。

第二十六回

无故酬情疏朋送礼
有心借饷武士登门

原来刁作人想起他以前做的一套机谋，照样地告诉了宋阳泉和胡二海。宋胡一想，果然有些道理，于是照法行事，办了四卷黄布、四根木棍，在第二日上午，一齐交给刁作人。他就邀集了他三个同事，秘密商量一阵，大家嬉笑着将东西捆束好了，大家饱餐一顿。让宋阳泉坐了轿子，同向曹国政庄子上来。

这天曹国政口里含了旱烟袋，一手扶了烟袋头，一手反背在身后，慢慢地在庄子外看自己的庄稼，远远见一个人手臂上挽了一个篾笭，一只手提了草绳捆的鸡，一晃一荡，由大路上走了过来。曹国政在乡下是个大绅士，少不得常常和人排解些争吵的事情。因之乡下人也不断地预备礼物，向曹家来孝敬。曹国政这时远远看到，料着又系向自己家里送礼来的，这应当和人客气点儿，不要失了一个绝好的机会。所以他先迎上大路头上，静候人家走过来。及至他走到近处看时，原来是个熟人胡二海。他也是在乡下做做小中小保的人，此来一定是送礼。意思是将来好有所求于我，便手捏着烟袋，向他点点头笑道："胡二爹，我们好久不见了。忙哇，现在有什么新买卖可做吗？"

胡二海一见，连忙将鸡和篾笭一齐放在地上，比齐两只拳头，连拱了几拱。曹国政和他弯弯腰儿，眼睛可就射在那篾笭里。看那里头，约莫有三四斤挂面、两包云片糕，又是一刀瘦夹肥的五花肉丝，总也在三斤上下。因笑道."胡二爹今天又要到什么地方去讲人情了，你看，备下这样重的礼物了。"眼光随着他的话锋，已经射到那只鸡上。看看那只肥鸡，约莫有三斤多重，足够一餐大嚼的，若是以乡下行市，鸡照肉价论，也就够值一块钱的了。

胡二海在他面前，也就看透了他的意思，答道："一年到头，什么时候，没有求曹大老爹帮忙的时候？今年有好几场事，都得了大老爹的力，早就应该来报答报答你老，只是没机会，现在预备了一点儿东西，特意来看看你老。我不像平常的人，无事不登三宝殿，来了就是麻烦你老的。"曹国政心里想着，我一年做中保由头到尾，说不定什么时候，给了胡二海一点儿好处，他今天特意来感谢我，也是人情中事，这倒不必和他客气，因微笑点头道："其实我们的交情，和别人又不同，也不在乎这些礼节上。我今天也闲着无事，你来了很好，请到家里去，我们烧壶茶炒盘南瓜子，闲谈闲谈吧。"于是胡二海提起东西，跟着他一路，走进家去。

曹国政虽是个武举人，究竟位分有这样大了，所以在家里也设下了一个小客厅。客厅正中，挂有当年乡试考场里传出来的朱印钟馗。两边一副集句对联，乃是"圣代即今多雨露，谪居犹得住蓬莱"。两边八字排开四把椅子、两张茶几，中间一张方桌、四条板凳。在那画的墙下也有两个高茶几，横架了一条板子，算是琴台，正中放了一口钟，玻璃门破了，只有一根短针，下面的摆非常地稳定。两面放了两个瓷帽筒子，一个里面插了一把纸煤，一个里面插了一把破鸡毛帚。另外还有一片碎玻璃镜子，已经没有了镜架，只是靠着墙放在板上罢了。然而这种布置，在乡下已经是天字第一号的铺排，平常的朋友，曹国政是不肯引了他进来坐的。今天因为胡二海送了许多礼物来，未便淡然置之，所以直把他引到客厅里来款待。

他一坐下便大声叫道："里面快烧火泡茶呀，胡二老爹来了，人家真是客气之至，不能怠慢人家呀。"他是昂着头向墙隔壁说话的，然后回转身来向胡二海一拱手道，"请坐请坐。"胡二海的东西放在地上，一弯腰坐下。曹国政一回头，又一顿脚道："怎么闹了许久，还不拿出茶来。还非我自己进去催一催不可呢？"这样说着，低头看时，恰好那鸡剌啦一声拉了一泡屎。他一弯腰将鸡提起来笑道："我就老实不客气了，拿了进去，免得在外面拉屎。"他如此说着，顺便将那只笾箩也就一手挽了进去。他将东西挽了进去以后，接着便有个十三四岁的小孩子出来找称去称东西，又过许久，曹国政才提了一瓦壶茶，笑嘻嘻地走了出来。

胡二海拱拱手道："你不必费事，坐着谈谈，我就要去看人的。"曹国政道："你真要走吗?"胡二海道："我真要走，喝完了一杯茶，我就要走的。"曹国政道："你太见外了，这老远地跑了来，饭也不吃了去，人家要说我不懂礼了。"胡二海道："我实在有事，你老的这一餐饭，暂时存着，让我下次来吃吧。"曹国政搓着两手道："这如何是好呢? 要不然，和你下点儿面吃吧?"说话时，偷眼看胡二海的脸色，又转了口风道，"不然，无论如何，还是请你在我这里吃了便饭去。"胡二海又说了一句实在有事。曹国政道："我正想煨壶酒和你谈谈心，偏是你又这样地客气，怎么办呢? 这茶倒是好徽州末子，你多喝一碗吧。"说着，就倒了一碗马尿似的浓茶，送到胡二海面前来。

胡二海空着肚子，跑了这样远的路，肚皮也就够饿的，只是用这种浓茶向空肚子里倒下去，心里更是难受。他手捧茶碗，似喝不喝地呷了一口，却微微侧着头，似乎在听一种什么声音，果然在这个时候，屋外有一片犬吠声，接着一个小伙子狂奔进来，站在客厅门口，两手撑了门框，口里不住地喘着气，望着人只翻了一双白眼。曹国政见他这种情形，料有事故，便站起来问道："什么事? 什么事?"那个人一手向外指，口里的舌头打卷道："有兵……兵……兵来了，还有……有……有枪。"曹国政究竟是个武举出身，并不像别人那样胆小。自己镇静着道："不要慌，你慢慢地说。"但是那个小伙子心已慌了，哪里说得清楚，顿着脚道："是兵，是兵，你不信，就去看看，去看看啊!"说着，手只管向外面指，简直缩不回来。

曹国政被他又一急，也不知如何是好，接着又是一个长工撞跌着跑了进来，面无人色地一句话也不说，只用手向外面指了两指，就跑到后面去了。曹国政也呆住了，不知道如何是好。还是胡二海从从容容地站起来，摇着手道："他们一定是弄错了，这里怎么会有兵来? 大老爹，我们一块儿出去看看吧。"

155

曹国政一声不响，跟他一路走出大门来，向前一看，也是一惊。原来果然有四个兵，身上各背了一支枪，用黄布包着。后面一乘轿子，已经朝着大门歇下，一个长袍马褂的青年老爷，由轿子里钻了出来。曹国政心里有些明白，大概是过路的官员前来拜会来了。身上只穿了一件长将过膝的腰袄，还是踏了没有后跟的布鞋，这个样子怎么可以去见由外路来的老爷。因之连忙身子向里一闪，打算要进到里面去换衣服。胡二海一把将他拉住，连连叫道："大老爹，不要紧，这位老爷我认识，是我们隔村子里的宋阳泉老爷，现在新从省里回来扫墓，大概也是仰慕大老爹的声名，特意前来拜访来了。"说着话时，那宋阳泉已经走向前来，和曹国政拱了一拱手。

曹国政也曾听到人说，本乡有个姓宋的在省里很活动，快要做县知事了，大概就是他。既是本乡本土的人，虽然是个官，就也不必那样十分害怕，因就停住了脚，等宋阳泉走了过去。然而宋阳泉走过来的时候，那四个卫兵每人背上，各背着一支黄布包裹的枪，也跟了上前，紧紧地拥在宋阳泉身后。

宋阳泉虽不必去理会，这四个卫兵的形状，却是可怕。他们一面走着一面反过一只手去，大有取枪下来之势，而且都把一双凶眼睁了多大看着人。曹国政虽有几斤气力，见了火器，便是一筹莫展，而况自己又是上了岁数的人了。所以对于宋阳泉忽视的态度，立刻又转变过来，退后一步，弯身向他作了三个长揖，口称"失迎失迎"。

宋阳泉回头对四个卫兵望了一眼，然后才向曹国政一拱手道："兄弟昨天回来，本来就要来拜访老先生的，只是抽不动身。哎呀！这位是胡二老爹，也在这里碰到了，幸会幸会。"胡二海也作了两个揖道："宋老爷真是个好人啦，做了官了，像从前一样，还是认得我们啦。大老爹，我们把宋老爷请到里面去坐吧。"说着，一牵曹国政的衣服将他拉到一边，闪出宋阳泉要走的路，他也就不再客气，带了四个卫兵，如众星捧月地一般一直向里走。

胡二海在身后轻轻地对曹国政道："大老爹，你看见吗？他们把枪都用布捆上了，那意思就是说在这里不会用枪的。当大兵的人，平常哪里会这样地客气，这自然都是宋老爷的吩咐，不让他们吓着你，你还要好好地看待他们，才不会出乱子的。"他不提这话，曹国政还不十分受吓，他一提之后，心想假如我招待不周，他们真干起来，那怎么办？如此想着，头上的冷汗就如小雨一般，由头上直淋下来。胡二海却在他身后，握了他一只手，口里只管低低地说，"上前上前"。曹国政看这形势，人家来是好意，不用得回避，这才大着胆子，背紧靠了胡二海，让人推了上前。

一进客厅，就看到宋阳泉板着脸色骂道："我不是和你们说了吗？若是跟着我来，就应当好好地听命令，我既和你们出面想法子，我自然总要想出了主意才能够走开，你们又何必拿枪下来呢？"他正说着人，一见曹国政进来，然后才拱拱手道，"弟兄们鲁莽一点儿，请你原谅。"曹国政一想，这几个兵很是规矩，并没有做错什么事，宋阳泉何以说出这话呢？这也只好含糊地答应着。胡二海也就挤了上前，向宋阳泉拱手道喜，因道："宋老爷，我听说你老这回下乡来，带的老总不少哇。"宋阳泉微笑道："人数也不多，不过一百多人罢了。他们也不知道轻重，到乡下来扫墓，他们也当开拔上前线一般，到了乡下，一定要求我发两个月的饷。我说我家里原本很清寒，哪里会存着钱让我来花？但是要你们辛苦一趟差事，说是分文不舍，也有失大家的希望。我只得说让我找两家大财主人家，和他们拼凑一点儿。偏是他们这里面的人，又知道曹老先生是个大财主，一百多人，一齐要来和曹老先生开口借饷。我想，他们人多口杂，真是都来了的话，就算曹老先生有一身本领，可以打散他们，但是枪子是无情的，万一碰上了一两颗，如何得了。所以我再三和他们说，只能带四个老实些的弟兄们来，而且带的枪还要用布包上。曹老先生和我至好，只要我肯写张借字给他，和你们垫出一笔盘缠来，也没有什么办不到。只是你们不能乱动一动，若有一点儿对不住人的地方，我就无面目见同乡了。我说了许多话，他们也算明白了，这才让我挑四个人来了。"

曹国政听了这话，答应是舍不得钱，不答应又怕会出什么乱子，望了宋阳泉作声不得。胡二海便拱拱手道："大老爹虽然有个财主的声名，其实家里也不能搁着许多现洋钱呀，但不知宋老爷的老总们，打算筹多少款子呢？"宋阳泉坐在板凳上，点起一只脚尖，只管抖着文，昂了头出神。卫兵中一个人就插言道："我们想要求老爷，给我们筹两个月的饷。"宋阳泉一板脸站了起来道："胡说，一不是过年，二不是有了什么苦差事，为什么一下子要发双饷？你们真是不听话，我就让你们胡闹去。看你有多大的胆子，能闹出多大的事来？你们就不怕我回省去办你们吗？"说着，手一拍桌子沿，又坐了下去。

那卫兵脸上现出一种哀告的神气来，软了颈脖子道："老爷，我们有什么不明白的。那些弟兄们里面，真有几位不怕死的，不给他们的饷，他们真会发急起来的。何况饷总是要发的，老爷就先垫出一笔款子来，也不算什么。"宋阳泉又把腿抖着文，昂了头出神，然后向曹国政拱拱手道："真是对不住，到了府上来拜访，一句话也没有谈得，就开口和老先生借钱。但是兄弟自己来跑这一趟，总还是好意，我要不问，那更糟了。"

曹国政气得一把苍白胡子根根直撅了起来，但是又不敢说什么，只望望这一官四兵。胡二海在一边张罗着道："好商量，好商量，这四位老总请到外面歇息歇息，我们先让宋老爷喝一杯茶。"一面点头说着，一面倒了一杯茶，送到宋阳泉面前。然后回转身向四个兵拱拱手，请他们到大门内过堂里坐。

四个卫兵出去了，胡二海向曹国政丢了一个眼色道："大老爹，你府上有什么瓜子炒豆没有？也可以端出一点儿来，请请宋老爷，我们慢慢地谈一谈，没有办不了的事。我想宋老爷和大老爹至好，绝不能让你为难的。走，我陪你老进去找点儿吃的出来。"曹国政听他这话，便走了出来。胡二海牵了他一只手，走到一只屋角下，低低地道："大老爹，他们的来意不善啦。"曹国政绷着脸道："让他们闹吧，我不要老命了。"胡二海一见他说出这话来，倒大僵特僵，想的一条妙计就无法进行，于是也对着他站呆了。

第二十七回

借急债还须仗武力
拜把子原自有文章

只说到这个时候，后面已有两个卫兵追了上来。他们解下身上背的枪，很忙地做出急于要解开包裹枪支黄布的情形，各横睁了二目，向着曹国政。

胡二海一见，连忙抢步向前，将两手乱摇着道："二位息怒，有话只管慢慢地说。既是宋老爷亲自劳步到这里来了，当然不能让二位空着一双手回去。"一个卫兵道："这东西不识好歹，非把他打死不可。"曹国政听说，心里想道，你打死就打死吧，反正钱是不能拿出来的。那卫兵可又接着说道："打死你之后，所有家里的银钱，我们一齐搜了去，连一个制钱也不跟你留下。到了那个时候，我看你藏在地下，有什么本事拦阻我们？"曹国政一想，还是这话对了。我留着这条性命在世，多少给他们一些钱，也就完了。假如真照着刚才的主意，死也不拿出钱来，那就大大地上当了。他心里如此想着，脸上自然也就随时变色。

胡二海一见他大有软化的样子了，便笑道："二位不必如此，我们曹老爹向来也就慷慨，只要说得对劲儿，花几个钱他也不在乎的。"一个兵放下了布包的枪，另一个兵依然手扯了卷枪的布头，大有取出枪来之势。胡二海依然摇着手道："不可不可，我们有话好商量。"卫兵一顿脚道："我们不商量，只是要钱，不拿出钱来，我们就放火。我们借钱，不是抢钱，你就把这事告到当官，我们也不能有什么罪。"

胡二海拱拱手笑道："当然，哪个能说老总们做得不对呢？好在曹老爹也就答应了。二位等一等。"胡二海这样说时，一方面却不住地和曹国政挤眉弄眼，又当了两个兵正色道，"二位就在此地等等，让我陪

159

着曹老爹进去筹划筹划。"说着，就用两手将曹老爹向里面屋子推。

曹老爹究竟也禁不住胡二海作好作歹，两条腿有些不服从自己的命令，竟自向屋子里走。胡二海绝不能跟到内房里去的，只好站在天井外的二门等着。等曹国政进去了，口里便喊起来道："二位老总，千万息怒，不要进去才好。曹老爹答应了，自然有个安排。"说时向两个卫兵直笑。两个卫兵也笑着叫道："那不行，那不行，再不拿钱出来，我们就打进去了。"

只在这时，一个苍白头发的老婆子跌跌撞撞地抢了出来，胡二海认识是曹老爹的太太，便点头道："曹奶奶，你放心，这里都有我和你照应的。这两位老总，也不能那样不讲理，就会追到屋子里面去。"

曹奶奶两腿一屈，扑通向地下一跪，两只手十指伸开，抓在地面，头如捣蒜一般，远远地朝着三个人，就磕下几个头去。胡二海连忙一弯腰，将曹奶奶从地上搀起，笑道："我的曹奶奶，无论多大事情，有我在这里，总可以好好的，何至于要你老人家下这个大礼。况且这两位老总是个直性人。虽然是说得到，做得到。究竟只要别人情礼到了，他也就含糊过去，不再向前干的。依我说，你老人家还是去对曹老爹说一说，把钱赶快拿出来。我想天下最贵重的东西，总莫过于性命，俗言道得好，留得青山在，不怕没柴烧。曹老爹是个明白人，横竖是放债，得了利钱，又救了自己，何乐而不为呢？"这一篇话虽然含糊一点儿，曹奶奶听了，却也似懂非懂，因站起来揩着眼泪道："只要救了我们一家子老命，无论有什么大事，我都答应了。"两个卫兵听说，又把脚顿了两顿。曹奶奶两手扶了墙壁，跌跌倒倒，走到里面去。

过了一会儿，曹国政和曹奶奶，每人各提了一只小蓝布袋走了出来。那蓝布袋下面，沉坠得非常大，上面的袋口却是细小非常的。只在这上面看去，可以知道这里面，已经是盛得洋钱不少了。胡二海抢上前一步，正要一伸手，两个卫兵已各自抢过来一只袋，向肩头上一背。于是，匆匆忙忙地就跑回客厅来，另外两个卫兵，正站在客厅门口，一见同志各背了一口袋洋钱，也不约而同地伸手就来夺。宋阳泉看到，站起身来，连连摇手道："不要抢，不要抢，这是我借来的钱，我还要还债的呢！"两个卫兵背转身对了桌子，啪咤一声，将一口袋洋钱，向桌上一落，在这一声音之下，不但各卫兵心里一下跳，就是宋阳泉心上也是一下跳。

曹国政靠了门站定，两只眼睛望了两只口袋，面如死灰一般默然了许久，才道："宋……宋……宋老爹，这是一千块钱，你老不是答应给我一张借字的吗？"宋阳泉当他进去的时候，一个人已经默想了许久，一来怕曹国政会告他抢劫，二来又怕这四个卫兵，认是便宜得来的钱，要来分上一半，因此决定明白表示钱是借来的，以防不测，这时曹国政一问，就连忙答道："不成问题，当然要写一张借字给你。"

曹国政究竟是个有名的绅士，听了他如此一说，连忙捧了纸笔墨砚，一齐奉到桌上，而且自己擂好了墨，又给他蘸了蘸笔，才放到宋阳泉面前去。他文理虽不十分通达，然而在乡下认识字的人，有几桩必须经过的阶级，其一，能做中作保画押，其二，能写买卖田契，其三，能做状子。一个乡混混，能混到写状子，便有做绅士的希望，至少也要办到第二步，会写买卖契纸。宋阳泉的资格，也是办到第二步资格的人，所以写起借字来，他倒是优为之。提起笔来，一挥而就地写道：

立借字人宋阳泉今借到
曹政名下大洋壹千元整周年付息二厘此据

×年×月×日　宋阳泉押

写字之后，他倒不自己递给曹国政，先交给卫兵刁作人，由刁作人再交给曹国政。他接过来，从头至尾念了一遍，不由身上抖颤了一下，嘴一吸气道："怎么是二厘？"但是他也只能说到二厘两个字，声音就细小得没有了，大家都听不见。不过宋阳泉在他那嘴唇皮一动之间，已经知道他说的是利钱少了，便目视刁作人。刁作人脚一顿，大声喝道："什么？你说些什么？"曹国政一见人家如此呼喝，手上捏了纸条，就不能再说出来了，呆呆站在一边。

胡二海向曹国政拱拱手道："你老有什么不明白？这又不是宋老爷

自己借钱用，是他借了去发饷。这是他肯担这种担子，才出一张借字给你。假使他让弟兄们和你直接来借，你是要哪个出字据为是呢？"曹国政两手互相搓挪着，默然地站着。刁作人道："不理他，他是浑蛋一个，他要管利息多少，我们还要数一数这钱数少不少呢。"说毕，向几个同事一丢眼色道，"来，我们打开口袋来。"于是四个人一齐向前，一齐来动手扒开了袋子，露出许多滚圆的棉纸包来。宋阳泉站在一边，心里却不知如何是好，让他们数数钱吧，财露了白了。不让他们数吧，又怕曹国政少给了，他这一份为难倒在一般人之上。然而在他这样犹豫的期间，几个卫兵已经是把纸包透开，将那白花花的洋钱露出，各人手上拿了一大截，叮当作响，一面敲一面数。把两口袋洋钱数完，果然是一千元，胡二海从来不曾见过这些现银子，人早是惊得呆了。

宋阳泉道："既是数目不少，我们也不必在此打扰，改日再会吧。"说着，向卫兵一丢眼色道，"吩咐打轿。"卫兵在这种地方，总不能不顾全局面，因之答应着一声，各自走开了，桌上剩了两袋洋钱。宋阳泉一看，实在事不可缓，一手提了一只口袋，弯着了他的腰，一步一拐地向外走着，这两个钱口袋左右坠着，和人一块儿滚上了轿子去。四个轿夫，看他提了两只袋，已经是十分注意的了。及至将轿子抬上肩膀，突然加重了许多，更是十分明白了。

一轿子抬到宋家大门口，虽然卸下肩膀来，依然四个人各用手托住，将轿子直托上堂屋里来。宋阳泉不大坐轿子，不知道这是哪一种规矩，所以坐在轿子里并没有作声。及至轿子停住了，轿夫先给他作两个揖道："老爷，我们知道你老轿子里带了许多洋钱，不敢在大门外停住。本来我们抬老爷，不算是抬人，就是抬一轿银子，已经非小小心心不可了。现在真加上两袋银子在轿子里，我们怎能不再加一份小心呢？"宋阳泉听他们所说，简直是不像话，便瞪着眼望了他道："你这是一句什么话？"轿夫道："我的老爷，不是那个意思。我们以为当老爷的人，都是要挣大钱的，有老爷就有钱，所以抬老爷也就是抬钱。"宋阳泉也不愿和他们这种人去计较是非，只得又自提两袋洋钱，走进屋子里去。

马氏见丈夫提两口袋洋钱进房，情不自禁地哟了一声道："做官是真好哇，就是这样出去一趟，就挣这些钱回来了。我以前不知道做官有这样好，早知道做官有这样好，我早就让你做官去了。"宋阳泉回来之后，就不欢喜这位夫人了，加上夫人语言无味，只管闹笑话，更是加倍地不高兴。所以夫人看了钱来奉承他，他并不理会。关起了房门，将两袋洋钱独自又数了两回，数目点清之后，在家里又找了一个小箱子，将钱一齐盛好，于是躺在床上，静了一静神，只觉这笔款子运到了省垣，鸡蛋捐局长马上可以发表，官是不成问题的了。一喜之下，盘桓一晚，也睡不着觉，次日一早起来，就带着四名卫兵，坐了轿子直奔省垣而来。

　　到了省里，先回高升旅馆，恰好赖国恒在唐尧卿这里闷坐，一见宋阳泉又是跟了两只小箱子进来，早是很高兴地迎出了房门来。赖国恒拱拱手道："阳泉兄辛苦了，但我在省城里，也并不舒服，东奔西跑，只是替你去想法子。据各方面的意思，总算不成问题，只要交款，公事就下来。"唐尧卿也道："我一天到赖局长那里去两三次，鞋子都要跑破了。唉！为朋友帮忙，哪又顾得许多呢？"两个人算是如流星赶月一样，将他拥进房里去。那箱子是客栈里茶房搬进来的，赖国恒的眼光射在搬箱子人浑身的气力上，心里早是一阵欢喜。

　　宋阳泉进门之后，遥遥地已看见他二人脸上并无什么为难之色，料得所办的事总有些希望，头一句便问道："公事果然就可以下来吗？"赖国恒道："自然，只要交款。你不是上过人家一回当吗？这次让你先到财政厅去见见丁科长，然后你才交款。今天晚了，来不及了，明天我们一块儿去办。"宋阳泉道："赖局长出来和我办事，我还有什么不放心的。"赖国恒原坐着的，听了这话，突然站立起来，将手一按他的手臂道："以后不必这样地称呼了，我们同在外面办事，这回我帮你，不定哪回要你帮我，我们总要一连手才对，更是用不着客气的了。这样吧，我痴长几岁，占了一个便宜，做个老大哥，我们换一份帖吧。"说毕，昂头哈哈大笑。

　　宋阳泉望了赖国恒，倒有些莫名其妙，作声不得。唐尧卿一见，心里明白，就拱手向宋阳泉笑道："我们表弟的意思，要和你拜把子，彼此是兄弟，以后就好办事了。"宋阳泉一想，唐尧卿和他不过是一个不相干的表兄弟，他还常常挂在口里夸奖。我现在若和他拜了把子，是同盟弟兄，这就更有面子了，笑道："啊呀，我哪里敢高攀。"赖国恒一摆手道："老弟台，这就是你不对了。我是一个局长，你也是一个局长，分什么高低？换帖这件事，就是为了大家在政界里混事，总有个穷通，借此联成一气，算是自家人，以后就不分高低了。譬如我老大哥，始终干着小厘金，你做了财政厅长，见面之后，我们还是兄弟，你还得叫我一声老大哥；反过来，我高升了，自然也是这样。"

宋阳泉本就愿意，加上了赖国恒这一番解释，更是无话可说，只道"这可不敢当，这可不敢当"。然而在这个不敢当声中，赖国恒已经连连作下三个揖去，笑道："老弟老弟，我有僭了。"宋阳泉听说，也不知道如何答复是好，只是回着揖傻笑。唐尧卿在一旁凑趣道："这就好极了，兄弟局长，大可以做一块匾挂到家里去，让人见了，多么风光。"赖国恒也快活极了，在身上掏出一块洋钱，就交给茶房，吩咐打一瓶酒，另买些熏鸡卤肉之类，一齐拿进房来，三人开怀痛饮，把盏闲话，约莫谈了一个钟头。茶房忽然走进房来说，外面有几位先生要来见赖局长。赖国恒还不曾有什么表示，唐尧卿已经首先脸色一变，手上正端了杯子要喝下去，不觉手颤了几颤。

赖国恒向他以目示意，然后起身走出来道："唐尧老请出来坐坐，我有话和你说。"唐尧卿跟了出来，低声道："表弟，怎么办？这个时候，可不能让他们来要钱。"赖国恒嘻嘻地笑道："在两三个钟头以前，他们来了，我们没有办法。现在我和宋阳泉拜了把子，我就有办法了。凭我这种人，怎么能和他拜把子，你不知道我这兰谱底下，另外还有一篇文章吗？"唐尧卿道："还有一篇什么文章哩？"赖国恒想了一想，将他手拉着，微笑道："文章是有了，只是现在没有到发表的时机。"说着，又笑了。

第二十八回

荐人才风凉三字诀
行贿赂齷齪一箱银

唐尧卿听了赖国恒的话，心里兀自纳闷，他倒大摇大摆地走了出来，对茶房道："把要见我的客人，都请到客厅里来。"说着，自向客厅里坐着先等候。

茶房把那几位客人让到客厅里，大家都面色红红的，很是生气的样子。原来这是赖国恒厘局子里人员的代表，他们原来听说这局子收入很好，大家都做了带肚子的师爷，纷纷借债给赖国恒。这期间，有的借二三百元，有的借八九十元，都在厘局上得了一个职务。殊不料赖国恒这厘局的所在，是一道山河，在春夏之间，山水大发，有些土产运出，他就不问大沟小汊，只要是木牌可通行的地方，都设上一个分卡，多少可收入一点儿款子。把夏天一过，到了秋天，河水渐渐干涸，先是各河汊里没有货运，再过些时，连本河里也不能行船，只能走木牌竹筏。每天收入的税款，甚至只有四五元钱，连开办事人的伙食都不够，不要说是解到省库了。

好在这个厘金局，是财政厅设的临时税局，也就只试办四个月，其余的日期，局子存在也好，局子收束也好，并不向税局要钱。赖国恒对这个局子，试办期中，除了向财政厅报效而外，自己也大大地要收罗一笔，对于办事人员的薪水就有些拖欠。及至试办期一过，他巴不得大家散伙，哪里肯发薪？大家闹不过，他就向省里一跑。丢了一纸局令在局里，说是奉令结束，除总局人员暂留局办理结束外，其他各分局人员，限即日离职，以免招摇。这些带肚子的师爷，一听此项消息，都大怒起来，大家追到省里和赖国恒讨债。赖国恒先约两三天有办法，现在是延期两天了。大家是由他试馆里追到旅馆里来，看看赖国恒如何答复。这时见他坐在正面一张沙发上，依然执着局长对于下属的态度，并不怎样地客气，大家又添上几分怒气，也不怎样招呼他，各自坐下。

赖国恒先摸着胡子，微笑了一笑，然后望着大家道："你们的去路，我早已打算定了。我的把弟现在已得了全省鸡蛋捐，他是一个书生，对于官场的事一律不知，完全由我主持。我就老实不客气，把各位转荐到他那里去，各位只要跟着他去上任，什么费用也没有的。现在美国犯鸡瘟，不但缺乏鸡蛋，而且缺乏鸡种，在中国拼命地收买鸡蛋。捐款倒也不过如此，只是放一船鸡蛋，船家另外要纳二百块钱的放行费。每天局子里只要放过一条船，大家也就发财了。

这些钻小差事的人，终日无事，便是打听哪个人升官，哪个人调任，像鸡蛋捐这件事，省城里放出了许久的空气，谁人不愿钻上前去，只愁找不着路子。现在旧上司说了，办全省鸡蛋捐的老爷是他的把弟，全盘转荐了过去，这是一件极好的事，立刻各人脸上现出了笑容，都把眼光注视到赖国恒脸上去。赖国恒道："我心里大概有点儿分寸了，什么人应当做什么事。"大家一听，这是语里有话，赶快别得罪他，假如得罪了他的话，就不会转荐好差事的。坐着谈话的，早就有两个起了一起身子，索性站将起来，接着官场上那句下属对上司的套话，又不觉冲口而出，连道了几声是是。只有两个人一站，其余的人也就站将起来。

赖国恒得意之极，先叫一声来，茶房答应了，接着便道："把宋局长请出来。"茶房把宋阳泉请到客厅里来，这些索欠的代表们知道是未来的上司，不约而同地向着宋阳泉行了个鞠躬礼。赖国恒也站起来，向着大家笑道："这位是我把弟宋局长，他在省城里比我的脚路宽得多了，我有许多事情，都还要仗他帮忙，认识这么一个人，在政界里混事，自有许多便利。"大家这时，全副精神都注意在宋阳泉身上，他一回头一摆手，目光都随着他转。然而目光虽是那样看着人，脸上却装出一番郑重的样子，似乎揣了价值巨万的宝贝在身上，深怕略有遗失一般。

宋阳泉明知这些人都是在外面混小差事的，连这些人都尊重自己，这鸡蛋捐的差事一定不同平凡，也就学着那些阔人见自己的样子，只把头略微向人点上一点，并不以原礼相还。赖国恒先对大家道："我这个把弟要去上任，事情忙得很，也不能和诸位详谈。好在诸位的事，我都和他说了，他说了，只要我安排就是了。老弟台，你不必客气，你去办你的事，这都是我一些老同事，可以无须亲自招待了。"说着，向宋阳泉拱拱手，就把他引进住房去了。

宋阳泉道："这一班人，我并不认识，什么事我答应了由老兄去安排呢？"赖国恒低声道："你是初做官的，哪一件公事你办得过来？我帮你的忙，就要帮到底，所以把我厘局子里的办事人，拨了一部分给你。至于他们的薪水，这不必忙，等你到了任一月之后，再和他们酌定，我相信他们看在我的面子上，决计一句什么话也没有的，而且这样子办，第一个月的薪水可以省了。你向财政厅开报销，依然把薪水报上，岂不是你又从中挣了一个月的薪水呢？做官只要懂三个字诀窍就行了，是什么呢？就是心眼活，随处就可以弄钱，你紧记住我这一句话吧。"

宋阳泉听说用了会办事的人，还可以从中落下一笔钱，这自然是可以干的事，脸上禁不住先泛出一层笑容。赖国恒一见，知道他有答应之意的了，便道："他们这班人还没有走，让他们先来见见上司吧。"说毕，走了出去把那班人找了进来。

那班人都戴了帽子，穿着马褂的，这时走进房门来，一排朝着宋阳泉站定，同时将帽子取下，齐齐地向宋阳泉三鞠躬，仿佛在那祖宗堂下，向灵位牌子行最敬礼一样。宋阳泉自出娘胎，不会受过人家这样恭维过，心里觉得真官干起来实在有味。赖国恒见他出神，以为他是没有话可说，便向大家挥一挥手道："你们回去吧，有事我随时给你们信。"大家一齐哼着答应一个是字，就同时倒退一步，然后走了。

赖国恒道："老弟台，做官不好吗？就怕你做的不是真官，你要做的是真官，你就觉得这威风大了。"唐尧卿坐在一边，也是凑趣，只说做官好。赖国恒索性腾出大半天工夫，陪他吃喝谈笑，并不说到公事上去。倒是宋阳泉忍不住了，便问什么时候公事可以到手。赖国恒道："今晚准可到手，假使……假使……我们这边手续办清楚了。而且这件事，本来也不宜迟办，现在省城里争夺这种差事的人太多了，我们一松手，也许就让人家夺过去了。"宋阳泉道："决计不能让人家夺过去，我们这边无非是缴款，款是现成的，要什么时候缴，我什么时候缴就是了。"他这样说着，大家的目光就不约而同地，一齐射到宋阳泉那两只箱子上去。

赖国恒有了这一句话，自是有十分的把握了，到了晚上九点钟以后，约着宋阳泉一路去见丁科长，除了自己坐上一辆人力车而外，又找了两部车子。自然其中一辆是宋阳泉坐的，另外一辆可是拉了宋阳泉一口大箱子。三部车子一齐拉到丁科长门口。赖国恒首先跳下车子来，在门房叫出了两名听差将箱子抬着，然后二人跟了箱子到客厅里去。听差心里也纳闷，从来不见拜客的人，前面还要抬着一口箱子的。将箱子放在客厅中间，丁科长也就迎出来了。

赖国恒介绍一番，丁科长敬过茶烟，坐在一把斜向着客人的沙发上，先笑道："今天天气很好。"宋赖二人同答一声天气很好。他又向着赖国恒道："这几天怎么消遣？"在他如此问时，左腿架在右腿上，显出那逍遥自得的样子。赖国恒笑道："也没有多少工夫消遣，每日总是忙于应酬。"丁科长见宋阳泉只微笑着，并没有答话，便道："这几天中央的政局又沉闷得很，报上也没有什么消息。"宋阳泉向来就不知道什么叫中央政局，倒是省城的报纸，偶然看过一两回，便皱眉道："是的，报纸上实在没有什么消息，连粮食多少钱一石都登上了。本来哪里天天有强奸爬灰那些好玩的事情，让访事打听出来。"

赖国恒一想：这种人怎样可以和他论谈吐，只有单刀直入，老早谈上生意经的为妙，便笑着拱拱手道："我们此来不为别事。我们舍亲宋兄的事，已经多蒙照应，感激不尽。我们这方应当预备的手续，都已预备好了。"说着，向宋阳泉道，"这也只要请丁科长见一见数就行了。"宋阳泉哼了一声是。赖国恒又向箱子盖的锁，丢了一个眼色，低着声道："打开来吧。"

宋阳泉会意，将长袍下摆，一把掀起，出了他的裤腰带，在裤腰带上，叮哩当啷的，垂下了一大把钥匙。黄的是铜的，黑的是铁的，其间还有两个当五十的铜钱和一块小木牌，是扣住钥匙的扣牌。他低着头寻找了许久，算是把钥匙找着了，然后半蹲着身子，将裤腰带贴近了锁，砰的一声将锁打开来。他自己掀开了箱子盖，丁赖二人的目光，都不免同时向箱子里注射。然而这用不着眼睛，却用得着鼻子，一阵尿臊味突然向鼻子里一冲，原来箱子里最上一层，却是两大块稀烂的小孩尿布片。他将那尿片掀开，里面是许多带着灰黑色的破棉絮。他一把一把地抓了起来，放在地板上，然后才露出几截圆纸包，不用说，这可以知道里面是现大洋。他两手捧着纸包，陆续地捧到桌上，再揭去一层破棉絮，又是一层纸包。这样陆续地揭去几层棉絮，陆续地露出纸包，最后到了箱子底，却是一条破棉褥子，除了左一个窟窿，右一个补丁。除许多棉絮团而外，那褥子上面沾着的污垢都成了油板，而且有许多团黑块，仿佛是膏菜油。

丁科长一见，早是一阵恶心，连忙将脸偏到一边去，向痰盂子里吐了两口痰。赖国恒看到，也是觉得难受，皱了眉道："阳泉，阳泉，你关上吧。"宋阳泉道："不要紧，里面没有什么了。我因为怕洋钱放在箱子里会乱滚起来，所以弄了许多东西在箱子里垫上，其实我并不要带这些东西来的。"赖国恒见他还不觉悟，只得抢上前一步，自把地下放的尿片用两个指头钳了一只角，丢到箱子里去，却用脚踢了一踢破棉絮道："这些东西，你还不该送到箱子里去吗？"宋阳泉一见他的脸色不大好，只得两手乱抓一阵，将那些破棉絮一齐按到箱子里面去。赖国恒赶忙关上了箱子盖，也是向着一边，吐过了一口唾沫。

宋阳泉看到他两人都这种情形，心中自也有些明白，脸上红着，倒有些不好意思。丁科长一回转头，见桌上放了许多洋钱包，乡下人的行为虽是讨厌，但是他带来的洋钱却是不讨厌，人家整箱子搬了洋钱来，并无恶意，似乎不能予人以太难堪了，便笑着拱拱手道："我知道你老哥的款子，是由乡下筹来的。乡下没有钞票，无非是现洋，这几百里路，搬运起来，当然是累赘得很，不用些棉花絮在箱子里塞着，满箱子里滚起来，轰隆乱响，那当然是很可以引人注意的了。"

宋阳泉笑道："丁科长很明白这件事。我本来也不知道这种法子，只因我们乡下出来卖大烟土的人，都是把木箱子装棉絮搬现大洋回家。兄弟和这班人也出门做过一趟生意，所以学了这一个乖。"赖国恒一听，这太不像话，只管向他丢眼色，一面站起身来向丁科长道："我想见一见总数就是了，不必拆开封来再算了。"丁科长笑道："那自然，我们都是至好的朋友，若是那样，也就未免锱铢计较了。"说时，打了一个哈哈，自走到那桌子边来，用手分着纸包，一双一双地算了去。

宋阳泉一见，心中大悔之下，早知道如此，每包洋钱里面，扣下两块来，在纸外是无论如何也看不出的，可惜可惜！便宜了他们了。赖国恒究是乡下人出身，很知道他的意思，心里想着，这东西未见得有那样诚实，能够分文不短地交了出来，我得点点数目，于是重新将纸包一个一个地点着，最后他叫道："哎呀，不对呀。阳泉兄，你不是预备这个数目吗？"说时，竖了一个食指，因道："现在点点数目，只有十九包，少了五十，怕是在箱子里棉絮里头吧？"

宋阳泉说是不能呀，一面打开箱子，低头乱抓。在这乱抓当中，把最下层那条破棉裤抓出来了，扑通一声，一包洋钱在裤子破窟窿里坠了出来。偏是不歪不斜，由那有膏药板的所在，滚了一滚，满纸包都是膏药油。宋阳泉并不在乎，仍把来放在那些纸包一处。丁科长若不因为这是大洋钱，连桌子都要推翻。因他生平最怕的就是贴在脓血上面的膏药，偏是今天会将这东西高高举起，岂不气死人？眉头一皱，计上心来，便回到屋子里去，拿了一封公事出来，向宋阳泉拱了拱手道："恭喜恭喜，这事情总算告一段落的了。我和厅长说明了，老兄也不必请见，可以径自就职去。赖局长你先陪宋局长回去吧。"赖国恒望了洋钱，怎舍得走，于是他临时也想出一条妙计来。

第二十九回

博妇人怜衣冠雪耻
为国家计朱紫壮观

却说丁科长想把赖国恒引走，赖国恒看了这些个现洋钱，还不曾说定分表若干，自己若是走了，让丁科长一礼全收，再要计较就来不及了，便道："宋局长他还有个应酬，不必送的，倒是他有几句话，要我转告丁科长，让他先走一步也好。"说时，向宋阳泉拱了一拱手道，"你要说的话，我自然会转告丁科长，你请便吧。"

宋阳泉一时也摸不着头脑，只得含糊答应着。好在公事已经拿到手了，什么大事都可以放心，赖国恒的意思是让自己先回旅馆去，不必多问，自己放聪明点儿，就先行走了。他把这一封公事，放在贴肉的小褂子口袋里，自己又怕由小褂子里漏掉，还将一只手放在胸口，紧紧地按住。直等到了家里，然后才把这只手放下来，然而衣服的胸襟上，已是很清楚地印下五个手指的汗印了。

他到了房间里，将公事抽出来，由头至尾，仔细看了一遍，心想，这次的公事总不会假了吧？要是再有假公事的话，这个丁科长，我是认得他的，无论如何，他冒不了牌。只要他不假，有了错误，我就找他去说话。不过赖国恒在那里坐着不走，把我先支使开来，不要又是宋忠恕那一套，对我用什么手腕吧？若果如此，我就非死在省城里不可。想到这里，简直不敢向下想了，手按了那公事，坐在灯下只管出神。

唐尧卿坐在一边，似乎把他的心事已猜透了，便道："阳泉兄，这次你不用三心二意的了，由别人经手的事，我不能保那个险，至于我唐尧卿自己办的事，老实说一句，绝不能那样糊涂。我跑得了和尚跑不了庙，你不会找到我家里去和我要钱吗？我现时总陪着你住在旅馆里，天大的事发生了，还有我在这里做抵押呢。"这两句话在他说出来，并不怎样地婉转，但是宋阳泉听着，句句都打入自己心坎里去，微笑道："我并不是那个意思，我因为初次办事，什么也不懂，有点儿发愁呢。"

唐尧卿道："你不说起这一层，我倒忘记了。你去以后，许多要找差事的人，他们又都来了，都探问你几时上任的消息，我看那样子，恨不得马上跟了你走，假使你有上任的日期，事先约会他们一声，到了日子，他们自然是跟着你去。所有的事，都有他们和你办。难道坐在局子里收钱你都不会吗？"宋阳泉想了一想，今天见面的那些人，果然都执着很恭敬的态度，若是有什么事情，交了这些人去办，料着也不会坏事，如此一想，心中大小疙瘩便觉同时解除。这一晚上，和唐尧卿先谈着每月收到鸡蛋捐的数目，后谈着发了财以后，在家中要买多少田，要盖多少房，真个津津有味，直到夜深，还不知道睡觉。还是唐尧卿精神不支，先行睡了。

次日起床之后，赖国恒就来了，首先拿了好几封信，见面先拱了拱手，说声恭喜，然后对他道："我昨天和丁科长商议了一阵，把你厘局里的事都商议妥当了。你那个总局，我和你决定了，就是离省城三百六十里地方的兴隆镇。那里是我们这省河道总出口的地方，还有两条大路，也是经过此地，只是有鸡蛋出口，决计没有漏捐的。至于局子里办事人的薪水，我也和你请了批示，每月在税收里面，划分出五百元来办。其实哪要许多钱，有三百元也就可以了，这里面你又可以落下二百块钱了。另外有一封信，写给当地的商会和乡团，叫他们腾出一所房子来给你办公，总而言之一句话，一切的事你是便宜极了。"一面说着，一面将信交到他手上。

那信都是挺大的信封，下款刻着挺大的红字，都是财政厅的字样，看到便令人高兴。拿着信在手，正自用心赏鉴着，赖国恒又道："宋局长，那些候差使的人，现时都在外面等着，你是不是现在就派定他们的职务呢？我看你是早一点儿去的好，早一天到局，早一天收捐。"唐尧卿也在一边凑趣道："就是明天走吧。我在省里得着你到差的喜信，可以回乡下去和你报喜哩。"

宋阳泉听了，只是微微笑，也不知道说什么话好。赖国恒是看出了他的态度的，便自己做主，给他把税局里办事的人都分配好了。宋阳泉自己也重新在估衣庄上买了一件玄色团花马褂，和一件宝蓝色大花缎袍，一齐穿上。又因为看到机关上的人，都在胸面前挂上一面徽章，觉得没有这个，不能令人一见，便知是官。请了赖国恒做参谋，打了个银质圆牌子，有洋钱那样大，上面刻着中华民国某某省财政厅委任兴隆镇鸡蛋捐征收局局长一行字。用小孩百家锁的银链子穿上，挂在马褂纽扣上。又买了一顶青呢帽子，在头上顶着，自己对着那面穿衣镜，照了照自己的相，觉得也官派十足的了。

忙了两天，各事都已忙齐了，到了第三天，就衣冠整齐地手上拿了一大把鸡蛋捐局长的名片，向满旅馆各房间里去撒片子。在他撒片子的时候，赖国恒所介绍那班候小差事的人，也都穿着长袍马褂，一齐站在客厅里，等候传见。宋阳泉一想，自己既然有许多属员，也是一件很荣耀的事，因之走向客厅里对大家说，这旅馆里住客，都是我的好朋友，我们现在要到差了，可以大家一路去拜客。那些人听了局长的吩咐，哪有不遵之理，大家都照样垂下马褂袖子，将头上的呢帽戴得正正的，跟着他的后面，高高矮矮，一大串人，向各房间门口去拜访。

宋阳泉前面，另外有旅馆里的茶房，送名片前去通知。他自己却是向门里深深作下一个揖去，说是兄弟也没有什么本领，现在蒙财政厅委我做鸡蛋捐局长，总算是侥幸得很，兄弟明天就要动身了，现在特来告别。差事大概也算不坏，将来回省再来奉看。说毕一揖而去。

旅馆里住了一些妇女们，见他身后，随着一班衣冠齐整的人，很有一番气派。大家互相议论，一个人只要有运气，不论什么出身，都可以做官的。你看一个乡下人，不过来省城几个月，就做了官了。这种话也有让宋阳泉自己听到的，心里高兴极了。

到了后进杜梅贞的房间外面，正值她换了一件新衣服，在屋子里对了梳妆台顾影自怜，正很出神，偶然一回头，看到宋阳泉领着一班衣冠济济的人在门外徘徊，倒吃了一惊。因为这几天，也曾听到一些消息，知道宋阳泉真个要做官了。不过自己料着他是一个乡愚，未必有什么本领来算前账，所以也不大理会，现在长袍马褂的人突然成群而来，显系不怀什么好意，因之倒怔了一怔，无话可说。

宋阳泉见她呆了，更是得意，便笑道："杜小姐，我现在要去到差了。差事倒也不十分坏。哪，你来看，这些人都是我局子里的师爷。"说着，手向跟着在后面的许多人一指。杜梅贞定了一定神，笑道："哟，恭喜呀。"一面说着，一面迎着上前，拦了门站住，用手去理着鬓发，却向人家微笑。宋阳泉故意整了一整马褂纽扣，把胸面前垂的那块现洋大的徽章露了出来，脸上表示一种得意之色。笑道："在外面办事，机会是说不定的，第一次机会失败了，第二次有了机会，总可以赶上去。"杜梅贞笑道："对了，第一次失败，第二次有了经验总可以成功的。宋老爷得了差事，我们老朋友，总算都有了面子，心里也是很喜欢呀。"说时，眼睛向宋阳泉一瞟。在她这一笑之时，脸上两个浅浅酒窝儿闪动了两下。

宋阳泉对于她虽然是恨极了，但是和她一打照面，看了她那种媚相，自不由得心里动了一动。自己本来就不大会说话，这时虽然预备下俏皮话，要想驳她几句，然而只心里一动之时，把这些要说的话一齐都忘怀了，站着门外，也是向人家呆了发笑。但是偶然一回头，看到身后有许多长袍马褂的人随着，不觉身子正了一正，向杜梅贞拱了拱手道："我明天就要到兴隆镇去上任，那差事很不错。等我办了几个月的事，有些收款了，我再到省城里来拜客，再见了。"说着，向她深深作了两个揖，然后昂头摆着身体而去。杜梅贞在他身后，也送了两步。

宋阳泉回头一看，知道她在身后，更是昂着头挺了腰子走路。心里可就想着我饱受了你们许久的气，今天摆着让你们看看，也知道我宋阳泉不可限量，究竟有发达的一日。如此想着，心中高兴极了，故意背了两只大袖，在天井踱来踱去，让旅馆里这些人看见，自己非常得意。他摆了几个钟头的官架子，差不多全旅馆的人都看见了，心里舒服得够了，然后才回房去收拾行李，和他手下一班属员雇了一只民船，顺风顺水，向兴隆镇而来。只两天半的工夫，就到了兴隆镇上。

这日正是正午的天气，宋阳泉用了一个属员做参谋，拿着财政厅的公函，上岸去拜了半天的客。这个地方，总共不过五六十家铺面，除了长江水师，常川有一只架炮的小舢板停在这里而外，并无别的官场机关可言。兴隆镇商会会长是个杂货庄的老板。乡团团长也是粮行的老板，见识都小极了。他们所与来往的人，要算市立小学的校长是超等人物，其次就是上下游的船行会长，此外哪有什么阔人来往。今天突然来了个鸡蛋捐局长，又带了财政厅公函，真是生平第一件受宠若惊的事情。于是大家开了个临时会议，决定了将镇头上的关王庙打扫出来，作为鸡蛋捐公署。一面凑齐了本镇上的几个商人头子，带了几挂长爆竹，到码头上去迎接新任老爷。

宋阳泉手下，有两个能干职员，一个叫殷有为，一个叫杨奉德。他二位首先在新公署里视察了一回，回船之后，就对宋阳泉说："宋局长到此地来开征，是替国家创办事业，和国家求收入、争面子，绝不能含糊一点儿，必得大家风光一下。"宋阳泉听说是为着自己风光面子的事，就大可以放手来做，因答应由他二人去办。这一下子，排场就大了。第一，便是岸上那些迎接的人，沿着水岸线，向着船上作上三个大揖，然后四根竹竿子挑了七八尺长的爆竹，噼噼啪啪向空中放了起来。在人丛中，突然拥出四块牌匾、两面飞虎旗、一乘小轿来。这四块牌匾和两面旗，都是关王庙的。原来肃静回避两块，依然可用。其余是协天大帝、伏魔帝君两块，用红纸贴住，改作了鸡蛋捐、鸡蛋捐。两面飞虎旗上，也用红纸写了一个宋字，贴在上面。这一乘小轿，一直抬到船头边，四名轿夫站在一边等候。宋阳泉由船头上了轿子，旗牌前面还有镇上一名更夫，手提了一面更锣。呛呛呛，在前面一路敲了走。这些排场，算是地方绅士们奉送的。宋阳泉本人，还制有两只桌面大的支脚灯笼，上面大书官衔姓氏，虽是白天，也用两个人背着，跟在旗牌后面走。

这一行人，由镇的西头穿行到镇的东头，然后在关王庙前下了轿。这庙门左右两边墙上，高高地贴两张门板大的红纸，上书"奉中华民国某某省财政厅长委令，委宋阳泉为兴隆镇鸡蛋捐局委员此令等因，遵于年月日时到任视事，特此公布"。庙门边，又是一张红纸，大书"大中华民国某某省兴隆镇鸡蛋捐局"。迎面二门上，上面贴了一张横额，乃是为国求财四个字，两面贴着开印大吉与到任大吉。

这个庙，门口是一片大广场，镇上商家常在这里晒晾东西，现在自然是打扫干净，而且立了一根木柱，把宋阳泉由省城带来的鸡蛋捐局长旗高高悬起。这和那庙门口的红纸相映，自是别有一种风光。这庙里除了正殿而外，另外还有许多闲房，现在一律贴了红纸条，庙门口赤兔马栏杆边，用席篷隔了一间小屋，上贴红纸大书门房。大殿外，东殿贴了公事房，西殿贴了会客厅，旁殿道士住持屋子，改了局长室。此外职员室职工室到处红纸辉煌，虽是一幢庙，却也焕然一新。

宋阳泉下轿之后，道士撞钟擂鼓，迎接新老爷到任。宋阳泉缓开着步子，数着石板和台阶，走上了大殿。道士早点了蜡烛，燃了三支佛香，放在香案上。他正了一正头上那顶盆式呢帽，拿过香向关王偶像，作了三个大揖。有道士过来，接过香插到香炉里，赞着礼道："新任宋大老爷，叩见关圣大帝，行三跪九叩礼，跪，叩首，再叩首，三叩首……"宋阳泉觉得这并也不亚于皇帝告天典礼，诚惶诚恐地站起来看着关王的靴子，跪下去，看着地上一道砖缝。九叩礼毕，退了三步，退出殿门，再下台阶。随来的职员杨奉德就请宋老爷到局长室去休息，然后也带着一班职员上佛殿，叩见关圣大帝。礼毕，杨奉德率领众人忽然大声喧哗起来。宋阳泉刚刚落座，在屋子里便向外跑。至于他们为何喧哗，下回交代。

第三十回

两月排衙门可罗雀
一番捣鬼钱不通神

原来这般职员们，由着杨奉德领率，在大殿之前大呼口号。他喊着"关圣大帝万岁，宋局长万岁，鸡蛋捐万岁"。这个新鲜玩意儿，宋阳泉自出娘胎以来，并不曾领教过，忽然有了这样声震屋瓦的声浪，不明何故，自是大吃一惊。在屋子里坐不住了，抓着帽子，就向外面跑。及至跑到外面来一看，只见自己的僚属，很参差地站在大殿前院子里，各人的面孔都挣得通红，想是刚才大声疾呼所致。但是他们虽然一度咆哮着，见了上司，依然执着很恭顺的态度。宋阳泉这才放了心，足见他们还不是藐视上司，也就和他们点了一个头，依然走回自己办公事的屋子里去。局长回了办公室，其余的人自然也各归卧室，去料理自己的私事。

大家忙乱了两天，一切都安排妥当，宋阳泉为着赶快筹备收入起见，派着职员分向水陆两方，去调查运输鸡蛋的。这个小小的兴隆镇，舟车往来，倒是不寂寞。但是河里一只船两只船过去，路上一辆车两辆车过来，始终没有一个运鸡蛋的商贩。所有局子里的伙食开支，只得由宋阳泉暂垫出来。宋阳泉在省城里想着，这一到局就可以大发洋财，除了箱子里所未花完的一二百元之外，并没有去筹开办费。现在开办七八天以来，分文不曾进得，虽然一切办公费可以不管，然而伙食茶水以至灯油等项，无论如何是节省不下来的。

宋阳泉垫到四五天头上，已是有些着急，又垫了两二天，看看钱要花完，便找着杨奉德、殷有为两人来商量，此事怎办？这两个人知道局长是个十足的乡愚，局子里尽管不收款，然而在局子里办事，多少沾些官气。这个兴隆镇是绝对没有官的。在这里当差事，借着官的名义，在街上摇摇摆摆，商家总是奉承的，慢慢地管些闲事，就可以混些外花了。反正回到省城里去，也是赋闲，倒不如在这里混一天是一天了。如此想着，就对宋阳泉说："鸡蛋向外国运，当然是一批一批地走，我们来到这里，大概是前一批刚过去，后一批又没有来，所以很闲。伙食灯油开支不出来，局长可以用着机关的名义，和各家商店里去借，借不到钱，借些柴米油盐，我们也是一样可以维持现状的。等着鸡蛋商人来了，我们收到了捐，将款再分还他们，也就是了。"

宋阳泉听说自己不用拿钱出来，只要能维持一天，自然也是极力愿维持的，于是暂时答应了他二人的办法。这二位师爷，得了局长的许可，满街一走，说是宋局长要兼任本镇的警察局长，鸡蛋捐暂时不兴旺，要商家帮个忙。小镇上的商家本来就怕官，再加着这位局长要做这里的地方官，更是有些怕，于是米店答应借米，柴厂里答应借柴，油盐店里也答应借油借盐，不到大半天的工夫，都一齐送到了关帝庙。殷有为又和几个有资本的商人，借了五十块钱，帮着局里零用。这五十块钱都由他和杨奉德二人经手，各落下十五块，留作将来回省的川资。这一层有了把握，更是住一天有一天的打算，绝不向宋阳泉说一句扫兴的话了。

又过了四五天，看看借来的柴米油盐，又快快告尽。所属的那几位职员，先还到处打听，有没有鸡蛋商人经过，后来都觉得毫无希望，只是在庙里睡觉。有两个机警些的，知道等不出道理来，只好搭了顺道的船回省城去。一天迟延一天，不机警的也不敢等候福音，将行李押在船上，乘船回家。最后只剩杨奉德殷有为两个人了。

这时已经是一月有余，依然不见有运鸡蛋的经过，借了商家的钱货，不曾还得人家，也不便再借，宋阳泉留着不曾用的几个零钱，又只好二次再垫出来。殷有为暗中和宋阳泉出了一个主意，说是局子里尽管穷，面子上非铺张扬厉不可，因此大门口逐日都贴出布告来，今天奉财政厅令如何如何，明天奉省公署令如何如何，同时又出着本局的布告，怎样振作，怎样认真，只一个月工夫，关帝庙大门口，两边粉墙上，贴满了横七竖八的布告。

至于庙里边，一个和尚出去找佛事做去了，烧火道人害了痨病，终日不出厨房门。这一所庙，索性让这一位局长、两个师爷完全占领。不过鸡蛋捐局子里，虽然是很萧索，然而局子门口，红白纸的布告，贴得很是热闹，人家也不明究竟。

宋阳泉每日吃过了饭，就带着殷杨二位，在河岸或道口上检验舟车，看看有没有运鸡蛋的。殷杨二位和他同走了几天，闷得难受，就和宋阳泉说，大家在一处检查，这不是一个办法，查得了水路，查不了旱路，不如分开着两路来查，就没有什么泄露了。宋阳泉一想，这话也很有道理，就依着他们办理。殷杨二人离开了宋阳泉，哪里去查什么鸡蛋，就是在关帝庙里高卧，好在永远是没有鸡蛋商经过，宋阳泉一回来，就说是查不着，也就交代过去了。

这一天，河里刮着大风，水上并没有船只经过。几只避风的船，下了舱篷，关了舱门，在水面颠荡着，泊在河岸湾里，不见一个人出头。全兴隆镇上也没有什么人来往，只见人家店面垂的直招牌，被风吹着打旋转，柜台上的窗户板都不曾取下来，紧紧地关着。宋阳泉天天出门查鸡蛋，也查得懒了，索性在庙里睡觉，一睡两天，大风才告停止。他心中也急于要看看这商运如何，一早就跑出庙门来看看。那一片广场，蒙上了一层薄薄的黄沙，仿佛堆了雪层一般，松松地盖着，并没有一点儿痕迹。这大路上不但看不见人走路，而且连一只狗也没有。墙上贴的那些布告，被这几天的大风刮着，已有好几张垂下半截来，在淡黄色的日光里，只管一闪一闪。

宋阳泉自己看看那些布告的年月，都差着三四十天，一望之下，不免叹了一口气。心想，自己原想是到这里来发财，不料却是这种景象，真可叹极了。那广场的右边，是一家茶饭店的后身，窗子外头，斜立着一个大簸箕，用一根短竹竿撑住了。竹竿上有一条绳子，牵到窗子里。在簸箕底下，撒了一把白米，几个小麻雀在簸箕外跳来跳去，只管望了那地上的白米。原来这正是那店里的小孩子，趁着麻雀找不到食物，要用这个法子打麻雀呢。宋阳泉一想，越闹越不对，衙门的大门口，穷得可以打着麻雀，哪里还望到有商贩过去？杨奉德说有机会的话，恐怕也是靠不住吧？站在大门口，只管皱了眉头，这不如在省里遇事，没办法还可以请教于人，现在只好是完全闷在肚子里面的了。

一人正是这样发呆，却听得身后有二人说话走出来，正是殷杨二位。殷有为道："这样子，我看是不行了，我们不如赶快逃走。"杨奉德笑道："这样就走，未免便宜了他，我们总还要搜刮他几个，才不算白到这里来一趟。"宋阳泉一听，心想不要识破了他们的机关，连忙将身子一缩，缩到一堵墙角落里去。殷杨二人，一路笑了出来，向大街而去。宋阳泉这才明白了，就是认为最靠得住的两位师爷，也是算计我的，多留他一天，倒要多花一天的钱。只是把他辞走了，就剩一个光杆局长，是怎样的做法？万一收捐兴旺起来，一切都归局长自办，未免令人瞧不起，若是另找两位新职员，在这个时候，不但没有人来，自己也不敢惹这个是非。心里如此想着，靠了墙，远望着那打麻雀的簸箕只是出神。

恰好有个十五六岁的小伙子，提了一筐白菜，向庙里而去。那小伙子头顶心上，有七八点梅癫痢，以前常在街上卖油条，一件蓝布罩裤，满身都是油片，听说原是庙里道人的外甥，现在本钱赔干，不做买卖了。今天大概是和他痨病舅舅送菜来，说不定要偷厨房里的饭吃呢。因为局子里的人员，既经走光，所有厨房里的事，都交给烧火道人代办，条件是供他的吃喝。这时，他心里想着，何不索性把他外甥也留住，一切笔墨公事，都由自己来办，这甥舅二位，就让他们查税收捐。他们是本地人，给他们俩餐饭吃，也就行了，绝对用不着给来往川资的。而且道人做厨子，原吃着饭的，算是加事不加薪。那两位师爷，既是对我不怀好意，早早打发他滚蛋为妙，主意想定马上就走到厨房里来。

那个小伙子端了一碗黄米饭，上面撒了许多腌菜，正背着脸对了一堵黄土墙乱扒。道人见了宋局长进来，在灶门口啊哟了一声。那小伙子本来就偷偷摸摸地吃饭，一回头看见宋局长来了，赶快就向灶门下钻。宋阳泉摇着手道："不要紧的，你只管吃吧。"那道人从灶门走过来，向他作揖道："我这外甥，他老远地送了菜来要卖给局子里，我说自己菜园里的东西，还要什么钱，局长也不会白要他的，有的是剩菜剩饭，赏他吃一顿就是了。"宋阳泉道："不要紧，我们也时常打发叫花子的，我还要提拔提拔你们呢。"因将刚才想的主意，对道人说了。他一张上了黄黪的瘦脸，露了尖嘴白牙笑将起来道："啊哟，局长！你当真有这样的好心，提拔我们吗?"宋阳泉道："我的事，也不能瞒你，现在鸡蛋捐一个钱没有收到，开支都是我自己垫的，不能不节省些。若是你两个人能做我的助手，我又可省些钱，怎么会假? 只要将来这里有了收款，我自然重重地发给你们两人的薪水。"

道人肩膀抬了抬，笑道："出家的人，遇事都可以随便，在宋局长面前，落个一官半职，风光风光，也不枉出世一场。"宋阳泉一听此话很奇，也不知所答，望了他脸上出神。他误会了，抬着肩膀笑道："局长，我看这件事，得求求关爷才好。那天你老人家开印的时候，局子里许多人在大殿上乱叫，一定是把关爷得罪了。依我说，应当快快买些香烛三牲，在关爷面前许个愿，让佛菩萨把做鸡蛋生意的赶快送了来。我会写求神的表，替你老人家写一张，你看好不好?"

宋阳泉觉得求人不成，求求神也是好的，就答应道人的话。道人笑眯眯地道："关圣大帝是吃荤的。若是素求，恐怕不大恭敬，总要预备鸡鱼肉三牲，上一上供，才显得有诚心。"宋阳泉想了一想道："也罢，就是这样办。不过人是硬吃，神是闻香，倒不用得办那许多。你可以去买半斤肉、一条尺把长的鱼，只是鸡不能太小，买个二斤重的就行了。我拿一块钱给你，你去看着办，买三牲多的钱就买香烛。"

道人虽然觉得不大好办，但是买一角钱肉、五分钱鱼、两角五分钱的鸡、一角钱的香烛，无论如何，还可以落他半块钱下来用，当时答应着接了钱，赶快办了起来。

到了这日上灯时节，各事都已齐备了，道人就来请宋阳泉上佛殿进香。宋阳泉走上殿一看，见佛桌上点了一对二寸长的红烛，三只五寸碟子，放了巴掌大的一片薄肉、麻雀大的一只小鸡、笔管长的一条小鱼，五张黄钱托了一小串纸锭子。他便将黄纸写的神表和三根信香，一齐交到宋阳泉手上。宋阳泉看那表上，写了许多龙蛇飞舞的符篆，也不明白是何用意，在关神面前，不便问得，只好放在黄钱纸锭上，让道人去焚化。拿着三根香，作揖已毕，插到香炉里，然后磕头祷告着道："三牲香烛，预备得这样坏，都是道人之过，但求关爷保佑弟子多多地收些鸡蛋捐，将来一定烧化二十万纸锭，进供十斤重的大猪头。"他正这样祷告着，把这位痨病道人，东边打鼓，西边撞钟，两头乱跑。随后卜卜卜三四响，放了一挂爆竹。

宋阳泉磕头完毕，将道人叫到局长室来，沉着脸色道："你第一次和我办事，就是如此落钱，以后还敢放手让你做事吗？别的罢了，爆竹是个热闹意思，总要响一点儿才对。怎么我只听到三四下响就没有了？"道人道："那个时候，我在撞钟擂鼓，局长没有听到。你若是不相信，我可以把爆竹捡给你来看。"他如此说着，马上抽身出去。不多大一会儿的工夫，手掌上托了二三十枚放过了的爆竹走将进来，伸到宋局长面前，请他看道："我随便捡了一些，也有这些个，这总不止三四下响吧？"宋阳泉叹了一口气道："事情已经过去，我也不追究于你，以后你多帮我一点儿忙就是了。那供菩萨的三牲，撤下来之后，我也分一半给你，做好了，你送来给我吃饭。两位师爷，就不必理他了。"

道人见宋局长不追究了，欢喜而去。宋阳泉于敬过神之后，心中可就想着，许了菩萨二十万纸锭的大愿心，不为不重，也许得着菩萨的怜惜，从此转篷，也未可知。所幸两位师爷出门，直到此时未归，他们不知这事，可以把他辞了，以后收到捐款，就是一人独吞的了。当晚无事，到了次日，太阳一出，便出门去找运鸡蛋的，碰碰是不是转了篷。不料找到太阳当中，依然未见运鸡蛋的过来，心里也就想着，就是菩萨保佑，也不能如此快，只好再等两天吧。

尾　声

宋阳泉闲着无事，只是在大殿上踱来踱去。一天，吃过早饭后，就在大殿外绕着圈子走路，仿佛这样地走着圈子，就能走出鸡蛋来似的。自己也不知走了多少久，仿佛觉得脚底下有些酸痛，便改变了方针，走回房去躺着。

这躺着想心事，比走着想心事更要舒服，一层一层地往下想去，忽然那个杨奉德师爷，站在门外请道："局长，款子都点齐了，请去过一过数目。"宋阳泉跟着他走出来，只见关神殿上改了县衙门大堂的样子，那棉纸包的洋钱包平地堆起，有一丈多高，两三丈长，竟估不起有多少钱。这大堂中间，没有公案，自己迈步坐了上去，两旁站了十几名穿着制服的卫兵，齐齐地叫了一声宋局长，然后一鞠躬下去。宋阳泉脸上现出一种得色，心想，熬了半辈子，居然熬得有今天，也不枉了坐在堂上，向前一看，正可看到门外的大路与河道，只见那停在岸下的船只，全是装着鸡蛋，堆得过了篷顶。大路上挑鸡蛋担子的，一个挨着一个，牵连不断。由大门口进来纳鸡蛋捐的人，极像杂货店卖年货那样忙碌，左右两配殿里头，一片洋钱声响，这每日收进的捐款，简直不能够去想象了。真是料不到的事，原来鸡蛋捐是这样好的收入。

正如此想着，旁边那洋钱纸包忽然将纸挤破了，哗啦一声，洋钱如瀑布一般，泻了满地。宋阳泉哎呀一声，跳了起来，睁眼一看，哪有什么大堂？自己还躺在一张黑木僧床上，脚头下一把大洋铁壶，被他一脚蹬了落在地上，连壶带水滚了一地，那水兀自向地下流着呢，原来是一场大梦。自己花了许多钱，受了许多气，结果只是一场梦而已。

新斩鬼传

自　序

　　早十余年，我看到市上流行的石印本九才子《捉鬼传》，每每大笑不止。后来我以作小说为业，偶然又看到这部书，便觉这不光是开玩笑的书，常和朋友谈起。我的朋友张友鸾也极赞成这部书，并说这书不叫《捉鬼传》，叫《斩鬼传》。因此我收了两部木刻本来研究，果然是《斩鬼传》。前面还有一篇黄越飞康熙庚子年序，我于是知道明末清初的书了。我以为这部书，虽不能像《儒林外史》那样有含蓄，然而它讽刺的笔调，又犀利，又隽永，在中国旧小说界另创一格，这在学界所捧的《何典》之上。自己本想下一番功夫，考证标点出来，做个原著者的功臣，然而我探索了一个月，也不过知道这书是写明朝的士林而止，书作在明朝，到清朝才刻印的，其他便无从断定。考之既不可能，我是作小说的，何妨续上一段狗尾，也是宣传之一法。有了这个动机，我便作《新斩鬼传》。

　　这一部书开始在十五年，正是安福二次当国的时代。我住在北京，见了不少的人中之鬼，随手拈来，便是绝好材料，写得却不费力；不过环境变化，我觉得可以适可而止，便未向下作。加之我年来常看些佛书，不愿多造口孽，虽然还以小说为业，这样明明白白的讥讽文字，我也不愿作，所以就束之高阁了。去冬到上海，马凡鸟兄介绍我和几位朋友相见，说他们有几位要想办杂志，希望得我一部小说，若是没有工夫作，旧的也可以，马君是见过《新斩鬼传》的，便要我把此书出让。对于此书，我本不想问世，落得人家说我一句会骂人。而马君却笑说："有些地方还不失为幽默，可以让人见你另一种笔法。"我情不可却，只好答应了。后来稿子寄到上海，他们竟十分赞成，赶着出单行本。这便是这书刊印始末的实情了。

最近上海小报界同志，连我一篇短的讽刺小说《小说迷魂游地府记》都翻印了。数年前，我少不处事骂人的文字，而今虽要藏拙，竟是不可能。那么，这篇《新斩鬼传》，我自动地印出来也好。我不敢说什么知我罪我，都在此书。据卫生家说，每日大笑数次，是与人身有益的。这部书里，倒有几处，看了让人可以发一大笑。在这一点，读者或不至于开卷无益，这就算是我的贡献吧。

民国二十年三月三十日皖潜张恨水序于旧都

第一回

钟进士再统斩妖兵

却说钟馗剿抚群鬼之后，玉皇大帝封了他为翊圣除邪雷霆驱魔帝君，他在庙中，享受烟火，却也逍遥自在。又过了几百年，齐天大圣孙悟空忽然大闹革命，将玉帝推翻，改建了共和天。钟馗虽是一位军官领袖，究竟是文官出身，不是老孙的对手，自然不能抗拒。况且推翻专制，改造共和，把一姓的天上，公诸众天民，和从前变换朝代不同，也无反对之必要，所以钟进士他依旧把这驱魔的职位，继续干下去。

有一天，钟馗闲下无事，走出庙来，要在外面运动运动，借以吸一点儿新鲜空气。刚走出庙门，无意中抬头一看，只见庙上唐德宗皇帝所赐"哪有这样事"的那块匾，现在换了，匾上的字改为"真有这样事"。钟馗勃然大怒道："我驱魔帝君庙门的匾额，威信所关，谁有这大的狗胆，敢前来偷换？此虽是小事，但是自己庙门的匾额，都给人偷换了，那还除什么邪？驱什么魔？"

他越想越气，便召集含冤、负屈两位将军，在庙里大殿上开三头会议。含冤道："据我看来，这一块匾，恐怕是好人换的。我想德宗所赐'哪有这样事'，是指我们而言，他以为哪能生出这一个捉鬼的来呢？现在这人换的，却是指群鬼而言。他的意思，以为天下'真有这样事'。说不定还是成心激我们出马呢！"钟馗想了一想道："这话也有道理，不过这个人居然敢到太岁头上来动土，他的胆子也就不小了。"负屈道："既然有这件事，我们不可忽略，应当着手调查调查真相。"钟馗一想，这话也对，就派负屈为调查专员，叫他就到阳世去举行侦探。

负屈得了命令，当日就改了时装，带领两个阴兵，往阳世而来。他们驾起云头，哪消片刻，就到了阳世。负屈正念着催云诀，向南而行，忽见一股黑气，直上云霄。负屈一见，以为必是妖精来了，赶紧抽出宝剑，按下云头，朝底下一望。只见一家人家的屋子里，有一个人躺在床上吹箫，大概是用功太猛，把箫放下，两个鼻子里一大股黑气，望外直审。最不解的，就是吹箫的时候，要点一盏小灯，在那里烧箫眼。这种奏乐的法子，真是特别极了。一个阴兵把鼻子吸了一吸，说道："奇怪，这是一股什么气味？香又不是香，臭又不是臭，触鼻子得很。"负屈闻了一闻，也觉得有一股气味，便把鼻子迎着风去闻。

他们三人，头里闻着这股气味，好像有点儿触鼻子，后来闻久了，居然有些香味，闻着不但不难受，而且精神十分痛快。那两位阴兵究竟道行浅些，不由得昏昏沉沉，有点儿情不自持，头重脚轻，一个倒栽葱，由云端里跌了下来。负屈一见，恍然大悟，知道这股香味不是好东西，赶紧按下云头，走到平地，将两位阴兵救起。还好，他两人这一跌在青草堆里，并没有受什么重伤。负屈对两个阴兵道："刚才我看吹箫的那个东西，绝不是人，若不是妖怪，就是一种什么恶鬼。照我看来，这人这一根洞箫，实在是一件法宝，比韩湘子的那根笛，当有同样的功用。不说别的，我们只闻他箫孔里出来的一种气味，就昏沉沉，他那根箫的变化，可想而知。我们恐怕不是他的对手，赶紧回去禀报帝君再作道理。"两个阴兵同声说道："这话极对，刚才我们闻见他一股香味，不知怎样，就跌倒了。就是将军，也几乎中迷。这一定是一个鬼，不然，没有这样厉害的魔法。"

三个人正在这里讨论，只见那个吹箫的人，一脚移不了三寸，弯着他的腰，遥遥咳嗽着而来。他身上穿一件灰布袍子，黑的是点，黄的是斑，满身画了许多写意的山水人物。他头戴一顶瓜皮帽，安了一个酱色的小帽顶儿。帽子映着太阳，像干膏药一样，放出一片一片的光来。等这人走到面前，把他的脸色看清楚，大家不由得吓了一跳。他脸上哪里有肉，简直是把一张薄蜡，在骷髅上蒙了一层，一对尖腮，伸出一张薄皮嘴，鼻子下玉柱双垂，好像机械悬着一样，一会儿左边的望鼻子眼里一缩，一会儿右边的望唇上一伸，一上一下，灵巧得很。他那一双手，像装了黄金一般，又干又长，配上那十个漆黑的长指甲，锋利可怕。

有一个阴兵私私地对负屈说道："将军，这个人有些像害了病的雷神，千万别惹他。"负屈道："不然，这个人一脸的晦气，不会是雷神，恐怕是棺材里的陈尸，涂了黄蜡。别管他，我且来试他一试。"说着，便把宝剑一横，挡住大路口里喊道："何处的鬼怪，白昼现形？我乃驱魔帝君部下，帮办剿鬼事宜，负屈将军便是，快快通名受死！"那人正闭着两只眼，走一步，打一个盹儿，猛然听见一喝，方才抬起头来，半开着眼睛，看了负屈一眼，他有气无力，慢慢地说道："你这人好生无礼，我与你往日无仇……"说到这里，那两条鼻涕已经拖到嘴边下，他用鼻子一吸，两条鼻涕缩进去了一大半。他接上说，"近日无怨，你拿剑挡我的去路，是什么道理？"负屈道："我奉天庭命令，专门捉鬼，我看你生气毫无，绝不是个人，特意来拿你。"说着，就是一剑砍了过去。那人一闪，在裤腰带上，抽出那根洞箫，连忙挡住。

　　负屈见他抽出洞箫来抵御，不由大怒，收回剑来，又是劈头一砍。这个时候，他又发现了一桩事，原来那支洞箫，半中间还安了一个小锤，当负屈一剑砍去的时候，正巧砍在锤上，只见火星乱飞，负屈的宝剑，砍了一个大口子。那人道："你一再相逼，莫要怪我不恭了，看枪！"说着，便把那支带锤的洞箫，望负屈嘴里一塞，说道："你玩一口。"负屈被这支洞箫一塞，四肢无力，剑就抬不起来。两个阴兵一见大事不好，赶忙上前，抢了负屈就跑。

　　那人打了一个呵欠，伸了一个懒腰，用箫指着负屈，喘吁吁地说道："我去过瘾要紧，不来追你。我告诉你，我这一支斑竹老枪，是修炼了百多年的东西，以前也不知结果了多少性命，葬送多少英雄豪杰。自从得这支老枪之后，朝夜练习，片刻不离，已有追魂夺魄之功。你要不知进退，前来犯我，你就是自来找死了。"话说完，他咳嗽了一阵，弯着腰，闭着眼睛，慢慢地走了。

　　两个阴兵，抬着负屈跑了一箭之远，见那人并不追赶，方才站定脚步。负屈昏迷了一阵，这时已经醒了过来，叹了一口气道："好厉害的锤箫！"睁眼一看，不见敌人，见两个阴兵站在左右，便问道："这怪杀法真是厉害，现在他到哪里去了？"阴兵便将那人的话说了一遍。负

191

屈道："不能吧！他那支洞箫似的东西，不过二尺长上下，怎么会是一支枪呢？"两个阴兵道："现在阳世里，添了许多枪，什么勃朗林，什么自来得，什么七响九响，名目很多。也许他这枪是新出来的，所以我们并不认识。"负屈道："你这话说得也有理。总之，他那个枪打着倒没有什么，就是进不得嘴，一沾着嘴，就是躺下。我们道行浅，绝破不了这枪法，回去报告帝君再说。"两个阴兵说："是极！"便一同驾起云头，复回庙来。

钟馗一见他三人回来，连忙问道："如何这样狼狈？给谁打败了吗？"负屈一字不瞒，就把所遇见的事对钟馗都说了，并且说："照末将看起来，阳世间的鬼，现在越发地多了，非大张挞伐不可！"钟馗道："据你所说的那个怪物，我们就有出发之必要！就是没有什么鬼，我们出去清清乡，以免宵小隐藏，也是好的。"主意拿定，便将全部军队一千五百阴兵，分作三支队，向阳世出发。钟馗自己出中路，负屈出左翼，含冤出右翼。三支人马浩浩荡荡，杀奔前来。

原来钟馗部下，原是五百阴兵，这几年来，他陆续招了许多批输送兵，专运军需，后来因输送兵解散可惜，改了补充队，共一千名。这回出征，他觉得补充队多过正额军队两倍，有些冠裳倒置，就索性全数改编了。他统着三支阴兵，一路行来，不觉已到了负屈遇见怪物的地方，便念了一个招神诀，将本方土地招来。

这位土地爷，在这地方，虽然也是个头等人物，哪里会过天神？如今被招神诀招来，直吓得两只腿弹琵琶，老早把帽子取了下来，一只手按着大腿，对了钟馗把腰弯成九十度，行了一个鞠躬礼。钟馗把头略点一点，至多也不过两三度，便问道："这里叫什么地名？"土地道："这里归芙蓉城管，是云雾山烟霞洞边的一个小地方，叫作黑甜乡。"钟馗道："据密探报告，此地有一个恶妖怪，善使带锤短枪，这话真吗？"土地道："善使带锤短枪的人，这里多得很，不止一个。"钟馗道："既然很多，必有领袖，这为首的人是谁？"土地道："我也不知道他姓什么，不过这里一班人，无论上下老少，都称他为鸦片鬼。"钟馗听了土地的话，想了一想，说道："啊，这样的人，就叫作鸦片鬼，你且回去，

192

我自有道理。"土地听了这话，又行了一个九十度的鞠躬，倒退了几步，然后才走了。

钟馗休息了片刻，便下了攻击令，吩咐左右二翼，包抄着黑甜乡，向鸦片鬼的巢穴而来。这时鸦片鬼正躺在床上过第七次瘾，一位小庄丁匆匆忙忙跑到屋里来，说道："庄主，不好了，不知道哪里来了这些个兵，杀进我们庄来了。"鸦片鬼一只手捧着那管紫竹枪，枪嘴抵在左腮上，闭着眼睛，已经迷糊过去了，庄丁一阵乱嚷，他才睁开眼睛，他头上那顶瓜皮帽压在枕头上，已经互相吸引起了作用，不容易动。鸦片鬼的小尖头在帽子里一转，回过半边脸来问道："什么事，这样大惊小怪？"庄丁道："有许多兵，打进庄来了！"鸦片鬼道："怪呀，谁来打我的庄子？"说完，一点儿也不在心上，他把那枪上烧好的一口烟，对着床上的烟灯，只管呼噜呼噜吸起来。

庄丁见他不理，只得走了。过了一会儿，他又跑进来说道："实在了不得！那些兵离这里也不过一里路了。"鸦片鬼正吸着一口烟，一只手捧着烟枪，一只手拿着一根烟签子，直把烟斗上的烟，极力地往斗眼里塞，他嘴占住了，没有工夫说话，偏过一点儿头来，只对庄丁翻白眼睛珠子，这就是叫他别走的意思。这庄丁也领会了他的意思，站着没有动，可是静静地听着，遥遥已有喊杀之声，不用说，这是外面的兵打进庄来了。再一看鸦片鬼睡在床上，抽了一口之后，又烧了一个泡子，安上烟斗，重新抽第二口。庄丁急得满头是汗，催又不敢催，外面喊杀之声，越叫越近。

这时鸦片鬼家里的人，接二连三地往里面报告不好的消息。鸦片鬼抽完一口烟，闭着嘴爬起半截身子来，将床上放着的茶壶，嘴对嘴，咽喱一声，喝了一口，然后坐在床上，捧起水烟袋，点着纸煤子。他装了一袋烟，用两个指头将纸煤子搓一搓，吹着吸了一袋水烟，鼻子里一面喷烟，一面用纸煤子指着众人道："怎么着，外面有人马杀来了吗？"这些人跳脚道："庄主亲爷，快点儿想法子吧，已经杀到大门口了！"鸦片鬼道："不要紧，我自有道理。"说着把水烟袋慢慢地放下，将烟灯吹灭，和烟盒子一齐送到床底下去搁着。有一个庄丁跑进来道："来

193

了许多兵，将我们的庄子团团围住，指明要庄主出去迎战哩。"鸦片鬼道："别忙，兵来将挡，我们也不是怕事的人，你们看守庄内，让我单身出去会他。"说着，把烟枪扎在裤腰带上，趿着一双没有后跟的鞋子，走了出来。他一走出房门，又想起一桩事，鸦片膏子的缸子还没有盖好，又重新走回来，将鸦片缸盖上。这时，外面喊声震天，庄里头一片号哭之声。鸦片鬼把烟胶缸子盖好，笑道："真是瞎着急！"说着，踏着那双没后跟的鞋子，一步三寸，慢慢走出庄来。

那钟馗的人马，已经几次三番几乎打进庄门来。鸦片鬼把那只又黄又腻的手，举起半高，对大家摇着道："你们别来，有话慢说。"钟馗一马上前，用宝剑指着鸦片鬼："你就是鸦片鬼吗?"鸦片鬼纳闷说：他怎么会知道我的名字？便对钟馗说道："那不过是世人绰号而已，不是真名字。鄙人的真号，乃是芙蓉城居士。你是什么人？无缘无故，来犯我的庄子。"钟馗道："我是驱魔帝君钟馗，专门捉鬼的。你这鸦片鬼，胆敢在此猖狂，遗毒一方，特来捉你。"说着，放马过来，举剑便砍。鸦片鬼拿出烟枪来招架，究竟钟馗道法高超，鸦片鬼不是对手，只几个回合，杀得眼泪鼻涕一齐望下长流。他虽有把烟枪送进入口里去那一着毒棋，无如钟馗剑法完密，哪里容烟枪挨着嘴？

鸦片鬼心想：万万战不过他。偏偏这时烟瘾又上来了，一点儿精神没有，只得丢了烟枪，跪在地下投降。他手下的庄丁，本来也有几十人在后面助阵，看见主人跪下了，也树着白旗投降。钟馗见鸦片鬼跪下，便收住了剑，问他的话，谁知鸦片鬼跪在地下，趁这个当儿，已经吞了三粒烟泡子，立时精神恢复，举起烟枪，又和钟馗交战。钟馗见鸦片鬼又来交战，十分气不过，挥剑复战，不到十个回合，鸦片鬼又被打败了。钟馗正要举剑往下砍，鸦片鬼把枪丢在一边，跪在钟馗面前，苦苦地哀求，情愿归降。钟馗一想：这种人反正是无用之辈，与他计较些什么？便又允许他归降。

鸦片鬼连败两回，知道非钟馗之敌，也死心塌地地归降，便请钟馗进庄，从优款待。钟馗道："看你这人，也是有根基的人，为什么弄着这种人鬼不分的样子?"鸦片鬼道："从前我也是个堂堂的男子，就为抽了鸦片烟，闹得这个样子。"钟馗道："我知道阳世有这一种毒药，是害人的东西，你何必抽它？"鸦片鬼就赌咒发誓，以后永不抽烟。钟馗见他勇于改过，也就笑嘻嘻地走了。

这里鸦片鬼一想，屡次三番，要戒鸦片烟，都没有戒了，如今几乎弄得丢了八字，还抽它做什么，此心一狠，便走到屋子里去，在床底下拿出烟盘子来，举起拳头，恨不得一拳打碎。谁知一只手端烟盘，有点儿端不平整，只一歪，把一缸烟膏子泼得满处都是。他一见可惜极了，赶紧伸出一个食指，将烟盘子里的烟膏一阵乱蘸，蘸满了在烟缸口子上直刮，把膏子刮得干干净净。他一看膏子，足够过两天的瘾，心想马上就戒烟，这膏子岂不丢了可惜，不如吃完这一缸膏子再戒吧。

鸦片鬼的手下有一个狠心鬼，是和鸦片鬼管账的，这时狠心鬼端着一本账簿，走到鸦片鬼床前，特意来报账。鸦片鬼一面抽着大烟，一面说道："你来得正好，我和你商量一件事。我现在打算戒烟，又吃不住这个苦头，十分为难，你看还是戒的好，还是不戒的好？"狠心鬼把两只肩膀往上一抬，眼睛眯着成了一条缝，哈哈干笑了一阵，说道："这大烟叫福寿膏，又叫延年益寿药，没有几两福气的人，实在不配吃。像你老人家，抽上这个几口，消消遣，养养神，正用得着，为什么戒了？要说省钱，一天烧几个钱膏子，能花几个钱呢？"鸦片鬼道："我也这样想，不过今天和我交战的那个钟馗，他多管闲事，一定要我戒烟。他的道法，我是听人说过的，高明得了不得。他若再来干涉，我又不是他的对手，怎么样对付？"

狠心鬼道："他带阴兵剿鬼，是四处游击的，他在这里的时候，你老人家就偷着抽一点儿，或吞点子，等他走了，再照常抽就是了，这都不成问题。我现在有一桩事，来和东家商量。"鸦片鬼道："什么事？"狠心鬼道："我们庄门口那一片田，实在不好，每年收获不了什么粮食，反要完钱粮，费人工，不如卖了它吧。"鸦片鬼道："胡说！你和我一事未办，还想叫我卖田。庄门口的田，祖上传下来都说是好田，怎样会不好起来？"狠心鬼道："祖上的话，知道是真是假？现在田长不出稻子来，就是不好的一个铁证。"鸦片鬼道："虽然不好，未必钱粮田工都出不出来，留在那里也不要紧，何必卖了？你想卖了弄几个中人钱是也不是？"

这时狠心鬼在身上掏了半天，掏出一个牛角圆盒子来，便弯着腰，笑嘻嘻地递给鸦片鬼说道："这是今天朋友送我上好的广土，自己没有用，先熬了这些孝敬东家尝尝。"鸦片鬼接着盒子，揭开盖子一看，只见里面装了九分满一盒子烟青，怕有一两多。那膏子又黑又亮，鸦片鬼拿烟签子挑了一挑，脑袋歪在右边看了一看，又歪在左边看了一看，实在又稠又软，凑在鼻子尖上，吸了两下气，闻了一闻，真有沉檀的香味，他立时眼睛笑成了一条缝，摇着头赞不绝口地说"好"，就对狠心鬼道："我家里的事实在多，里里外外，上上下下，由你一个人支持，实在太累了。有空，你也该歇歇。"狠心鬼道："我这膏子，替东家烧两口，好不好？"鸦片鬼道："我正要试试，你就躺下来烧。"

狠心鬼又在身上掏出几个纸包子，放在床上烟盘子边，打开来一看，便是糖花生仁、鸡蛋糕之类。鸦片鬼最喜欢吃糖食，越发喜欢得了不得。鸦片鬼看见糖花生仁、鸡蛋糕，一面用手去拨弄，一面问狠心鬼道："这糖是哪买的？"说时，口里拖出指头般的口涎来，足有一尺多长。鸦片鬼自己觉得时，连忙一吸，但是已经落在纸包上了。这时狠心鬼一口烟已经烧好，便扶过枪来，请鸦片鬼抽。鸦片鬼倒了下去，扶着枪，便呼噜呼噜地吸起来。这口烟实在烧得多，鸦片鬼足足吸了两三分钟，不是他这般好力气，真抽不过来。狠心鬼又接上烧了两口，两个人对面对的头枕在叠的被服上说话。

狠心鬼道："东家，你老人家门口那片田，实在每年赔本赔得太厉害了，我觉得不合算，以我的意思，卖了出去，一来可以得几个现钱，二来省得年年请人去耕种，免费上许多事。"鸦片鬼正捏着一块鸡蛋糕在那里吃，说不出话来，赶忙一伸脖子吞了下去，说道："你说田不好，自然有根据的，卖掉了也好；但是恐怕价钱讲不妥。"狠心鬼道："你老人家放心，这事都放在我身上，我一人包办。"

鸦片鬼听见包办的话，很是不快活，正要说不愿意。狠心鬼又烧了一口烟，把烟枪送到鸦片鬼嘴里，又在身上拿出一个纸包，托着十几粒

196

烟泡子送到他面前。狠心鬼道："我一个人去办，省得东家费心，好不好？"鸦片鬼眼睛望着一包烟泡子，说道："可以，可以！"狠心鬼一盒广土膏子、几十粒包子，把一个鸦片鬼恭维得不亦乐乎。这时就说要鸦片鬼的头，他也肯，莫说是卖田。

到了次日，狠心鬼把他几年吞下来的款项，七拼八凑，凑成了八百二十块钱，送到鸦片鬼家里去。他就对鸦片鬼说："卖了一千块钱，实在是卖到价钱了。"鸦片鬼一点数目，却只有八百二十块钱，说道："还有一百八十块钱呢？"狠心鬼道："全在这里了，哪里还有一百八十块？"鸦片鬼道："你不说一千块钱吗？怎么只剩这个数目了？"狠心鬼哈哈大笑道："东家，你真是睡在家里，不知道外面的市面啦！现在无论卖路卖矿，经手人都要落个二八扣的，你老人家待我和自己人一样，我怎能要扣头？所以这给了那方面的中人一百块钱，这一笔除了，就只剩九百了。他这个钱是由上海汇来的，每元是五分的汇水，一五得五，又去五十元，就只剩八百五十元了；再者，上海的行市，比这里低，一百元要吃三十元的亏，所以只有八百二十块钱到手，这就正合报纸上财政新闻最时髦的话，叫作八二交款。"

鸦片鬼听了他这一篇话，恍然大悟，原来八二交款这句话，就是这样解释。他一面说话，一面点钞票，发现了许多南京、上海、汉口银行的，又不肯依道："外省的钞票，一元要吃十几子的亏，你怎么也拿来了？"狠心鬼道："这外省钞票，也有好处，我们要嫌吃亏，就舍不得用，这不是无形中储蓄起来了吗？"鸦片鬼正要说时，只见庄丁又匆匆忙忙地跑了进来。欲知庄丁跑来做甚，且看下回分解。

第二回

玄学鬼乱布标点阵

却说鸦片鬼正要说话时，只见庄丁匆匆忙忙跑进来道："了不得，了不得，那钟馗又杀来了！"鸦片鬼一想，自己万不是人家的对手，溜了吧！便告诉狠心鬼说："请你去告诉钟馗，就说我逃走了。我现在要躲到茅坑里去。"说着，拿了钞票和鸦片烟家伙就在卧房的窗户里跳出去了。

狠心鬼见他将洋钱拿走，眼珠一转，计上心来，便找了一根芦苇管子，贴了一张白纸，两只手把它举得高高的，带着满村庄丁，走出庄来，一见钟馗的人马驻扎在庄门口，吓得魂不附体，在庄门口就跪下，挥着那面白纸旗子，高声大叫："顺民归降！"那边钟馗骑着白马，左有含冤，右有负屈，正要杀进庄去，忽然看见狠心鬼带着许多庄丁举着白旗，知道是已经投降了，便吩咐负屈过去受降。

负屈带着几个阴兵，走到狠心鬼身边问道："你们举起白旗来，是真意归降，是假意归降？"狠心鬼伸出两个巴掌，趴在地下，摆了一个八字式的架子，他的脑袋在八字中间，就像杵药的杵子一样，接二连三地只管磕头，口里说道："我们都是真投降，若是假降，我就死在剑之下。"负屈道："叫什么名字？"狠心鬼道："小的叫狠心……"说到这里，他连忙改口道："小的名字叫恒兴，姓贾。"负屈道："鸦片鬼呢？"狠心鬼道："事关秘密，此处人多，不是说话之所。"负屈看见他这样说，便把他引到钟馗面前，叫他报告。狠心鬼就老老实实地说鸦片鬼躲在茅坑里。钟馗道："这样看来，你倒是疾恶如仇的人，回头我再赏你。"就拨了一小队兵跟着狠心鬼进庄去捉鸦片鬼。

狠心鬼兴高采烈地带着阴兵，一直寻到茅坑里面。鸦片鬼手上拿了抽烟家伙，脑袋搭在肩膀上，正靠在茅坑的犄角打瞌睡，口角上的白涎，牵丝一般，流在胸面前。狠心鬼和阴兵一声呐喊，就把鸦片鬼捆了。他睁眼一看是狠心鬼，说道："老弟，你怎么捆起我来了？"狠心鬼道："你这种人死有余辜，吃鸦片不算，还要偷东西，我今日丢了八百二十块钱，准是你偷了。"说着，在鸦片鬼身上一顿乱搜，把钞票搜了出来，走上前面，就打了鸦片鬼一个嘴巴，说道："好哇，果然是你偷了。"这一下打得鸦片鬼两眼昏花，半天才醒过来，说道："这是我卖田来的钱，怎么是偷的你的？"狠心鬼走上前，又是几个嘴巴，打得鸦片鬼满口流白痰，他这才不敢说话了。大家七手八脚，将鸦片鬼拥到钟馗面前。

鸦片鬼趴在地下，只管磕头，眼泪鼻涕白痰，三种东西，如泉涌一般，往外直冒，他口口声声说着"情愿戒烟"。钟馗道："你这种人，杀了你，实在罪不及死，不杀你，又劝诫不好。也罢，把你系在水牢里十二年，给你洗洗肠子吧。"说毕，就叫阴兵押到阴曹五殿阎罗那里去，请阎罗照办。狠心鬼跪在地下道："小的有钞票八百二十元，是鸦片鬼偷去了的，现在已经搜出来了，请示发落。"钟馗道："既是你的钱，自然还由你拿回去。"狠心鬼听见钟馗赏给他的钱，趴在地下磕了三个头，然后去了。

钟馗带着阴兵，进了鸦片鬼的庄院，就四下一搜，把所有的鸦片缸子、煮烟锅、烧烟灯，一股脑儿砸碎了。在这鸦片鬼庄上，休息一日，到了晚上，银盆也似的月亮从树梢上涌出来。含冤到底免不了文人习气，他便走出庄外，在野地里踏月，脚步走得滑了，只管走上前去，遥遥地听见有几个人辩论的声音。他以为这一定是我道中人，在此吟诗玩月，何不找他一谈？主意拿定，便对人声发出的地方走去，约有一箭之远，前面有一块草地，只见三个人站在那里说话，含冤便闪在树背后，听他说些什么。

一个人道："这好的月色，我们要叫一个人拿一支笛，坐在水边去吹，悠风送来，一定好听。"第二个人道："不然，《老子》上说的有，五色令人目盲，五音令人耳聋，五味令人口爽。"第一个人说道："得了，这一点子事，又劳动你讲一篇老子哲学。"第三个人笑道："这种人你不要和他说话，动手就打，包可以把他的哲学打掉。"第二个人长叹一声道："咳，你们知道什么！《老子》上说的有，天下之至柔，驰骋天下之至坚。我不用和你们争，表面上就算我输了，其实我得到精神上的安慰，这就叫作大智若愚、大巧若拙。"

含冤一听，才知道这里面有一个哲学家，便大大方方地走了过去。那三个人一见含冤走了过来，都着了一惊。含冤就近一看，这三人两个穿西装，一个穿便服。一个穿西装的，衣襟上插了一朵玫瑰花，白净的面皮，头上的分发梳得光而且亮，苍蝇恐怕也不能住脚。一个穿西装的，嘴上有点儿小胡须，衣袋里放了几本书，手上提着一个大皮包。那个穿便服的，嘴上也有些胡子，却比那个穿西装的胡子长得多，鼻子上加了一副大框圆眼镜，这眼镜并不和眼睛呈平行线，大概低个两三分的样子，他常是略微低一点儿头，用着那很精密看人的视线，从眼睛眶子上面射了出来。他这个时候，正偏着脑袋，一只耳朵往上翘，一只耳朵望下垂，听那浅水池里的蛤蟆叫，身子站得直直的，远看几乎是个木雕的人。他那一双眼睛珠子，一会儿在镜框里面，一会儿在镜框子外面，几乎蛤蟆叫一声，他的眼珠转这么一下，好像这蛤蟆的叫声里面，含有许多神秘的意味。他正在那里研究这神秘的意味究竟是什么。

含冤走上前，对他三人作了一个总揖，说道："三位请了。"穿便服的，他并没有听见。那个没胡子的西装青年，他理也不理。这个穿西装有胡子的，倒笑着点了一个头。含冤看见他们这样狂妄的样子，虽不以为然，却也不愿和他们计较，依旧和他们谈话，就先请教这西装小胡子贵姓。那人道："你不应该不认得我，我姓颜，号之厚，你要是常常留意新的作品，应该看见过我所作的文集。"含冤道："啊，颜之厚，尊著也许我看见过了，这两位呢?"

颜之厚指着那白净面皮的西装少年道："他是诗坛的健将，胡言先生。他的诗都含有幽静而神秘的意味，可不像我那种浪漫派的著作，情绪绝不含蓄。他所作的诗，大概有七八万首，书店里出的《狗儿集》《病狂集》《现世集》《黑玫瑰集》的，都是他的作品。"又指着穿便服的说："这一位是哲学博士，巫焦巴先生，他对于中西哲学都有深密的研究，而且他的哲学和杜威的学问来比，应该并驾齐驱，是中国现在唯一的人物。"

含冤听了，才知道他三人都是有来历的，总算都是文人，所以也格外客气些。这时巫焦巴不听蛤蟆叫了，也和含冤说话。他指着含冤道："足下突然来此，也懂点玄学吗？"含冤道："也懂一点儿。"巫焦巴道："那就很好了，现在我正在这里研究蛤蟆叫，你也有点儿发明吗？照哲学大家詹姆士实验主义立论，我们想一想，蛤蟆为什么要叫？叫的声音为什么成了现在这种样子？一个观念怎样能够影响人生，这才是皮耳士的实验主义。"

含冤听他说了许多，究竟不知道他说些什么，只得含糊的鼻子哼着答应。含冤道："啊，詹姆士，这个名字，却生得很。"巫焦巴道："你不是个学人，那就罢了，你要是个学人，不应该不会知道詹姆士大哲学家。"说到这里，他就像背书一般地念了下去，说道："维廉詹姆士，生于一千八百四十二年，死于一千九百零一年。是的，这是不会错的，他的父亲哈利詹姆士，是个瑞登波的宗教家。这个宗教家，是一个神秘的宗教。他说，人有一种精神官能，往往闭塞了，若要开通起来，便可以和精神界直接往来。密斯脱胡，你也知道吗？诚然，你们浪漫派诗人的脑筋里，关于这些正经学识上要考究的东西，绝不留意的，都不过走马看花而已。我再说詹姆士的兄弟，他也叫哈利詹姆士，生于一千八百四十二年，死于一千九百一十六年，是最近一个大文豪。他的小说，在英美两国文坛里面，占了重要的位置。我想你们也许看过他的小说，那才是名著呢！"

胡言在一边听着，忍不住了，便道："是啊！"巫焦巴他并不要听人家的答词，接上又说道："现在要说我们的詹姆士了，他原来在哈佛大学学医，得了医学博士之后，他教授解剖学和生理学，后来又改了心理学，最后改了哲学。到了一千八百九十年，他所著的心理学出版，就在哲学上占了很重要的一个地位。"含冤在一边听了，还是莫名其妙。无如这位哲学家谈得像流水一般地直下，哪里让你插一句嘴。含冤一直等巫焦巴把詹姆士的小传背完了，他才说道："原来先生说了半天是一个外国人，我今天才知道，在许多本书之外，外国也有这种学说。"

巫焦巴正要往下说，只见他家里的家童匆匆忙忙地跑了来，口里喊道："先生，快些回去，太太跌死了!"巫焦巴听了这话，理也不理，依旧说道："外国的哲学家多着啦! 远的像柏拉图，那是举不胜举了，就像最近到过中国的，如杜威先生、罗素先生……"那家童不等他说完，拉着他的衣服道："先生，你不要讲学了，快点儿回去吧，太太跌在地下，还没有扶起来呢!"巫焦巴问道："胡捣乱，你说是哪个太太?"家童道："还有哪个太太呢? 自然是我们家里的太太呀!"巫焦巴道："那么，是巫太太了。"家童道："是的。"

巫焦巴长叹一声道："咳，你说话不分清楚，是你没有学哲学的缘故。我告诉你，《墨子·小取》篇说的有，夫辩者将以明是非之分，审治乱之纪，明同异之处。这一点最要紧的，你要知道，盗人，人也; 多盗，非多人也; 无盗，非无人也。譬如巫太太，太太也，而太太跌倒，非必巫太太跌倒也。你刚才若是说巫太太跌倒，我早回去了。你说太太跌倒。太太多得很，我知道是哪个跌倒了，我管他做什么?"家童道："现在说明白了，你老人家可以回去了。"巫焦巴道："我这位太太，太不怕做事了，早就该死，《老子》不是说的有吗? 勇于敢则杀。"一面说，一面摇着头去了。

巫焦巴走了，这里一位诗人、一位文人，对含冤爱理不理的，懒和他说的话。含冤想道:走吧，犯不着在这里看人家的冷脸。想毕，抽身就走，走不到半里路，碰见一个白胡子老头儿。那老头儿在月亮底下，对含冤上下打量一番，摇着头道："好大的胆!"含冤见他话中有话，连忙奉个揖道："老先生此话，必有所谓，敢问其故。"老人道："我姓张，名叫公道，是实用村的人，此地情形最熟。我见阁下是个外路人，如今听你说话，果然不错。我告诉你，这里有两条路，一条是上实用村去的，那是好地方; 一条是到风沙村去的，那是个鬼窝。这条路青天白日走了去，恐怕还迷着不得出来，何况是晚上! 刚才我看见阁下从鬼窝而来，我所以失口说了一句'好大的胆'!"含冤道："刚才我也碰见这

202

里面的三个人，不过狂妄些，不见得就是与鬼为邻的人。"张公道道："但不知阁下碰见怎样三个人？"含冤便一一说了。

张公道哈哈大笑道："这三个人正是三个鬼。那个巫焦巴外号玄学鬼，那个颜之厚外号叫空心鬼，那个胡言外号叫不通鬼，正是这风沙村三个名流。你是外乡人，分不出利害，我劝你仔细一点儿。你若是为他三人所迷，眼面前便分不出东南西北，连尿缸茅厕里，你都要走进去呢！"含冤道："多蒙指教，老丈贵村何处？"张公道道："你到实用村一问张公道，没有人不晓得的。你只要记着公道二字就得了。"说着，一揖而别。

含冤听了老人的话，就赶紧回去，原原本本告诉了钟馗。钟馗道："光天化日之下，竟有鬼窝发生，那还了得！今天四鼓造饭，黎明发兵，直奔风沙村去，杀他一个迅雷不及掩耳。"含冤闻命，便传令下去。这里一千五百阴兵，正在黑甜乡，收拾一切，预备一早起来剿鬼，十分忙碌。

那个受抚未逃的狠心鬼，一听说鬼窝要被围，心想自己还有几亩地在那里，倘若鬼窝里的人应战，必定拉夫，把我的佃夫拉去了倒不要紧，若把我的牲口拉去，白白地送掉，肉也落不到一口吃，岂不冤枉？趁他们不留心，赶快去把牲口送到别处去吧。主意想定，便偷出庄门，飞也似的奔鬼窝而来，一直便到佃夫家里去，要拉着牲口走。佃夫见他半夜三更，突然来拉牲口，不知为什么事，便盯着追问。狠心鬼也知道瞒不了，便把钟馗要来剿鬼的话一五一十地说了。

佃夫听了，吓得魂不附体，赶忙跑到本村告警楼上将警钟乱撞。不到五分钟的工夫，全鬼窝的人都惊醒起来了。佃夫就把所得到的警，对大众说了出来。大众也慌了，不知怎样是好，就有人说："你们别慌，我知道钟馗是个落第的进士，没有什么学问，等我作一篇《浪漫谈》寄给他，吓他一吓。我的白话文，字字像生铁铸成，硬得了不得。钟馗一看见，就是不吓死，也要被我这篇文章把他恼死。"大众一看，原来是空心鬼，在人群中说话，噼噼啪啪，就是一阵鼓掌，都说："此计甚妙，就请大笔赶快一挥。"空心鬼道："一刻儿工夫，怎样就作得出来？

等我回家去翻一翻参考书，再说。"大家都说："那怎样来得及呢？现在已经打过三更了，钟馗的兵差不多就要出来，等到你先生的《浪漫谈》作好，他的兵恐怕已深入我境了。"

大家正在混乱中，那位哲学大家巫焦巴先生外号玄学鬼的，他也来了。他看见大家这样混乱，便站在一个土墩上，就在这夜气深沉的暗地里演说。他道："《老子》不是说的有吗？夫兵者，不祥之器，非君子之器，不得已而用之。钟馗无故兴兵，正合'佳兵不祥'这句话，他自然会倒霉的。"就有人说道："这话虽然有理，但是他的兵马上就要来了。他就是不祥，也在后面，我们马上就要吃亏，还得想个法子对付才好。"玄学鬼道："我虽没有墨子赴汤蹈火、为救生民的热忱，但是同舟共济、抵抗外侮，也是义不容辞的。诸位不要急，我有一个阵式，单名一个疑字，是幻想先生传授给我的，只要在要路上摆上这样一个阵式，就可以抵挡钟馗的兵了。"大家都嚷着道："我们知道巫焦巴先生，一肚子好阴阳好八卦，那么，我们公举先生为救鬼总司令，就请巫先生摆阵吧。"

玄学鬼看见众人抬举他，喜欢得了不得，不得不先谦让了几句，只因军事紧急，当时就在人心仓皇之中，就了司令之职，便吩咐村中董事，点起灯笼火把，叫全村的庄丁在庄门口齐集。玄学鬼一点人数，共有八百多人，说道："这个数目足够摆阵之用。"就把庄门口的稻草堆，做了将台。他缓步走上草堆，就了司令席，便正式指挥起来。

玄学鬼对大众说道："我这个阵，叫作疑阵，是把新式标点含的意义，分门布置，这里作用太大，不是能人，绝破不了。钟馗是个旧文人，哪里知道标点的奥妙，其败必矣！"说着，便点起将来，接上说道："正门为钩子门，请倪问君主持，带两百个庄丁前去，都打黑旗号。"说时，玄学鬼的高徒早把芦管黏黑纸的旗号给了他们，那旗上都用白色画了一个圆钩子（就是"？"）。右门请董来君主持，都打红旗号，旗上用墨画了一小根棒槌（就是"！"）。左门请余一直君主持，都打花格子旗号，上面画了一条长绳（就是"——"）。正东门请刘半曾君主持，打半黑半白的旗号，上面画一把断柄镰刀（就是"；"）。正西门请包涵君主持，均打灰色旗号，上面画一副黑眼镜（就是"："）。后门请魏完君主持，都打蓝色旗号，上面画个蝌蚪（就是"，"）。后右门请袁满君主持，都打黄旗号，上面画一块大银圆（就是"。"）。后左门请虚华君主持，都打白旗号，上面画一条水波浪（就是"～～～～"）。

玄学鬼安排已毕，这些人就纷纷到庄门口去预备，他却拿了一本詹姆士著的哲学书，坐在草堆上看，等候报捷。他想起詹姆士自己说的话："我吗，我是愿意承认这个世界是真正危险的，是需要冒险的。我决不退缩，我决不说我不干了。"不由得勇气百倍。要知玄学鬼胜负如何，且看下回分解。

第三回

作檄文颜之厚搬书

却说玄学鬼将标点阵摆好，那边钟馗的大兵已经杀到。钟馗指挥众阴兵，正往前走，忽然看见鬼窝前面黑气腾腾，挡住道路，不觉吃了一惊，想道："看这样乌烟瘴气，一定这里面有什么玄虚。"便吩咐扎住阵脚，命含冤带领一小支人马前去探阵。含冤奉了命令，催马上前，只见前面文绉绉的有一二百人，手执黑旗，身背武器，在那里站着。含冤笑道："我说是一班什么人，原来也是一些酸虫。"正在这里探望，那里跑出一个人，大喊道："谁在这里探阵？不知道你倪问博士在此吗？"含冤道："我乃天枢文德翼圣真君，现为驱魔帝君部下参谋，专门来剿鬼的，你是什么博士？是茶馆里的茶博士吗？"倪问听了，好生发气，骂道："看你这样子，也不懂英文，不知道世界潮流，不配和我说话。"便把手里的斯的克倒转过来，当一把金钩使用，就与含冤交战。含冤大笑，拔起宝剑迎战上去，倪问不是对手，逃进阵门，含冤哪里肯舍，便追了进去，谁知一进阵门，不辨东西南北，一阵昏迷，倒在地下，就被擒了。

这里阴兵跑回去报告，把钟馗气得了不得，说道："妖魔如此猖狂，那还了得！"正说时，阴兵报告，有一位白发老人，自称张公道，前来求见，说有机密事报告。钟馗想一定来得有缘故，便将张公道请到马前。钟馗道："军事倥偬，老丈前来，必有所谓。"张公道道："听说贵参谋身陷阵中，被鬼窝擒去，是真吗？"钟馗道："是真，正在这里愁着，不知道这叫什么阵呢？"张公道笑道："帝君这样聪明的人，怎样也被他们所瞒，玄学鬼自夸其能，说这是他摆的疑阵。其实不然，这都是古兵法上，硬抄下来的阵图。只因他这里面，加了些标点符号的作用，布置一新，就花花绿绿，闹得人糊里糊涂。其实帝君按照古兵书所说，找出他的娘家来，你只要照老破阵法破去，那些标点的作用，你不要去管，这疑阵就势如破竹了。"钟馗听了这话，将信将疑，便请张公道退下，自己策马临阵，以观形势。

那倪问撺了含冤，正在扬扬得意，听说钟馗前来探阵，便又杀出来，他身穿西装，手拿斯的克，对钟馗道："我骂你这一班腐败的孔渣，胆大包天，居然敢来偷看我的阵法，我问你到过几国，看过有些什么新作品，来此摆弄你的本事。我告诉你，这个阵是我们的创作，任凭什么人也打不破，你不要前来送死！"说着，举起斯的克，便和钟馗交战。

钟馗见此人年纪轻、性子狂，倒打算教训他一番，便想打倒他加以指摘，便迎战而去。战了几个回合，倪问战不过，说道："看法宝。"就在身上掏出一个小纸本子，迎风而舞，一时臭气熏天，钟馗作恶心要吐，伏鞍而逃。张公道这时正在阵前观阵，看见钟馗败阵回来，赶紧叫了几十个人，用手指塞着鼻头，将钟馗救了回来，足足有一个钟头，钟馗放了一个响屁，把吸的臭气放去，才醒过来。睁眼一看张公道在身边，便道："我刚才看见是老丈指挥众人搭救，极感盛意！但不知道这个妖魔，他拿什么东西，放出这种臭气？"张公道笑道："我早知道他们要用这一着棋，不要紧，自有破之之法。"钟馗道："那臭物他说是法宝，到底是什么东西？"张公道笑道："哪里是法宝，乃是他们作的恋爱体的新诗集，他们鬼窝里的人，几乎人人都有这么一本新诗集，多少总能发生一点儿臭味。这一个小本子，既然臭得这样厉害，一定是不通鬼的作品。这种东西，越是指人，见了越觉得臭。帝君要想破他，那怎样办得到！不过他们虽然臭气熏天，天不怕，地不怕，可也怕一样，因为他们这种诗集，都是从外国诗变化出来的，最怕是外国诗家拜伦这些人。我因为知道他们这着毒棋，早请下木匠，雕了拜伦一个偶像。此像现在敝村，我马上命人抬来，放在阵后，一会儿帝君出战，出其不备，把这尊偶像抬了出来，包不通鬼的部丁，都要五体投地，束手待缚。"钟馗道："有此妙计，赶快照办。"便吩咐阴兵到张公道家里去抬偶像，不一会儿，偶像抬来，就放在阵后，钟馗便带领五百阴兵，二次杀到标点阵前。

这时倪问倒拿着斯的克，正像一个"?"的样子，指着阴兵和钟馗骂道："你这些至死不悟的孔渣，你只好关起门，读那死的文学孙吴兵书，你怎敢来会我们这命世的英雄。"说到这里，忽然觉得自己的话有些不对。这钟馗好像是那封神榜上的人物，他出世的时间，在孔子以前吧？那么，孔渣二字，不能骂了。孙吴好像又是三国时代的人，《三国演义》上，不是有东吴孙权吗，那么钟馗怎样能读孙吴兵书？这样一想，觉得自己骂人，太欠根据，正在阵前踌躇，想自圆其说，无如钟馗的阴兵已经紧逼阵前。倪问一想，恐怕敌不过，便想在身上去掏出那件能放臭气的法宝。钟馗在阵旗里看见，知道他又要拿出新诗集来了，下一个暗令，人马两边一分，早有四五个人，七手八脚，把那尊拜伦的偶像抬出阵前。倪问虽不知道这是谁，但是他平生最崇拜的偶像，看见偶像，就得磕头，如今又看见是个西装的偶像，越发肃然起敬。张公道这时也站在阵脚下，知道鬼窝里的人，虽然是满口的世界文艺，未必认识拜伦是谁，便大声喝道："大诗家拜伦在此，你们这些幺鹰小鬼，还不下跪！"倪问一听，汗流浃背，丢了斯的克，带着他两百多兵，一齐俯伏在地，磕头如捣蒜一般。这里阴兵发一声喊，一齐上前，将他们缚上，好比牵狗一样，他们俯首帖耳哪敢有丝毫抵抗。

钟馗的兵将这些人一一缚去，头一阵已不攻自破。钟馗因为听了张公道的话，只管阵式，不管他们旗帜上的符号，仔细一看，不过是一座陈腐滥调的八门金锁阵，容易破极了，带着一千五百阴兵，何消片刻，就把这疑阵打破。

这时玄学鬼坐在稻草堆上，见红日初升，乡村的树林子杪上，照着半截淡黄的日光，晚上那层浓厚的烟雾，渐渐地也稀了，睁眼一看村庄前的阵式，已经如风卷残云一般，嚷道："坏了！坏了！老子曰：大通氾分，其可左右，我不见机而作，不趁此时逃走，还待何时？"主意打定，跳下草堆就跑，谁知钟馗的兵来得更快，早一拥而上，将他围住。钟馗手提宝剑，走上前来，就要砍他的脑袋。玄学鬼道："且慢，留头讲话。"钟馗道："料你也跑不了，你且说，有什么话？"玄学鬼道：

"你读过庄子山木篇吗？庄子行于山中，看见大木枝叶盛茂，伐木者在旁不动，问其故，曰无所可用。庄子又到山舍故人之家去，故人命竖子杀雁而烹之，童子问，却命烹不鸣者。一以不材生，一以不材死，于是乎庄子因弟子之请，告诉他们，无誉无訾，一龙一蛇，与时俱化，我是深得此中三昧的，何以还不免于见杀？"钟馗起先不知道他要说什么，原来还是谈哲学，便骂道："你这种东西，死在头上，还要空谈，留在世上，总是废物。"说毕，手起剑落，将他结果。鬼窝里的人，看见钟馗斩了玄学鬼，就一窝蜂也似的逃跑，退守庄内。钟馗手下的阴兵，四下寻找，也把被擒的含冤救了出来。

钟馗见玄学鬼虽已剪除，其他各种鬼还很多，便下令将鬼窝团团围住。这个消息传到鬼窝里去了，大家十分着急，这空心鬼颜之厚总算是风沙村里的绅士，他便走到不通鬼胡言家里，来商退兵之策。不通鬼跌脚叹惜道："别的罢了，可惜我一本新诗集，失落在敌人阵里，不能取回；不过我想那钟馗也是读过几本书的人，他看了我那些诗，焉得不读，读了，焉得不爱？他读过我的诗，为爱才起见，和我们讲和，也未可知。"空心鬼道："那钟馗小子，生得一副丑相，三分不像人，七分倒像鬼，有什么能耐？我却有一计，足可以打退他，因为不敢自信十分有把握，所以特地来和你商量。"不通鬼摇着头道："金圣叹批《三国演义》说得好，说大话者必难成功，你就姑妄言之罢了。"空心鬼道："我的散文你是知道的，笔锋非常地犀利，我现在想作一篇檄文，送到钟馗兵营，吓他一吓，叫他退兵。"不通鬼道："这却是个问题吧！我的诗集，那里臭气熏天，挨也挨不得，也被他收没了，你的散文之妙，未必过于我的诗。"空心鬼怫然不悦道："密斯脱胡，你这话未免小看了人吧！你不信，我今天回去，就作一篇檄文试试看。"不通鬼道："你果然能退敌，我自然求之不得。但不知你这一篇檄文，要几个礼拜才能做好？"空心鬼道："你又挖苦我了，何必要几个礼拜，五天足够了。"不通鬼道："既然如此，事不宜迟，你就赶快去作吧。"空心鬼道："作是毫不为难的，不过我家里的参考书实在不够，怎么办呢？"不通鬼道："我倒有个主意，你带着笔砚到图书馆里去作，要什么找什么，岂不方便得多。"空心鬼道："你这话有理，就是这样办。"

　　说毕，辞别不通鬼回家，便拿了纸墨笔砚到图书馆里来，却喜看书的人不多，他便拣了一张桌子坐下，摆好纸墨笔砚，就要动手，他想了一想，这檄文在白话文作法上，可没有定例，怎样动手呢？记得古文上，有讨武则天的檄文，头一句仿佛是有临朝武氏者，心想照老文章套，总没有错。主意想定，便写了一句有临朝钟氏者，忽然一想，临朝二字不妥，便把朝字涂了，改个阵字，但是阵也不妥，又涂了，改了古人二字，写好摇着脑袋，念了两句，觉得调子很合，便提起笔在旁边圈了两个密圈。刚圈完，想道，慢来慢来，古人二字太尊敬，而且哪有今人和古人打仗的，改为敌人吧。不过敌人，也不算骂他，改为，改为什么呢？想着，索性把那几个字涂了，另外再写了一行有临□钟氏者，□的地方，留着回头再填，这以下应该数他的历史和罪状了，不过钟馗这个人，是哪一朝的人，这是应该先研究的。便开着一张单子，上面写道：

　　《尚友录》《人名大词典》《名人言行录》《搜神记》
　　《词源》《康熙字典》

　　写毕，便把这张单子递给图书馆里的人，图书馆里的人看见空心鬼穿着西服，文气通天的，总怕他是大学堂里的教授，虽然他一开单子，就要许多书，也不能不给他找来。所以他接了单子，一句也不言语，就照他所开的书目，一样一样地查来，就在空心鬼的桌子面前，摆上了一大堆。空心鬼翻翻这部，又翻翻那部，翻来翻去，居然被他将钟馗的朝代翻出来了，原来他是唐明皇时代的人。这个问题解决了，就做进一步的考据，又开了一张单子，预备动手作文，便先将搜罗材料的书开了出来，上面写道：

　　《旧唐书》《新唐书》《唐人说荟》《通鉴》《纲鉴易知录》
　　《王凤洲袁了凡合批纲鉴》《全唐诗话》《长生殿传奇》

单子开好，自己一想，关于唐朝的书，一定很多，但是却不十分清楚，不好开出来，仿佛记得有部《隋唐演义》的小说，关于唐朝的事说得也很清楚，何不把它也列上去。想定，又添上了一笔。写到这里，心想材料有了，应该找几部书看看，套一套格式。如此一想，又开了两项书目，先是关于文言的，写了七部是：

《古文观止》《古文笔法百篇》《古文释义》《古文辞类纂》
《文选》《唐宋八大家文钞》《东莱博义》

文言的有了，白话的也不能不选几部，便也开出五部是：

《白话文作法》、新式标点分段的《水浒》《胡适文存》
《独秀文存》《呐喊》

至于什么周刊杂志之类，家里却也有些，虽然没有读得滚瓜烂熟，但是仿造是不难的了。空心鬼将单子开好，二次又递给图书馆里的人，一会儿工夫，陆陆续续把十几部书搬来，在桌子上堆着有两三尺高，哪里还有空心鬼写字作文的地方。空心鬼一想：这些个书，在图书馆里也翻不过来，不如径直和这里馆长商量，请他让我搬回家去，慢慢地咀嚼。主意想定，仍旧把书退还馆员，自己带着写了"有临□钟氏者"，五个字的稿子，先走了回去。到了家里，找出一本《四库全书》的目录，在里面选之又选，精之又精，开了一张最经济的单子，写了四十八部书。单子写好，交给听差，吩咐他雇两辆大车，带到图书馆里去搬书。听差的拿着单子，心里想是主人买了大批的书，至少也有整千块钱的生意，照规矩，底子钱每元铜圆六枚，这一趟差事，哪里不弄他二十来块钱？他高兴极了，拿着单子，欢欢喜喜地去了。两个钟头以后，两车子书都搬来了，听差和着两个车夫，一搭一搭地往里搬，闹得满身都是臭汗，心里骂道："谁不知道我们主人是个空心鬼，平时不看书，全顶着一个读书人的头衔，这也不知遇见谁要考他了，临时抱佛脚地借来这些个书，我一个底子钱没捞着，连剩的一张烙饼，放在矮桌子上，也给狗偷吃了，倒霉，倒霉！"空心鬼看见他噘着嘴，便问什么事。听差道："我剩的一点儿小东西，一不留神，就给空肚子的狗吃了，您说可恶不可恶？"空心鬼把书搬来了，赶快就要去翻，哪里还来得及管别的什么事，所以听差虽在骂狗，他也不理。他就端了一把椅子，坐在书的中间，拿着一个小日记本子，作檄文草稿。遇到有疑问的时候，就在书堆里乱翻，翻到一句赶忙就抄下来。如此翻了又抄，抄了又翻，整整的五天，他居然把一篇檄文草稿写起来了，他用很好的宣纸，誊录清了，大腿架在二腿上，口里衔着雪茄，坐在沙发上，两只手棒着文稿，高声朗诵，念得十分起劲儿。

这时候，不通鬼正来拜访他，看看檄文作起来了没有？走到书房门外，就听见空心鬼这样高声读文，一定料他是作好了，便一路鼓着掌进来。空心鬼笑道："你来得正好，我的檄文已经作完了，正想请你来商量呢！"不通鬼道："你总算没有自误限期。"空心鬼道："我就是翻参考书费事，若要作文字，我却是最快的。这篇文字，我不过费了五分钟的工夫，就作起来了。"说着，便把那檄文递给不通鬼道："我原想套古文作，但是总觉不能灵活，我就改了白话的。你看一看，这才是近代少有的创作呢！"不通鬼接着檄文一看，那上面写道：

> 一个奇怪凶狠的而神秘的脸子的人，他就是那名字叫钟馗的，千百年过去的时候的唐朝，他是被生出来做母亲的儿子，他考不中就碰着死了，因为他的脸子那样的丑陋，而考官终于没有取他。到后来，唐明皇做了一个奇怪的幻梦，这个梦，就是梦见他的梦，唐明皇说：他——钟馗——能吃鬼，在梦里这样仿佛地梦着，终于就封了他专管鬼，他充满了恶劣思想的脑筋的人，而不讲一切人们的应该遵守像吃饭那样遵守的公理。

不通鬼念着一拍手道："好俏皮的句子！"空心鬼道："这算什么好的句子，还在后面呢！"不通鬼晃着脑袋，又继续地念道：

> 人们免不了被那种万恶的强盗，糟踏着完全死。设若没有

一点儿热烈的血气，去做那样世界上都望取消的强权。

不通鬼把这两句话，接连念了两遍，闭着眼睛，把脑袋晃着像时钟的下摆一样，左边摇一下，右边又摇一下，口里念念有词，然后一阵鼓掌，说道："我知之矣，此倒装法也。"又念道：

当我们还没有去惩办他的时候，他已经地带着兵来捣我们的村子，从前汤伐桀，周武王伐纣，汉高祖伐暴秦，我们既不是桀，又不是纣，更不是秦，何须乎要他伐？什么叫着伐，书上说的有，明攻曰伐，暗袭曰侵，虽然孟夫子说，寡固不可以敌众，但是孔老二都说，未能事人，焉能事鬼。又说：敬鬼神而远之。他不敬我们罢了，又不远着我们，真是岂有此理。易曰：九二，潜龙在天，我们不要上九二之数，因为现在并非九月二日，应当效法五四才对，大丈夫能屈能伸，当屈则屈，不当屈则不屈，我现在通告天下，一致讨钟，望他如颜回之克己复礼。谷梁传曰，克老何，能杀也。换句话说，就是望他能自杀对我们道歉赔礼也。

不通鬼道："引经据典，这篇文章，你实在费了大力气。这一发表出去，一定可以鼓动民气呢！"又念道：

值此德摸克拉西时代，大家都应该讲究博爱，钟馗生着那样很像他的脸那样狰狞的心，开口捉鬼，闭口捉鬼，太不讲人道。瓮中捉鳖，手到擒来，俗言那样说，关门捉贼，又那样说，我们既不是鳖，又不是贼，不当捉也明矣。如今他偏要捉，我就看你捉，昔司马相如捉文君，弄得卖酒为生，捉人哪有好结果，愿我鬼族快起快起快快起！

不通鬼赞不绝口地说道："妙文，妙文！陈琳檄文，不足专美于前矣！"两个商量了一阵子，便借着抄报通信社的油印机，印了几十份，买了些半分邮票，用信封套着，胡乱就寄了出去。信封面上，除了收信人地址之外，又写了"快邮代电，十万火急"八个字。钟馗那里也寄了一份。钟馗把这篇檄文一看，又好气，又好笑，说道："天下真有大胆的人，这样的臭文，居然敢望四处寄，可谓羞煞当今之士。"含冤道："这鬼窝里只有两个醋糟首领，一个是不通鬼，一个是空心鬼，这篇臭文，一定是这两个东西作的。"钟馗道："这种人，虽然是班酸虫，可是他最能贻害青年，不可把他当个不要紧的人。我若破了鬼窝，要先斩此二人，以谢天下。"含冤道："他们既然负隅自守，我们进剿越快越好。我们今天就进攻吧。"钟馗道："你既如此不平，就着你攻打头阵，我随后就来接应。"

含冤奉了命令，就率同着他本部下五百阴兵，杀进风沙村鬼窝而来。守庄门的壮丁，赶快跑进去通告，这鬼窝里的人见钟馗的军队来得厉害，大半不敢出头。空心鬼大怒，却领了自己家里几十名家丁，杀出庄来迎战。含冤认得他那张乌脸，知道是空心鬼，便问道："来的是空心鬼吗？"空心鬼道："胡说，你颜之厚先生，天文地理之书，无所不读，诸子百家之言，无所不精，何言空心？"含冤笑道："好大的话儿，你既叫颜之厚，谅必其脸不薄，我倒要试他一试。"说着，策马跑回旗门影里，抽弓搭箭，对颜之厚脸上射去。那箭来得真快，闪电似的一般，就射在空心鬼脸上。箭到声响，只听见啪的一下，那箭溅了回来四五丈路，落在地下，空心鬼的脸上一点儿痕迹也没有。含冤大惊道："这人原来是酽脸鬼一路的人才。记得当年破酽脸鬼的时候，是用良心鉴制胜的，现在手边没有此物，大概不能胜他。"便鸣金收兵回营。

空心鬼哈哈大笑，打着得胜鼓回庄。含冤见他如此猖狂，越发生气，便差了几名小卒，到秦广王那里去借良心鉴。不到一天，良心鉴借来了，含冤又二次进攻，指明要空心鬼颜之厚迎战。空心鬼毫不畏惧，又带着那几十名家丁杀了出来。含冤早已埋伏好了，只等空心鬼出来，便把那镜子对他照着，那镜子的光，一闪一闪不定，正射在空心鬼心窝边。谁知空心鬼坐在马上，毫不为动，反而骂道："你们战又不战，退又不退，闹些什么玄虚？"含冤见良心宝鉴照着空心鬼，他毫不为动，越发大惊，忽然大悟道："是了，良心宝鉴，只能照有心之人，他现在根本上就没有心，怎样能治他。"但是战场上的机会，胜败系于顷刻，哪里来得及想第二个法子，赶紧就叫后阵，把两架铜炮直推了出来，便把那两架大炮，对空心鬼的脸上，直轰了去。那空心鬼生成一副厚颜，哪里晓得害怕。他对着大炮，直往前逼，炮火打着他脸上，一轰就没了。他的脸上，疤痕也没有一个，含冤见大炮也不能伤他，才知道他的脸实在是厚，连忙吩咐，前阵变作后阵，后阵变作前阵，前望后退。空心鬼这回却没有带武器，只背着一个大袋，他手下的几十个家丁，也是如此。含冤见他没有武器，心又放宽了些，便按住阵脚，回身迎战。空心鬼道："你败军之将，焉敢前来见我！我不用得和你动手，我只一掉我的书袋，就要吓死你。"说着，把他那个袋对含冤只一晃，含冤就像触电一样，浑身肉麻。他手下的家丁，大的拿大袋，小的拿小袋，也是拿着袋子乱摆。这边钟馗的阴兵，一个一个都肉麻起来，而且越是认得几个字的，越肉麻得厉害。含冤就是有千斤的气力，到了一肉麻，也就无法可施；况且空心鬼的书袋，越掉越有味，见含冤有些支持不住，更是大掉而特掉。含冤有些战他不过，只得带着众阴兵败退下去。

空心鬼赶了一阵，见含冤去远了，也就收兵回营。正是鞭敲金镫响，人唱凯旋歌。这几十个书袋彼起此落，掉得不亦乐乎。那边含冤的军队望着，气得火星直冒，不到一小时，后面钟馗的军队已经接应上来了。钟馗看见形势这样狼狈，知道已经败了，便问是为鬼窝何物所败？含冤道："那空心鬼的脸极厚，大炮都不能伤他，自卫能力已极充足，偏偏他还有一个书袋，背着肩上走，一见了人，就大掉其书袋，不知道什么缘故，他那里掉书袋，我这里的身上却肉麻起来。凭你有通天的本事，也没奈他何。"钟馗道："照你这样说，这个人竟没法子收服他？我却不信。"便又去请那位随营参战的张公道，问他有什么办法。张公道道："这空心鬼爱掉书袋，是人人知道的，怎么破法我却没有留心；不过他那书袋的来源，我却知道，是他东偷一卷，西偷一本，装满了一只袋，那样七拼八凑的东西，似乎不很难破。"钟馗想了一想道："有了，我破此袋必矣！"便吩咐阴兵造几把大刀阔斧，都要倍乎寻常的。

然后又吩咐一营阴兵，四处折些柳条，编一个极大的字纸篓，不到一天一晚工夫，各样东西都预备好了。

次日钟馗便编了一支大刀阔斧队，带着那只大字纸篓，杀奔鬼窝而来。叫军士骂阵，指明要空心鬼出来迎战。空心鬼见钟馗的兵一再败阵，哪里还把敌人放在眼里。听说指名要他出战，他带了一班掉书袋的，哈哈大笑而出。钟馗看见空心鬼出来了，便叫新编的大刀阔斧队，直向书袋砍了去。真是一物有一物降伏，这空心鬼的书袋，别样东西，他都不怕，却怕大刀阔斧。因为这两样武器来势甚猛，绝不是外强中虚的书袋可以搪塞。他手下庄丁的书袋，有几只被斧头劈破，里面漏出一大堆字条纸屑，都是不成片段的。钟馗的阴兵一看，原来如此，越发把他们不当什么。空心鬼见势不佳，虽然有些惊慌，但是硬着头皮，还不肯退阵，只把那大书袋摇摇摆摆，直往钟馗这边进逼。钟馗早已知道他的武艺，闭着眼睛，只当没有看见空心鬼的书袋，也就大失其作用，一点儿不能叫人肉麻。钟馗等他走得近了，便将新制的字纸篓举起，大声对书袋喝道："你这兴妖作怪的东西，本来是塞我字纸篓用的，而今字纸篓在此，你不归降，还想哪里走！"这边说着，那边空心鬼一松手，手里的书袋，滴溜溜滚进字纸篓。空心鬼见法宝已破，庄丁又杀得死伤狼藉，知事不妙，赶紧落荒而逃。钟馗哪里肯放，提剑赶上，一把将空心鬼揪住，不知空心鬼性命如何，且看下回分解。

第四回

看禀帖钱如命赊酒

却说空心鬼逃不了，便跪地哀求。钟馗道："看你求得可怜，只将你改造一番吧！"说着，将空心鬼绑回营去，将一大桶墨汁从他口里灌了进去。空心鬼被这桶墨汁一灌，心里一明白，不觉羞愧无地。钟馗道："你这也应该明白从前的错误吧！饶你不死，你去吧。"空心鬼听了这话，他的魂才转向躯壳，爬起来一溜烟地走了。

那鬼窝里的人，见空心鬼全军覆没，更是着慌，不知如何是好。那狠心鬼一向藏在庄里，没有出头，这时他忽然跑出来鼓动大众说："钟馗原不和我们为难，只不过恨着玄学鬼、空心鬼、不通鬼三个人，现在玄学鬼已死，空心鬼又逃走了，只有一个不通鬼，我们何不把他绑了，送到钟馗那里去献俘。我想这样办，不但性命可保，多少还要闹点赏钱呢！"有人说道："这个使不得！我们既不报仇，还要卖友求荣，良心上说不过去。"狠心鬼道："你们真是呆鸟，我问你，还是自己的生命财产要紧，还是朋友要紧？世界上只有自己弄钱自己吃饭，没有朋友供养的。为了一个朋友，害得满庄子里的人不能活命，这是什么仁义道德！"大家一想，事急了，除了如此办，也没有别的法子。一面将庄门紧闭，用箭头绑着一封信，射到钟馗营里，约明天献俘，一面就推狠心鬼为首领，在今天晚上三更时分，趁着不通鬼睡熟，抢进他家，将他缚了。

大家计议已定，总以为安然无事，不料这里面也有不通鬼的好友，早在暗中给了不通鬼一个消息，叫他赶快逃跑。不通鬼一听，魂飞天外，什么也不敢要，只带了两本自己的诗集、一本文集，天色一黑，就由水沟里逃出了鬼窝。到了三更时分，狠心鬼带着倒戈的庄丁，一应杀进不通鬼家，以为是瓮中捉鳖，手到拿来，不料各屋里寻找一个遍，并不见有不通鬼的影子，他书房里乱七八糟，丢下了许多破书，书面上都有不通鬼题字，某年某月某日阅，随手打开一本来看，红黑标点，满纸糊涂，简直看不懂。因道："有了这种念书的人，把书标点以后，越发令人糊涂了！这种不通的人家，留他何用。"于是放了一把火，将不通鬼家烧了。不过他虽烧了不通鬼的家，然而他是准备在不通鬼身上做一笔小买卖的，现在不通鬼逃了，将他买卖打破，空手投降钟馗，恐怕有点儿不好见面，现在火烧了，全鬼窝人心慌乱，何不打人家一个措手不及，抢一点儿东西跑。主意想定，和同来的人说明此意，于是实行趁火打劫，将火边几家正在逃命、自顾不暇的人家，一连抢了几家，然后大家逃走了。

鬼窝里乱了一晚，全村惶惶，到了次日，大家以为是钟馗安的内应先发动了，大家为了保全生命财产起见，都推着这里的商会会长去投降。原来这里的商会会长姓钱名如命，他最是能趋热避冷，人家叫他势利鬼，这种投机的事情，要钱如命去办，正是合适。他受了众人之托，听说去见驱魔大帝，太有面子了，连忙在家洗了三次澡，理了三次发，换了一身干净衣服，然后像朝山拜香一般三步一拜，到了钟馗营门，请卫兵通报，一直拜到帐中，俯伏在地，将鬼窝情形和来投降的意思一一说了。钟馗道："你既然诚心归降，我也不难为你，你可先回去收拾驻兵的地点，让我的军队进庄。"钱如命答应了几个是，爬了起来，不敢把屁股朝着钟馗，倒退了一二百步，直待钟馗看不见他了，他才回转身带着众人自进庄去。他到了家里，先用白布写了顺民的旗子，插在店门口，又在他的名片上，临时加上一行头衔，就是翊圣除邪雷霆除魔帝君马前投降顺民总代表。一面通知各商家说，钟馗军纪如何如何的好，立逼各商家摊出三万块钱，买了许多酒肉，犒劳钟馗的军队。又把总商会的地址腾了出来，作为钟馗的行辕。

钟馗一进庄，钱如命就穿着大礼服，在马前伺候。钟馗进了行辕，他在大门外又递进两份帖子，一份是代表全体商家，向帝君叩头请安，一份是本人叩头请安。钟馗接着帖子一看，皱着眉道："这人太客气了。"便吩咐副官出去挡驾。钱如命道："帝君军书旁午,我也不敢再三烦渎;但是我们顺民的礼,却不可不尽,我就在这里叩头吧!"说毕,在大门口阶级下跪下,对着大门内磕了九个响头,那副官在一边看着,有些不过意,便道："钱会长少礼,请起吧。"钱如命道："不行,那是代表全体商家叩头,还有我自己名下的呢!"说毕,又磕了九个响头,这才站起来退了回去。他一路上走各店门口过去,沿途告诉他们,说是刚才和钟馗坐谈两个钟头之久,他实在是个好人,绝不为难我们的。

　　钱如命兴高采烈,正望家里走的时候,只听见有一个人喊道："势利鬼,你从哪里来,这般高兴?"钱如命骂道："谁这样不分上下,开口就叫你会长的绰号。"说时,回过头一看,只见一个人穿着一身华服,骑了一匹骏马,十几个武装护兵,背着明晃晃的人刀,簇拥在马前马后。他心里想道,这正是刁钻鬼,怎样这般阔,一定是做了官了。在往日彼此见面,毫不客气,老是叫他刁钻鬼,如今人家裘马翩翩,人格比自己高上好几倍,怎样敢叫人的诨号。便道："我说是谁,原来是刁仁兄,好一向不见,哪里发了财,还认得我这老钱吗?"刁钻鬼用马鞭指着势利鬼道："我们叫绰号叫惯了,还叫绰号吧,要称呼什么刁兄刁弟呢!"势利鬼见他这样大模大样,越猜他做了大官,便道："我势利鬼的绰号,还是老兄赠我的,老兄叫我,怎敢不答应,只是……"刁钻鬼却不和势利鬼谈话,对他的护兵说道："你拿个片子去,请钟馗和我那二位把兄在甜舌园晚饭。"势利鬼早走到马前,和刁钻鬼深深地作了一个揖道："原来老兄也和钟馗认识。但不知足下两位把兄,却是谁人?"刁钻鬼道："哪有别人,就是钟馗手下含冤、负屈两位大将。"势利鬼道："啊哟,老兄原来有这两位好友,可恨我不很认识钟馗手下的人,却一点儿交情攀缘不上。"刁钻鬼笑道："势利鬼你果然要干这事,我可以助你一臂之力,替你介绍这两位。"势利鬼听了这个,眉毛都是笑的,也不管地下醒龊,突然便跪了下去,给刁钻鬼磕头。刁钻鬼用鞭指着势利鬼道："起来!"势利鬼站起来作了一个揖,然后站在一旁说道:"刁仁兄,我家离此不远,能不能到小店里去坐坐?"刁钻鬼还没有说话,只见有钟馗的一队阴兵,手拿令旗,查街走这儿经过,刁钻鬼一眼看见，滚鞍下马，拉着马一溜烟地躲避去了。势利鬼一想道："哎呀，不对呀，刁钻鬼既然和含冤、负屈是把兄弟，不能见了钟馗的兵就跑，八成儿这刁钻东西是冤我来了，我回去非预备告他不可。"他一人便气愤愤地走回去，到家不久，只见刁钻鬼换了一身黑布短衣服，溜进屋来。势利鬼道："刁钻鬼，你怎么弄得这个样子?"刁钻鬼道："老哥，我实在不瞒你，我是弄了一些场面，正想在这里做一笔生意，不想被钟馗查出来了，要捉我去，我一时无处躲避，想在你这宝号里暂躲一晚，明天一早就走。"势利鬼只当没有听见，便瞪了他伙计一眼，开口骂道："你这些东西，吃了我的饭，一点儿也不管事，店里叫花子走进来了，也不给我轰出去，丢了东西算谁的?"他的伙计听了这话，正没好气，拿着一根棍子，便恶狠狠地将刁钻鬼赶着走了。

刁钻鬼实在气不过，又换了一身西装，穿上一双十六块钱的皮鞋，戴了一顶二十块银的帽子，戴了圆框大眼镜，拿着斯的克，借了朋友一辆汽车，坐着又开到势利鬼门口来。势利鬼听见大门外轧轧地响，停了一辆汽车，不知什么贵人到了，心里早怦怦跳个不了。刁钻鬼这时早已走了进来，拣了一张桌子坐了。势利鬼一见是他，心里好生奇怪，心想：他刚才穿着一套破衣衫来，准是试我的，可恨我一双狗眼睛，一点儿看不出来，把这样一个朋友得罪了，谁叫我是这里的主人翁呢? 人家来了，我要前去负荆请罪，才是正理。主意想定，便放下笑脸，弯着腰，抱着拳头，早接了出来。刁钻鬼只当没有看见，在胸面前背心袋里，拿出表来看一看，那表本是金壳子的，加上纽扣上挂着那一串黄金链子，真是光耀夺目。势利鬼看在眼里，心里替人家一算账，至少也在百元以上。心想：自己当这些年的商会会长，还舍不得买一个，他却有了，由此类推，他所弄的钱、办的差事，一定在自己以上了。他这样想着，走到刁钻鬼面前，便恭恭敬敬，作了几个揖。刁钻鬼理也不理，只是伏在桌子上，要酒要菜，自己一个人自言自语地道："我那张禀帖，揣在身上，不知还在这里没有?"说时伸手到袋里去掏，掏了一会儿，果然拿出一张禀帖，自己便打开来轻轻地念了一遍。

势利鬼在一边用全副精神都在耳朵里使出去，到底要考察他做什么事的。无如刁钻鬼的声音很低，好像禀帖中有这么一句，为报告就职事，不觉自己对自己说道："如何，我就猜着他已经做官了。"刁钻鬼念完，将禀帖放在一边。势利鬼偷眼一看，上面有造币局局长的字样，越发有些怕刁钻鬼发作，只不敢多言。刁钻鬼明知势利鬼在偷看他的禀帖，只当不知道，掉转头来，突然吐了一口痰沫吐在势利鬼的脸上，势利鬼要在平时，早跳起来了，而今明知道人家是个刚就任的造币局长，有钱有势，如何敢得罪他，一声不言语，将衫袖把脸擦干了。刁钻鬼这才站起身来，赔着笑脸道："大掌柜的，对不起。"势利鬼道："哎呀，刁仁兄，你怎样这般称呼呀，不敢当得很！"刁钻鬼道："阁下是谁？我却不认识。"势利鬼道："我是钱如命，是你的小兄弟，你怎样不认识了？"刁钻鬼道："原来是势利鬼呀！我刚才到一家酒店里去，遇见一个老弟这样一般的人，我正在招呼他，他却把我当叫花子轰出来，我才知道错认了人了。所以碰见你自己，我也不敢冒昧地认。"势利鬼道："居然把刁仁兄这样的名流，当作叫花子，真是瞎了他一双狗眼。我若看见，必一定痛打这王八蛋一顿。"刁钻鬼道："我现在是简任职的人了，我也不能和这种市侩计较。那些，由他去吧！"势利鬼笑着把肩膀抬直，几乎和脑袋成了一个山字形，对刁钻鬼赞不绝口地说他宽宏大量。

这时伙计端上一壶酒、几碟小菜来，要往刁钻鬼的面前放，势利鬼将眼睛一翻，拍着桌子骂伙计道："混账东西！你掌柜的老大哥，现任造币局长大人，是何等样人，你送上这种酒菜来，简直没有长眼睛。"说时，脸板得像烧红了的猪肝二样，几根小胡子，一根一根都竖起来。刁钻鬼道："这是我要的，我愿意这样，他何罪之有。"势利鬼听了，早笑着回转脸来，躬身答应道："是……是！"刁钻鬼笑道："老兄倒是一番好意。据你说，我应该吃怎样的酒菜呢？"势利鬼道："刁兄既然是个简任职，地位很高，若吃随便的酒菜，叫人知道，岂不成了笑话！"刁钻鬼道："好吃的，谁也愿意，但是我没钱，你能赊给我吗？"势利鬼笑道："像刁兄这样的人，哪里不是钱，何至于上我这小铺赊账。"刁钻鬼在袋里一摸，又拍了身上一拍说道："可不是没多带钱吗？这样吧，我把这禀帖做押头，放在你这儿，回头我拿钱来取得了。"说着，便将禀帖递给势利鬼，势利鬼笑嘻嘻地道："押哪里敢当，不过我倒要瞻仰瞻仰，这禀帖是呈到财政部去的，我看一遍，也就有财政部人员的福气了。"说着，他将禀帖从头至尾一看，果然刁钻鬼是造币局长的口气，哪里还敢押起来，战抖抖的双手捧着这张禀帖，送到刁钻鬼面前，说道："刁仁兄，你收起来，要丢了，我可负不起责任。"刁钻鬼笑道："恭敬不如从命。"就把禀帖收了，往身上一揣。这时胸面前露出一串金链子，系着一个金质徽章，势利鬼远远看去，认不清楚，好像上面有个局字，他越发死心塌地地相信他是一个局长了。便叫伙计将上等的酒菜送到刁钻鬼桌上来。自己拿起一只衣襟角，替刁钻鬼擦杯子、筷子。酒壶上来了，又亲自给他斟上一杯酒。刁钻鬼笑道："我的朋友都待我不错，昨日柴总长把盏，今日又要老兄把盏。"势利鬼道："我怎敢比柴总长，人家都是文曲星下凡啦！"刁钻鬼见势利鬼这样客气，益发趾高气扬地喝起来。

势利鬼看看他的帽子，又看看他的靴子，觉得都是上等物品，赞不绝口，刁钻鬼因在口袋里掏手巾，不留心将一大把铜钥匙带出来，落在地下，势利鬼听见当的一声响，低头一看，只见黄澄澄的一件东西在刁钻鬼脚边。他看见了，正想替刁钻鬼捡起来，刁钻鬼怕人家笑他小心过度，听见地下一响，知道钥匙掉了，弯腰就捡起来，依旧载在衣袋里。势利鬼见刁钻鬼收得这样快，他猜想一定是金条之类，可惜自己捡得太慢，不然也可以见识见识，开开眼界。他正站在刁钻鬼的旁边凑趣，有一个人穿着旧布袍子布马褂，进来喝酒，他见势利鬼满脸笑容，却也客客气气和势利鬼笑着，点了一个头。势利鬼因放下笑脸和刁钻鬼说话，看人之时，笑容还没收起，而今看见这个穿布衣的和他打招呼，他想道："你难道猜我是欢迎你吗？"立刻板下面孔，理也不理他一理，那人却不为意，自坐下了。伙计过去一问，知道他要喝酒，说道："我们这里有规矩，先拿钱，后喝酒，算账有多，给你找回来。"那人听了，并不说什么，拿出一张十元的钞票递给伙计，说道："这总够喝的了吧？"伙计接过钱，便去交柜，势利鬼赶忙跑了过去，将钞票接在手里，看了又看，生怕是假的。这时刁钻鬼就着桌上的白纸条，写了五元两个字，也交给伙计付账，伙计送给势利鬼看道："这能算钱吗?"势利鬼道："怎么不能算钱！这位大人是造币局长，他就睡在洋钱堆里，只要他肯写，就是写一万，也就算一万呢!"伙计见势利鬼说得这样热烈，两只眼睛滴溜溜地望着刁钻鬼，口里的口水如棉线一般牵下来有四五尺长。心想：我就在他家里做一条狗，也胜是在这里当伙计了。势利鬼看见伙计这样羡慕贵客，以为有这样一个老友，得意之至，便把刁钻鬼写的那张纸条，用铜盘子托着，两只手兢兢业业，举得高高的，送到刁钻鬼面前，面上堆下笑来，说道："你老哥吃点酒，何必给钱。不敢收，不敢收!"刁钻鬼道："我是一个局长，不多给钱罢了，哪有白吃白喝的道理。"势利鬼道："你就是给钱，身上方便才给呀，不方便时，何必开支票。我这里给你记上账得了。"刁钻鬼原不肯记账，无奈势利鬼死也不肯收他那张写五元两个字的白纸条，也就只得依了。势利鬼见刁钻鬼居然肯记账，快活得了不得，就打开账簿子，写着饭碗那大的字，一页账簿算起来，只好写一个字。那账写的是：

造币局局长刁，共欠酒钱二元四毛整，必日利酒店大掌柜钱如命自己经手。

这一笔账足足去了大半本的地位。势利鬼写得高兴得很，他正想捧着这本账送给自己老婆子去看，说今日有阔人喝酒来了。忽然皮鞋咯咯进来一大队阴兵，吓了他一跳，欲知这阴兵是否捉势利鬼的，请看下回。

223

第五回

贾道学饱吃风流棒

却说势利鬼看见兵来了，心里不由得吓了一跳，正想逃走，只见那几个兵都对着刁钻鬼举手，很守规矩，势利鬼这才知道是刁钻鬼的部下，心里一块石头方才落下。那几个兵身上穿着黄色兵衣，每个人胸前，都有一个皮套子挂着，一望而知是盒子炮。他们进来之后，目光四射，看到那一位穿布袍子的，大家打了一个照面，不一会儿工夫，那几个兵不声不响地走了。那刁钻鬼便问势利鬼道："掌柜的，你这里茅房在哪里？"势利鬼道："向后院一拐弯儿就是。"刁钻鬼一面走，一面和他使眼色，便说道："我怕走错了，烦你引一引道。"势利鬼一看，这里面一定有缘故，果然把刁钻鬼带到后院去。刁钻鬼见四下无人，便对势利鬼道："你看那一个人吃酒的是谁？"势利鬼道："难道他还有什么歹意？看他那一身衣服，十分寒酸，不过小本营生一流人物，我就不欢迎这种主顾，你老哥嫌他吗？我可以把他轰走。"刁钻鬼道："仁兄，你不要小看了他，他是钟馗手下一个高等侦探。他到此地来，知道我们有鬼的别号，他一定信以为真，前来刺探我们情形来了，一不防备，即遭毒手。刚才我不叫你仁兄，叫你掌柜的，正是为要隐瞒着他，免得他疑我们是一伙。"势利鬼听了，这才知道祸已临门，吓得了不得，半晌说不出话。趁这个时候，刁钻鬼一脚顿上茅房屋顶，一溜烟就逃着走了。

势利鬼一想本人有生命财产在此，若逃走了，岂不白丢。料那穿布衣服的人没有本事，他便硬着头皮，依旧走来。他心里想道：那个人穿一身的布衣服，既没有坐车子，又没有骑马，简直是个穷小子，未必是钟馗的高等侦探，刁钻鬼多疑了吧？想着，他已走到面前。只见那人把布马褂脱了，布袍子纽扣上，露出一块圆的金质徽章。势利鬼一看，这才知道这个人果然有些来历。再走到柜上，去看他拿出来的那张十元钞票，的确是国家银行里的，一点儿不假。这时他心里就有点儿着急，不知如何是好。那人走了过来，忽然抹下脸来，挺着胸脯子，把头上戴的那顶小瓜皮帽往脑袋后面一移，眼睛瞪着核桃那么大，眼珠上面的红丝，一根一根直冒。势利鬼看见他这副形象，先有三分害怕，那底下两条腿，就像弹琵琶一样，抖个不了。那人在衣服里面，掏出一支带皮套子的手枪，往柜上一拍说道："你这势利鬼好大的胆，敢在帝君麾下，干怎样无法无天的事情！"势利鬼道："尊驾在……哪……个机关里？我……没有……得罪尊驾什么……什……么。"那人翻着眼睛说道："你还装呆吗？刚才这群冒充军人的匪徒，和那个首领刁钻鬼，是一伙骗子。你现在和他兄弟相称，显见得是同党。走，我们司令部去，你不要问我是哪个机关。"说着，又把胸一挺，伸着大拇指，反指着纽扣上的徽章道："你瞧这个。"势利鬼被这样一吓，魂不附体，两腿一软，不由得跪在地下，只是求饶。那人先是不肯，无奈势利鬼磕头如捣蒜，那鼻涕眼泪直流出来。那人道："也罢，我也被你把心哭软了。但是我要把你撇开匪党，担着很重的关系，你应该明白……"势利鬼一听他的口音，原来是要钱。他想道：太平的日子，商会会长，出入官府，虽然是个大掌柜，也和官一样，到了杂乱的时候，就是商家的挡箭牌，总是要出钱。咳！这也没有法，只好先垫出来。反正到了平静的时候，我再和本村的小商户去算账，不愁他们不一五一十还我。主意想定，便对那人道："倘若先生能够通融，柜上现存有一百多块钱，可以送给阁下，买一只鞋穿。"那人道："呔！一百多块钱，亏你出口。你要知道，若把你攀连在内，虽然不丢性命，至少也是六七年监禁，一百块钱就可了事吗？"说着，又把那带皮套子手枪，在柜上使劲地扳了几下。

势利鬼看他这个样子，竟是要大大地敲一笔，不知道要出多少才好，便道："小铺里是小本经营，实在没有多少钱在柜上，你先生若是嫌少，我开一张借据给你先生，过几天来取，好不好？至于数目，就请先生自定一个标准，让我尽力量去筹。"那人道："谁耐烦跑来跑去，你有就拿出来。"势利鬼道："实在铺子里现钱不多，若是你先生可以将就，我勉强可以再筹几十元，凑成二百之数。"那人听他这样说，那翻白的眼睛已回了转来，脸上去了八成凶气，声气软了许多，便道："掌柜的，你就不能送个三数吗？"势利鬼一想，好在这钱，将来到各商家去摊，多出两个，落得慷他人之慨，便道："这个数目，本来办不到，但是你先生自定数目，我又不便驳回。现在我只好把店子里同事的工钱移挪一下。"那人早满脸放下笑容，说道："会长到底是个爽快人，以后有事，兄弟当极力帮忙。"势利鬼见那人和气起来，又悔不该一口气出三百元，心想：若是和他多争执一会儿，也许出两百块就算了。但是话已经说了出来，悔也无益，只得忍着痛，把洋钱、钞票、辅币、铜子杂凑了三百元，交给那人。那人正想算一算数目，却远远地听见车号军号响，正有大批军队经过。他拿了洋钱、钞票，用衣服卷在一处，扯腿便走了。那支带皮套的手枪，丢在柜上，就顾不得了。势利鬼追了出来，口里喊道："那位先生，请把你的手枪带去。"那人却是理也不理，竟是走了。

势利鬼兢兢业业地便把这皮套打开，看看里面究竟是哪一种的手枪，以后他要来取枪时，也好问明交还。谁知皮套子打开，露出又粗又锈的一截枪把，他想道：这枪怎样锈得这般，大概日久没有用过吧？他顺手将枪把望外一扯，他倒愣住了半天。原来并不是手枪，也不是盒子炮，却是不到一尺长的一支锈铁。势利鬼这才恍然大悟，这人是个骗子，再想到刁钻鬼那些做作也全是假的，无非要骗自己死心塌地地相信这人是高等侦探。他越想越对，自己骂自己道："势利鬼呀势利鬼！亏你算长了一双分别富贵贫贱的眼睛，你连个骗子都认不出来，还为什么会长，在世界上混呢！"越想越可恶，愤恨交集，一阵怒气攻心，忽然头昏眼花，站立不住，便倒在地上。

柜上的伙计一看，大半不好，赶忙将他挽起，放在床上，便和势利鬼的老婆商量，送得平民医院里去。势利鬼仿佛听见平民两个字，猛然望上坐起来，骂道："那平民医院的大夫，一点儿官衔没有，又没有替官诊过病，有什么本事？"伙计知道势利鬼的毛病，便道："平民医院，既然不好，送到官医院去怎样?"势利鬼道:"这才是。那里既是官办的，就是一个机关，我一进去，病就先好三分了。"伙计听他如此说，就送他到官医院去。原来官医院，就是平民官医院。因为这平民医院是官立的，所以简称官医院。其实哪里另外有官办的医院呢?

这里人把势利鬼将软床抬着，正要进医院，却好他的令弟风流鬼钱如沙从医院里治花柳病出来。伙计看见，一把抓住，便喊道:"二爷，快不要回去，掌柜的病得很厉害，你在医院里，陪他一会儿吧。"风流鬼道:"胡说，朋友约我在姑娘家里捧场，早就要去，只因为等医生打六零六，迟了两个钟头。我现在去已经失信了，哪里还有照应病人的工夫哩!"风流鬼虽然这样说，但是伙计抓住，死也不放。风流鬼想道:这个样子，竟是不得脱身，如何是好? 又想了一想，计上心来，便对伙计道:"我哥哥的病，不在乎要什么药医，有一个对症药方，病就自然好了。你大概不让我走，我即把他医好，你总可以放我吧。"伙计道:"我并不是干涉二爷行动，不过令兄病了，应该看看，你若是把他医好，自然不要你进医院去。"风流鬼便笑着对势利鬼道:"我们店里，今日来了好多大主顾，现在店里头，还有一个总长、两个次长呢!"势利鬼听了，在软床上便跳了起来。风流鬼一看势利鬼的病早就去了八成，便大喊道:"哥哥，店里来了那么些个阔人，你还不快去，失了这个机会，你就亮着灯笼，也找不出第二次了。"势利鬼揉一揉眼睛，四处一看，然后问道:"兄弟，你刚才说店里来了阔人，我还没有听清楚，你再说一遍。"风流鬼道:"一位总长，两位次长……"势利鬼不等他说完，跳下软床，飞也似的就跑回去了。风流鬼对伙计道:"如何? 知兄莫若弟，他这个病，自然无须乎汤药去治的。"说着，他一人自去干他捧场的事情。

原来今日此会，是冒失鬼在销金窟里一个叫路柳姑娘家里请客。风流鬼是脂粉队里的西楚霸王，冒失鬼就早请了他一角。风流鬼来时，只见冒失鬼和赵大、钱二、张三、李四，早坐了一桌，旁边还有许多五颜六色的妓女。风流鬼一进门，冒失鬼先喊起来，说道:"好哇，你怎么这时才来? 罚酒三杯! 罚酒三杯!"风流鬼一面坐下，一面说道:"该罚，该罚。"说时早挨着一个妓女坐下，他那两腿还不让他闲着，早伸到对面一个妓女身上去。这个妓女啪的一声，打了他头一下。那个啪的一声，又打了他腿一下，打得风流鬼只是哈哈大笑。这时有一位妓女坐在一边，唱了一支曲子，冒失鬼在身上一掏，就赏了拉胡琴的乌师十块钱。风流鬼想道，这家伙今天好大的手面，一给就是十块，不知他在什么地方弄了一笔油水来，回头我倒要问问。谁知冒失鬼就像做了无愁天子一样，推杯换盏，笑看花枝，好不快活，哪里还计及花钱多少。一会儿龟爪子打上手巾把来，冒失鬼在身上一掏，又给了他五块一张的钞票。龟爪子给他请安道谢，他头也不回，只嬉皮笑脸地和那路柳姑娘在一处歪缠。那赵大、钱二、张三、李四，看见主人翁这样的豪放，他们趁此黄金的光阴，乐得开心，也是各找着一个妓女闹得不亦乐乎。风流鬼坐在两个妓女中间，偎红拥翠，其乐甚于画眉，是更不必说。大家混闹了一阵子，不觉酒阑灯灺，漏已三下。毛伙和老妈子将酒席撤去，开上一张账单子来，递给冒失鬼，冒失鬼一看，共是一百二十块钱。他毫不在乎地将单子望袋里一插，依旧和妓女说笑。风流鬼因为他还有他的正务未尽，起身便要走。冒失鬼也不留，反说道："该要走的了，免得墙花仅候着你啦！"风流鬼走出了，冒失鬼一直送到大门口，他见四下无人，然后才说道："大哥，我带的钱不多，今天晚上，不够开销，你暂时借几个钱给我。"风流鬼道："差多少呢？"冒失鬼道："什么差多少，一百二十块钱的酒席账全没有啦！"风流鬼道："什么？全没有，我看你今天十块五块的乱给，以为你身上必定有大批现款，原来却是空空如也呀！"冒失鬼道："我身上虽没有钱，我猜你身上一定是有钱的，所以大胆地玩。"风流鬼道："你既问我借钱，何以不早说？"冒失鬼道："你反正在一处吃酒，忙什么呢？"风流鬼道："我又不是你的账房，你却这样十拿九稳的，猜我一定会借得出。我身上有钱，当然可以移挪，但是我今天身上一文没带，如何是好呢？"冒失鬼不住地抓耳挠腮，又反着手隔着裤子抓抓屁股，十分着急，说着："人家账单子已经开了来了，我若是不给钱怎样好意思？"风流鬼笑道："不给钱，恐怕人家不让你走哩，岂但不好意思而已哉！"冒失鬼听了这话，越发急得了不得，举起两只手，只在他头上乱抓。想了一想，对风流鬼连作几个揖，说道："这时候要求别个，也万来不及，总望老哥积个德，救我一命。"风流鬼在歌舞场中用钱，本来就不计较的，而今见冒失鬼说得这样可怜，只得答应借一百二十块钱给他。可是钱在银行里，要到明日上午十点钟以后才可以拿去。冒失鬼道："明天拿来，我今晚怎样走得了吗？那不要多一笔开销吗？我那深仁厚泽的大哥，你若是能再借八十元给我，我就可以在此过一夜，等你明日来给我赎身了。"风流鬼见他要借二百元，显然贪得无厌，便很不高兴。冒失鬼发急，跳脚道："老哥，你怕我不还吗？我现在也没有相当的抵押品，如何是好？这几天家母病得实在厉害，棺材、寿衣之类都预备好了，共值八百多元。要不然，我就把这些东西，抵押在老哥名下，借短期款二百元。"风流鬼怫然不乐道："我一番好意，正想替你设法，你将棺材、寿衣丧气的东西押给我，分明是咒我啦！这是什么道理？你这人真不够朋友，岂有此理，岂有此理！"冒失鬼知道话又说错了，连忙赔罪道："大哥，对你不住，我是无心话，要不然，我从新说一句，把我的老婆押给你，好不好？"风流鬼听见他这样说，禁不住笑了，只得答应着把钱送来。这天晚上，风流鬼自去乐他的，到了次日，果然在银行里支出款子二百元，给冒失鬼赎身子。他做了这一种快活事，不由得欢天喜地，雇了一乘干净的人力车，走回家去。

车子上四盏水月电灯，一齐亮起来，他在车上大唱《女起解》，走到半路上，忽然有一个人喝道："风流鬼，你太没有规矩，而且人家拉着你，汗如雨下，你坐在上面唱戏，也太不讲人道。"风流鬼一看，原来是装腔鬼贾道学，便拱拱手道："贾兄，对不住！"那装腔鬼穿着葛布长衫，外套芝麻纱四方大马褂，一排五个黄铜扣子，头上戴着青纱瓜皮小帽，安了一个大红顶子，鼻子上架了一副圆玳瑁厚边眼镜，手上拿着一柄一尺八寸长的白纸扇，一步挪不了三寸，一摇一摆地在路边下走。那时，那白纸扇打开半边，对着风流鬼招了几下，说道："你下来，我有话和你说。"风流鬼因知他和势利鬼最要好，受了势利鬼所托，有监督本人财政之权，若不敷衍他，恐怕他在哥哥势利鬼那里放野火，只得停住车子，走了下来。装腔鬼板着面孔，低着头，把眼镜朝下，那凶狠狠的目光，却从眼镜上面射了出来，盯住风流鬼的面上。然后抬起头来，把扇子摇了几摇，又咳嗽两声，吐了一口唾沫，这才收了扇子，指着风流鬼道："你现在简直流连忘返，为诸侯忧了。"风流鬼笑道："你又调查出什么事来了？又搬出古圣贤来骂人。"装腔鬼把白纸扇在胸面前摇了两摇，正色说道："还要调查吗？我看你的举止行动，我就知道你没有干好事。老弟，这花街柳巷，岂是我们文明人所应到的地方，花钱多少，那不去管他。古人说，万恶淫为首，你只一到那些地方去，就大损阴德。何况你不分昼夜，老在里面闹，这是一件多大罪恶的事。我们虽不必'非礼勿言，非礼勿行'，但是父母的遗体，却不可如此去糟蹋。"风流鬼知道他一开话匣子就不可收拾，连忙说道："老哥言之极是，我现在因为有点儿事，不能和你详谈。今天晚上，准备府上去候教。"说毕，一拱手上车，将脚铃一阵乱踏，车夫拉着车子，就跑起走了。走了一箭之远，回过头去一看，只见装腔鬼摆着四方马褂，在马路旁慢慢地走，心里想道：也不知道他父母喝了多少醋养出这么一个醋坛子，幸亏我跑得快，不然，还不知道受他的训，要站到什么时候呢！咳，这种人要多生几个，天地灵秀之气，那就要闭塞尽了。

一路想着，兀自好笑。一会儿到了家，又设法地腾挪了些钱出来，都藏在身上。到了晚上，自己又到销金窟来取乐。他心里正盘算怎样拿出钱来，出其不意地招窑姐儿一乐。自己便只低着头走，也是他脚走顺了，一脚便踏进窑子门，恰好有一个人匆匆忙忙，从里面出来，不偏不歪，撞了一个满怀。风流鬼正想骂那人几句，抬头一看，不是别人，正是装腔鬼。风流鬼一把将他抓住，说道："哎呀，原来是老大哥，好极，好极，我这里面有两个熟人，我们一路去坐坐。"装腔鬼在往日，人家要和他动手动足，他一定就要正颜厉色，骂你几句。如今到了这玩笑场中来，就不许你背诗云子曰，只得笑道："我哪里还有这一番豪兴，和你们少年在一块儿胡闹。我到这儿来，是寻朋友的。"风流鬼道："巧啦，我也是寻朋友的，我这个朋友，戴着圆框大眼镜，穿了四方大马褂……"装腔鬼羞得脸通红，笑道："你别骂我了，我真不是为了逛来的。"风流鬼道:"谁与你是逛来着哩?本来人生在世,要了解一切社会的人情,非亲自去调查不可。我听说你要作一篇劝世新篇,大概你是来调查乐户情形来了,对也不对?"装腔鬼伸出一只巴掌,横着白纸扇在巴掌上一拍,啪的一声响,然后将头摇了几下,接上口说道:"对呀,我正是为调查乐户情形来了。"风流鬼道:"你老哥既然要调查情形,不能一见就走啊。来,我们一路进去坐坐。"说着,牵了装腔鬼的手就望里走。

装腔鬼虽然想不进去,但是他两只腿已不知不觉地跟着人家走。走进院子,只见有个妓女,野马也似的跑了过来,将装腔鬼大衫袖一把揪住,说道:"你刚才说,怕碰见熟人,匆匆地要走,如今你又同熟人一路进来,这是什么道理?我却要问问。"装腔鬼道:"得了,不要胡说乱道的。"风流鬼听了,目视装腔鬼而笑,说道:"这就是贵相知吗?"装腔鬼红着脸道:"谈不到相知,数面之交而已。"说时,那妓女早把装腔鬼拖进屋去,风流鬼笑嘻嘻地在后面跟着。一走到屋子里去,装腔鬼就变了样子了,四方大马褂脱去,大圆框眼镜也把它取下,再把那件长衫脱去,里面却是华丝葛的小褂裤,顿时变了一个小滑头。那妓女和装腔鬼纠缠在一处,打是打,闹是闹,揪成一团,简直不容风流鬼插嘴说一句话。他心里想道:我说他是个道学先生,原来他冶游本事,还在我以上,我真小看了人啦。围了许久,风流鬼忍不住了,拂袖而去。

装腔鬼一想:他走了不打紧,设若他将我的秘密老老实实地宣布出来,那可不得了。赶快套上四方马褂,戴上圆框大眼镜,就追了出去。风流鬼见他追来,知道他的用意,心想:我被这家伙欺压够了,且吓他一吓,就头也不回,一直望大街上走。装腔鬼在小胡同里,还可以跑几步,一到了大街上,体面所关,只得比着衫袖,按着拍子,手摆一下,脚走一步,追了半天,也没有将风流鬼追上。所幸有一家人家,走出一个女子来望街,风流鬼站在街心看得呆了,来了一条狗,将他大腿咬了一口,咬得鲜血直淋,他一点儿不知,还在那里站着,简直像埋的电线杆子一样,一点儿不动。装腔鬼这才斯文一脉,慢慢地走上前去,将他赶上。装腔鬼拍了风流鬼一下,说道:"老弟,你怎样了?"谁知风

231

流鬼看着这女子长得实在好看，他实行色授魂与的那一句话，他的灵魂已经出窍，早飞到那女子身边去了。这里站在街中心，只剩了他一只躯壳，一点儿知觉也没有，别说装腔鬼拍他一下，就是用刀扎他几刀，他也一点儿不知道。装腔鬼一看他浑身冰冷，直挺挺地站着，嚷道："不好，风流鬼掉了魂了。"那女子这时买完了花线，已经进去了，风流鬼的魂沾在她的衣裳角上，也就进去了。

装腔鬼见风流鬼老是沉迷不醒，心想：莫不是我拍他一下把他吓死了。这可怎么好呢？这时他记起书摊子上买来的那本催眠术讲义，却有将睡觉的人叫醒的法子。他便照着那讲义办法，施行手术，用一个手指头，对着风流鬼脸上，乱图乱点。他又怕专用西法，还有些靠不住，就用中西合参的法子，把易经乾元亨利贞起，一直念了下去，口里乱念，手里乱画，闹个不歇。谁知那风流鬼的魂魄，被那女子身上的香气，紧紧将他吸住。装腔鬼这种法子，哪里叫得他魂回来？装腔鬼一看，这事有些不妙，不要惹个杀人犯的嫌疑，心想：三十六招，走为上招，还是赶快走的好。他丢了风流鬼的躯壳，就自己走自己的。

这个时候，钟馗的兵已进村多日，正在四处清乡，找鬼来杀，意在为一劳永逸之计。这天钟馗轻衣减从，只带一名护兵，各骑着一匹马，在街上闲逛，一眼看见装腔鬼一摇三摆地在路上走，一阵一阵的腥风，从他身上出来，心里很是奇怪。钟馗便一声不言语，和护兵使了眼色，松着缰绳，让那马跟在装腔鬼后面走。只见那装腔鬼从容不迫地走着，把白纸扇打开，走一步扇一下，越发显得郑重。钟馗看了他半天，实在没有什么破绽，他一路之上，遇着妇女，必定老早地让着，站在一边，人家要是碰了他一下，他还和颜悦色地叫别人走路要留心。钟馗心想：这人倒不像个坏人，只是他身上的腥味却是闻得很清楚，而且他虽然让开妇女走路，那眼光却总要打大框眼镜底下射出去，偷看那妇人一两眼。于是钟馗私下猜想，恐怕这是一个外君子而内小人的人，倒要看他一个究竟，因此越发跟了下去。走了半天，还只走半条街，走到一个黑漆小窄门边，他就站定了，在那里敲门，一会儿走出了个男孩子，说道："原来是先生，请里面坐。"装腔鬼道："你父亲在家吗？"小孩子道："我妈在家，爸爸不在家。"装腔鬼道："你姐姐呢?"小孩子道："我姐姐在后门口望街呢。"装腔鬼道："你父亲不在家，男女授受不亲，我不进去。你告诉你的姐姐，作文我已改好了一半，过几天交给你的父亲。她虽是我的学生，究竟年纪大了，不能不讲点内外之分。"说着，咳嗽了一阵，绕着屋子，走进小胡同去了。

钟馗藏在树后面，看了一个清楚，想道:到底是个君子也。但不知他绕着墙，走进一条小胡同，又到什么地方去了，我还要看看，便叫护兵牵着马在树下等着，自己一人跟了去。那装腔鬼转过这条小胡同，就到了一个小侧门边下，那门虚掩着半边，并未关上，装腔鬼一声不言语，便推着门进去了。钟馗一见，好生疑惑，将身耸在空中望下一看，只见那后院子里，是一片青草地，有一个十几岁女孩子在一棵桑树下站着徘徊，若有所思。装腔鬼轻轻地走了过去，走到那女子背后，一把就将女子搂着，在她脸子上乱嗅乱吻。那女子笑道："心哥，别胡闹，人来了。"说时，她回头一望，见是装腔鬼，羞得满脸通红，挣扎着就要跑。装腔鬼哀恳说道："浪花，我爱你不是一天了，你别忙，我有两句话要和你说。"那女孩子把脸一变道："先生，我不看你往日师生之谊，对不住，我就要动手了。"那装腔鬼见她变了脸，双膝往地下一跪，把两手扯着那女孩子的衣服，说道："你怎样这狠的心，你要是不理我，我这条命就没有希望了。"说毕，俯伏在地，两只手抱着那女孩子一只腿，鼻子嗅着她的鞋尖，号啕大哭，如丧考妣一般。那女孩子看见他这样一哭，心里却软下半截来，半天不能作声。装腔鬼道："天在头上，我是真心真意和你求好，没有一点儿假意。"他正缠得难解难分，那女孩子的女仆，一只手提着马桶，一只手拿着马刷，正走了出来。她一见自己的小姐被装腔鬼扯住，不由得无明火高三千丈，跑了过来，举起马刷，对装腔鬼劈头劈脑乱打。不知装腔鬼如何脱身逃走，下回自有交代。

233

第六回

甄造业甘做守财奴

却说那女仆眼见自家小姐被这装腔鬼扯住，便举起马刷，对装腔鬼劈头劈脑乱打，那女孩子早一溜烟地走了。装腔鬼两只手捧着脑袋，口里直喊饶命。那女仆道："怪不得我听见人说，常有教员和女学生的事，像你的这种鬼脸，还要无礼，何况别人呢？"那装腔鬼被打不过，两手抱着头，爬起来就跑。走出那侧门、穿出小胡同，上了大街，依旧比着四方马褂摆衫袖，走他的四方步。钟馗站在云端里，一样一样都看在眼睛里，便一跃站在那街心挡住他的去路，那装腔鬼见钟馗那副形容，身挂宝剑，却有点儿害怕。但是咳嗽了两声，装作没事似的，依旧走了过去。钟馗把剑一拦，说道："那穿四方马褂的慢走。"装腔鬼停住脚步，一只手取下眼镜，一只手举起大衫袖，将眼睛擦了一擦，然后再把眼镜戴上，对钟馗望了一望，说道："你是什么人？拦住我的路。"钟馗道："我姓钟，名馗，专门捉鬼为业，你是干什么的？"装腔鬼一听那是钟馗，心里先慌了，但表面上却不肯怕他，哈哈大笑道："漫说你专门捉鬼，你就是专门捉仙，和我什么相干？你若问我干什么的，告诉你，你可别吓倒。我是流民大学的校长、独脚村自治会的会长、温故知新著作社的社员，是智识阶级的领袖人物、名流里面的巨子，难道你不知道？"钟馗笑道："你倒会吹，刚才你在哪里来？不是挨了一顿马刷吗？"

钟馗向树荫里一招手，就叫那护兵过来，将装腔鬼捆上。装腔鬼道："你们好大胆，敢缚大学校校长票吗？"钟馗一想：现在大学校长很多，他虽胡闹，也许真是一个三等名流，我若把他杀了，人家岂不说我是忌才。钟馗正在这里犹豫，装腔鬼越发大声疾呼起来，嚷道："你们都来看啦，钟馗要杀名流啦！"这时街上的人，就围了一大群，有人就说："原来是势利鬼的盟兄装腔鬼，我们别管他。"说着，一窝蜂似的散了。钟馗道："你原来正是一只鬼，不能饶你。"便叫护兵押着，带回行辕，照治鬼条例所办。那护兵押着装腔鬼，一路之上，闻着他身上的腥味，实在受不了。到了行辕，他就告诉钟馗说："这人身上有暗疾，早结果他的好，免得传染。"钟馗便叫军医一查，原来生了一身杨梅疮。钟馗道："这种人一刀给他杀了，便宜了他，给我扔在茅坑里浸他一辈子。"钟馗手下的司法官奉了命令，如法炮制。可笑那装腔鬼摆了一生臭架子，结果就在大粪里面送终了。

钟馗因为人说装腔鬼是势利鬼的盟兄，一定另外还有个势利鬼，便分派十个密探，四处查访。密探调查回来，告诉钟馗，这势利鬼就是此地商会的会长。钟馗道："这势利鬼就是此地商会的会长，这还了得，我向来把他当好人，原来他是下贱的东西，你们给我拿来。"密探奉了钟馗的命令，一会儿将势利鬼抓来，请钟馗开鬼事裁判。那势利鬼见钟馗要办他，在家里临走的时候，已经安排妙计了。当他到行辕来的时候，后面有人抬着一百二十坛陈酒，一个屠夫赶着三十多只羊，一齐送到钟馗行辕来，算是势利鬼劳军的。他到了行辕里，就直挺挺地跪在地下，一点儿也不移，见人就磕头。这行辕原是商会会址改的，势利鬼在商会里住的时候，曾经养了一条狗，名叫熊儿。这条狗，现在还在这里养着，他看见旧主人，未免走上前来，摇摇尾巴。势利鬼跪在地下，对狗拱拱手道："熊先生好哇！"那狗不会说话，只扭着他的头，摇着他的尾巴。势利鬼道："在阔人部下做走狗，人家想都想不到。你捡了一个阔人的走狗做还不愿意吗？"那狗听见势利鬼的话，依旧摇着尾巴。势利鬼道："熊先生，你是饱人不知饿人饥，我要有你这样的地位，死也甘心了。"他说话时，执法官已经开庭，就叫人把他带上堂去问。

势利鬼这时战战兢兢，真是如临深渊，如履薄冰，就跪着一路上磕头进去。他见了执法官，就放声大哭。执法官道："你哭什么？"势利鬼道："从前我父亲责罚我的时候，我是先哭的，如今大人审起来，就好比父亲责我罚我，见了大人，就如见了我的父亲一般，所以禁不住哭了。"那执法官一听他的话，心想：这人还是一个孝子，何以帝君要办

235

他，我就不解了。随便问了他几句，就吩咐兵士将他带出庭去，不必难为他。说毕，退庭。势利鬼见执法官待他很好，心里十分满足，退庭的时候，便不跪着，就站着走出来。那执法官见势利鬼为人很谦和，便对钟馗禀明，说道："这人不应列于鬼类。"这时，势利鬼羔羊美酒已经送到了，钟馗以为一回两回的都是总商会筹款，如今商会长又送一副厚礼来，怎样可办人家？也就答应执法官之请，将势利鬼放了。

这势利鬼释放回家，非常得意，路上正碰着狠心鬼，他理也不理。狠心鬼知道势利鬼的毛病，便拱拱手问哪里来，势利鬼把鼻子一哼，昂着头说道："老实告诉你，我吃官司回来了。我这不是平常衙门的官司，乃是驱魔帝君司令部里，真是踏一踏他的地，你的身价要增十倍。你瞧我这两个膝盖，跪着沾了那里的土，还带黄金色呢！"狠心鬼见他这样一阵狂吹，有点儿不服气，便故意不和他说话，冷笑了一声。势利鬼道："你笑些什么？"狠心鬼道："你既然以吃官司为荣，我还把这话告诉人做什么，反正你有面子得了，何必问我。"势利鬼见他这样说，知道这里面大有文章，便一定地要他说出道理来。狠心鬼笑道："你这样问我，我就照直告诉你了。可是你听了，别后悔呀！"势利鬼道："你若说出缘故来，我并不后悔。"狠心鬼道："你猜钟馗还是天上封的驱魔帝君吗？"势利鬼道："他又不曾辞职，也不曾失败，怎样会不是驱魔帝君？"狠心鬼冷笑道："你还做梦呢！现在天上改了共和国，所有公侯伯子男的爵号，早已完全推翻。帝之一字，更说不到。多少上八洞神仙，从前坐在家里，有得吃有得喝，如今到了晚上，只好上街去拉车，弄几个钱好白天吃饭。这钟馗不过是旧式的进士，既没有出过洋，也没有大学毕业文凭，那样浅薄资格的帝君，还留得住吗？"势利鬼一想，很有道理，便道："照你这样说，他这个帝君，早是免职的了。"狠心鬼道："不但免职，而且他在外假借剿鬼的名义，乱敲竹杠，弄得天怒人怨。天上的吴大总统得了这个消息，下了一道命令，派员查办他，大概一两天内查办的人也就要到了。"势利鬼一听钟馗免职，立时就变了心肠，便发狠道："你此话若是真的，我必定亲手杀了这个恶魔，才去我心头之恨！但不知这话，你从哪里听来的？"狠心鬼道："难道

236

你还有些疑心吗？"势利鬼道："不是疑心你，现在外面谣言很多，恐怕你听了外面的谣言，当作真有这事了。"狠心鬼道："我老实告诉你，我先也是因钟馗赶来，逃出了风沙村。也是我机会好，碰见关上吴大总统手下一个马夫，和我拜了把子，又带我到天上去玩了一趟。我在天上看《谈天报》上的新闻，看见吴大总统命令，才知道查办钟馗的事。"势利鬼听了这话，且不问钟馗的事，先把狠心鬼周身打量了一番，然后恭恭敬敬奉了一个揖，说道："恭喜你老哥，巴结上了这一个好盟兄弟，真是幸福了。阁下刚才所说，一定丝毫不假，可恶的钟馗，免了职的人，还敢欺侮我钱会长，我定不依他。"说着，便一拱手而别，他走回家去，便秘密通知风沙村的人，约定本夜，驱逐钟馗出村，本人愿打头阵。

鬼窝里的人知道势利鬼要打人，总是落井下石，没有不胜的，如今他愿去打钟馗，一定是钟馗失败了。所以接了他的传单，不约而同地都响应了他。到了夜深，大家排着队伍，就向钟馗行辕而来。势利鬼骑着观风马，舞着两脸刀，耀武扬威，一马当先，带领着几百人，往前直跑。钟馗方面的密探，飞也似的，跑回去报告。钟馗听了，勃然大怒，将桌子一拍道："此人岂有此理，今日上午，还在我这里劳军，怎样到了晚上就来造反？"便问密探道："你打听得他为什么有这样大的胆呢？"密探道："听他们鬼窝里的人纷纷传说，帝君已经免职，所以他们不怕了。"钟馗笑道："好一群势利眼的畜生，原来认为我免职了，就算你不知道将在外君命有所不受的一句话，难道有兵在手里，永不免职的常识也没有吗？"含冤在一边，微微一笑，钟馗道："你笑什么？"含冤道："此人只需智取，何必力擒。若用我这条计，管保擒他入帐，不费吹灰之力。"钟馗道："你且说，有什么法子？你说出来，我们大家讨论讨论。"含冤笑嘻嘻的，便如此如此、这般这般地说了出来。钟馗摸着胡子，将头偏着想了一想，说道："倒也使得！就怕这些鬼头鬼脑的东西，不容易瞒他。"含冤道："这条妙计若对别人用，也许一个大钱不值，如对势利鬼用，真是百发百中。"钟馗道："既然如此，很好，我先出马，就由你去办。"负屈这时也在旁边，他因是一个武人，听了这话，大大不以为然，说道："这样一个世态炎凉的鬼，我们不正正当当去斩了他，却用这样的诡计前去收服，未免有损我们天兵的威信。"含冤道："你却不知，一物有一物治，那是固定不移的。他这时一鼓作气，乘势而来，锐气正盛，你若以力服他，非常费事。若用我这条计，不费一矢，可以擒他，岂不大妙！"负屈哪里肯听，带了几百个校刀手，便迎出阵去。

走不到一个钟头，双方军队相遇，势利鬼手执两脸刀，一马当先，便迎住负屈。他见不是钟馗，其势愈振，便问道："来的什么人？敢前来送死。"负屈道："我乃钟馗帝君驾下，负屈将军便是。"势利鬼哈哈大笑道："我说是谁，原来是犯官底下一个帮凶，你岂是我的对手？"负屈道："就算我是犯官一流，难道比流氓还不如吗？"势利鬼听他如此说，以为钟馗丢官是实，胆子更加大一倍。他便提着喉咙大声喝道："你这种官阶不高的小卒，不是你会长对手，你去换钟馗来吧。"负屈哈哈大笑道："我骂你这狗眼看人低的贱骨头，世界上只听见说打仗比武艺，没有听见说过打仗比官职的。就算我是一个一品大百姓，你又奈我何？"势利鬼听见他说出一品两个字，有些着慌，等听到下面大百姓三个字，胆子就大了，不问三七二十一，举刀便向负屈砍来。负屈眼里，以为这种人，绝没有本领，并不放在心上。谁知一交手，人家可是很有几斤力量，刚刚是棋逢敌手。战了半天，势利鬼见不能取胜，便用起他绝技出来，将一双势利鬼眼极力一翻，变成一双白眼，惨淡怕人。负屈打了一个寒噤，几乎跌下马来。这边阴兵手快，就把他抢回来。那边势利鬼的兵见风就上，往这边紧逼，钟馗的兵阵脚站立不住，便退下几里，打了一个小小的败仗。含冤埋怨负屈道："我说的话，你不信，现在如何？"钟馗道："不必埋怨，我们赶快迎敌。要不然，这势利鬼的兵是越得意越闹的，不知何时了呢！"说着，骑了马，提着宝剑，就来到阵前，看那势利鬼耀武扬威，正在得意，便大喝一声道："好大胆的势利鬼，敢违抗你驱魔帝君吗？"势利鬼在马上哈哈大笑道："你不要骗我，我久已打听明白，你那官职，早已罢免了，你也真是胆大！"说毕，拿着两刀，便杀了过来。钟馗只得迎住，你来我往，便交起手来。钟馗虽然本事高强，无如今天势利鬼当他免了职，存了一个不怕他的心事，越战越有精神，钟馗竟战他不过。战得久了，钟馗反不是他的对手，只有招架之功，没有回手之力。

正在难解难分的时候，天上一片彩云，远远而来，一片笙歌藏在红云里面，隐约可听。不一会儿工夫，彩云飞近战场，一阵天花乱坠，云外香飘，就有人在云端里喊道："奉吴大总统令，晋授钟馗为鬼威上将军、五大部洲巡阅使。"势利鬼一听见钟馗升上了官，执着两脸刀的那只手早软了一半，几乎提不起刀来迎敌，卖了一个破绽，便落荒而逃。钟馗哈哈大笑，用剑指着势利鬼道："谅你也走不了哪里去。我不追你，你只管慢慢地逃走。"势利鬼哪里敢回答一句话，率着鬼窝里几百人，逃到一座山上，方才歇住。停了一口气，再一看那云里天使，已经走下云端，到钟馗阵前。远远地望去，只见左一包，右一包，陆陆续续递给钟馗收下。看那纸包上射出金光灿灿，这一定是天上解了大批饷款来了。这时仔细一想：钟馗免职之话，绝是谣言，本人上了一个当，不该把钟馗当个平民，去和他打仗。复又想了一想，刚才他有官品，不自承认，我和他打仗，罪不在赦。我的父亲从前在县衙门得了一个录事差缺，前后几十里，响锣三天，报告大众。我听旁人的话，说钟馗的官丢了，钟馗应该否认的。现在他不但不更正，反有承认的意思，那么我就和他开战，也非过分啦！不过他实在没丢官，而且反加官，我们应该去送些份子。势利鬼这样想时，那钟馗的兵已经追了上来，鬼窝里的众鬼要逃命已来不及，便举起白旗投降。势利鬼携了两脸刀，俯伏在地，不敢仰视。

钟馗这边的阴兵，走了过去将势利鬼绳索捆了，解到钟馗马前。钟馗道："势利鬼你服了我吗？"势利鬼道："佩服了！"钟馗道："你佩服我哪一件？"势利鬼道："佩服你君主时代可以做官，共和时代，又可以做官。"钟馗道："好一个势利的东西，事到如今，脾气还没有改过。他这个毛病，我知道是由眼睛里面发展出来的。"便吩咐一声："把他眼珠挖去，携给狗吃。"从此以后，势利鬼就终其身在黑暗中了。至于那些鬼窝里的鬼，诛之不胜诛，只得放他们回去，再待调查。

这里面有一个小领袖，正是冒失鬼，他逃过了这关，也就一溜烟地回去。走过一条小街，却碰见风流鬼，正在街心直立不动，叫他几声，他一点儿也不理会。过去一看，只见他两只眼睛，盯住在一个门内，浑身冰冷，只剩了心口上一点儿温气。冒失鬼也知道风流鬼常有这种魂不守舍的毛病，这一定是门内有一个美女，把他的魂魄勾去了。心想：既有美女，我何不进去看看？想到这里，马上就上前敲门。敲了一会儿，里面有一个人问是谁，冒失鬼道："是我。"里面那人道："你是谁？"冒失鬼道："我就是我，我的声音你还不知道？"那人道："街上那个死了一半的死尸，还在那里站着吗？"冒失鬼道："没有看见，快开门，我有要紧的事，和你们商量，不要开迟了门，耽误了大事。"那里面的人听他如此说，只得把门开了。冒失鬼见他将门打开，不问三七二十一，就往里一跑。那里面的人要拦阻他，也拦阻不及。冒失鬼在前走，他反而在后面追。

冒失鬼一直往里闯，走进一间小小的书房，只见一个老头儿戴着一副玳瑁边老花眼镜，眼镜断了一只脚，却用蓝棉线代替着，缚在耳朵上，另外一只耳朵，却夹一支笔。他低着头，正在那里打算盘。面前桌子上，星罗棋布，却堆着许多洋钱。他忽然将桌子一拍，站了起来。冒失鬼以为他要动手来打架，谁知他依旧不动，口里骂道："这小三儿混账东西，越发胆大了，今天和我卖东西，却落了三个铜钱，长此以往，那就不可救药了。"他说话时，抬头一看，只见冒失鬼站在屋里。这一惊非同小可，脸都吓黄了，赶紧把桌上的洋钱，如风卷残云一般，往柜子里、抽屉里，一阵乱塞。冒失鬼此来，原不为钱，他见那人将钱乱收，以为有什么缘故，怕他忙不过来，也跑了过去，伸手抓了两卷洋钱包，想和他放进柜里去。那人见他如此，魂都吓掉了，走过来将钱夺下，啪啪就打了冒失鬼两个巴掌，顿着脚道："滚，滚，你给我滚开些！"冒失鬼说道："哒，你这人太无道理，我看见你收钱，怕你一个人来不及，特意来为你帮忙，你为什么动手打起我来？"那人道："我忙我的，我收我的钱，和你什么相干，要你多事动手。你是哪里来的毛贼，敢走进我的账房。"一句未说完，在抽屉里取出手枪，正对着冒失

240

鬼的脸，说道："你不许动，你若是动一动，擦一擦痒，就仔细你的性命。"

正在这为难之际，忽然走进来一个妇人，约莫有三十岁光景。她头上的头发用烙铁烫过，蓬起来有一尺多长，脑袋顶上，挽了一个蝴蝶样子的头，插了一朵碗口来大的绸花，脸上脖子上，那粉擦得雪也似的白，一走起路来，两边肩膀上囤集不少的白色细末，原来是脸上落下的粉。她身上穿一件漏明纱褂子，大概只有一尺二三寸长，胸前实行乳的解放，高高隆起两块，裙子从腰的上部系着，足有三尺长。裙子下面和袖口上，都安上极小的电灯，珍珠般的，一粒一粒地钉着。不来尚可，一来了那一阵香气，把满屋子熏得像香洞一般。这时不但拿着手枪的那个人，一脸笑容，就是冒失鬼也忘记人家手枪正对着脸上瞄准，不住地用鼻子嗅着屋里的空气，闻那香味，正是巴黎香水的味儿，有追魂夺魄之功。冒失鬼嗅了这种香味，眉开眼笑，禁不住两只手上上下下地抓耳朵。那妇人也不管他有人没人，走到那人面前去，紧紧地贴在他身边，放出娇滴滴声音说道："大人我要看跳舞去，你让我去吧!"那人道："那些地方，男女混杂，去做什么!"妇人道："我不过去看看，我又不跳舞。男女混杂，要什么紧!"说着，眯着眼睛，嫣然一笑道："我那疼人的大人，你让你小可怜儿表看一回吧!"那人笑道："你这小家伙，没有法，我只好陪你去。"妇人拦住道："不，不，别为我误了你的事。我一个人去得了。"那人正色道："你一个去不行，非同去不可。"那妇人却再三地苦求，唧唧哝哝，在那人耳朵边说了许多话。那人初虽不愿意，禁不得她老是撒娇，只得答应了。他们在那里办交涉，忘记了屋子里还有个人。

冒失鬼也看得呆了，忘记在人家屋子里。一直等那妇人走了，两方面都醒过来。那人想起冒失鬼刚才抢钱的事，说道："我老实告诉你，我姓甄，名造业，外号啬吝鬼。只许人家要我的命，不许人家要我的钱。你要来抢我的钱，你真是老虎口里来抢肉，焉能办得了?"冒失鬼哈哈大笑道："你不要笑我老虎口里夺肉，我却要笑你孔夫子面前卖文，我家里有百万之富，谁把你这几个臭钱看在眼里。"啬吝鬼听他说是大

241

财主，早放下三分笑容说道："你既是个大财主，便是个上等人，为什么一点儿礼节不懂，闯到我的账房里来？"冒失鬼道："你知道什么，现在我有好几家银行都没有相当的管理人，因此我便到处去查访，也拣好的请来用，所以我就不等人知道，一直望人家账房里走。若要事先通知，管账房的必然样样预备妥当，我就不能提拔真才了。"冒失鬼这话，就有一百二十分不通。啬吝鬼看在大资本家的脸上，也不能不承认。因此他满口都是称赞，冒失鬼的话，一个字也不敢驳回。冒失鬼见啬吝鬼很是相信他，越发得意，他说："伦敦、巴黎、华盛顿、东京、孟买、维也纳，这些地方，他的银行都有分行，总行开在上海，有楼房三十六层，上下用升降梯，那是不必说。可有一层与人不同，就是一层楼，有一座专用的升降梯，你在此一层看来，我的资本有多大，也就可以不问自知了。"啬吝鬼听到他是这大一个财主，不能不巴结他，便提高嗓子，来呀来呀地叫了两句。随着声音，便有一个小秃子走了进来，那秃子问道："什么事？"啬吝鬼道："贵客来了，还不泡茶拿烟卷来吗？"秃子便答应着去了。啬吝鬼又喊道："转来，告诉你，这客不是平常的客，要特别优待。平常一碗只放三片茶叶，今天可得加倍带转弯，一共要放七片半茶叶。那烟卷一剪作两截得了，不要剪作四截。"那秃子鼻子哼了一阵，低着头去了。冒失鬼道："阁下用的听差，未免太小了，而且秃得也不好看，我介绍一个给你好不好？"啬吝鬼道："这个小东西，本来是个老家人的儿子，没有法子，只好用他。"说时，那秃子又来了，口里喊道："叔叔，那茶叶瓶里，一共只有五片茶叶，你要放七片半茶叶，还差两片半啦。"冒失鬼道："啊呀，原来这是侄少爷，失敬了，失敬了！"啬吝鬼臊得满脸通红，一句话也说不出来。

正在这个时候，又是一阵奇香触人鼻端，随着香味，就是一阵高跟鞋子的声响，由远而近。一会儿工夫，只见一个十七八岁的姑娘，穿着一套水红色的西装，两只雪白的胳膊、一大截雪白的背脊，全露在外头，那胸面前二乳高起，细细的腰儿，高底鞋子，一走一扭，真是很好看的曲线美。那姑娘容貌的好看，一时不但说不出来，那双水汪汪的眼睛，就实在爱人。她手上牵着一根细链子，绑着一条小哈巴狗。这姑娘走上前来，将眼睛对冒失鬼一溜，拿出一条手巾来，握着嘴嘻嘻地笑，把头一扭，对啬吝鬼道："哟，爷呀，这是谁呀？"啬吝鬼还没说话，那姑娘牵着的小哈巴狗，抬起头来，对着冒失鬼汪汪地乱叫。啬吝鬼道："咦，这小哈巴狗，不是死了吗？怎么又复活了？"那姑娘道："我也不知道缘故，昨天晚上，我就梦见这个狗变成了一个青年，穿着一身绿绸子衣服，只在房里跑来跑去。他说他姓钱，外号叫风流书生。我醒过来，怪害怕的，不敢要它了。爷呀，你拿去喂它吧。"冒失鬼一听，心想道：不好，一定是风流鬼魂，跑进他家来，不得还原，附到死狗上去了，我要不救他，他就一辈子要做美人的小狗了。想毕，也把小狗抱了过来就跑，走到街中心风流鬼面前，将狗往地下一扳，把狗扳死，连忙拍着风流鬼的背道："钱大哥醒来，钱大哥醒来。"那风流鬼长叹了一口气，果然活转过来了。冒失鬼以为救了风流鬼一条性命，他一定要感谢自己的。谁知风流鬼把眼睛一翻，和冒失鬼大发脾气，说道："我跟着那位美人，左右不离，是几生修得到的事情，你为什么把我拉扯出？"冒失鬼道："你这话，太岂有此理了！我看见你的魂魄已经附到狗身上去了，好好的一位青年，变了畜生，实在不忍，所以把你救了回来，难道这还是坏意吗？"风流鬼道："我愿意，你管得着吗？只要挨着美人，变臭虫变虱，我都愿意，何况还是一条狗呢！"说毕，抓住冒失鬼，就要拼命。冒失鬼道："不要紧，不要紧，我认得那美人的父亲，我去代你做个媒，叫她嫁给你得了。"风流鬼听了这话，一声不作，趴在地下，就给冒失鬼磕了几个头，流着泪道："我的好大哥，你要把这事弄成，你就是我重生父母，我一辈子忘不了你。"冒失鬼道："不算什么，你跟我来。"便带着风流鬼，一直往啬吝鬼的家里来。

那位美人正和啬吝鬼磨牙，要他给二十块钱，好到太阴公司里去买化妆品。这句话，直气得啬吝鬼两眼翻白。但是啬吝鬼有一样好处，总是准许的，人家知道他的脾气，所以他尽管发怒，要求的还是继续在那儿要求。这时，冒失鬼带着风流鬼闯了进来，啬吝鬼倒吓了一跳。冒失鬼指着啬吝鬼对风流鬼道："这是你岳丈大人，过来见礼。"风流鬼以为冒失鬼带他进来，也不过是当面提亲，虽然冒失一点儿，在现在这进

243

化的时代，也算不了一个什么事。不料一走进来，冒失鬼就叫他拜丈人，自己也糊里糊涂，不知道这门规是几时定好的。冒失鬼又对啬吝鬼道："这是阁下娇婿。"回头又对那姑娘道："我给你介绍这一个黑斯班得，你看人品如何？好不好？"那姑娘倒不在乎，抿着嘴嘻嘻地笑。这时，只有啬吝鬼愣住了，要发作冒失鬼几句吧，人家又是大资本家；不说吧，世上没有贸然承认人家做姑爷的道理。冒失鬼看见，就对啬吝鬼道："这好的姑爷，你还要推辞吗？他哥哥是钱如命，此地总商会会长，谁人不知道。就是我这大哥进进出出，都是带着支票的，流水也似的用，真不在乎。你要有事，请这位娇客帮忙，没有办不到的。"啬吝鬼最恨人会用钱，听说风流鬼能花钱，就不愿意。倒是那女儿大方，便对风流鬼道："密斯脱钱，你愿意和我结婚吗？"风流鬼满脸堆下笑来说道："很愿为你一世的忠仆。还没有请问密斯台甫？"那姑娘道："我叫甄夏柳女士，游戏场公园里的老游客，都认识我的，你不知道吗？你和我结婚，有三个条件告诉你：一、给我买一万块钱的钻石首饰；二、我一切事情，都要行动自由，譬方说，我就几天不回来，你不能过问；三、你可得做驻外公使，或者弄个博士。"风流鬼一口答应道："办得到，办得到！"甄夏柳道："那么，条件都合了，咱们就结婚。"说毕，拉着风流鬼就走了。

啬吝鬼看见风流鬼三言两语，就把他的女儿带走了，气得不得了，便要和冒失鬼拼命。冒失鬼道："且慢，我问你，你还是爱钱呢，还是爱人呢？"啬吝鬼道："自然是爱钱。"冒失鬼道："那就好说了，你的女儿爱花钱，嫁了人，少了一笔费用，你不是划得来吗？"啬吝鬼一想：这话也很有道理，怒气早就去了八成。冒失鬼道："我看你，倒是一个好人。我现在有一座地窖，里面放着了一百万银子，要请一个人去看守，你愿意去吗？"啬吝鬼听见说有这些个钱，眉毛眼睛，笑着都活动起来，说道："我愿意去，我愿意去。"冒失鬼道："你愿意去，那就好极了。可是看守银窖的，要履行三个条件，一、不许吃饭。"啬吝鬼道："行，望着银子就饱了。第二件呢？"冒失鬼道："第二件不许穿衣服。"啬吝鬼道："望着银子，身上就暖和了。第三件呢？"冒失鬼道："第三件，怕你不能承认，就是一辈子伴着银子，不许动一步。"啬吝鬼道："越发地行，我看见银子，你催我走，还不走呢！"冒失鬼道："既然如此，你算承认了，就是我的用人了。我看守银窖的，人名叫守财奴，得先和我主人磕三个响头，才能就职。"啬吝鬼道："只要有银子见面，奴才又何妨，要磕头就磕头。"说毕，趴在地下，便磕将起来。这一磕头不打紧，只听见天震地裂地响起来。要知所为何事，请看下回分解。

第七回

三文钱破头打官司

话说啬吝鬼在那里磕头，磕得震天震地地响，把冒失鬼倒吓了一跳，连忙将啬吝鬼扶起，说道："如此重礼，实在不敢当！"啬吝鬼道："对东家大人，理应如此。请问东家大人，我哪一天就职？"冒失鬼一想，这可有些不妥，我是随话答话，哪里来的银窖叫他去看守？想了一想，有了，便在身上掏出一张名片，交给啬吝鬼道："你拿着这张名片，到剿鬼军总司令部去会我，我可发一营兵，送你前去。"啬吝鬼一看那名片，不由得吓倒了。原来上面有许多头衔，第一行到九行止，是大总统府超等顾问，特派调查上天下地经济事宜，二十年前九头狮子印大经略使，全世界人心改革会会长，宇宙银行联合总会会长……啬吝鬼吓得浑身抖颤，也看不清了，只有许多官衔下面，毛式贵三个大字，却还看得出来，便道："东家大人要我到剿鬼总司令部去，我是当然要遵命的。不过小人的诨号，被人加上了一个鬼字，若要到剿鬼司令部去，引起他们的误会，岂不是送羊而入虎口？"冒失鬼摇头道："不要紧不要紧，专管剿鬼的钟馗，是我的把弟，你到那里去拜访我，他焉敢说出一个不字。"啬吝鬼听见冒失鬼这样说，却也信以为实，就由着冒失鬼大模大样地走了。

到了次日，啬吝鬼一想，今天既然去就职，仗着冒失鬼东家的大面子，剿鬼司令部不能不招待，家里这餐饭可不必吃，省下来吧。想定了，就叫他的侄儿小秃子进来，说道："我不吃饭了，你吩咐家中，少预备三个烧饼吧。我不在家，你们吃饭的时候，要记得把鸡呼进屋子里来，若是有芝麻粒烧饼屑掉下地去，也好让鸡捡着吃。"小秃子一一地都答应了，啬吝鬼这才向剿鬼军司令部来。到了司令部门口，啬吝鬼就对一个卫兵道："劳你驾，我是来拜访毛式贵大人的。"卫兵道："我们这里没有这样一个大人，你不要弄错了。"嗇吝鬼道："那焉能错，他亲自叫我来的。他说，一说就知道了，他给了一张名片在我这里，现在还留着呢。"说着，就把那名片递给卫兵。那卫兵一看名片，有许多破绽，就对嗇吝鬼浑身打量一番，知道他一定受骗了，说道："你别动，我和你去打听打听。"嗇吝鬼看见卫兵那番样子，也有些害怕，打算要走。无如这个时候，恰好他们卫兵营里吃饭，只见一挑一挑的馒头，又白又胖，热气腾腾地挑了进去。后面又是一大挑酱牛肉，都是一尺见方一块，实在爱人，看着口水直流下来，哪里舍得走。卫兵拿着名片进去，禀明了钟馗。钟馗大怒，说道："居然有人借我的名义，在外招摇，他简直胆大包天，无事不可做了。"便吩咐将那拿名片的人，带了进来，亲自审问。

嗇吝鬼听说要带他进去，便问道："谁请我进去？是我东家大人吗？"那卫兵道："是我们钟帝君，哪个是你东家，我不知道。"说时，又见一挑馒头，热气腾腾地从面前进去。那卫兵道："快点儿走，我要吃饭去了。"嗇吝鬼听说快些去吃饭，巴不得一声，便道："好好，就走。"那卫兵便走在前面，转弯抹角，一直走到法堂上来。嗇吝鬼低头走着，心里想道：那又大又白的馒头，不要说有酱牛肉做菜，就是没菜，我白口也要一顿吃它二三十个。唯有一层，那么大一块的酱牛肉，还是两只手捧着吃呢，还是一只手拿牛肉，一只手拿着馒头，咬一口牛肉，吃一个馒头呢？心里这样想时，两只手不由得捏拳头，左右开弓，往嘴里一塞，又咬住牙齿，把手作势一扯，说道："若要是块牛肉筋，非得这样对付不行。"说到这里，只听有人喝道："你胡说些什么！"嗇吝鬼抬头一看，只见上面摆着公案，坐了一位虬须环眼的人，十分威严，旁边都站着带盒子炮的兵士。这一下，直吓得他魂不附体，几乎要倒在地上。那上面坐的钟馗看见他这个样子，认为他是个乡下佬儿，没有见过官，倒也不愿十分威吓他，便很和蔼地问道："我问你，这毛式贵是谁，他是干什么事的？"嗇吝鬼知道这人是钟馗，哪里还敢隐瞒一句，便一五一十地说了。钟馗大笑道："世界上哪有这样的冒失鬼？"这冒失鬼三个字，方才脱口，他忽然省悟，说道："是了，这毛式贵正是冒失鬼三字的谐音。这人大概就是冒失鬼了。"贵字与鬼字，现在本来可以通用，你不见北京的小胡同鬼门关，现在改了贵门关吗？便对啬吝鬼道："你是被人骗了，没有什么大罪。不过他说给你的位置，你就连到老虎门里来还不怕，未免见钱眼开。本帝君为惩戒贪利之徒起见，要罚你三百块钱，修筑道路。"啬吝鬼听了这句话，把心肝五脏都吓炸了，一时昏迷过去，便倒在地上。钟馗道："咦，这人怎样这般胆小？一句话就吓死过去了。来，在庶务处支三十块钱，买一口棺材，给他收殓起来。"啬吝鬼听说有三十块钱，他的魂魄就从半空中回到了躯壳。他啪的一下，跳了起来，对钟馗道："蒙你老人家的大恩，买棺材给我收殓起来，我十分感激。但是不必买棺材，你把钱交给我就是了。因为棺材是废物，人死了，反正埋在土里，何必另外多买一个木盒子呢！"钟馗道："我以为你死了，所以买棺材给你收尸。现在你活了，岂能饶你。"啬吝鬼道："你老人家，真不会打算盘，打死一个犯人，要买棺材葬他，办人没办，自己先蚀了几十块钱，那是何必。以我之见，你老人家可别办我。徒刑吧，你得给饭我吃；死刑吧，得收殓我，那是图着什么呢？"钟馗听见他这样说，却也禁不住笑了，说道："你呢，本来没什么大罪，但是这冒失鬼你既然认识，倒好做个眼线。你且先走，我随后叫密探和军士跟着你，要是把冒失鬼捉来了，准你将功折罪。"啬吝鬼听说放他，并没有再提到罚钱的事，心里宽了一半，便道："帝君能放我出去做眼线，我情愿将冒失鬼捉来，以赎前过。"钟馗听他如此说，便放他走了，派了几个小兵，跟在他后面。

啬吝鬼急于出走，未免走得太快，一个小兵赶了上来，将他头发抓住，说道："且慢走！"这一抓，却抓下啬吝鬼三根头发。啬吝鬼见他拔去三根头发，跳脚说道："你叫我走，就叫我走，为什么拔我的头发？你得赔偿我的损失。"小兵道："你这人真是一毛不拔。我问你拔去三根头发，损失在哪里？"啬吝鬼摇头道："好大的话，拔了我三根头发，还问损失在哪里？你这真是不知稼穑艰难的人，将来非饿死不可。"阴兵笑道："你既不舍得三根头发，我留着也没用，你拿了回去吧。"说着，递给啬吝鬼。啬吝鬼道："我倒不在乎这三根头发。不过古人说，身体发肤，受之父母，不可毁伤，孝之始也。我为保守先人遗体，不能不保存头发。"说着，把三根头发郑郑重重放在袋里，一个人自言自语地道："长的头发，可编假发，短的头发，也卖好几毛钱一斤。人只要会打算盘，哪里弄不到钱？"那阴兵跟在后面，说道："你少念倒头经了，这冒失鬼家在什么地方，你快些引我去吧。"啬吝鬼道："我只知道他是你们帝君的把子，我哪知道他家在哪里呢？"阴兵笑道："这个样子，大海里捞针，哪里去找？我倒想出一个法子，他不是叫冒失鬼吗？一定是很冒失的。我们现在可登一段广告，说是捡着了一张一百二十块钱的汇票，不知是谁的，望失了汇票的人，到你家里来认取。这样一来，我包冒失鬼一定要上钩。"啬吝鬼摇着头道："使不得，使不得，人没有捉到，却先去一笔广告费。况且捡的一百二十块钱，是我运气好，碰上的，为什么要还人家？"阴兵道："捡一百二十元，原是一句话，骗他来领罢了。"啬吝鬼道："捡到一百二十元这句话就很好听，我很愿意留着自己听，开开心，为什么要叫人家来领去呢？"阴兵道："咳，领去原是一句话，哪里受什么损失。"啬吝鬼道："一句话，我也不能白说出去，你爱办你就去办，我可不管。"

阴兵遇到这种人，也是没法，只得由他回去，便自回司令部，做了一个报告，把自己和啬吝鬼的话都呈了上去。钟馗看见这个呈子，不觉笑了起来，说道："用这法子捉冒失鬼，却也是条妙计，他果然名副其实，就是司令部，他未尝不敢来。"便照着小兵的话，果然在外面贴起广告来。广告上面把一百二十块钱，改了一千二百元，啬吝鬼家里招领，改了司令部招领。这广告贴出的时候，正好冒失鬼在妓院里打牌输了好几百块钱，当时不得脱身，便对妓院里的人道："这种小赌，打一辈子，也输赢不了一根牛毛。你们可替我叫一辆汽车来，叫两个王八蛋跟我去搬一车子钞票来大赌一番。"这时妓院里的毛伙，为借他一千八百，老是不在乎，正拧着手巾，向他讨好。不料他当面就叫王八蛋，倒觉得这人真不给面子。冒失鬼接过手巾，擦了一把脸，便伸手到袋里去摸摸，意思想给点赏钱。不料摸了半天，一个大钱也没有，一眼看见赌钱的桌上，有一张钞票在桌角上，顺手拿了过来，便给毛伙道："乌龟爪子，这个赏给你。"桌上的人见他拿过一张钞票去，便有人喊道："喂，那是我的钱。"冒失鬼道："你愿意不愿意打倒帝国主义？"便道："那自然是赞成的。"冒失鬼道："好哟，咱们是同志了，咱们的唯一的目的是阶级平等。我拿你一张钞票，你还问吗？在桌上的人我知道都是爱国志士，当不滥用斯言。咱们都打倒帝国主义，咱们……"那些人都叫起来道："得了，得了，我们不爱国的，别恭维人。再一恭维，咱们的产都给你们共了。"冒失鬼道："你们这些人，都是顽固派，我不和你们说话，免得失了我的人格。"说罢，扯起腿就走了。赌钱的人，在后面跟着道："不行，你欠我们的钱，还了我们，才让你走。"冒失鬼道："几百块钱，算什么。你们派两个人跟我去拿钱去。"大家听见他如此说，信以为实，便派了两个人，跟着冒失鬼去拿钱。

冒失鬼一路走着，一路想着：这一时家里实在没有钱，他如跟我去拿钱，我把什么给他？管他呢，到家再说吧！便依旧大摇大摆地走着，走到一个穿堂门边，正想在这里溜之乎也，一眼看见一大群人围在墙边，在那里看招领告示。冒失鬼望人丛里一挤，从头到尾一看，原来是招领洋钱，心想：这也是我活该要发财，凭空掉下一笔洋钱来。便走出人丛来，对那跟着的两个人说道："你瞧见告示没有？这一笔一千二百元的款子，正是我失落的。不料在我把弟钟馗那里。来，你们跟我到剿鬼司令部拿钱去。"这两人听见他说和钟馗有交情，早吓了一跳。再听到说到司令部去讨赌博债，越发不敢了，一声不言语，低着头，便走了。冒失鬼笑道："你们这样的饭桶，知道什么，天下哪里有钱会自己走来的，总靠人四方八处去弄呀！碰得着，搂上搂，碰不着，狗舔油，那要什么紧。古人道得好：求官不到秀才在。我一生就靠这一句话吃饭。汉高祖做泗上亭长，一直做到大汉天子，还不是撞木钟撞来的吗？要是安守本分，他也不过做一辈子的泗上亭长罢了。哥伦布冒失，找出了一大片新大陆，冒失之义之大已哉！"一个人说着，便一直向钟馗司令部来。到了卫队室，便喊道："拿钱来。"卫兵问道："你向谁要钱？"冒失鬼道："你们不是贴出布告去，招领一千二百块钱吗？那个钱是我

250

失落的，我来领钱来了。"卫队一看他这人，早猜了个七分，便道："请你等一等，我进去通报帝君。"冒失鬼道："通报什么，拿钱来得了。"说着，一直便望里走。卫兵哪里拦得住，便喊了一声。那些卫队里的卫兵听见喊声，以为捉到刺客，便围了上来。

冒失鬼一想，他们是骗我来入陷阱的，先下手为强，可不能上他的当。主意拿定，抽出身上带的小匕首，就扎倒两人，顿时人声大哗。钟馗一听声音，知有缘故，提了宝剑，便赶了出来。冒失鬼见钟馗来了，便跳了起来，迎将上去。钟馗见他来势凶猛，往旁边一让，他就直窜进一堵墙里面去。这墙虽不十分坚固，虽是砖砌成的，冒失鬼这一窜进去，既不能通过墙那边去，但是身子又嵌进去了。周身上下，和墙并拢得丝毫无缝，好像烧饼上黏的芝麻，整个儿在上面了。钟馗笑道："这种人是不怕碰钉子的，这一回却大碰而特碰，回不转来了。随他去吧，留在这里以为不怕碰钉子者鉴。"含冤负屈见无意中又剪除了一只鬼，也是很替钟馗欢喜。钟馗道："这个冒失鬼，自来送死，省却我们不少的手续。不过我看那冒失鬼的同党，一定不在少数，我们应当出去搜罗搜罗，以为先发制人之计。"含冤对此，十分赞成，说道："我愿带领一队阴兵，先出去巡防。"钟馗见他自告奋勇，便给了他一小队兵，听他调遣。

含冤得了命令，带着一小队兵，便在乡村市镇四处巡行。这一天走到铜臭巷口，因为天气十分热，便吩咐兵士在柳荫下歇凉，自己便顺着脚步，走进巷去。只见有一个甜瓜担子歇在一个大门口，有一个老头儿，手上拿着一个咬了一口的甜瓜，在和卖瓜人大开辩论。那卖瓜的说道："这瓜你咬了一口，你退还我，我怎样卖给别人？"老头儿道："你这瓜不甜，我不能白花钱，买不甜的瓜吃。"卖瓜的道："我知道你是有名的啬吝鬼，舍不得拿钱买瓜吃，所以借着尝瓜为名，咬这么一口。我听到许多人说，在你门口卖东西的，没有谁卖成功。不是给你试试，就是给你尝尝，总是一吵下场，你可得些小便宜。今天你遇见大爷，绝不能够上你那一回当。你退还我也罢，不退还我也罢，你非给我一只瓜的钱不可！"啬吝鬼道："凡是东西，若不试他一试，怎么知道东西的好歹？试了不好，自当退还。"卖瓜的道："你不给钱也行，你说东西都应该试他一试，那里有一堆狗屎你也去试他一试，我这一担瓜就都让给你试一试，不要你一个钱。"啬吝鬼一想，一担瓜，怕不有二三百个，若是一只瓜咬一口，我真要尽量地吃一回瓜了。狗屎虽臭，若只把指头沾一点儿试试，也不会毒死的。沾一点儿狗屎，拼他一担子瓜吃，岂不是很上算的事？主意想定，便对卖瓜的人道："刚才你这话，是真的吗？"卖瓜的人道："是真的，你尝一尝狗屎，我的瓜就送给你吃。"啬吝鬼听见这话，四围一望，只见那土墙犄角边，倒了许多秽土，秽土的上面，有一堆狗屎，大头苍蝇，成球地在上面打架。啬吝鬼走上前去，把手指头往狗屎里一插，闭着眼睛，将指头送进口内舐了几舐，然后说道："我已经试过一试了，快些把甜瓜挑过来，让我来尝。"卖瓜的人不料他想占点便宜，连狗屎也试起来，才知人情不可以常理测，挑了担子就跑。啬吝鬼哪里肯依，跑着追了上去，将担子揪住，说道："你骗了我吃狗屎，不给瓜我试一试，那却不行！"卖瓜的自知理屈，没有法子，只得把担子歇了下来，让啬吝鬼去试。啬吝鬼其初当真是一只瓜咬一口，咬到第三只头上，他情不自禁了，却把一只瓜吃了下去，卖瓜的见他吃了一只瓜，不由得怒气往上升，拦住啬吝鬼道："我说了只许一只瓜咬一口，而今你吃了一个，前约已经推翻，作为无效。我这瓜是三文钱一只，你应当给我三文钱。"啬吝鬼道："不错，是我不该吃你一只瓜，我现在与你讲和。这一只瓜算我吃了，这一担瓜，我就不再咬，这种办法，你虽然去了一只瓜，可以保全你一担瓜，不算破坏，你很划得来。"卖瓜的道："不行，我宁可让你咬坏我一担瓜，不让你白吃一个。"啬吝鬼一想，这人脾气这样固执，真没有经济学问。但是自己吃饭都是有粒数的，怎样好无故开一笔吃瓜的临时经费，便道："凭你怎样说，我这三文钱，是不能拿出来的。"卖瓜的道："你不给钱也行，你挺着脑袋，让我打三下，我就休手。"啬吝鬼就道："我又不是你的儿子，又不是你的孙子，为什么受你打？"卖瓜的道："不让我打，你就给钱。这两条道路随便你拣一条。"啬吝鬼一想：打三下，不过痛三阵子。若是给他三文钱，我受的损失，可不在小处。便道："要打我，我本是不答应的。但是打一下算一文的钱，那倒可以，三文钱就请你打三下。可别过重，打重了，一下算两下。"卖瓜的见啬吝鬼情愿挨打，不愿给钱，心想：这人生成贱骨头，要钱不怕死，我就拼了三文钱不要，也要打你一个半死。便道："好好，就是那样办。"说毕举起手来，对着啬吝鬼脑袋，就是一拳。卖瓜的心痛那三文钱，这拳是有代价的，岂有轻放。因之一拳下去，就把啬吝鬼的头打了一个窟窿，血花四溅。啬吝鬼两手捧着脑袋，往下一蹲，喊道："啊呀，痛死我也！一文钱一下，你不能打得这样重，现在你要赔偿我的损失。"说着，抓住卖瓜的。卖瓜的说："你要赔偿损失吗？我还有两下没打啦。"说着，二人便揪了起来，都喊道："我们打官司去。"含冤在一边看个清楚，说道："你们不必去打官司，我正在找你们这一流的人物呢！"说着，将他带在身上的警笛一吹，那在柳荫下休息的阴兵，就都跑了上来，将他二人捉住，一索子缚了，便带到司令部去。

钟馗听说，将啬吝鬼捉到，吩咐不必用军法从事，把他发配到不生草木的铜山上去守山。那个时候，没吃没喝没穿，等他去当守财奴的好处吧。卖瓜的自然照法办理。啬吝鬼听说发配铜山，很是欢喜，以为正投其所好，到后来他在铜山上住了三天，满眼都是铜，连一滴水也莫想进咽喉，就活活地饿死在铜山了。这里钟馗兵不用刃，斩了一个鬼，又解决了一桩案件，却是捉鬼以来第一桩可喜的事。这个时候，风沙村里的鬼被钟馗相逼不过，都陆陆续续迁走了，所剩下来的，也不过一些小鬼头儿，到底做不了什么大事。钟馗并不把他们放在心上，就留了一小队兵，驻扎风沙村，自己统率三路大兵，依旧浩浩荡荡，望前杀去。欲知后事如何，请看下回分解。

第八回

一碗饭流血逐亲爹

却说钟馗自己统率三路大兵，浩浩荡荡往前杀来，行程半日，来到分头路口，一边是往人道村去的，一边是往鬼道村去的，分路的中间，大书吃、喝、穿、嫖、赌、烟，六个大字，顺着六个字走去，便是往鬼道村的大路。钟馗便发一命令，令所有的军队都向鬼道村的大路开拔，走不多远，只见树林子顶上，闪出一方军字大黑旗，在半空中飘飘荡荡。钟馗便对含冤道："你看这面旗子，在这种荒野的地方扯了出来，一定是疑兵之计，不过他是无兵，阻止我们前进呢，或者是有兵，故意做出疑兵之计来勾引我们呢？虚虚实实这却不容易猜，我们不得不考量一番。"含冤道："我听说现在有一种黑党，专门干黑事，势力很大，现在扯出这面大黑旗，大概这里面，藏有黑党，我们尤其是要防备。"一语未了，只听见轰隆隆一声响，树上又是一阵黑烟，从树林喷了出来。钟馗说："不好！敌人在放炮。"大家便都伏在地上，黑烟喷了一阵，炮声响了一阵，却不见炮弹打过来。钟馗好生疑惑，大家正要爬起来，走上前去，只伸了半截腰，那边烟又喷出来，声又响起来，大家疑惑先是一响空炮，是诱敌的，这回该是真炮了，又都伏在地下。谁知过了一会儿，这边仍是不见炮弹。钟馗便下令大家埋伏不动，免中敌人的诡计。一面却派一队侦探，到树林附近，去侦探敌人的行动。那边却不问这边的进退，仍是陆陆续续地响，陆陆续续地放出黑烟。钟馗心里好生疑惑，心想：对面敌人，这是一招什么计，我真猜不透，心里十分纳闷。

过了一会儿，只见那些侦探兵一个一个笑着回来，报告一点儿事也没有，请钟馗赶快进兵。钟馗便问那边有多少敌人，侦探兵道："一共是三个人。"钟馗道:"胡说!我们来这些人,他有多大本领,却只三个人,敢来抵抗。"侦探兵道:"实在只有三个人,帝君不信,杀到前面,自然知道。"钟馗听了这话,将信将疑,便指挥他的军队,慢慢地向树林前进。那树林里的响声和那阵黑烟依旧如前,陆续发出不断。钟馗心里也不免疑起来,想道:这疑兵之计,只可蒙混一时,怎么老是用这种手腕,这不是怪事吗?这时他的军队已慢慢逼近树林,树林里却依旧是没有什么举动。约莫隔着五六丈远,只见一个人身穿五爪金龙袍,头戴平天冠,骑着一头五色斑斓的怪兽,缓缓走出树林。他手执一柄长剑,指着钟馗的军队说道:"你们是哪里来的贼兵?敢犯孤家的国境。我这树林里埋伏了十万神兵,你要再进一步,叫你一个也不得生回。"说着,将剑对地下一指,地下立时冒出一股青烟。又说道:"你看看我宝剑的厉害如何,我这剑是新发明的死烟剑,由死光里面,变化出来的,只要将剑对你们一指,管叫你们这些军队,一齐都要烧死。你要是看风头赶快收兵回去,上帝有好生之德,我也不逼你们,你自己划算划算。"钟馗在马上一看,真有点儿害怕。看他那个样子,也不知道他是哪路天神,便下令三军中止进行,自己走出阵来,躬身施礼道:"前面是哪位天神?钟馗有礼了。"那人说道:"瞎了你的狗眼,连我三十三天,新齐天大圣,你都不认识,你还算个什么进士。"钟馗一想,怪呀,我也做官整千年了,没有听见说什么新齐天大圣,看这人说话,有点儿言过其实,不可被他骗了。一面在阵上依旧和他假意周旋,一面派负屈带着二百干练兵士,绕一个大滩,抄过树林,看他内容如何。

负屈奉了命令,挑了二百兵士,带了快利的兵器,就暗暗地抄到树林后面。恰好这树林后面,有一个土坡,土坡上满长茅草,这二百兵士,趴在草里头,对树林却看个清清楚楚。只见树林有一个三十来岁穿破衣服的妇人,坐在那里吃生白薯,旁边放着一面直径一丈多的大鼓,鼓旁边一截树桩,大概就是鼓锤子,另外还有一束燃着的香、一大盘药末。一会儿工夫,只见树林外面,走进一个破衣服小孩儿来,他对妇人道:"妈妈,爹爹叫咱们放炮。"说毕,那小孩儿抓了一把药末,往香上一撒,顿时发出一道带火光的青烟。那妇人却举起树桩,对着大鼓,拼命地敲了一下。负屈看见，不觉笑了起来，对兵士道："这两种东西，就是我们先前说的空炮了。"他们在这里说笑，声音过大一点儿，却被那树林的妇人小孩听见了。那妇人立刻站了起来，大声喝道："是哪里毛贼？敢闯进御花园，惊动娘娘的御驾。一刻皇上回来，叫你们死无立锥之地。"负屈也不理她，带领兵士，由草里跳了出来，一阵风似的就把妇人小孩给绑了起来。

树林外面那位新齐天大圣，骑着五色怪兽，正在那里大骂钟馗说："兵凶战危，圣人不得已而用之，你这样犯上作乱，那还了得，依我的脾气，必定将我手上这柄死烟剑，将你们斩尽杀绝。现在且饶你们的性命，将军中所有的粮草银钱，一齐给我留下，我就让你回去。"钟馗总然不怕他，也不敢完全拒绝，便说："粮草是军中必需的东西，留不下来。银钱一项，倒可贡献一点儿。"新齐天大圣道："我并不是要你们的钱，因为把你们的粮草银钱全拿了，你们就不能不实行归农了。单说给钱的话，本来办不到，但是……你能给多少呢？"钟馗说："一万如何？"新齐天大圣哈哈大笑道："这还不够我演一晚堂会的戏价呢！快闭你的鸟嘴吧！"钟馗道："那就是三万吧！"新齐天大圣摇头道："不行，不行！"钟馗道："五万吧！再要，命也就拿不出来了。"新齐天大圣道："你既然没有，我也不逼你，限你五分钟内，将款凑齐，否则莫谓寡人之剑不利。"钟馗知道他那剑能出火光的，正在为难，只见自己的兵缚着一个穷妇人、一个穷小孩，在树林里簇拥了出来，负屈便放开嗓子喊道："这人的话，全是吹牛，帝君不要信他。现在把他的儿子和老婆都捉到了。"那新齐天大圣，不料钟馗的兵，从他后面直穿出来，把他的黑幕完全揭破，自己不能再来大话吓人，跳下五色斑斓兽，丢下死烟剑，扯腿便跑了。

钟馗的兵一拥而上，将树林占据，新齐天大圣的兽和剑便一齐成了钟馗的战利品。钟馗因为他那柄剑，一指就有火光，赶忙拿过来试试，谁知一指没光，二指没烟，一点儿也不灵，钟馗想道：这剑必定还有个用法，大概不懂诀窍，是不会出烟的。只得权且放下，再叫人把那只五色斑斓兽，牵了过来，看看是只什么东西。不一会儿工夫，只见阴兵手里拿着一卷五彩纸，牵着一条跛腿牛来。钟馗便问这是什么意思，阴兵指着那牛道："这条牛，就是五色斑斓兽。"复又指那卷五彩纸道："这就是他在阵前的那一身盔甲，现在全掉了下来。"钟馗说道："这样看来，那柄剑，一定也是假的。"便吩咐将那妇人和小孩全绑了上来，那妇人小孩全无惧色，大开着步子，走过来。钟馗道："你们是哪处的小丑？敢冒称新齐天大圣，你照实地说。"那妇人道："娘娘一时失算，被你所擒，这也是劫数。至于我的来历，你不配问！说出来恐怕站不住呢！"钟馗笑道："我已站稳了，你且说出来。"那小孩道："妈呀，你理他呢，一会儿工夫，父亲必然带十万天兵，来剿灭这些贼寇，这一会子，让他去说，和他辩什么。"钟馗正要发言，只见探子慌忙报道："远处尘土大起，金鼓齐鸣，好像有大部军队来了。"钟馗听说，便吩咐将那妇人小孩押在后营，自己便拿着宝剑，骑上马，带领兵士，迎了上去。

约有一箭之地，只见前面黑旗飘展，尘土飞起几丈高，果然是有大批敌兵到了。那新齐天大圣骑着一匹马，带了十几名兵士，一马当先，早冲上前来。这回他却没拿什么五金兵器，手上举着一面似旗非旗的东西，直往前挺。钟馗按剑大喝道："你是何方妖魔？胆敢冒充新齐天大圣，来捋你帝君的虎须。"新齐天大圣哈哈大笑道："寡人一时失算，被你将我皇后太子抢去，你就以为我的本事不如你吗？你大圣法力无边，要你的命易如反掌，死在头上，你还不知死呢！"说着，把他手上所执那似旗非旗、似幡非幡的东西，对钟馗一扬道："你知道我这是一件什么法宝？"钟馗一看，见那东西五色斑斓，光彩夺目，似乎是一种很有价值的东西，笑说道："这算什么法宝，绸缎顾绣之类的东西罢了。"新齐天大圣见他认作绸缎顾绣，正中其计，拿着那东西对风招展一阵，只见越变越大，顿时有几丈长。这时他又取出一个大海螺，放在嘴上，用力地吹，其声呜呜然，高唱入云，那手上的东西，好像和这海螺有连带关系，海螺越响，它越望上长。到了最后，新齐天大圣用那最后五分钟的力量，将海螺吹得震天震地地响，那面怪旗，放出万道霞光，钟馗和他的军队，耳鸣目眩，都站立不住，倒在地下。新齐天大圣带着十几个人，杀进阵来，如入无人之境，就把那妇人和小孩救出去了。

钟馗醒过来，查那人马，一点儿也没有损失，就是抢去两个俘虏，钟馗想道："这新齐天大圣，当真有点儿法术，倒不可轻视他，不过看他夫人和他令郎的样子，又不像神仙，究竟是神是鬼，我倒没有法子判断了。"便下令所有军队暂在此地屯驻一两天，一面打电报到天上去，查问有没有这样 个齐天大圣。屯去两天，天上大总统，果然有电复到，那电说：

万急，分道口剿鬼军行营钟馗帝君鉴：

　　来电悉。查三十三天，并无新齐天大圣其人，兹命顺风耳、千里眼二神调查，据复来前，系十八层地狱逃出之大话鬼，冒名作骗等语。查此种大话鬼，招摇撞骗，无所不为，正应在诛戮之列，仰该帝君，迅饬军队剿办。至其所恃利器，全系假造，譬如死烟剑，乃系废铁，一指而生烟者，盖已预藏人于袍底，指时放硫黄火药等物。其手上所执者，名曰虚幌子，原为纸造，用野火烧之便穿。所吹之物，曰法螺，塞耳不闻，彼亦无能为。且大话鬼，毫无实力，绝不能损人毫发，尽可与之交战，不必惧怯也。奉谕特达，总统府秘书厅印。

钟馗接了电报，恍然大悟。恰好那大话鬼又来讨战，钟馗便率队迎了上去，大话鬼道："钟馗，你是败军之将，还敢前来见阵，你不如趁早收兵为妙，倘若不信，我身后有三十二生的大炮一百尊，把你们轰个粉碎。"钟馗用剑对大话鬼一指道："我骂你这不知死活的大话鬼，在他人面前，可以容你吹法螺，掉虚幌子，你帝君面前，你也弄这种狡猾吗？"大话鬼心里一惊，想道:我这大话鬼的绰号，他怎样会知道？他听了这话，依然面不改色，哈哈大笑道："这是无知识的平民造的谣言，那岂能算事。寡人的兵力如何、道法如何，那都不必去说。就凭我本人一部历史，就可以吓得他们倒退三舍。"钟馗一想：我反正知道他的来历，哪里还怕他自吹，便道："你说你的来头大，我的来头未尝不大。你既要卖弄你的履历，你且说出来，好让阵前将士，大家听听。"大话鬼道："好，我告诉你。混沌未开之前，就有了我，东方的盘古，西方的上帝，都是我的把子。欧洲人说的什么亚当、夏娃，那还是我的晚辈呢。我当时因为很懒，什么事也不问，尽管让上帝去造西方的天地和生物，等到盘古把东方的地盘开辟成功了，要我过来游历，并且和他指正指正，我因在任何方面也是白闲着，就依他所请，走到东方来了。我当时只要多说一句话，说中国没有什么建设之必要，随他去吧。那么，你们这一班人，产生也产生不出来了。今日你们占了我的地盘，还要和我挑战，真是岂有此理！别的不说，你们谁有我这长的寿？就是这一层，也不应该来捋虎须了。"钟馗见他在那里瞎吹，也不理他，看他怎样。

大话鬼见他毫不为动，便取出法螺来，用力地吹。钟馗一见，知道他的本事，便吩咐所带的军队，各人抓一撮黄土起来，塞住耳朵眼，不要问他那本能。大话鬼吹法螺，无非是想把这种声浪，钻进人家耳朵，现在人家的耳朵，全塞起来了，根本上就不听见，你要吹，也无非自吹自听，那有什么用处。他想：你耳朵纵然塞上，眼睛可是睁的。那么我用虚幌子来蒙你不能不吓倒。想毕，便打开虚幌子，对钟馗阵上，直摇过来。钟馗早已埋伏好了许多兵士，各人执着引火之物，等到大话鬼走近了，他们就不问上上下下，左左右右，一齐起火来了。这火碰着就烧，毫不客气。大话鬼的虚幌子，直摇上前，正被围在野火的中间。这种虚有其表一层薄纸糊的幌子，哪里还禁得大火来烧，不到一时三刻，便把它完全烧没了。大话鬼全恃吹法螺，摇虚幌子，而今两桩事都不灵，还哪里硬得起来，扯腿向后就跑。钟馗哪里能放手，便吩咐放野火的兵士，一面放火，一面追了去。

大话鬼见四面都是野火，哪里敢稍停片刻，扯起腿，只是死命地跑，也是他腿长，挣扎几十分钟，居然被他逃出危境去了。他回头一看，野火已远，便一直跑回他借住的破庙里去，他的老婆自由花、他的儿子赤发鬼，便问道："怎么只剩一个人回来？难道又打败了吗？"大话鬼道："败却没败，只和钟馗打一个对手，我带去的那些的人，第一回，本是爱听我的法螺跟了去的，第二回，我因为可以打胜钟馗，不用得要他们帮忙，所以法螺揣在怀里，没有拿出来吹，他们也没来。"自由花道："凭你一个人，怎样是他几千人的对手呢？"大话鬼道："我们人虽是一个，但是我的法螺和我的虚幌子，却是两样活宝，尽可以抵制他们几千人，谁知被人走漏了消息，钟馗得着破我法宝的秘诀，你吹法螺吧，他塞着耳朵不听，你掉虚幌子吧，他并不问解数，放着没规矩的野火，只是乱烧。我的法螺既不能吹，虚幌子又被他烧了，只得退了回来，再商抵制之策。"赤发鬼眼睛一瞪道："你这无用的东西，原来是打败了，我是崭新的新人物，不能拥戴你这时代思潮上落伍的父亲，以后我们居于平等的地位，你不要指挥我，我也不能受你的命令。"大话鬼道："你这孩子，真是小看了你的父亲，西方的人，不是说的有吗！失败乃成功之母。我这小小的失败，正是我大大的成功呀！"赤发鬼道："看你这样子，也不像能成功的人，我们不能跟着你失败。从今天起，我们各人经济独立，谁不管谁。"大话鬼道："你们真是势利眼，我只刚刚打了一个败仗，你们就要内讧，真是岂有此理！"赤发鬼道："家里一切出纳的款项，都归你把持，外面的交际，也是归你一人接洽，这样看起来，你简直是个帝国主义者，我们现在要打倒帝国主义！"大话鬼对自由花道："夫人，你听听你儿子说的话，真是疯了，自己人相貌还没长齐，就要打倒帝国主义，岂不是笑话！就算我是帝国主义者，难道儿子还能杀父亲吗？"自由花道："我们儿子的话，实在不错，你还以为是几年前的时代，可以由你横施压迫吗？我对你种种的行为，早不满意。因为你还有个法螺和一个虚幌子，所以勉强在你部下。现在虚幌子烧了，法螺吹得也不响，你还有什么用？谁来怕你？社会上可爱的男子很多，我爱嫁哪一个就嫁哪一个，你管不着。"大话鬼听见他老婆儿子这一套话，真是气得七窍生烟，说道："我老实告诉你吧，今天有天上大总统来电，给了我一个南天门经略使，我有带十万兵的机会了，你们忍耐等着吧。"赤发鬼道："你这话，我们不爱听，你要我们拥戴你，那也行，你照红毛国津贴学生的办法，现在每个月津贴我们多少钱？"大话鬼道："钱我有的是，我可就打个电报给财神，叫他拨十万给你们零花，好不好？"赤发鬼道："财神的大少爷，他和我拜把子，我还不要呢，谁去拿他的钱使，你若有钱，你马上就拿出来，我们倒不拘多

260

少。要不然，我们就脱离关系。"自由花到底还有些夫妻的感情，便道："也不能依儿子的主张，也不能依丈夫的主张，我现在折中两可，限定十二小时以内，拿出钱来，我们还是依旧合作；若是没有钱，我们就把家庭解散。各干各的，也不必发生什么冲突。"大话鬼道："夫人之话，还有几分道理，我马上雇一架飞机上天去筹款，你们等着吧。"

说毕，大话鬼走出破庙来，心想：他们总没限定数目，我这钱一时到哪里去筹？还是一个问题。算来算去，只有一个风流鬼钱如沙，他是用钱不在乎的，我不免施展本事，到他那里去设一点儿法。主意想定，制造了一种特异的空气，成了一阵旋风，他就借着旋风，打着胡旋，往风流鬼家里来。也是他不走时，偏偏风流鬼不在家，只得无精打采地回来。他在回头的路上，还没走二里路，碰见一个人，劈胸一把，将他衣服抓住，大话鬼一看，不是旁人，是文昌宫里的朱衣神，便大声喝道："哒！你这小小的毛神，敢犯你大圣的圣驾。"朱衣神笑道："你不要在我面前，说这些大话了，你身上这一件龙袍，是在我们宫内文昌帝君神像上偷下来的。当时我们以为是件小事，也没追究，现在你借着这一套衣服，到处招摇撞骗，不知道的，还要说我们帝君和你通气，那还了得！我奉了帝君之命，正要去找你，现在碰到了你，好极了，赶快把衣服脱下来！"大话鬼道："不错，这件袍是你帝君的，只因那天瑶池大会，你帝君没有工夫去赴会，叫我去和他当代表，就送了这一件袍当酬劳品，我为什么要还你。"朱衣神道："不见得有这个事吧？若有这事，帝君哪里还会叫我找你呢？"大话鬼道："怎么没有这个事，我在瑶池带回三个仙桃，还送你帝君一个呢。"朱衣神听了他这些话，说得有凭有据，纵不敢全信，也不敢说完全靠不住，便要他一路去见文昌帝君。大话鬼道："去就去，他是我的老朋友，背后说我罢了，当面还能说我吗！"朱衣神听他果然敢去，以为他的话，或者是真的，也就大大方方，陪着大话鬼一路走。

这大话鬼早有成竹在胸，却只慢慢地走，走到半路上，朱衣神一个不留神，扯腿向后转，他就跑了。他怕朱衣神追赶上前，哪敢停留片刻，一直就跑回破庙去，这时赤发鬼和自由花母子两个正煮着一锅黄米饭，差不多要熟了。大话鬼走到门外，闻见里面那一阵黄米饭香，不由得吞了几阵口水，因为怕他老婆和儿子看出他败走的破绽来，他却摇而摆之，从从容容走进庙去。自由花一见，便问道："筹到了款子没有？"大话鬼道："那还成问题吗！我今天走到半路上，正遇见文昌帝君，驾了飞机，要去赴瑶池大会，他看见我一定拉着我坐他的飞机到王母娘娘那里去拜寿，我再三推辞不掉，没有办法，只得和他一路去。我在瑶池会上，玉液琼浆，实在吃得太腻了，家里有什么素菜淡饭没有？快拿点儿出来我吃了下去，可以调和调和肚子里的油腻。"赤发鬼不等母亲说话，便插嘴道："谁信你这一篇鬼话，家里饭是有，那里要有相当的义务，才可当的，凭你这一阵说，就给你吃吗？"大话鬼道："你这东西，太没有道理，我好歹总是你的老子，怎么你一开口，就是骂我哩！"赤发鬼道："你瞧他这帝国主义者的口吻。"大话鬼道："你这小子，怎么总是说我帝国主义者。"赤发鬼道："你还不是帝国主义者吗？弄来的钱，尽你用，弄来的衣服，尽你穿，你和我们平均分用过吗？老实告诉你，大门外那一条牛，它是弱小民族，你要让它去独立，我已经替你放了，被隔村子的人牵了去了。"大话鬼跳起来道："这还得了，自己家里，不动产都抵押光了，就剩这一条牛，你还白送给人家。"赤发鬼道："我让它去自决，送给了谁？"大话鬼道："你没送，怎样被隔村子的人牵了去？"赤发鬼道："他哪是牵去呢？他是助牛自立呀！再说隔村的人，待我们也不错，送了一斤黄米，给我们煮饭吃。"说时，自由花就捧了两碗出来，大话鬼气不过，抢了一碗过来，望地下一泼，说道："好算盘，吃了人家一碗饭，就送去家里一条牛。"赤发鬼看见他老子泼了一碗饭，大怒之下，拿了他的哭丧棒，对大话鬼脑袋上就是一棒，打得满头是血。赤发鬼骂道："你给我滚！你不滚，我要你的命！"说着，口里喊打倒专制的亲爹，打倒压迫家庭者，对大话鬼直打。大话鬼只得逃跑，大窜出门外求援去了。要知道求到援兵没有，下回交代。

262

第九回

老妈军誓师狗尾洞

却说那大话鬼，被他儿子赤发鬼、夫人自由花逐出门来，无处投奔，十分懊丧。心想：这顷刻之间，哪里叫救兵去？这不是要逼我跳墙吗？啊，有了，那贾道学装腔鬼，曾死于钟馗之手，他的兄弟下流鬼贾斯文，近来和势利鬼、风流鬼他们结了个小团体，有钱有势，很有点儿作为，我不免去游说，试试看，若是游说得他动，我先把家里摆平了，然后再去抵御钟馗。主意想定，看见路上赶脚程的，便对他道："你把驴子拉过来，送我到总统府。"那人果然就把驴子扯过来了，大话鬼骑上驴子，加上一鞭，直奔狗尾洞来找下流鬼。到了门口，翻身下驴，对驴夫道："这就是国府秘书长家里，我特意先来拜访他，你在门外稍微等候。"说毕，大话鬼在怀里捏出一张二尺多长的名片，写着碗来大的名字，便敲着门道："里面有人吗？"半天的工夫，里面走出一个娘儿来，头上梳着翘尾巴抓儿，插着一根一尺多长的银耳挖，只是颤巍巍的，身上穿了一身的蓝布衣服，一股子油腥味，两只脚踏着一双八寸来长、尖头、翘脊梁、破帮子、跋后跟的小鞋，一扭一扭地走了出来，看她那脸上直流黄油，人没有到面前，大葱味和狐骚臭早就直扑过来。那妇人操着京东音，对大话鬼问道："你找谁？"她这一张口，露出乱七八糟的两排黄排牙齿，牙缝里面还有几根绿的小条子，大话鬼当时做了一个恶心，不由得凑出了一首歪诗，那诗是：

> 黄板门牙挂绿葱，昂头一笑口中空。
> 当时吐出如兰气，倖幸何人在下风。

大话鬼心里边在那里作打油诗，一边和那妇人说道："请你进去说，

263

扫威大将军一十六路诛寇军总司令崔法罗求见。"说毕，把那名片递了过去。那妇人道："你先生是找他的吗？他不在家。"大话鬼听那妇人称下流鬼为他，心里一想，这人分明是三河县的老妈，怎样和下流鬼他我相称？便作一个揖道："这位莫非就是嫂子？"那妇人捏着一点儿衫袖角，掩着嘴笑道："是。这就是我们家里。进来坐坐，喝一杯去。"大话鬼一生好高，今天和老妈子攀起交情来，实在有些不愿意。可是自己是来求求救兵的，如若不进去，又失了机会，只得含着笑走了进去。

这下流鬼的房子，是祖上遗传下来的，倒也很是整齐。可是那些雕花涂漆门窗户扇，全糊的是些零碎旧纸，很好的房门，却挂上一挂芦席帘子。走进客厅，一堂红木家伙，七零八落地放着。桌子上、椅子上的尘灰，望去毛茸茸的，两只母鸡站在桌子上，还有一只在那里拉屎。那妇人引大话鬼进了屋内，便请他坐下。大话鬼一看椅子上的鸡屎，左一块，右一块，和着尘土在一处，已经结着壳子，成了屎干，要坐下去，实在嫌脏，不坐下去吧，下流鬼的老婆只是在谦逊着让他坐下。他没有法子，把屁股沾着一点儿椅子沿，就算坐了。但是他的屁股也会作怪，就是一点儿椅子沿上，也不敢十分地挨着，蜻蜓点水一般，欲起又落。那妇人毫不在乎，一屁股便坐在涂满鸡屎的椅子上，一边说话，一边伸手到领子里摸虱子。大话鬼因为是来求人家的，少不得遇事奉承些，所以他看见那妇人捉虱，便笑着说道："贵处这样大的房子，也有这个东西，所以它的外号叫富贵虫，无论怎样的人家，都免不了有的。从前听说皇帝头上有三个御虱呢！"那妇人道："这样东西身上长多了，虽然有些痒痒，但是也不可以一齐把它弄死。人要太干净了，身体要不适意。留着几头虱子在身上，没事的时候捉捉，可以省得抽烟卷；而且身上有虱子咬，小灾小病，也就盖过去了。"大话鬼到处都跑过，身上养虱子，做梦想不到有许多好处，不由得暗暗地称奇，说道："我只知道虱是到处有的，身上生虱，还有这些个好处，我却是头一次听见。"那妇人道："大叔身上若是没有这样东西，可以在我这里分几头去养活着，到了十冬腊月的时候，坐在院子当中，背着太阳捉虱，又暖和，又解闷，又省钱，比别的玩意儿好多着呢！"大话鬼道："我的事情很忙，没有工夫捉虱，谢谢！"

　　说时，只听见外面唱声："左手拿着文明棍，右手拿着大皮包。"一路唱了进来。大话鬼懂得这个声音，正是下流鬼。那下流鬼走到院子里，先笑了起来，说道："今天咱们真走时，不知道哪里来了两个驴子，在我们大门口，大拉其屎，足有一斗，我赶紧用铲子铲了，筐子盛了，倒在咱们地里，至少可以做十几根高粱的肥料。"一边说，一边走进来，看见大话鬼在这里，连忙趴在地下磕了一个头。大话鬼还礼不迭，也不知道他为什么行这样大礼，下流鬼爬了起来，又和大话鬼作了三个揖，问道："大哥一向好！今日前来，必有所谓。"大话鬼道："现在钟馗杀到了分道口，这事你曾听见说吗？"下流鬼道："这个我早知道了，犯不着惦记他，鞑子来坐天下也罢，洋鬼子来坐天下也罢，我这个一品大百姓，反正保存着，管他杀到哪里。他杀到我狗尾洞，我用一张白纸，写着地府顺民，贴在大门口，那不就算了。"大话鬼一见下流鬼一点儿雄心没有，简直预备做亡国奴，这说客怎样说得下去。他想了一想，先有一点儿计策，便道："那钟馗一支人马还值得我们打吗？只要我吹一口气，也把他们卷上半天云去了。可是有一层，他们军营里带着许多军饷，只可以计取，不可以力敌，要不然，他们的军队，自己变叛起来，就把洋钱带起跑了，我们一个也想不着。"下流鬼听说有钱，先有三分笑容，便问道："不知道他们军营里究竟带着多少饷银？"大话鬼道："那可没准，望少处说，只怕也有二三百万。"下流鬼听了，未免垂涎三尺，便对他的老婆道："你也听呆了，大哥老远地来，茶也不泡上一壶。"那妇人听说，也就含着笑烧水去了。

　　下流鬼坐的地方，本离着大话鬼好几丈路，这就搬着椅子，坐在大话鬼身边问道："有这一笔大款，我们怎样弄到手里来才好？"大话鬼道："哪还有别的法子呢！只有和他打仗。"下流鬼道："要说打呢，靠我的本事，恐怕不行。不知大哥有多少实力？"大话鬼道："我的军队，足有十万人。"下流鬼拍手道："那就好了。不说打仗，几十人捉一个，也把钟馗几千兵活捉尽了。"大话鬼道："可是有一层，我那军队都是神兵，只因钟馗预先知道了，打起仗来，他用那污水狗血之类的东西，用唧筒朝这边射来，弄得那些神兵都站在云端里，不肯下来。"下流鬼道："这样说，你连一个兵还没有啦！"大话鬼道："我就没有兵，靠我一个人，也打退钟馗有余。不过咱们交好一场，这一笔款子，不愿独分，要找大家享受，所以来找你。"下流鬼一想，世上有这样好的人，有财不愿独享，却愿意拿出来公分。大话鬼一看下流鬼犹豫不定，先猜透了几分，便道："你或者不相信这话，你不妨打一个无线电到南天门去问问，昨天我还在那里拿出十几万洋钱，捐到红十字会里去呢！"下流鬼道："我这里哪来的无线电台。"大话鬼道："你也太省了，你也是个世家子弟，怎样无线电台家里也不安上一个。我们家里无线电台、无线电话、无线电灯全有。"大话鬼正要往下说，下流鬼道："这都是洋鬼子那边来的，我很不赞成。譬如灯，我们的蜡烛、桐油、菜油，都可以点。从前三文钱买一支蜡烛，可以点一晚上。如今什么电灯，总要好几毛钱点一晚上。虽然说亮些，其实我们只要瞧得见东西就得了，何必要那分外亮。我一谈到了维新，就要头痛。不说别的，天地君亲师，这是千古以来大圣大贤都不推翻的，而今有什么总统，像庄稼人雇长工似的，几年换了一个，居然把五伦之首的皇帝都取消了，这成什么话！他们倒会取名儿，叫什么共和，可是没有皇帝以后，你瞧东也打仗，西也打仗！永久不会和平。"

大话鬼见他这样高兴，心想何不乘机捞他一宝，便叹了一口气道："我们这酆都，非恢复君主，决计好不了的。我是心有余而力不足，若有同志帮我的忙，我一定寻出真命帝主出来，扶保他坐天下。"下流鬼听了这话，趴在地下磕了一个头。大话鬼看见，搀扶他起来，他哪里肯，整整地三拜九叩首，然后站了起来，举起两只手，扶着脑袋，算是加额相庆的意思，说道："今天得遇老哥，是我平生第一知己。纲纪不绝如缕，将来振兴禹汤文武之业，其在我两人乎！"大话鬼道："若是老哥能举义旗，主张复辟，兄弟愿洒一腔忠血，以救苍生。"下流鬼又对天一揖，两只手直举过顶，闭着两只眼睛，出了半天的神，摇着脑袋说道："此社稷人民万千之幸也！"大话鬼一看这副情形，心里想道：只有这着棋，可以动他。便道："老哥这个志向，是决定了的吗？"下流

266

鬼正色道："恶，是何言也！三军可夺帅也，匹夫不可夺志也！"大话鬼道："老哥若愿举大事，兄弟可以指挥那十万神兵，助你一臂之力。"下流鬼道："老哥若是能这样慷慨，还愁什么大事不成？兄弟虽没有多大力量，但是拙荆的同志，不在少处，若是振臂一呼，千人可集。"

　　大话鬼道："啊哟，看你尊夫人那样文弱，却还有那些同志。"他这样说着，心里想道：且激他一激。便道："不过尊夫人那样幽娴贞静的人，她的朋友，也总是一路的人，怎样能冲锋打仗？"下流鬼道："我敢保险她能打仗，而且打仗的本领，在你我之上，不在我你之下。"大话鬼道："这话我有些不信。"下流鬼到了这时，实在忍不住了，他那牛皮脸上，微微地透出一丝浅红晕儿，说道："不瞒老哥，拙荆原来是一个女劳工，她先是在我这里做活，很是照头主人，我自从给她二毛钱一月的工资，一直长到四毛五，她因为我这样慷慨，越发真心真意为我做事，我们慢慢地就发生自由恋爱，到了后来，她就算了我的人了。"大话鬼想道："原来他果然弄了老妈子做老婆。我说那个妇人一口三河县的话音呢。"下流鬼道："你想她旧日的同志，哪一街上，不有一二十，她只要使劲地出去邀请，编一两个混成旅，很不费事的。"大话鬼一想，真要他的老婆能召集许多老妈子，编一支军队，那一定是厉害的，赶快怂恿他成功。便说道："这样说来，嫂夫人简直是个巾帼英雄，老哥这一份功德，真是他人所不能及！"下流鬼给大话鬼一捧，越发高兴，便把他老婆请了出来。

　　下流鬼这老妈媳妇，一手提着一把便壶，一手拿着几个茶杯，扭也扭地走了出来。大话鬼一见，未免皱眉，心想：一面泡茶，一面又倒尿壶，这实在不堪，谁知大话鬼心里，还只猜着一半，那老妈媳妇把茶杯放在桌上，扑突扑突，却把尿壶对茶杯里直斟。大话鬼骇然，心里又想道：难道他们以尿当茶。下流鬼似乎看出大话鬼的情形，笑着说道："老哥你不要小看了这便壶，它却有大大的来头。这是玉皇大帝宫里的用品，流传出来，为小弟所得，小弟一想，这是御用之物，我们也拿来做便壶，那就忘了尊卑之分，灭了君臣之义，有一项僭窃不轨的大罪，弟虽不才，尚知不愧屋漏，绝不敢私以御用之物自娱；但是宝物人人所爱，现在皇帝既然蒙尘，不能送归大内，叫我把这个送到古物陈列所去，我却舍不得，因为我折中两可，把御便壶当茶壶，表示我不敢有背君恩；二来我家里保存着它，传之子孙万代，也是一种美谈，免得放在陈列所晚间放出霞光，引动妖魔鬼怪，前来抢去。这便壶我想一定皇帝用过之物，由这里泡茶，十分清香，不信老大哥请尝杯，便知真假。"说毕，下流鬼当真地就送了一杯茶过来，大话鬼到此，喝是不好，不喝也不好，执着茶杯在手里，倒愣住了。那下流鬼毫不在乎，端起茶杯，一仰脖子喝了。大话鬼是来借兵的，总怕得罪了人家，看见下流鬼喝了，不得不喝，闭着眼睛，只得咽流一声也喝了。心想：自己说一生的大话，今天遇见了下流鬼，非大话鬼所能动，反倒喝了他便壶里泡的茶，这不是笑话吗？转身又想，我借到了老妈队，要出一口气，就喝一点儿小便，也不要紧，何况不过是便壶里的茶。这样一想，也就丢开了，便请下流鬼把召集老妈军的事，对他老婆细细地说了。

那下流鬼的老婆，以为老妈子无非和人家扫地倒马桶而已，而今下流鬼把整饬纲常的大责任加在她们肩膀上，这是一桩多么有脸的事，所以一口就答应了。她叫下流鬼暂和大话鬼在家住着，自己三脚两步便跑了出去，到了荐头家里去召集老妈。大话鬼因此处娘子军既然发动，在这里也是白等着，他辞了下流鬼，再去游说别的军队。下流鬼恐怕大话鬼在他家里混饭吃，正急得没奈何，而今听他说要走，便约大话鬼明天下午一点钟来相会，因为那个时候，午饭是吃过，晚饭又早呀。

大话鬼出了狗尾洞，依旧骑着那头驴到风流鬼家里去。风流鬼正买了一打模特儿画片，在家里研究曲线美，看见大话鬼来了，便叫他一块儿赏玩。大话鬼道："这算什么，现有一二十个活的模特儿在我家里伺候着我，那才是真的曲线呢！"风流鬼笑着问道："她们难道也终日一丝不挂吗？"大话鬼道："那是自然。我吃饭、穿衣、洗澡，甚至于上茅坑，都是模特儿光着身子陪我。"风流鬼将桌子一拍道："老哥这样的日子，给我过一天，死也甘心。"大话鬼道："那有什么难处？只要老兄弟给我相当的利益，我就让你赏鉴一天。"风流鬼道："你要什么条件，快说。"大话鬼道："我现在要和钟馗宣战，你筹一笔饷款给我，我就答应你这个条件。"风流鬼道:"那么,要多少钱呢?"大话鬼道:"多了,也不容易,五万吧。"风流鬼道:"五万呢,倒也不多,只是筹不出来。"大话鬼道:"我现在也无心做艺术家了,用不着这些模特儿,要是你能出五万块钱,全班模特儿都送给你。"风流鬼道:"真的吗?"大话鬼道:"真的。"风流鬼又将桌子一拍,说道:"罢,有几个外国人,出了五万块钱,要买我的祖坟挖平了去盖房子,我因于心不忍,还没答应,现在为了模特儿,说不得了,卖了吧。"大话鬼道:"你这人真是不会算,五万块钱卖了一块祖坟,怎还不干?要是我有这笔买卖,早就做定了。"风流鬼道:"就是这么办,我把祖坟卖五万块钱送给你,你把全班模特儿送给我,外国人要我这祖坟,也不是一天了,只要我答应卖,立刻可以兑款;不过你那班模特儿,也要早早地送给我才好。"大话鬼道:"那自然,只要你款子齐了,我就用两架飞机把她们送了来,你说这快不快?"风流鬼一听,快活极了,便对大话鬼道:"老哥有事,可以请便,我现在就去接洽。"说着,一面便照着镜子,梳了一梳头发,更扑了一些雪花膏,又换了一身淡淡的衣服,不等大话鬼告辞,他就先走了。

大话鬼一想:兵也有了,饷也有了,我还急什么,不如先休息休息吧。主意打定,等风流鬼的听差来了,就告诉他说:"本人是天上大总统派来的,要征求你主人的同意,请他去当交通总长,你主人出去找次长去了,留我在这里等,其实有许多人托我谋事,我还有好几处约会,哪里能等呢?"听差听说他很有来头,现出十分地巴结的样子,说道:"既是敝上留你,就请你等一会儿吧。"大话鬼趁此机会,越发任性地胡说。他说道:"我怎能留在这里,龙王四太子约我在水晶宫吃晚饭,看仙女做天魔舞,这是不容易得的机会,怎样可以放过。你的主人临走的时候,也曾说过,说是已经吩咐了你们,备一桌筵席。其实不必,我有一个怪脾气,吃了人家的东西,总不肯空手走,一赏听差的,总是一千八百的开支,你留住我,莫非也是知道这一桩事吗?"听差的心里想道:你不告诉我,我一辈子也不会知道。你现在告诉了我,我决不能让你走了。说道:"酒席已预备好了,你老人家要走了,谁来吃?再说敝东回来，也要说小人不会办事，让客就这样走了，至于赏赐一层，小人并没有听见说过，可也不敢。"大话鬼道："水晶宫的宴会，本来是明天晚上，不是今天晚上，明天去也还不迟，不过你们东家走得匆忙得很，好像没有吩咐你们吧？"听差贪图那一千或八百的赏，哪里能够放他走，便撒了一个谎道："的确吩咐过了，就是没有吩咐，敝东的事情，小人也可以做一小半的主，你老人家尽管明天走。"大话鬼一想，我是留下了，还有我骑的那头牲口，歇在门口，那脚夫一定等得不耐烦，又对听差说道："我本来是坐飞机来的，飞到半路上，机器忽然坏了，在半路上摔了下来，因为我的道法高，我早就跳在平地上，只好外雇了一头牲口到这里来了。现在牲口还在门口，请你打发那脚夫走吧，钱多少，我却不在乎，我明天早上给你得了。"那听差知道他是一位统率三十多路军队的司令，坐飞机那一节话，必定可靠，他果然按着他的吩咐，到大门口把那脚夫打发走了。大话鬼坐在风流鬼客厅里，一点儿心事没有，专等饭吃。

有钱的人家，百事都是便的，加以风流鬼挥霍成性，越发统备周到，不一刻儿工夫，那桌宴席已经备好。听差一样一样地送上来，摆了一桌。大话鬼痛痛快快一个人吃了一顿。这晚上他也没走，在风流鬼的钢丝床上，足足睡了一夜安乐觉。次日清晨，天也不过刚亮，他一骨碌爬起来，溜出风流鬼的门，就向狗尾洞来，且看看老妈队，编制好了没有。他走到离狗尾洞还有五里路的地方，顺风就闻见一阵很浓的狐骚臭，大话鬼想道：这是哪个地方在掏茅厕吗？但是掏茅厕，也不过是臭，绝不能做狐骚臭的，不要是这地方出了狐狸精吧？他一面想着，一面走近狗尾洞，谁知越走越近，狐骚臭的气味越发厉害，不由得做了几阵恶心，只得捏着鼻子往前走。

一会儿到了一座小山岗上，对狗尾洞一望，只见下流鬼拿着一面旗子，耀武扬威，正指挥着一队人马在那里操演。大话鬼看那队人马，头如翘尾鸟，脚如昂头鱼，正是一大群老妈，那狐骚臭不住地从那方面吹来。大话鬼想道：是了，这就是老妈子身上发生出来的啊！好了，这一出兵，不必和钟馗开仗，臭也把他臭死。他看了十分高兴，便赶上狗尾洞来。到了洞前，下流鬼早迎上前来，说道："大哥，你瞧我这队伍如何？从前岳飞的军队叫父子兵，我这军队，全是拙荆的朋友姊妹，这简直可以叫姊妹兵，比岳飞的父子兵，不更好听些吗？我想：古人竹头木屑，皆为有用之物，这话极然，不是我夸一句大话，不是我有这老妈子内亲，谁能发明这老妈队呢？我想，我编了这老妈队，将来一定有人咬我这矢撅的。"大话鬼道："诚然，诚然，古有娘子军、夫人城，今有老妈队，真可以前后比美了。"这时老妈队里的那些老妈，三个一班，五个一班，都在狗尾洞门口大空地上集议。大话鬼道："你这个军队，编制得却是特别，只是她们这个样子，很没有纪律，恐怕指挥很有障碍；再说我们这回出师的理由，也要对她们说一说。"下流鬼哈哈大笑道："老哥，你这未免过于唱高调了。我们用这些人，只好说花钱，哪里谈得到什么主义，和她们又说些什么理由。你瞧我来说一点儿给你听。"便站在一个高的土坡上，大声说道："赵家儿、钱家儿、孙家儿、李家儿，你们听了，我现带你们到一个地方去，你见了他们就打，打出祸来有我，去一回，给一回钱，回头托人和你们各东家说给你们涨工钱。"那些老妈都说："只要给工钱，我们就去，打人就打人，骂人就骂人，我们什么也不怕。"下流鬼回过头来，对大话鬼道："你瞧怎样？不是我一说钱，她们都愿去吗？"大话鬼见了，也是十分欢喜，下流鬼听了大话鬼的话，以为大利所在，当日就垫了一笔开拔费，带着老妈队向分道口来。

到了分道口，这老妈队就停住了。下流鬼便问大话鬼道："现在到了前线了，怎么办？"大话鬼道："我们要敌外患，当然要先清内忧，请你先助我一阵，把我家事了清，然后再图钟馗。"下流鬼爱的是钱，最怕是和人家共患难，早恨得牙齿痒痒的，便说道："行！我助你一阵。"大话鬼听了不胜之喜，走到破庙前，高声大喝道："畜生，你还不出来，我已经请了天兵天将，来斩你逐父的枭獍。"赤发鬼和他母亲自由花正在庙里谈交涉，他母亲决计和大话鬼商婚，要另嫁一个留学生。赤发鬼以为这是恋爱自由，倒不拦阻她，只是他父亲的东西，一概不许她带走。正在这里吵闹时，赤发鬼听见父亲的声音，毫不害怕，迎出庙来，也高声骂道："你这帝国主义的走狗，又来做什么？你开口骂人枭獍，闭口骂人畜生，是何道理？如今四万万同胞，男女平等，为什么我要服从你？"大话鬼听了这话，真是合了鼓儿词上的四言八句，三尸暴跳，七窍生烟。下流鬼在后，哪里忍耐得住，便对众老妈道："就是他，打上去。"众老妈一看，是一个乳臭未干的小孩子，哪放在心上，一窝蜂似的往上一拥，赤发鬼一看，哪里是天兵天将，原来是一群老妈，这种人胜之不武，打败了那是不值得，连忙退回破庙，将门关上。他母亲问道："为什么这样狼狈？"赤发鬼摇头不迭，说道："不要提起，这帝国主义者的手段，简直卑鄙到了一万分，帝国主义的走狗，你的黑丝板凳，他竟甘与老妈为伍，带了一群老妈前来打我们。"一言未了，只见墙角下狗洞里钻进一个人来，他自称下流鬼，要来整饬纪纲，收取赤发鬼。当他说话时，狗洞里面，陆陆续续，已经钻出许多老妈，不问三七二十一，一拥上前，将赤发鬼母子一齐包围，打开庙门，横拖倒拽的，拉起走了，他们这样一闹，声浪一直往上升，越喊越高，一直高唱入云。这种声浪越高越远，一直传到钟馗行营里来。不知钟馗怎样预备，下回自有交代。

第十回

短命鬼辞世马头山

却说钟馗听见下界这般吵闹，好生不解。心想：彼此互相对骂是狗，难道是一群狗精，在那里实行狗打架。钟馗这样一想，便吩咐含冤道："哪里来的这一阵吠声吠影之声，你且到前面探听探听，究竟为的是什么？"含冤奉了军令，便驾云到前面来看，只见那云端里的空气，一起一落，成为波浪之状，一个波峰起处，就听见有走狗两个字，从那里面冒出来。正在这里观察空气，突有一阵烂肉似的气味，又像是口臭的气味，望脸上一碰。仔细看时，是一个很大的声浪，钻入云端。那声浪像新年里小孩儿玩的炮打六灯一样，在半天云里，响出六个字的声音，是"打倒帝国主义"。含冤笑道："原来是这六个字，这是又新鲜又高贵又香又辣的名词，怎样闹得这空气里臭味难闻？岂不把打倒帝国主义的运动，也要引得臭起来？"他正在叹息时，接上又是一阵臭味，几乎把含冤冲出云端来。含冤笑道："我以为什么事，闹得声闻于天，原来完全是空气作用。"便在身上取出望远镜，对这云底下仔细一望，看看这底下，究竟是些什么东西。当他拿着望远镜一瞧，不由得扑哧一笑，含冤便按下云头，想把这些老妈子一齐斩绝。

不料那云刚刚低一点儿，就有股很浓厚的臭气扑鼻而来。只见一个人，穿着短打，脱了半边衣服，露出一只胳膊，拿着马桶马刷，率领老妈子东突西驰，大喊整顿纲常，含冤这才知道，臭气是这人身上宣传出来的。心想：整顿纲常，就是你这块骨头和一群老妈子办得成功的吗？便打算飞上前去，一剑把他砍了，谁知那人知道了，不慌不忙，举刷一架，说道："吃我一记钢鞭。"这一下跌了含冤一个倒栽葱。幸喜含冤道法高，没有为老妈子所擒，赶快逃回入营，向钟馗报告。钟馗笑道：

273

"看他甘与臭物为伍，一定是个鬼。这种人不容易对付，等我亲自出马会他。趁势把这份道口边的鬼物先铲除了。"当时就下了命令，催动人马，望前进攻。

那下流鬼、大话鬼擒了赤发鬼，在破庙里休息，很是得意。大话鬼的老婆自由花，也立刻变了态度，愿跟大话鬼混。下流鬼也就请她做了老妈军的监军。他们听说钟馗前来进攻，不敢怠慢，由大话鬼、下流鬼，率领老妈队迎上前去。钟馗见当头一个是大话鬼，便笑道："你是败军之将，还敢来送死！"大话鬼道："前次是我不小心，败于你手，现在王母娘娘驾前，调来娘子军一大队，来和你决一死战。"钟馗将剑头对老妈队一指道："这就是王母娘娘驾前的娘子军吗？"大话鬼脸上一红，先减了三分力量。钟馗赶上前劈头劈脑就是一剑，大话鬼见不是路，一抽腿就跑。钟馗正要赶上，下流鬼手里拿着马刷，迎上前来，钟馗一看，心想：这是什么兵刃？下流鬼走过来大声喝道："这并不是什么娘子军，老实告诉你，是我夫人调来的老妈队，我要率领她们，打倒你这挂进士头衔的学匪，整饬纪纲。"说毕，拿着马刷，向钟馗下三路乱打，钟馗虽然武艺高强，这种专打下三路的解数，却还是头一次遇见，真有些招架不住。加上下流鬼浑身都是臭味，令人闻之欲呕，渐渐头昏眼花，在马上东摇西摆，有些要摔下来的样子。含冤负屈在后面看见，便率着军队抢上前去，和老妈队混杀一阵，将钟馗救了回来。

依着下流鬼就要追过来，把钟馗打跑，要抢那几百万饷银，可是那些老妈，向来没有见过大阵，不肯往前追。下流鬼只得叹了一口气，暂且收兵。大话鬼见下流鬼把钟馗打败，也很欢喜，问道："老哥的兵刃，怎样只由下面打去，不照上面打去，要照上面打去，恐怕钟馗早已阵亡了！"下流鬼道："我这是有名的外国武术，乃是专打下三路的。"大话鬼这才恍然大悟。心想：你别瞧他使马刷，这东西还很有来历呢！说道："今天且稍为休息，明天灭此朝食，然后我们都大发财源。"下流鬼一听发财两个字，恨不得马上就杀进馗钟营里去，无奈士不用命，勉强过了一晚，第二日天刚刚要亮，便喊着那些老妈道："你们不愿意发财吗？快走呀！"那些老妈为着发财，也只得咬着牙齿，拼命向前。

这时钟馗已经打听明白，指挥老妈队的是下流鬼。钟馗笑道："我们一个衣冠齐楚的人，和这种下流人去做对手，这是自取其辱。不打呢？人格上已经就失败了，何况你一刀我一枪哩！我有办法，叫他全军覆没。"便在含冤耳朵边轻轻说了两句，含冤含笑着答应。当日晚上，含冤就照钟馗所说的地方，打了告急密电去了，次晨下流鬼进攻时钟馗行营深沟高垒，并不接战。下流鬼眼见那营里有整块的洋钱，不能到手，急得什么似的。这样支持两日，到了第三日，下流鬼听了钟馗军营后路，有一阵瑟瑟之声，似箭一般地过来，不转眼时，快到面前，却是一群黑黑白白的矮影子。下流鬼一想：这是什么呢？不到几分钟的工夫，那黑影堆里起了一阵汪汪之声，下流鬼才知道是一群狗。那狗跑到前面，领头一个，身上插了一面小旗，上面写着酆都城恶狗村恶狗队，这恶狗队闻到臭味，正如有肉吃一样，哪里肯舍。跑上前将老妈队乱撕乱咬。下流鬼身上最臭，被一群恶狗硬把他生吃了。那些老妈队哪里能剩一个。只有大话鬼穿着文昌帝君一套衣服，斯文一派，像一个富贵上等人，恶狗村的狗，虽然凶恶，它们眼睛里，见了体面人，是不肯得罪的，所以大话鬼大摇大摆而走，恶狗并不追他。这样一来，他竟免于难。赤发鬼捆在阵后，本来也可以无事，他想何不趁此机会，将他父亲饱打一顿，出口恶气。于是极力地挣扎，把绳子弄断，拿了一根棍子加入恶狗队里，领着七八条恶狗，去追大话鬼。谁知大话鬼先是大摇大摆地搭着架子，及至人家看不见的地方，他并不顾什么体面，撒腿就跑。赤发鬼追了许久，并没有追上。那群恶狗见他这个内线，做得很不高明，冤它们跑了许多路，心里很气，加上大家肚子也很饿，也就把赤发鬼吃了。

钟馗趁此机会，率队往前追赶，就进了好几个村庄。据侦探报告，这里叫玉狐村，也是一个出鬼的地方。钟馗一想，不便冒进。便在这里驻下了营盘，将那恶狗队仍就差回恶狗村。便吩咐负屈化装作小贩子，前去探路。负屈走不多路，只见两个年轻的小伙子翩翩而来。一个是有二十多岁，穿着湖水色的绸衫、鱼白色带水钻扣子的坎肩。一个不过十三四岁，穿着深绿色滚白花边的哔叽长衫。此外浅灰的呢帽，套着花边，绿绸大脚裤，丝袜花缎子尖头鞋，大框眼镜，都是一样。两个人脸上，都涂着一层极厚的粉，只剩两个眼睛珠子是黑的，在白粉堆里乱转。他两人各人拿着一根手杖，一步一步地走来，因为衣裳既宽大又单薄，被风一吹，衫袖大小衣襟，一齐飘荡起来。两个人不像是走路，好像两只绿蝴蝶，冉冉飞来。负屈想道：这两人的样子，似乎是女子，又不十分像女子，这究竟是雌是雄呢？想时，他两人越发走得近了。只觉一阵浓厚的脂粉香，望鼻子里直钻。负屈想道：不用猜，这一定是新式改男装的女子，还没有脱净脂粉气。不料那两人走到身边，说起话来，却又完全是男子的口音。负屈想道：这分明又是男子了。从来只有男装化的是女子，为今还有女装化的男子吗？负屈又想道：我且跟着他们走，看他们说些什么？等这二人走过去，便转回身子，随着他们走。

那里年轻的道："大哥，你那一个，长得十分不错，你怎样舍得丢开他？"那个年纪大些的道："并不是我要丢开，只是我答应了送给人家的钱，不能不送去。这钱现在花了一半，再不送去，就要花光了。"那一个年纪小的道："你送钱给人做什么？"那一个道："他有一套模特儿班，叫我出五万元，他就全部让给我。"那年纪小的道："模特儿你怎不早说。要是早说，我就不留你在这里了，你赶快去领。领来了，我们大家赏鉴赏鉴。"那年纪大的道："钱已经花了一半，他怎肯让给我们呢？"那年纪小的道："不要紧，只要他能给你一个限期，不够的钱，我可以回家凑。"那年纪大的道："你比不得我，你是有管头的。"那年纪小的轻轻说道："我父亲保险箱子的开法，我已经知道了。我回家去大大地偷他一笔现款，这事不就办成了。"负屈在后面听得清清楚楚。心想：这绝不是好人，我且跟着他走，看他怎样闹法。这也不知道是哪处作孽人家，赚多少造孽钱，以至于这样一点儿年纪的小孩子，就弄得这样不成材料，来替他还债。主意想定，他便跟着那人走去。

走不多路，只见前面远远地来了一个妇人，这个小孩子自言自语道："这妇人长得很标致，走到前面，我非得引她笑一笑不可。"一会儿那妇人过来了，恰好前面有一只狗，这小孩子对着狗双膝跪了下去，喊道："爸爸，我哪里没有找你，你却在这里呀！妈等着你回去呢！我

276

这里给你磕头了。爸爸！爸爸！"那妇人看见，果然撑不住笑了。这小孩子一见她笑了，跳起来叫道："笑了！笑了！"那妇人道："呸！我说是谁，原来是有名的短命鬼。你的娘老子能吃亏，别人可不能吃你这亏。你知道老娘是谁？是第一名扫帚星出身的泼辣鬼。你惹了我，我能放你吗？"说着，身子向地下一滚，两手拍了地，号啕大哭，一手拖住短命鬼的大腿，嚷道："我不要命了，我和你拼了！"她又哭又滚，又打又捏，短命鬼对于妇人，虽有浑身的本领，到了这时，也完全失去了效用。而且那泼辣鬼的声音越哭越高，嘴里冒出火焰，向人浑身乱射。风流鬼在一边看见，便向前一揖道："嫂嫂，你听我说。"泼辣鬼一见他一表人物，睃了他一眼，躺在地下道："既是你来讲情，我看你的面子，可以饶了他；但是你要他让我搂在怀里，叫三声乖乖肉，你也叫三声亲娘，我就放了他。"短命鬼道："你就搂我吧，亲娘！"这泼辣鬼见占了上风，就是一笑。一看短命鬼虽不如风流鬼漂亮，却年轻些。一个鲤鱼跌子势，站了起来，正要一伸手将短命鬼搂住，不料那个负屈先锋由树林子里跳了出来，喝道："我最恨的是这种泼辣妇人，今天你撞在我手了。"风流、短命二鬼一见，撒腿就跑。泼辣鬼在地下滚着，口里冒火，就要和负屈拼命。负屈一跃，跃在云端里，置之不理。等那妇人闹完了时，却又下来骂她两句。泼辣鬼一经人骂，重滚重骂，负屈又走了。等她不泼辣了，再下来俏皮她两句。这样纠缠了半天，泼辣鬼就累死了。负屈哈哈大笑，再下去追风流短命二鬼。

风流鬼已不知所去，短命鬼正想逃回家，也跑远了。但是他跑的时候，却遇到了糊涂鬼，糊涂鬼见他拼命地跑，不知有什么事，也追了下去。短命鬼以为有人追他，跑得更快。大家跑了许久，短命鬼上气不接下气，他才回头看了一看，他一看是他的朋友糊涂鬼，站住了便喘吁吁地问道："你追我做什么？"糊涂鬼也站住了道："谁追你！我怕出了什么变故，跟着你一处跑呀！"短命鬼道："你这就害死我了！我要不是回头一看，还不知跑到什么时候为止呢！"糊涂鬼道；"难道一点儿事都没有，你就这样跑吗？"短命鬼一想：这家伙家里很有钱，我何不来冤他一冤，说不定可以找出一点儿路子。便道："我向一个朋友借了一笔债，是加一的利钱，刚才正要兑款，我想这利钱太重了，不要借，他贪图我家的产业，逼着我非借不可。我没有法子，只好逃跑。"糊涂鬼道："这么重的利钱，自然是一笔好债，他怎样不借！但是你说他贪图你的产业，有什么证据？"短命鬼道："咳！你哪里知道，我这个债是利上加利的倒头债。"糊涂鬼道："什么叫倒头债呢？"短命鬼道："就是做儿子的，借了私债，约着父亲死了还钱，这就叫倒头债。你想，加一的利钱，再要加起利上利，我父亲只要五年不死，要加到多少？到那个时候，我还不是把产业卖给他抵账吗？"糊涂鬼道："你是问他借多少呢？"短命鬼道："我原只借两万，他因为钱少了，怕盘我的家产不过去，一定要借五万。其实呢，只要借三万，我的家产也就算他的了。"糊涂鬼道："我听说你家里有十几万家私，怎样两万元就可以盘了去？"短命鬼道："这就是利上加利的好处。"糊涂鬼一想，两万元，可以盘出十几万来，这实在是一笔好生意买卖。便道："你现在还借不借？"短命鬼道："加一的重利，我决计不借了。"糊涂鬼道："五分利，你借不借呢？"短命鬼道："难道你也想我的家产？"糊涂鬼道："没有的话，我有这个意思，就是你的儿子。不过我因你为穷所迫，看在多年的交情上，很愿和你帮一点儿忙。"短命鬼道："你真要借给我，我也顾不得许多了，可是有一层，我不借就不借，借起来总是倒头债。"糊涂鬼道："行！你老子反正总要死的。死了，你反正要还我的钱。这比什么抵押品都过硬些。我可以放心的。"短命鬼道："不过我正等着钱用，你要借马上就得借给我。"糊涂鬼道："可以！你写好借字，我就可以开支票。这里附近有小酒馆，我们就到小酒馆里去坐坐，顺便成交，你看好不好？"短命鬼道："好，这样做事才痛快！"

二人进了酒馆，拣了一个座位坐下。短命鬼便对糊涂鬼道："我有一个怪脾气，吃馆子决不让人为东。不然，人家请我吃小馆子，我必请他吃大馆子；人家请我吃一餐，我一定请人吃十餐。"糊涂鬼一想：他有这个脾气，好极了，我今天若请他随随便便吃一顿，岂不足预约下十顿了。便道："你这是仗义的话，我很表同情；但是今日要除外，因为你是债务人，我是债权人，照理是应当请你吃一顿的。"短命鬼道：

"不，不，绝不！蒙你借钱给我，我哪有吃你的道理。"叫了伙计过来，一口气便要了八个菜，又叫他先来四壶酒。糊涂鬼想道：他这样请我，一定是怕今天吃了我的，回头要照他自定章程还我十餐；但是我不知道则已，我知道了岂肯放过这个便宜。他又叫伙计添了两壶酒，加了两样菜。短命鬼做出为东的样子，只叫糊涂鬼吃。糊涂鬼更是实心实意地请短命鬼吃。吃到半饱，短命鬼道："我们先办正事，回头再吃。"便和伙计要了纸笔，就在桌上写起字据来。那字据写的是：

> 立借字人段命贵，今借得胡图贵君名下洋二万元，月息五分，议定俟家父百年之后，本息一并归还。在家父在生之时，双方均守秘密。其按月利息，准随时卷做本金，另加复利。恐口无凭，立此借约为据。

> 某年某月某日段命贵押

糊涂鬼见他所写的和口说的一样，十分欢喜。短命鬼趁此机会，马上就将借字递给了糊涂鬼，说道："我们大家言而有信，绝不让一个字前后不符。"糊涂鬼想道：人家既然这样诚实，而自己当然不许说谎。马上就在身上掏出支票本子，签了一张二万元的支票，交给短命鬼。他见钱已经到手，便道："我还有事，不能久等，会了饭账，我就要走了。"糊涂鬼想道：好哇！你钱借到手，想会这一餐的东就算了。无论如何，今天这做东，我做定了，谁叫你说，吃人家一餐，自己要还十餐呢！你是不肯失信的，我今天会了东，不怕你不还我十餐。连忙对短命鬼道："你还客气吗？我要你会了东，我就是你的孙子。"短命鬼听他这样说，装出十分不快的样子。糊涂鬼在身上掏出钱来，赶快就把账会了，彼此饱啖了一顿，离开酒店。

短命鬼因与风流鬼约好了，凑钱去买模特儿班，他不敢怠慢，一直就来追风流鬼。原来风流鬼在一个土妓性波家里，正迷得不分东南西北，他和短命鬼一分手就到这里来了。短命鬼知道他不会远跑的，所以照直地就来了。这时性波洗了脚，剩下一盆水，风流鬼端着一盆水，正往外泼。短命鬼一猜，就知道一个八成，说道："你还是这样过分巴结吗？"风流鬼道："这是劳动的爱，这水也有个名字，叫美的洗脚冰，这里面关乎性交问题很大，你哪里知道。你莫问这个，说了你也不懂。我问你，钱呢？"短命鬼在身上掏出那张支票给风流鬼一看道："这不是吗！"风流鬼道："好极，钱已经凑齐了，我们马上就去办。"他因为是要去见模特儿，换了一身极漂亮的衣服，前后照了三十多回镜子，跟着自己理了一理头发，刮了一个脸；但是一层化妆匣子里，五十多种化妆品，因为时间来不及，却只用了一半。然后才同着短命鬼，一路来拜会大话鬼。

大话鬼早知道风流鬼是忍不住的，他早就在大路上一个破庙里住着，说是大罗天上的天仙，被贬下凡，在此受几天苦，闹得破庙里的老道，连裤子都当了，买东西供养他。这天，大话鬼在庙的后门石山上瞭望，见风流鬼和一个小孩远远而来，他马上将庙里韦陀神像上的衣服剥了下来，交给老道穿着，把韦陀手上那个降魔杵，也叫他拿着，命他站在庙门口守卫，来不及找笔墨了，拣了一点儿石灰块，在大门墙上，写了一行大字：三十六路天兵总司令部。风流鬼见了，心想：这种玩意儿，别人不肯干，明明是大话鬼在里面。便问站门的假韦陀："你们司令在里面没有？"老道道："我们这里没有司令，只有一个活神仙。"风流鬼道："我就拜会这活神仙。"老道进去通报，大话鬼一摇三摆，慢慢地出来，降阶相迎，说道："我一些天兵天将，都已遣出剿匪去了。只剩一个马弁，看守大门，招待不周，对不住得很！"风流鬼他哪管这些账，开口便问道："你那一班模特儿呢？"大话鬼道："这岂能四处带着走的。我有一个地方，专门给她们住的。"风流鬼道："很好，请你马上带我们去，款子早已预备妥当了。"说着，把自己的支票和短命鬼的支票一齐交给大话鬼。大话鬼不料他们居然有这些钱来买模特儿，一句玩话，引出真买卖来，这却怎么办呢？便对风流鬼道："老哥不是研究性交问题吗？我有一班学生，不分日夜，在一个地方和各种禽兽实行乱交，妙得很！我打算先引你去看看，你去不去？"风流鬼一听说性交，眉毛眼睛都笑着活动起来了，便说道："我现在正想出一本《性交导游录》，把《杏花天》《肉蒲团》小说里面不敢写的话，都用科学方法把它写出来。你不知道，无论如何说不出的事，你戴上一顶科学的帽子，马上就可以正正经经地说出来了。我为这个，把我老婆和狗交的秘密，都暴露出来了。我是多么有勇气！少年人喜欢嫖娼，他就喜欢看《杏花天》《肉蒲团》。他喜欢看杏花天，就不能不看我的《性交导游录》。我想，还有一层，不能不顾虑，就是我虽然这样肯说，不守秘密，但是人家一定还疑心我闭门造车，骗少年人的钱用，总要找个真凭实据才好。现在你既有实行乱交的地方，那就好极了，我拿块镜一照，一套一套摄影下来。古来什么大体双、汉宫春色，那都不算稀奇了，好极好极，我们就去。"那短命鬼看见大话鬼这个人，就有几分不肯相信他。再一听他的话，简直胡闹，风流鬼是为色所迷，他哪里看得出来，像大话鬼这样的人，哪里养得起整群的模特儿，分明是要骗风流鬼几个钱。骗他的不要紧，我的钱，可不能让你这样轻易骗去。便对大话鬼道："刚才我们交的两张支票，老哥不是等着要去兑钱用吗？哪有工夫带人去研究性交。"大话鬼道："不，我这里还现存着五六万现款啦。"短命鬼道："你既然有五六万现款，大概不等着钱使，我们通融一下，请你把支票退还我，暂应一笔急用，明日再行奉上。"大话鬼要想不肯，却又无词可措，说道："那也可以。但是你们既等着钱用，这五万元，绝不能整花，我换钞票给你们，不好吗？"短命鬼道："可以。"大话鬼道："请你们在此候一候，我到后殿去开库，到库里去拿出来。"说着，他就往后殿而去，短命鬼更比他乖觉，早绕着道，抄到后门口去等他。大话鬼正想溜之乎也，短命鬼一把抓住道："你这种什么狗屁司令，一点儿真本领也没有，蒙得到人，就一死劲儿地蒙，蒙不着人，卷了现款，就往后门逃走。你赶快拿钱还我，你若不还，我一叫出来，戳破你这个假面目，叫你不能混。"大话鬼道："你的钱，我拿还你，他的钱，我暂带了去，过两天，我由银行拨还他。"短命鬼道："胡说！事到如今，你还说大话。"他说毕，就把身上揣的烟斗掏了出来，倒捏在手上。大话鬼一看，以为是手枪，这一惊非小，他便昂头哈哈大笑道："我的军队虽然尽已调开，庙的四周，还埋伏有些卫队，你的枪一响，我身上有软铁甲，你是打不进去的；可是伏兵四起，你就无可逃命了。"这本是他说大话救命法，打算吓倒短命鬼的。短命鬼笑道："你说什么，我是个聋子，一点儿没有听见啦！"大话鬼一听，想道：糟了，俗言说聋子不怕雷，我在他面前说大话，有什么用？只得将风流鬼的那一张支票也交给他。短命鬼这才将烟斗收起，笑嘻嘻地让他走了。

短命鬼走到前面，将话告诉风流鬼，风流鬼道："去了两个钱算什么，那还怕弄不回来。我想，性欲是人人有的，人人就不能不看性欲一类的书，我现在著的《性交导游录》，单单卖给学生看，就可以卖一百万部，我就是大财主了。有的是大龙洋，由我花去了三四万很不算回事。大话鬼的那个模特儿班，设若由我们买来了，我们请新闻记者吃一顿大菜，叫他在报上鼓吹鼓吹，说我们是艺术家，马上我们就可以租上等戏园，叫模特儿一丝不挂，在台上演戏，那就卖五块钱一张的票，也要挤破门啦！现在你把这事弄决裂了，岂不是可惜！"短命鬼道："你真能出大价钱请模特儿，我倒有一条路子，那个地方的模特儿很公开，你若是送我一点儿钱，我可以带你去看看。"风流鬼很欢喜道："哪里？哪里？要多少钱？"短命鬼道："你送我二千块钱，我可以写一张字据给你，包你天天可去，以二十年为限。"风流鬼道："不多，可以照办。"短命鬼道："我要现款，不要支票。"风流鬼以为有这样便宜的事，一一都答应了。短命鬼见计已售，就要风流鬼兑款。风流鬼因急于要去看模特儿，也就答应着照办。另外开了支票，自己亲提三千元的钞票，交给短命鬼。

短命鬼将款到手，也没将风流鬼带多少远的路，一直就引他走进村镇北头一个小黑巷里。黑巷转角，有一家白粉墙的小门，两边一副对联：金鸡未唱汤先熟，红日东升客满堂。风流鬼一直往前，也没有细看，一走进门，是一个大院子，上面盖天棚，天棚底下，摆着几张长桌、长板凳，有许多男子汉，脱得一丝不挂，露出又粗又黑的横肉。有的坐在那里品茶，有的在那里睡觉，赤条条地躺在板凳上唱梆子腔。风流鬼问道："这里是赶骆驼的和车夫的洗澡堂子，你引我到这儿来做什么？"短命鬼道："这是模特儿班呀！我不是说可以公开地来看吗！"说着，他转身就走，风流鬼在后便追，哪里肯饶他。

短命鬼一想：我有一个哥哥在马头山马屁洞住，我不免跑到那里去，暂躲两天。主意已定，他就钻入小路，抄到马屁洞来。马屁洞有个要命鬼外号叫马屁大王，练就一身绝好的本领，专以软功夫杀人。短命鬼一到洞门口，他正在洞外散步，连忙行了一个鞠躬礼，说道："原来段少爷到了，怪不得今天洞门口喜鹊喳喳地叫呢！赶快请到舍下。"要命鬼马上将短命鬼迎到洞里，请他上坐，说道："老弟是这里前后数一数二的人物，今天到我这里，真是难得。"连忙吩咐家里泡茶递烟，又叫快预备点心。短命鬼见他这样恭维，真过意不去，只叫不要客气。要命鬼便问短命鬼从哪里来？短命鬼不肯说是逃跑，只说在银行里取了一点儿款子，路上遇到打劫的，只得在此躲了一下。要命鬼道："那不要紧，像老弟这样的人，都有福星高临，那怕什么。你这一笔款子，总有十万八万吧？"短命鬼道："那倒没有，两三万而已。"要命鬼听说他身上带有两三万洋钱，浑身的骨头都软了，连忙给短命鬼磕了一个头。短命鬼道："老哥，这做什么？"要命鬼道："你本是一个才子，而今又是个财主，你到我洞里来了，我洞里都洞壁生辉，怎样不谢谢你。"他磕头已毕，就把他大老婆小老婆女儿一齐叫了出来，陪着短命鬼谈话。一面吩咐家里备酒，和段少爷洗尘。不多一会儿，酒已摆好，由要命鬼的小老婆和女儿，陪着短命鬼吃饭。要命鬼和他老婆，亲自端酒上菜。要命鬼的女儿将酒杯子里的酒微微呷了一口，试试不冷不热，双手捧着，跪在地下，说道："请英雄叔叔赏脸，干这一杯。"要命鬼和他一妻一妾也都跪在地下，说道："请才子兄弟赏脸。"

短命鬼出世以来，哪里见人家这样拍过马屁，弄得骨软心酥，一句话说不出来，犹如触了电一般，就这样死过去了。要命鬼呵呵大笑，说道："年纪轻的人，到底受不住恭维，他身上有两三万，我们发财了。"一句没说完，只听外面喊道："好大胆的马屁大王，青天白日，谋财害命。"要命鬼一惊，要知来者是谁，下回分解。

第十一回

制铁钉将军攻拍击

却说马屁大王要命鬼一顿恭维，将短命鬼恭维死了，正想掏出他身上的钱，将这尸首抛弃，不料门口有人大喊，马屁大王拿着麻身板，便走出洞门，看看是谁。只见一人做武士装，手执宝剑，英气勃勃地要杀进洞来。要命鬼拱手道："原来是一位将军。请问高姓大名？"那人道："驱魔大帝部下先锋负屈，我一路跟着短命鬼、风流鬼二人，想把他捉了。先是他们两人和大话鬼闹，后是他两人自己闹，我都没有动手，打算由他们自相攻击，除了一个，我再捉剩下的；不料总是没有根本解决。刚才短命鬼进你的洞，我曾吩咐此地土地神侦探情形，据说，你已把他谋死了，要吞没他身上的钱财。我想你也不是个好人，特意来拿你。"要命鬼听了，不慌不忙，作了三个揖，说道："原来是负屈将军，我这样的人，还够得上用将军的剑来杀？你吩咐一声，叫我死，我死也闭眼睛，不过谋财害命，那却没有这回事，也许土地初当侦探，想得功劳，特意捏造谣言来害我。将军是天上的人，什么事不知道，我们这样的人，一见面，将军就会看见他的心肝五脏，是好人，是奸人，那还不知道？"说着，跪了下去，磕了三个头。负屈不过意，却叫他起来。要命鬼道："不能，我从小就崇拜英雄，见了鼓儿词上英雄，还要下拜，何况见着当真的英雄在面前呢！"那要命鬼说毕，磕头如捣蒜一般，闹个不休。负屈想道："咦，这人居然是个好人。别忙，我且试他一试，说道："你说，你并没有谋财害命，我却不能相信，你且把那短命鬼捆绑出来，交给我带回营去，我就相信你的话。"要命鬼道："将军的话，我们没有不遵办的。将军一路进来，着实辛苦了，先请到洞里坐坐，休息休息。"说毕，满脸堆下笑来，弯着他的身体，几乎不敢抬头。负屈见这人这样恭敬，绝对不想他有什么歹意，就答应着走进去。那要命鬼转身闪在一旁，意想要让负屈在前面走。负屈以为他客气，也就坦然前走。其实要命鬼当面恭维你，转面他就对你不住。负屈刚刚走到洞门，要命鬼将他身上藏的麻身板拿了出来，对着负屈背上，就要使用急拍法。负屈本来也就步步留心的，忽然觉得背上有些肉麻，回头一看，要命鬼举着木板，正要往下拍。负屈一跳几丈，离得远远的，他想道：拍还没有拍上，先就叫人家肉麻，这一拍上了，我还不是麻木不仁，由你摆布。连忙拿剑在手，大声喝道："你这东西，有这大胆，敢来害我！"要命鬼举着麻身板，遥遥对负屈拍了三下，也是奇怪，不觉微微地发起笑来。笑完了，自己陡然省悟，知道敌他不过，只得往后倒退。要命鬼见负屈已走，扬扬得意，自回洞去吞没短命鬼身上那笔巨款。

那负屈退了下去，却总不死心，以为这个人既不和我打，又不和我骂，仅仅两三下拍了过来，就叫人受不了，我真不明白这是什么意思。他慢慢地绕着这马头山走，只见有一条小河，绕山而流，有一个笑嘻嘻面孔的人，站在河边，徘徊四顾。负屈一看，这人必有所为。便在荆棘丛中，看他闹些什么。只见那人用手在脸上一摸，忽然换了一副面容，蜂目狼牙鹰鼻子，十分凶恶。手上却捧着一个假面具，又白净又和蔼。他拿了那个面具，弯着腰，掏着清水，就洗起来。洗了一会儿，他把两只手捧着，望脸上一合，就黏住了，而且黏得一点儿痕迹没有。他将面具戴好，离开河岸，就走上路往附近村庄去了。这人去了一会儿，又来一个老头儿，也是满脸慈祥之容，谁知他用手一摸，也是一副假面具，真的脸，却像家中枯骨一样，惨淡怕人。负屈想道：原来这地方的人，都是两副面孔，见人的都是假面具，真面具在这无人的地方才肯露出来呢。负屈藏在深草里，偷看着这样假脸的人，只见去了一个，又来一个，陆续不断，都在这里洗他的假面具。负屈一想：他既然都在这里洗面孔，一定有他们的意思，总要考察考察。

等这样两脸的人走得干净了，他也慢慢地走到河边下来。这小河的上流头，微微地弯着，在山脚下出来。那山脚上，有一座牌坊，仿佛上面有几个大字，负屈又想：在这上面，一定可以寻出点儿形迹来。仔细看时，原来是出山泉三个大字。负屈点了一点头，原来这正是为改变良心的人而设。再看一看石牌坊前面，有一个小小的界碑，他索性走上前去，仔细看它一看，那界碑上写道：

不识时务者，请由此入山。

负屈拍手道："啊呀，我知道了！这出山泉水，正是向不识时务的地方，背道而流啊。"再看那界碑的侧面，也有字，上写道：

顺出山泉而下，可到民间去。

负屈看着，口里不住地念道："到民间去，到民间去。"负屈顺着河流走，只见河岸上又有一块石碑，上面虽有些青苔，却喜字迹还没十分磨灭，隐约可以看得出来，那碑上的文字是：

此出山泉水之下游，就下河也。水至此，盖三变矣。水在山中，清洁异常，出山则一变而为浑浊，及至此，则泥渣下沉，水不清不浊，为一种特异之流质。敷之物上，光滑如油。于此上，若着颜色，鲜澈鉴人。然颜色并不黏着，不欲其如此，擦之即去，甚或立易他色，亦无碍也。唯此水只可敷于物上，敷于人身，则无论白种、黄种，或黑种，即当成为灰色，终身不可去。爱洁之人，不可不慎也！水由此再下，即到民间之河之江之海，且日蒸以上升而为云，云腾致雨，更洒及天下，其变化亦极奇幻之能事矣！

再望下看，已然看不清楚。负屈想道：是了，原来那些戴假面具的人，都要在这里揩些油水。油水揩上了，有了根底，再要出去混，就可随时随地涂上颜色了。后见没有颜色的，不要信他没有涂过颜色；有颜色的，也不要以为他老擦不去呀。自己有这样一个大发明，觉得对于捉鬼上不无关系，却很欢喜。他顺着这河流走，只见一只灰色的鸟，张着

286

两张肉翅，瑟瑟而来。负屈对于这鸟，不过以为奇怪而已，并不以为它有什么举动。不料那鸟看见人来，往人脸上便扑，他急忙一闪，方才让开。那鸟一扑未着，回身又来，负屈不能放松了，提着宝剑，对那鸟便砍。只听见那鸟似笑非笑、似哭非哭地叫了一声。一刻儿工夫，河的两岸，乱草里面，飞起许多肉翅的鸟，前前后后，便围着负屈，大有一口就能把他吃了下去的意思。负屈跃在半空，也就用剑乱砍，倒也不怕。只是这肉翅鸟身上，有一种奇异的臭味，叫人闻着，不能不吐。他想：凭我一个大丈夫，何必与这些无知的东西惹气。将剑一挥，冲开一只鸟，便退走几十步。那群鸟里面，有一个大些鸟，它不怕人，硬追上前来。负屈气它不过，一阵急击，将那鸟击落在地，仔细一看，原来是一个最大的蝙蝠。但是它身子虽然像蝙蝠，头上的耳目口鼻，又很像人形。嘴上长一点点胡须，活像小政客的面孔。它被负屈击落在地，耳目口鼻，还是七上八下地乱动。负屈看见这种情形，心想：这是个什么东西？动物至于蝙蝠，介乎禽兽之间，已经可异了；而今更有一种东西，介乎人与禽兽之间，更无怪乎它要作怪了。这种地方，哪里还能立足，不如避开为是，他当时离开山泉油水，就兼程回转行营，向钟馗报告一切。

钟馗道："果有此事，那是万恶的根源，一点儿也不能放松，非即日扫平不可！"当时就下了命令，率领军队，仍分三路向马头山进攻。那马头山的马屁大王，早由走阴差的矮鬼方面，从无线电得了这个消息，要命鬼心想：常听人说，钟馗的军队，向来十分厉害，这回他攻打前来，一定有十分的准备，我若和他一刀一枪地干，恐怕不是他的对手。沉思一会儿，倒有一个主意，便写了一封信，叫他部下一个亲信，诨号叫没脸鬼的，带着送信，一路向前敌迎将上来。这没脸鬼坐在一辆大车上，车上插着大白旗，上面大书特书：

求和专使，为民请命。

他自己脱了赤膊，叫人将他五花大绑绑在大车上，头和膝盖一律朝

287

下，成鼎足之势，就是一路磕头而来的意思。他的身上另外有一根绳子，拴着一条羊，这是古人肉袒牵羊的意思，不过他的办法是更深一厚。他这大车，慢慢地往前走，被钟馗的军队侦探看见，便抢回报告。钟馗见有人来乞降，当然不便拒绝，就吩咐前锋让他过来。这大车走到钟馗营外，没脸鬼越发装出战战兢兢的样子，早有守卫的兵士将他引下了车，引到钟馗司令部去相见。钟馗见他匍匐在地，不敢仰视，先有三分不忍。没脸鬼跪在地下，抖索着缩在一块儿，那头磕在石板上，嗵嗵嗵直响。钟馗看见他这一副情形，要发怒也发不起，便叫卫兵先将他松绑，让他说话。没脸鬼哪里敢抬头，战战兢兢在身上搜出降表，双手捧着，高举过顶，跪着走路，走到钟馗公案前，将表陈上。钟馗想道：就是战败者对于战胜者，他恭敬的程度，也不过如此，他现在并没有与我开战，对我就这样恭敬，总是鬼中不可多得者。我又何必拒之太甚，不与他们以自新之路呢？他接过降表，打开一看，降表上写道：

九天翊化荡魔钟大帝麾下：

　　鬼等仰戴天恩，偷息尘壤，有生以来，但谋衣食，蝼蚁微躯，对于人生，何争何患。顷闻天兵南下，剿荡妖魔，仁义之师，箪壶争迎。鬼等闻此，如人子之望父母。窃唯恐其后来！乃道路传言，对于鬼等将和以诛戮，此诚牛刀割鸡，金珠弹雀，既损威严，更污斧钺。某等虽登鬼录，实做人言，对人世如迎客之狗，对天尊如脚底之泥。钧座光照人天，泽及枯骨，何惜大阶之下，方寸之地，活此小虫，敬推村人没脸鬼代表来前，哀哀乞命。

要命鬼万顿首

　　钟馗将降表一看，见他写得恭顺极了。心想：伸手不打笑脸人。人家既然这样来投诚，没有再去诛罚他的道理。便吩咐没脸鬼道："你且回去，我这里另外派人到你那儿去查办事件。"没脸鬼一想：糟了，查办事件，是无事不查，无事不办，设若他要办我们的马头山，要办我们

288

的脑袋，我也给你拿去办吗？但是心里虽然这样想着，口里却依旧不住地称是。钟馗道："你还有什么要说的没有？"没脸鬼道："帝君仁义之师，意在除暴安良，所至之处，秋毫无犯，我们小民，还有什么可说！有之，只有帝君万寿无疆而已！"钟馗听了他这一遍恭维话，掀须微笑，说道："你还不失为好人，何以得了一个鬼的名义？"没脸鬼道："世衰道微，世人好颠倒黑白，往往把人当鬼，以鬼为人，某等实在是冤枉。"钟馗见他说得头头是道，信以为实，便道："你去吧。"

　　没脸鬼磕了九个头，退了出来。他慢慢地走着，离开钟馗的行营，约莫走了十几里路，他回头一看，不看见钟馗的营门口树大的帅字旗了，也听不见那边的军号响了，他用手指着钟馗的行营，跳脚大骂道："钟馗畜生！你刚才逼得你老爷九叩首，连头都不敢抬，太可恶了！我回去调齐兵队，我要把你这些丑类，一扫精光，方显得我的手段！你以为我怕你，哼！孙子才怕你！你不用猖狂，你的性命总在我的手里。"没脸鬼以为这种地方，并没有别人，落得发脾气，越骂越高兴，越高兴越骂。这个当儿，路旁边树里，忽然钻出一个人来，没脸鬼却吓了一跳，定睛看时，也是便装的人，他以为不要紧，依旧继续着骂。那人说道："你这位大哥，什么事这样发气？"没脸鬼道："我骂的是钟馗，天生一种恶人，专和良善百姓为难，就以区区而论，和他有不共戴天之仇，只因为势所迫也，到他那里递过降表，我决计和他决一死战，拿住他碎尸万段。我现在还没有和他动手，先臭骂他一顿，出出气。"那人听了，也不作声，微微一笑，问道："他手下有一位含冤将军，你可知道？"没脸鬼道："那还值得问吗？他倒霉的时候，曾和我倒过三年尿壶。"这一句话，可把那人激起气来了，睁着眼睛问道："你可认识这人？"没脸鬼道："他替我倒过三年尿壶……"那人不等他说完，将自己胸面前的徽章露出，喝道："放屁！我就是含冤，我哪里……"没脸鬼也不等他说完，赶快跪在地下，对含冤一阵乱磕头，那个速度，每秒钟也有好几次，真像捣蒜一般，说道："早就听见过将军的盛名，据我母亲说，在我吃乳的时候，若是啼哭不止，只要一说含冤将军来了，我就止住哭。我真是出娘胎就崇拜将军。我崇拜将军诚意，你看到了什么程度?"含冤想道:这人口气变得实在快,世上真有这样说变就变的人。含冤便喝着问道:"为什么背着人乱骂人?"没脸鬼自己知道错了,绝不能不认,便道:"这也不能怪我,因为现在说公道话,也是要背着人说,所以不公道话,也背着人说。将来许人公开地说公道话,骂人的话,也可以公开。若是骂人不合理,自然骂不出口了。"含冤一想:这话也有几分可信,姑且认他算不错。便问道:"你现在还干什么事?"没脸鬼道:"在马屁大王要命鬼那里当了一个小差事,原为势所迫,不得而为之。那要命鬼寒廉鲜耻,人面兽心,其实可恶,我久想脱离他的关系,办一张报骂他,总为经济问题所困;若是将军能出一点儿款子,我可以替将军多印传单,宣布要命鬼的罪状。"含冤道:"你倒戈怎样倒得这样快?"没脸鬼道:"我这不是倒戈,我这是革命。"含冤想道:这虽不是一个好人,我们若要铲除要命鬼,倒可以借他做个内应。便道:"依我的本性,听见你刚才那一阵大骂,不能饶恕你,姑念你投诚投得快,让你做一个向导。可是自此以后,你不能背着我们又反复起来。"没脸鬼道:"不能!我们以道义结合,岂能言而无信?将军无论叫我去做什么事,我都遵命办理。"含冤道:"我们现在要进攻马头山,你能不能够带一支兵马,和我们做个内应?"没脸鬼道:"可以。我为人道正义,誓灭此贼。"含冤见他一口就答应,毫不疑惑,也很相信,说道:"你回去布置布置,给我的回信。"当时就让没脸鬼走了。

没脸鬼一路走着,一路想道:钟馗的兵力,我看很是充足,要命鬼全靠一点儿四面联络的软工,恐怕不是他的对手。我不如趁天兵进攻的时候,来个趁火打劫,既可以得个好名声,又可以捞些便宜,何乐而不为!他一路想着,却是低了头的,忽然哗啦啦一声炮响,原来到了马头山下,只见要命鬼和他的妻妾率着许多壮丁正迎上前来,个个精神抖爽,盔甲鲜明,他一见两只腿早软了,连忙跪在路边,迎接大军。要命鬼策马赶上前来,连忙下马,将没脸鬼扶起,问道:"听说兄弟在钟馗那里,很受他的侮辱,我想这投降的事,一定不行了,所以带了洞里的壮丁迎上前来,和他决一死战,老弟自己洞里,也有些兵,望调来帮助我一阵。"没脸鬼一路计划倒戈,到了这里,被要命鬼的军威一吓,全吓回去了，说道："我和大洞主，是一类的人，生死与共，说什么帮阵，还不是我自己的事一样吗？可笑那里不开眼的含冤，他想我做他的内应，岂不是梦话，被我臭骂了一顿，说是你既然掮着替天行道的招牌，应该用堂堂之阵、正正之旗，来征服大家，若是用这种勾结离间的阴谋，猪狗不如，你少和我说话。这一顿骂，骂得他狗血淋头，鼠窜而去。"要命鬼道："好，这才够朋友！那么，我的军队暂时驻扎在这里，兄弟赶快回洞，把你的兵也调了过来。"

没脸鬼一点儿不推辞，借了一匹马坐了，飞快离开大队，便回他的翻转洞。他到了家里，看不见要命鬼的军队，计划又变了。心想：要命鬼虽然还有点儿力量，究竟不如天兵充足，我若不趁此夺了他的山洞，恐怕再没有第二次机会。他这样一想，自己还不能十分决定，便叫了手下两个亲信，商议此事。这两个人，一个叫投机，一个叫乞巧，都是很有手腕的。没脸鬼对他两人并不说谎，便把自己的意思说了一遍，投机说："据庄主看，究竟是哪一方面的兵力足些呢？"没脸鬼道："若论起兵力，当然钟馗的天兵比别人不同；不过马头山的兵，他们有两种本事，一种是善拍，一种是各人戴假面具应战。钟馗虽然厉害，也难操必胜之券。"投机道："这就难了！我们的队伍当然是帮强打弱的，现在两个不分强弱，我们就无法加入了。"乞巧道："不要紧，这时马头山已经空虚，我们乘虚而入，可得马头山。不问三七二十一，先占了便宜再说。要命鬼的军队在前面作战，后门失了贼，他哪里有心应战，就绝没有兵力再回来夺山，这岂不是坐受渔翁之利吗？"没脸鬼仔细想想，还是依乞巧的话上算。马上带了自己洞里的一些兵，一直就奔马头山而来。这山上果然没有什么兵把守，没脸鬼兵不血刃，就占据了。马上布告全村，说是驱逐要命鬼。

不料这里正在兴高采烈之时，有侦探来报告，要命鬼打了一个胜仗。没脸鬼对投机乞巧二人说道："要命鬼居然打了一个胜仗，这是哪里说起，不是预料以外的事吗？我们早得了这消息就好了，免得和他决裂。现在我们已经占领了他的山洞，乘人之危的罪名儿，万万辞不了，设若他乘大捷之威，镇守前线，另派一支劲旅，回来拿办我们，那是怎

291

样办?"投机道:"不要紧,我们现在可以把这洞前洞后乡民,杀死几十个,就说他们在马头山作乱,我们这回来此,是特意和要命鬼剪除内乱的。然后我们就全军赶到前线,和要命鬼助阵,这样一来,我们和他除了内忧,又和他去御外患,这是我们卖力的事情。"没脸鬼道:"很好,很好,就是这样办!"乞巧道:"可是有一层,我们打进马头山的时候,曾拟了一个无线电给钟馗,说是我们已经起事了,现在正在打着出来,还没有完事啦!"没脸鬼道:"不要紧,我们再补一个电报,声讨钟馗就得了。"乞巧听了这话,也就照办。于是钟馗行营,同时得了两通电报:

电一,十万火急,钟行营帝君鉴:

　　某等共起义师,为天诛鬼,本日兵不血刃,已占马头山要命鬼老穴。穴既破,根株已绝,丑类无多,指日铲除可尽也。

没脸鬼叩东一

电二,百万火急,各界钧鉴:

　　钟馗无故兴兵,天生枭獍,万方同疾,某等共随马屁大王之后,灭此朝食。

没脸鬼叩东二

钟馗看见两通电报勃然大怒,对含冤负屈说道:"天下有这样反复无常的小人,要命鬼诛与不诛,犹在其次,像没脸鬼这样的东西,简直一刻都不能留他在世上,你们打听没脸鬼到了前阵来了没有?若是到阵前,可以指明要他出战。"含冤负屈也觉得没脸鬼这人太不讲理,即此一斑,可以想见他为人,万万不能留他。过了一天,据侦探报告,没脸鬼的兵果然来了。负屈便带着一支人,逼近要命鬼阵前,指明没脸鬼出阵。没脸鬼正和要命鬼在中军帐内商议军事,他听说敌人指明要他出战,他捏着一把汗,便对要命鬼道:"这钟馗的军队诡计多端,他指明

292

要我出战，分明是知道我的军队先到，已经奔波够了，他却想以逸胜劳，我偏不怕他，我吩咐我的本部军队，尽管休息，我一人单骑，前去会战。"要命鬼道："你这话说得有理。但是你也走累了，你也休息休息，等我亲自带兵出战。"要命鬼说毕，全身披挂，带着军队，便杀出营来。

那边负屈看见，便问没脸鬼为什么不出来。那要命鬼并不说话，一马当先，拿着板子，向负屈浑身乱拍。拍着虽然不重，可是挨着一下，就要肉麻一阵，这要命鬼拍法，负屈曾亲尝过两次，你若以硬工抵制，决计是不行的。他战了几个回合，招架不住，败下阵来。要命鬼的兵一拥而上，又打了一个胜仗。不过他这阵兵，仅仅是一鼓作气，不能经久，所以他并不追赶。钟馗见负屈败下阵来，十分生气，他马上带着军队就接杀上去。那要命鬼看见钟馗来了，在马上躬身施礼，说道："原来是帝君来了！帝君的威严，上达三十三天，下达十八层地狱，是无大不大的人物。从前不知道帝君是怎样的人物，今日一见之下，小鬼肝胆俱裂。帝君天威，小鬼不复反矣！"钟馗一腔的怒气被他这样一顿恭维，不由得怒气全消，便问道："你既然这样说，为什么不下马投降？"要命鬼道："从前不见帝君，我还胆大妄为，而今见了帝君无不服从，哪里还有不投降的道理！不过我那些部下，还得收束收束，迟过一半天，一定到辕门请罪。"钟馗听了这话，很是欢喜，便收兵回营。不料他一转身，要命鬼旗门之下，嗖的一声，就射来了一支冷箭，不知钟馗可中了冷箭没有，且看下回分解。

293

第十二回

戴纸脸士子说慈悲

　　却说钟馗听见声响，伏在鞍上，早就躲了过去。心想：这种人转脸就变，那还了得！勒转马头，又指挥军队重新杀了过去。那要命鬼见事不好，下了一个命令，他所有的军队一齐跪在地下。他们跪在地下，口中都念念有词，说也可怪，钟馗的军队赶到面前，举刀要去杀时，手腕子全都软了，砍不下去。那些鬼趁此机会，反而伸出手来，来搬钟馗军队的腿。所有钟馗的兵士全身都肉麻起来。

　　钟馗也为被要命鬼恭维得受不了，只好二次又复收兵，反而受了损失不少，他便召集营中各将领商议抵御的法子。含冤道："这事我已看得透彻了，他们都是拍马名家，对于拍的法子，研究得十分得法，只要我们耳朵一听他的话，眼睛一看他的颜色，就会上当。以后我们对他不闻不问，他就没奈何了。"钟馗道："这法子虽好，但只能守而不能攻，还是不妙。"负屈道："我倒想到一个法子，这种拍马的人，他最怕一桩事情，他若是恭维你，你老拿钉子给他碰，他就没奈何。这钉子可分两项，一种是橡皮钉，他越恭维，我们越缩，譬如他说你不爱钱，你就说见钱就要，他若再说你绝不要钱，你就说无钱不要，总是处在他的反面，他这马屁就拍不上了；还有一种是硬铁钉，他说你是天神，你就说谁不知我是天神，要你臭恭维，他恭维得凶，你越说他藐视了你，他也就技穷了。由此类推，他们由拍马法里变出战术来，我们也不难由给人碰钉子的手腕里面，定一个抵御之策。"钟馗道："这很容易办，把每一个人在衣服上缝着钉子，一直去捉要命鬼，好在他们除了拍法，别的全不知道，攻破了他的拍法，自然把他捉住。"大家商议已定，就定次日出兵。

到了次日，钟馗的兵果然在衣服上缝了钉子，雄赳赳地到要命鬼行营讨战。那要命鬼见钟馗军队到了，依然是老法，叫他的一支军膝行而前，口称投降。谁知钟馗的兵，全不把眼睛瞧一瞧，耳朵也各拿棉花塞住了，听不见一句恭维话。鬼兵见邪法不灵，有些惊慌，便拿出拍子来拍，不料全碰在暗藏的钉子上，又宣告失败。这时钟馗的军队一拥而上，把这马头山的鬼兵杀得四散。钟馗是认得要命鬼的，策马上前，将要命鬼追上。要命鬼知道是逃不了的了，便跪在地下，苦苦哀求道："我触犯帝君，自然是该死。但是我这卑鄙的小人，若是死在帝君宝剑之下，岂不污秽了帝君的宝剑吗？"钟馗一听这话，剑就没有砍下去。要命鬼趁这个空子，扯腿就跑，因为这马头山的人民，都有一种特别技能，凡是到了危急的时候，两条腿就会发生奇异的作用，比平常的时候，要跑得快过十倍，所以钟馗虽然有马，也追赶他不上。要命鬼跑出重围，只见前面一小支军队，扯着翻转洞没脸鬼马头山后路援兵的灰色旗号，要命鬼大叫好了，救兵到了，便迎上前去。没脸鬼见要命鬼这个样子，便问："怎样了？"要命鬼道："全军覆没。"没脸鬼把脸一变，喝一声："改旗号。"说也奇怪，那些旗帜只在一会儿工夫，变了颜色，变成了一片黑，马头山援兵的字样，也变了捉鬼兵字样。要命鬼见没脸鬼顷刻之间就变了旗号，大吃一惊，他知道没脸鬼这人的心肠最靠不住，许是他改变宗旨了，若不快跑，恐怕性命难保。所以他并不说第二句话，马上扯腿就跑。没脸鬼机灵还在要命鬼之上，他早知道要命鬼会跑，早已经递了一个眼色，叫他的卫队，在要命鬼身后，将他衣服牵住，这个卫队的身后，又另有一个卫队，将他的衣服牵住。这样一个牵扯一个，顺递下去，最后一个人的衣襟在没脸鬼手上，没脸鬼道："这种见风就跑的人，临时捉他是捉不住的，唯有早早地给他来个牵扯不清，他就无处可逃了。"要命鬼道："现在我已失败了，也无面目再回马头山。我这个地盘，就奉送给你吧！"没脸鬼笑道："这早已是我的东西了，还用得着你来送我。"便喝着刘左右道："把他捆！"要命鬼知道万跑不了，只得叹了一口气道："我恭维一时的人，一时都看风色行事，不想我今日最后一招，还是死在不会看风色的缘故里面，天下事

295

也就真难说了！"没脸鬼的左右，不问三七二十一，把他拖到一边，斩首示众。

没脸鬼斩了要命鬼，就是这地方的头儿了，他督率着军队前进，只走几十里路，就和钟馗的前锋相遇，没脸鬼一看见钟字旗号，连忙吩咐自己的军队，一齐站在大路一边，好让出大路，由钟馗的军队去走。另外派着四个兵举着投降的白旗，缓缓地迎上前去。那边的先锋正是负屈，他还以为是要命鬼的残军，及至叫那四个兵到面前一问，却不料是没脸鬼的军队，他不由勃然大怒道："他还有脸见我吗？"便对那四个兵道："你回去对你们的同党说，别人都可赦免，非把没脸鬼斩了不可！若是你们不能办到，我们相隔不远，马上就可以开仗。"那四个兵战战兢兢地走回去报告，都十分愤慨。没脸鬼见士气如此，十分欢喜，以为定可打个胜仗。心想：我还是不投降的好，我就是打不赢，这是我的熟地，随处可以逃走；若是打赢了，我就可以在此称雄了。这样一想，他又下一个命令，将旗号变成绛色，仍旧是翻转洞本来的面目。但是由黑色变到绛色，中间将经过一个灰色的时期，旌旗在风中招展一阵，刚刚变到灰色，投机乞巧在后面催着粮草，赶到阵前，投机埋怨没脸鬼道："事到如今怎么你还打着灰色的旗号？"没脸鬼道："我正想用原来的绛色，现在正在变化，这灰色是过渡期间呢！"乞巧道："无论如何，这时我们不能和钟馗取敌视的行动，人生在世，有一个要诀，只好和胜利的人牵马，不可和失败的人说话。他正在胜利头上，你却要去和他比高低，那岂不是笑话？"没脸鬼道："我虽情愿投降，他不容纳，也没有法子呀！"投机道："他既不容纳我们，不要紧，离这儿十几里是揩油山酸风洞，那里齐集了许多人，专门办公益的事情，首领是贾慈悲，人家外号他虚花鬼，其势蒸蒸，不可厚侮，我们投降他去。钟馗虽然到处捉鬼，绝不能捉到那里。"没命鬼道："这话要得，虽丢了两座洞，那里的人好讲话，将来我们喧宾夺主起来，不是在那里可以做一番事业吗？那里是以博爱为名的，色尚蓝，我们的旗号，就改成蓝色吧。"大家计议将已定，旗号变了蓝色，就往揩油山而来。

这揩油山的主人翁，是当地一个大绅士，专门做善事，他听见钟馗

296

来了，善事越做得厉害。这一天探子报上山来，说是没脸鬼带了一大批人前来投降，虚花鬼道："不行！他们不是好人，我不救他。"探子又说："他们带的东西不少，牲口就有两三百头。"虚花鬼道："哪里不是修好处，我前去看看，可以收不可以收？"那虚花鬼走出了揩油山，遇见没脸鬼带着军队而来，虚花鬼迎接上前，用一只眼睛去看没脸鬼这班人的情形，用一只眼去看没脸鬼带来的东西，他看见不过百十多名，倒有几十大车东西，又有一百多头牲口，若是一个人都没有，专门由牲口驮这些东西来，这揩油山真要发一个小财，他连忙上前，和没脸鬼握手，说道："久仰久仰！今日居然到我这里来了，可喜得很！"没脸鬼道："我们这班人穷无所归，今天特意前来相投，求你收留下，将来重重报答。"虚花鬼道："哪里话，四海之内，皆兄弟也，地主之谊，那还不是应该尽的嘛！"这时，两方面的人都暗暗欢喜，没脸鬼心里想：这样一个好说话的主人翁，将来还不容易吞下去。虚花鬼心里想：这样一个有钱来宾，真是肥猪拱门。大家心里这样想道，越发很亲热。虚花鬼站在大路一边，看见没脸鬼的东西，一大车一大车往他庄里送，他满心痒得身上发酥，每走过去一辆车，他喉咙里咕嘟一下吞下去一口馋沫，一直由眼睛望见所有的东西都进庄去了，他才在后面跟着没脸鬼进了揩油山。

虚花鬼殷勤招待，生怕他们不安适，另外派了一幢房子给没脸鬼的人住，他们所有的东西，虚花鬼又给他送进了保险屋子，说是你们东西就和我的东西一样，好给你们收藏，绝不让你们有一丝一毫的损失。虚花鬼将他们安顿好了，却邀集了他们的亲信，开一个秘密会议。他所邀集的人，在会场上坐下，只听见一阵开会的铃响，大家将手在脸上一摸，立刻有一张纸脸随手落下，大家都显出真脸来。这些人的脸都是些蜂目鹰鼻、虎口狼牙，十分狰狞可怕。虚花鬼是一张蓝脸、钩鼻子、老鼠嘴、獠牙蛇舌，一只豹子眼睛，尤其是凶光灿灿。他这时走上主席台，发出凄厉的声音说道："我们的宗旨，原来是戴假面目出外骗人，家里露出真面目，我想这法子不妥，以后在家里，我们也得戴上，以防不测。"虚花鬼说毕，便有人问道："庄主这个法子，是万全之计，自然很好。但是我们的假面目，一个人有好几副，有时戴绅士的面孔，有时戴遗老的面孔，有时戴名流的面孔，很不一致，外人来了，固然是可以被我们瞒过，可是面孔常常变更，连自己人都不会认识，那怎样办？"虚花鬼道："那不要紧，我们的面孔虽不同，我们的气味总是离不了酸和臭两样，见了面之时，我们不必要看到真面目，也就气味相投了，那绝不会错认的。"大家听了虚花鬼的话，很以为然，就都将假面孔戴上，一刻儿工夫，一堂恶气变了一团和气。

正在这个时候，有人报信，说是钟馗的兵步步进逼，已经到了山脚下，他派人前来，说是要走这儿经过，我们应该怎样办？虚花鬼说："那还有什么说的，我们赶快下山欢迎。别的事情可以让人，欢迎的事情不能让人。你要知道，揩油山的人，欢迎这两个字，和他的事业很有关系呢！"说毕，自己换了一身绅士的大礼报，戴着高帽子，从从容容走下山来。那钟馗的前哨兵，看见一个喜气满面的绅士，慢慢而来，料他不是坏人，就让他慢慢前进。虚花鬼走到钟馗的行营，将名片递给卫兵，卫兵一看那名片，那上面的官衔是黑十字会会员、倡德会会员、俭人会会员、救苦会会长，下面是"舒华贵"三个大字。那卫兵道："原来是一位大慈善家，失敬了。"便很快地和他上前通报，钟馗见是大慈善家来了，不敢怠慢，就请他到客厅里会面。虚花鬼一见钟馗，一躬到地，笑嘻嘻地道："像贵军这样的兵，真不愧为仁义之师，鄙处的人民十分欢迎，不过附近的地方，合了那大兵之后，必有荒年的一句话，灾情很重要，设法救济才好。"钟馗道："那是自然！舒先生是慈善大家，就请舒先生出来主持一切。"虚花鬼皱一皱眉道："敝地虽然情形好些，人民也仅仅不至于饿死，要筹款赈灾，可是没有这种力量！"钟馗道："很容易，我替贵处发一个通电，请各方汇款来助得了。我的大兵，本来是秋毫无犯的，而今我索性下一个令，叫他们绕山而过，你看好不好？"虚花鬼道："帝君有此仁慈，小民格外感戴，而今先代表敝处的人民九顿首以谢。"说毕，他当真在地下磕了九个头，然后才走。他办了这事，一路都是戴着笑嘻嘻的绅士面孔，不料走到半路上，他肚子饿了，要吃点野食，正好有人负着一腿猪肉过去，他大吼了一声，假面具落下，露出他的凶面獠牙来。那个负着一腿生猪肉的人，在这大路上，本来就没有提防意外。况且虚花鬼远远迎面而来，老早就看出来，他是一个满面春风的绅士，宁复有他，所以坦然地只管走他的路。这时忽然听得身边大吼一声，赶紧回头一望，不料绅士不见了，出来一个活妖怪，他这一看，魂飞天外，扯腿就跑。但是虚花鬼已经看准了这块生猪肉，哪里还能让你跑掉？上前一爪，就把生猪肉抢过去了。那人哪里敢问？头也不回，死命地跑走了。

虚花鬼捧着这一大腿肉，得其所哉，就在大路旁边一顿狂嚼，把猪肉全吃下去了。他吃得十分干净，连骨头屑子都没有吐出一点儿来。他将猪肉吃完，因为十个指头都捧过猪肉的，上面未免有些油水，他一个一个都送到嘴里吮了一吮。这时吃得饱了，那一副绅士的假面具，还在衣袋里，便捧了出来，依旧戴在脸上。走不到一里路，只见那里失落猪肉的，在一家茶棚子里歇脚，告诉人说："遇到了妖怪，而且这妖怪十分厉害，将一腿生猪肉拿去就伸到嘴里去吃，我这是买回去包馄饨的，他吃了我的，我今天一天，不能做生意了。"就有人指着虚花鬼道："不要紧，大慈善家来了，一定会替你想法子的。"那人听了这话，当真走到虚花鬼面前，下了一跪，说是做小生意买卖的人，被妖怪将他的本钱吃掉了，这是怎样活法，听说你老人家是一个大善士，向来恤老怜贫的，务望救我一救。虚花鬼对那人望了一望，低声下气地说道："啊，原来如此。那你吃了苦了。不要紧，你损失了多少钱，都由我和你弥补起来吧。"说着，伸手到衣服里面去，装着要掏钱出来的样子。那人欢喜得了不得，以为可以发一笔大财。不料虚花鬼掏了半天，掏不出来，说道："啊哟，这实在不凑巧，我今天出来，身上偏偏没有带钱出来，过一天，你到我家里去，我一定给你。"在茶棚子里的人都知道虚花鬼是一个君子人，绝不会说谎的，便对那人道："你赶快谢谢这位大善士。"虚花鬼正要谦逊，忽然觉得不便，扯腿就跑，一直跑了两三里路，然后才停住脚。原来脸上戴的那个假面具，要落下来，他特意跑开，好将假面具戴上。

虚花鬼心里一想：奇怪呀，我的假面孔向来戴得很牢的，不是心里

299

想吃想要，绝不会落下来的，今天我正在大说慈悲话，应该越说越像真脸一样，何以忽然要露出真面孔，难道还有什么人识破了我这个法子，在背后指穿我吗？无论如何，这个地方，我们要少来了，若是再来，不定这个假面具要在这里丢了，那才是不合算呢。他这样想着，一个人又往前走，走不多远，顶头忽见一个二十多岁的妇人。这妇人在这一条荒野的道上，看见男子，本想躲开，偷眼一看，虚花鬼斯文一脉，和和气气，是个正人君子的样子，所以她并不顾虑，只管走了过来。虚花鬼一想：这妇人胆子不小，一个人走道，就不怕危险吗？她是一个人，我要下她的手，那倒十分容易，这个地方并无行人，我就做一回坏事，谁也不知道，这不落得做吗？这样一想，心就横了。心一横，周身的血跟着一冷，那戴的假面，没有血液来粘着，在真脸上便站不住，啪的一声，直从真脸掉下来了。这时那妇人一步一步地走，已经过去不少路，虚花鬼也顾不得真面目假面目，对着那妇人，如饿狗抢屎一般，就抢了上去。那妇人见虚花鬼抢将上来，她还不怕，打算和他说理，不料虚花鬼走近，虽然还是穿着一套绅士的大礼服，那面孔已经变了，从前是和蔼可亲的面目，如今不然了，乃是狰狞可怕、蓝黑相间、五官不整的脸。她这才知道穿大礼服的人，也会变了脸。事到如今，万无生理，便决定拼了一死，和虚花鬼打上一场，或者还可以死里求活。因此，她便低着头，对虚花鬼怀里一头撞了去。虚花鬼一见，一双手立刻变成了鹞鹰爪子似的东西，就要来搂那妇人。正在得意忘形之际，忽听见树林子里有人喊道："青天白日，谁敢在这里做无法无天的事情！"虚花鬼抬头一看，却是钟馗营里负屈将军，带几十名兵士，由树林子出来。他这一吓，非同小可，连忙跪在地下，迎接负屈将军。那妇人扔在一边，他也不管了。妇人站在一边，引为怪事，也愣住了。这虚花鬼跪在地下，半天他也不抬头，趁这个机会，他却把假面具赶快戴上，他将假面具戴好了，然后从从容容地爬起来，和负屈又作了一个揖。这时，他不是那狰狞可怕的面孔了，正是雪白干净、五官端正的好脸子。那妇人看见，很是诧异，心想：这人的脸怎样变得这快？先是好面孔，见了妇人就变成坏面孔，而今见了军人，坏面孔依旧变为好面孔，你说奇怪不奇怪？

负屈一看，就是最负大名的慈善大家舒华贵，当然不是坏人，却不知他为什么追这妇人，心里好生不解。舒华贵看见他那种犹豫的样子，心里也就了然，便对负屈道："这妇人刚才发了急疯症，眼花心乱，不是跳河，就是跳井，这里又无第三个人，不得已我只好避却男女之嫌，将她抓去。谁知将军恰在这个时候来了，将军是个神人，头上有红光，所到之地，百邪俱避，所以将军一来，她的痛也就好了。"负屈因为他是一个大慈善家，绝不会说谎的，对他的话却很相信，笑道："那却难怪，要不是我来，老兄还有得受累呢。"舒华贵道："不要紧，敝村有的是医院和黑十字会，真是痛不好，把她送到那里得了。"那妇人在一边听了，大声嚷道："你别听他瞎说呀，他是妖怪呀！"虚花鬼道："大嫂说话好笑，天下有这样斯斯文文的妖怪吗？"妇人道："他现在是把假脸戴在真脸上，真脸藏起来了呢。这假面孔别的不怕，最怕人说破。"这妇人一说，虚花鬼的假脸就掉到地下来。虚花鬼见假面具一落，这一吓非同小可，赶紧举起两只衫袖，蒙着他的真脸，掉头便跑。

负屈初没有留心，还不知道虚花鬼为什么跑，低头一看，只见地上落了一张绅士式的假面具，正和刚才虚花鬼的面孔一般无二，他这才明白了，虚花鬼出外，都是戴着假面具的，现在既然所认识的，不过是虚花鬼的一副大慈善家的假面具，他的真面目如何，倒要看看。他在马上加上一鞭，打着马鞭跟着虚花鬼后面追将上来。他远远看见虚花鬼在山溪边一块大石头下一钻，就不见了。追到山溪边看时，那洞黑漆漆的，也不知里面有多深，探头一望，有一阵很浓的腥味扑鼻而来，令人闻着受不了。那洞的一边，有一丛水草，水草里，有一堆鳖蛋，负屈笑想：不用提，这里一个鳖洞，这大慈善家丢了他的脸，不敢见人，就躲到鳖洞里去了。我起初还只要看看他的真面目，这样看来，恐怕他也不是一个人，我却非把他拿住不可。主意想定，便在路上折了一细树枝，用火点着，塞进洞口去，用熏兔子出洞的法子，去熏他出来。这烟熏到洞里去，半天也没有影响，负屈心里很是疑惑，心想：这个戴假面具的，难道没有到这洞里去？便带着他手下一班人，在大石前后，四围去找，看有出路没有。找到大石头和一块小石头相连的地方，有一条小缝，也不

301

过一个指头粗细，石头外面，却有一路脚印，远远地走了。仔细看时，那缝边下，还有几个手印，仿佛有人在里面爬了出来似的，负屈道："啊呀，这人的本事了不得，他能无孔不入，有隙必钻；人到了无孔不入，是毒蛇猛兽也要怕他三分，何况我们呢？由他去吧!"说着，便自带兵回营，向钟馗报告。

钟馗道："本来办慈善事业的伪君子就多，不然，他们一年阔似一年，哪来的钱？这舒华贵所住揩油山前前后后都是鬼窟，怎样会是好人？孔子为政三日而诛少正卯，正是以为除伪君子，比除小人还要加紧十倍。这样吧，我们现在丢了别的鬼且不去管，先要肃清揩油山。"含冤负屈也都赞成这种办法。到了次日，便率领他们的军队向揩油山而来。

这个消息传到揩油山里面去，虚花鬼见事不妙，另外换了一副假面具戴了，就召集在山的人出来会议。他们集会的地点是露骨亭，是揩油山向来商量重要事件的地方。在亭外的人，都斯文一脉，个个是好好先生，一进了这亭，伸手在面上一摸，立刻露出真面孔，牛头马面、五颜六色的形状，一齐都暴露出来，就是说话的声音，也都一律变成狼嗥虎啸，不像戴假面具的时候那样低声下气。虚花鬼照例坐了主席，便对大家报告道："我的意思本不想和钟馗闹，只要戴着假面具，可以敷衍过去，少占一些便宜，也就算了。谁知昨日我为追个妇人，半途路上，遇着负屈一大群人，把脸丢了。当时我虽赶快掩饰，无奈那妇人在一边捣鬼，我的脸就被识破了。我知事不妙，用无孔不入的法子，由鳌洞钻了出去，方才逃出这条命来。听说钟馗听了负屈的话，别的不问，单单要和我们为难。我想我们要赶快想抵御之策。假使单靠我的力量，和他硬打，恐怕是打不过，我们最好还是用计来败他。"一言未了，有人说道："我有一计在此。"要知道这是什么人想出什么退兵之计，请看下回分解。

302

第十三回

显奇能见钱开瞎眼

却说虚花鬼一班人在露骨亭里正在商议退兵之策,忽有人说,他有一计在此,大家回头看时,却是由远道来游历的刻薄鬼。大家便问:"计将安出?"刻薄鬼道:"诸位不都是有化装的绝技吗?可以仿造钟馗兵士的衣服完全更换,然后各戴一副神圣不可侵犯的面孔,藏在身上,和他们开起仗来,冷不防将假面孔戴上,和他的军队混在一处,叫他真假难辨,不能下手打。"众人都说:"这法子是妙!我们生成的是这种本事,这样办也极容易。不过有一层,我们的外表一齐和他同化了,我们自己也分不出,只可蒙混一时,却也没有法子胜他。"刻薄鬼哈哈大笑道:"诸君真是不自知其臭的了。我们是旁观者清,凡是戴假面具的人,都有一副臭架子,你们身上个个都有一种和人不同的臭味,难道不闻到吗?"大家都说:"气味我们倒都有一种,但并不是臭。"刻薄鬼道:"只要你们知道有一种气味就得,臭不臭,不必管它,当你们和钟馗的军队混在一起之时,表面虽然一样,这臭味他们却没有的。那时,你们只拣没有臭味的杀,把有臭味的留着,自然不会打自己人。他们却一律认为自己人,不敢动手,岂不是你们有胜而无败吗?"虚花鬼和一班会戴假面具的人都鼓掌称善,说这个法子委实好。虚花鬼当时就在主席上宣言道:"现在的世界,是大同的世界,许多人都主张不分国界了。我们和这位刻先生,只隔几个山头,更加要不分界域。现在刻先生这样和我们设计,我们应该在我们这山自治法里加上这么一条,得聘请第三山自治区里的人为本山高等顾问。"大家都说:"赞成!赞成!刻先生若是再能替我们筹个一笔经费,我们就举他为一山之主,亦无不可。"

刻薄鬼心里好笑,心想:你们这一大班人,带着一张文明面孔,看起来好像是无所不知，我挖苦透了你们，你们还要举我当顾问，有这样的傻瓜！他一声不言语，尽让揩油山的人去恭维。等众人恭维得够了，他又道："救兵如救火，一刻也迟不得。现在钟馗的兵既然逼到山下来了，诸位赶快就要去抵御，我既是贵山的顾问，就要和贵山负一些责任。诸位可以完全出去应战，人越多越好，一个也不要留。这看守山庄的事就交给我一个人来办得了。"虚花鬼一想：好呀，我们都下山迎敌，让你一人看守山庄，你倒大权在握了，但是我也不怕你，你到底一个人在此，总不能把我的山庄搬了去。这个时候，乐得和你要好，逼出你两文钱来用。主意打定，说道："刻先生和我们想的计划，我们极端赞成，可是有一层，我们要全数下山，差许多饷械，能不能在贵处筹借一批来用，将来我们如数奉还。要不然，我们只好暂取守势。取守势，那是必败的。那么，不如请刻先生先走吧，免得在这里住着，受了我们的连累。"刻薄鬼心里十二分爱这揩油山，很想一把夺了过去，从前是心有余而力不足，只好空想，现在有高等顾问的位置，又有守山的希望，若把这机会丢了，岂不可惜。我在这里，他们问我要饷银，要军器，虽然有些交换条件性质，实在也是不得已，我山上很有余力供给他们，就答应了吧。这样一想，满口答应了虚花鬼的要求。就发了一通无线电，催着他们本山搬了许多钱来。虚花鬼这面的人，因为发了饷，马上精神振作起来，一个一个地都把假面具极力修饰，外表和钟馗的天兵天将一般无二，他们将假面戴上，又穿着体面些的衣服，便分头下山。

这时钟馗的军队正一步一步地向揩油山进逼，逆料攻下这座山头毫不费力，所以大胆往前进。一直到了揩油山脚下，方才安营扎寨，他们的军队本来打算休息一晚，第二日拂晓进攻，不料刚到半夜，揩油山的军队，首先杀下山来，钟馗的军队仓促应战，打算大杀一番，等到和敌人接近，仔细一看，全是自己人，大家这才恍然大悟，出于误会，都在停手了。谁知这些人正是揩油山下来的人，他们靠着那假面具有些像人，果然弄得钟馗的兵，都认为同志。这时虚花鬼也混在里面，他趁着人家不想打时候，就在内中指挥，作起乱来。他所带的人，都有臭味的，彼此臭味相投，便站在一处，只管拣没有臭味的杀。钟馗的兵哪里知道有戴假面具的敌人在里面，总是不敢自相残杀，往后躲避。揩油山的群鬼，落得杀一个痛快，往前直追。钟馗这一阵，败下去十几里，好不懊丧，明知中了敌人的计，但是中了什么计，这时还不明白。在这时候，忽然有几个卫兵，扭住一个兵，一直到中军帐下来，钟馗手下的旗牌，早走过去问道："什么事？"卫兵指着扭住的人道："这位弟兄也不知道是哪一哨哪一棚的，他乌七八糟乱窜，窜到这里来，问他的话，他含含糊糊，不知说些什么。而且他身上还有种臭味，实在难闻。我们看他这人好像奸细，所以把他抓住。"钟馗早在上面听个清楚，他看这兵的样子，完全是自己的军队，不过这时他一言不发，像个傻子一样，很可疑心。负屈也在一边，鼻子里微微地闻见一股臭气，心里恍然大悟，便道："他这身上的臭味，和虚花鬼身上的气味一样，一定是他那里的人。因为他们有种绝技，能戴假面具出来，和真脸一样。"便吩咐卫兵，把他脸上的假面具拿下来，就可以知道是谁。卫兵听了，用手去摸他脸，一点儿痕迹没有。而且摸着他的脸的时候，脸如牛皮一般，用指头弹着有些敲鼓响。负屈道："不料这假面具又好又厚，这个疑团，倒无法打破。"钟馗道："不问他是奸细不是奸细，你们先把他带下去，我自有办法。"那些卫兵听见，就把这嫌疑犯带走了。钟馗计上心来，吩咐卫兵，收拾一间黑房，黑房里面，除了堆着吃的喝的用的而外，还堆着许多钱，安排好了，你就把那人收到黑屋子里去，让他一人在里面坐着。

这人初进黑屋子里，不看见什么，后来慢慢地看见方向，慢慢地看见桌椅，最后就看见吃的用的和钱，他一看这屋子里并无二人，先吃了一点儿，后来又把钱拿了几个往身上揣，那脸上的假面具，被他这样一闹，就慢慢地摇动，有些粘不住。他一个人说道："这一个好人的面目，戴着太别扭，吃喝不痛快，说话不痛快，做事也不痛快，这里反正没人，我把它暂时放下得了。"这样一想，真脸马上露出来，他就一顿饱吃，然后把钱整把地拿起来，往身上揣。钱揣够了，东西吃足了，他再把假面具戴起来，这屋子里虽然没有什么亮光，可是屋顶上有三条漏缝，当这人在里面取下假面具的时候，钟馗曾派卫兵躲在屋上，带了透

305

视镜，由那漏缝里张望，侦察他的行动。这时他看了一个毕真毕显，就一五一十向钟馗报告了。钟馗笑道："破敌之计得矣。"便叫卫兵将那人带上来。那人戴着一副豪杰的面孔，其势赳赳的，丝毫也不惧怕，坦然走上前来。钟馗将公案一拍，骂道："你们这班东西，将真面孔藏在里面，拿着这副假面孔到处说仁义，讲道德。仁义道德那样的好名词，被你们一用，人家都不敢相信了。"便对卫兵道："来，你把他刚才在黑屋子里做的事，当他面报告一番。"那卫兵听说，当真又把那人如何吃东西，如何偷钱，如何取下面具，如何又戴上去，前后说了个正对。那人一听，赳赳状态失了，啪的一声，那假面具四分五裂，落在地上，把鬼头鬼脑都露出来了。他假面具一落，不敢作怪了，立刻跪在钟馗面前，请钟馗开恩饶恕他。钟馗笑道："我知道你们这种人，只要面子一破，就不成人了，我不难为你，你把你那地方内幕全供出来，我可以放你走。"那小鬼到了此时，不能不说了，便道："我们那揩油山都住的是善士，下等的常常分途出去，印刷几份油印稿子，宣言组织慈善一类的会。不过我们名声太小，不能号召，就到处磕头作揖，请几位有名的仙佛出来做会长，事情办得好，大家大小弄一个小位置，沾沾会长的光。事情办得不好，捐款总可以弄几文，坐坐车子，吃吃小馆子，也是好的。中等的，都是熟人很多，善于交际人，不光是印刷稿子，真也出几个本钱，赁一幢屋子，请阔人吃一顿饭，组织一种社，有什么团体会议，也加上一个。上等的，就像我们的庄主，虚花鬼一流人，仁义道德，说不绝口，也真能分地方上公款。出来办事，先自然是有一笔钱花一笔钱，后来嫌钱不够，就打电报写信到各地方去募捐。他不募就不募，一募就是万数。他钱到手，一小半儿办事，一大半儿上腰，比什么差事也好。因为做慈善事业，总要像个规矩人，人家才相信。所以我们这山上的人，无论老少一律戴假面具。这假面具是独家制造的，不是知道我们真面目怎样，是取不下来的。"钟馗道："原来如此。那我有办法。我放你，你走吧。"那小鬼道："我现在不能回去了，因为假面具已经丢了，他们是不许我回去的。他们虽然是一群鬼，这假面是维护得极厉害，没有假面子，他不引为同调的。"钟馗听他这样说，就把他留下，暗下派了二百名校刀手，一律穿着破旧衣服，让虚花鬼这班维持体面的人不能模仿。就叫这二百名兵士，带着传声器，到揩油山脚下去骂阵。又吩咐不要骂他别的，只要骂他怎样冒充正人君子，怎样去骗人家的钱，带笑带说，那就行了。

这二百名校刀手一到揩油山脚下，果然照话而行，各人拿着传声器大骂假名流、文明骗子、文明强盗。他们顺风而骂，一阵阵的骂声，都传到揩油山里面去。虚花鬼这些人听了，面红耳赤，浑身发热，坐卧不宁，实在难受。不到一刻儿工夫，各人脸上的假面具全都破裂落下，凭你骂死，他也不出来应战。钟馗知道事情有些成功了，指挥着大小三军便向揩油山开始攻击。大家又喊道："我们杀呀！他们露了脸啦！杀进去看看这些假慈善家的内幕呀！"在这一阵大喊之时，钟馗的军队一直冲上揩油山。这山上虚花鬼一班人，假面具一破，就一点儿本事没有，被钟馗杀得落花流水。虚花鬼眼见一座地盘，费尽心血弄来，而今要丢一个干净，好不伤心。加之现在也没有脸见人，活着何益，便咬破指头，用血在壁上写了几行字是："大兵之后，必有荒年，望我同志，慈悲为本，立一赈灾会，以救灾民。会址不必另立，即设本山。我今一死，其尸身望置诸冰窖，俟赈灾会成立，有施棺木给灾民者，将我之尸体，随带收殓可也。"他再要往下写，忽然来了一支飞箭，射中他的心窝，把他一颗空心射了出来，他就死了。

这时在这山上寄居之没脸鬼一大群人，早已知道钟馗进攻，可是他们一些细财物，蒙虚花鬼代为收存的，都不见了。问他要时，虚花鬼说："我们向来拾金不昧，哪里会收起你的东西？你记错了。"一口咬定不认。没脸鬼见战事紧急，也就按下不提，意思等敌人退了，再和他算账。不料他们的假面具一丢，没有打，就完全失败了，没脸鬼也是要钱不要命的人，哪里能休手，马上带着人，趁忙乱中去搜检，一直便上虚花鬼的内室"宝善堂"来。这"宝善堂"三个字，正是以为善为宝的意思，满墙满壁都贴的是格言，什么临财毋苟得啦，什么见利思义啦，什么肥马轻裘，与朋友共啦，什么钱之为物，生不带来死不带去啦，一屋子几乎完全被戒贪的屏联所占满。没脸鬼对大家笑道："搜赃

307

搜到这屋子里来了,何异缘木求鱼,这真是瞎撞啦。"乞巧道:"别忙,我常听见说,和尚用檀香当柴烧,在禅床后边用夜壶炖肉,这个年头,说好话的地方,偏是不做好事,我们不要太老实了,可以在四处搜查搜查。"投机道:"这话有理!"他见那壁上挂着一面西洋镜子,大书特书三个字:"问心镜。"旁边一副对联,一边是四个字,是"放开手去""回转头来",投机道:"好明白话儿。"乞巧道:"别忙,这是双关话啊。"那镜框子刻着两个小孩儿捧着一个球,乞巧把那小孩的小手一扳,又把头儿一扭,马上那镜子一转,显出一扇门,门里金碧辉煌,满堆的是金银财宝。投机哈哈大笑道:"拆穿西洋镜,真相毕露了。"乞巧道:"这算什么?哪个满口仁义道德的人,家里没有西洋镜呢?"乞巧道:"不料他的西洋镜,却被我们拆穿了。可是有一层,西洋镜拆穿,他就不能混了,无论虚花鬼他们是胜是败,绝不能与我们甘休。我们把他们的财产卷起,趁着他照顾不及,就赶快离开这里吧!"

没脸鬼听说弄钱,他可以来个双份,带着众人将所有的东西,大大小小,一卷而空。当他进宝善堂之时,早已派人打听前山战事的消息。这时探子回报,说道:"虚花鬼死了,揩油山大势已去。"没脸鬼便对乞巧投机道:"我们这样不是走运,投降一个,失败一个,这是怎样办?"投机道:"不要紧,像这样投降,倒一个主人翁,我们在他家捞一回现成的,那就越多越好。"没脸鬼道:"现在我们要找新主人翁了,挂什么旗号?用什么名义好呢?"乞巧道:"我有一个办法,我们先下山,在一个僻静的地方,躲上几天。在这个时间,我们派人四方去打探,打探哪一山的形势好,我们就仿他的旗号,慢慢往他那里去,向他接近。他见我们带一样的色彩,必定引为同志,然后我们就可以模模糊糊地加入他一党了。钟馗不杀到那里去很好,我们慢慢地想法子,扩充实力。钟馗杀去了,我们换过旗帜再走,那要什么紧?"没脸鬼心想:"人到没有把握的时候,暂时只能不带色彩,以免将来洗不掉。乞巧这种办法,倒也使得。"计划决定,他就吩咐部下,偃旗息鼓,由后山往山下退。虚花鬼所有的积蓄都被他弄去。虚花鬼引没脸鬼这班人进山,本想把他的东西全数吞没下去,不料倒引没脸鬼进来,发了这一个大财。

　　没脸鬼过了后山，就藏在一个避风谷里。谷的前面有一道滩河，再要向前，可得过渡。而且那水很急，渡也不容易渡。没脸鬼一想：这非鼓勇部下猛进不可。便使劲地用眼睛皮眨出眼泪来，对着众人演说："现在我们手上一个钱没有，守是守不住，回原地又回不了，死里求活，我们只有抢过河去的一条路。再声明一句，我手上实在没钱，现在不能够发饷，过了河，找到了东家，我们大家就有饭吃了。我若手上有钱，便是狗种。"他说时，心里可想着箱子里有钱自然无关。他部下两三百人，明明在宝善堂和没脸鬼抢了揩油山许多东西，希望总可分一点儿，不料宝被没脸鬼收去了，当着大家哭穷，叫人家饿着肚子，和他想法子过渡，这事未免太不平等了，大家口里虽然说不出来，心里可都是明白的。不过到了这个时候，团在一块儿，还可找一条吃饭的路。若是散了伙，这里满地都是荆棘。没奈何，只得在荆棘丛中，拼着命和没脸鬼去找过河的路，大家焦头烂额，分路去找，居然有一个人在下流头找到一座板桥，他放开嗓子大嚷，说道："有路了，有路了！你们来呀！"大家听说，就都跑了过来。没脸鬼督率着他的部下，押解细软东西，也到了河边。先是寻路的上桥，带着探路，其次是其他饿肚的壮丁，其次是没脸鬼的亲信，又其次是细软车辆，最后才是没脸鬼自己。大家安然渡河，依旧往前走。没脸鬼却又把大众调回来，吩咐把这板桥拆了去，乞巧问道："我们还赶路呢，拆桥做什么？"没脸鬼道："这还不懂吗？我们能找着桥渡过河，别人难道就渡不过来？渡过来了，岂不把我们追上？我们反正不要桥了，乐得拆断，省得也被别人利用去了。"投机道："好是好，不过我们过了河就拆桥，要想再回来，可是不行。"没脸鬼笑道："我们过了河，哪里还有回来的日子？"说时，那一座板桥被没脸鬼的部下三下两下就把它拆了。这才大家放心，开怀前走。

　　走不多路，前面有一个小山岗，山脚下立了一块石碑，刻着"观风谷"三字。没脸鬼道："这地方很好，就暂时在这里驻兵。"一面又叫乞巧守营，投机沿途前进，到前村去探访，那里是什么地方。投机得了命令，扮作难民模样，便往前去。走了许久，也不见一个人影，他自言自语道："难道这个好地盘，都没有人要？那么，我们手到拿来，可以发一个大财了。"一语未了，只听有人在长草里面问道："谁手到拿来？见财有份，我们要分点儿啦！"说时，草里爬起来一个人，口里说道："别走，别走！"投机起初还怕是拦路打杠子的，仔细一看，却是一个双目不见的瞎子。投机笑道："这种荒村野路，哪里有财发？我倒走得饿了，望人家分给我几个呢！"他一面说着，一面走他的路，又忽然一想：他一定是这里的人，何不向他问一问路，便说道："大哥，我问你，这前面归什么地方管辖？"瞎子道："你到这儿来，应该知道这是什么地方，怎么既入我们的境地，还不知道它归什么地方管辖？"投机欺他是个瞎子，说道："我是个游方和尚，随地化缘，哪里有什么目的？"瞎子道："有你这不知所之的人，才会问道于盲。你想我不分东西南北的人，怎样指给你的去路？"投机想道："这话也对。一个不怕你怎样会投机，到了人家坚壁清野的时候，你也没有办法。不得已问道于盲的手腕，也就现出来了。"便对那瞎子道："你是不是这里人？"瞎子道："是的。"投机道："你既然是这里的人，你自己家里总知道回去，你能不能够引我到你府上去？我再和你府上的人，打听去路。"瞎子笑道："我真这样傻，把一个化缘的和尚引到家里去。"投机道："老实告诉你，我不是个和尚，我是一个行路的单身客人。"瞎子道："你在哪儿来？"投机道："我在揩油山收账来。"瞎子道："啊哟，你在揩油山来，那是个有钱的地方，你伸脑袋过来，给我摸摸。若不秃的，我就引你去。"投机信以为真，便伸头让他摸。那瞎子手上在摸，鼻子却不住地耸动，极力向投机身上闻，他的嗅官比别人灵敏，他闻见投机身上的铜臭十分浓厚，几乎把他冲倒。他心想这人身上的铜臭有这样浓，必定带有不少金钱财宝，决计不是个和尚。便道："你果然不是个和尚，那么，你可以在前走，你看见有红色的记号，不论是石头或是树，你就向左转，有几个左转弯一走，便到了我家。你在前走，我在后跟。"

投机信以为真，果然向前走。瞎子在他身后，那铜臭味一阵一阵地扑鼻而来，真弄着他神魂颠倒。心里想道:我穷了大半辈子，最欢迎外来的财呢。他跟着投机，越走越闻到香，越闻到香越觉得馋涎欲滴。走了约一二里路，投机觉得身上放着的那些金银币，有些赘人，便拿了出来，一面走路，一面用手绢包着捏在手里。这样一来，银钱一露风，那瞎子闻着味儿更浓。他心里知道这钱一定不在少数，恨不得伸手去摸一摸。可是人家是有眼睛的，自己是没有眼睛的，等你伸手去摸钱，他岂不早看见了。他急没奈何，那心中贪气变成一股热气，望脑顶上冲。脑上无路可走，就由那两只眼睛眶里钻一钻不打紧，就把他瞎眼冲开了，眼睛趁势对前一看，只见投机手中捏着一大包东西，重沉沉包布里露出一只角，黄的是金，白的是银，全看得出来。他抢上前一步，就要夺过来。投机听见身后脚步忙乱，知道不妙，身子望旁边一闪，他回头一看，见瞎子不瞎了，很是奇怪，说道："你原来是个假瞎子。"那人道："假是不假，因你手上的宝贝，发出一阵香气，就把我的眼睛治亮了。凡是一种不开眼的人，多多地摆钱在他面前，他总会开眼的。"投机道："哦，是了，古来有一句话，见钱开眼。这倒可以证明了。"那假瞎子道："我老实告诉你吧，我的名字就叫瞎眼鬼，向来是认钱不认人，你的钱现在既然被我看见，你老实留下，我让你逃命回去。要不然，我一喊叫出来，你也是跑不了，我们这里的人，有一种嗜好，喜欢吃生人肉，你就连骨头怕都没有了。"投机一看四围都是丛莽，中间走的只有一条道路，十分险恶，自己走着，本来就有些害怕，而今见他瞎眼鬼见钱眼开，一定也是有本事的人，若一定闹将起来，怕真个不能逃走，说道："你若真能让我回去，我这些东西就全给你。可是有一个要求，你把这地名得告诉我，我丢了东西，东家问起我来，我也好开报销。"瞎眼鬼道："你难道还没有听见人道过吗？揩油山再进一步，便是吞骨山了。我们这里的主人翁叫刻薄鬼，刻薄成家，有了这一座山，他昨天新从揩油山逃回来，听他说揩油山已经被钟馗占领了，他逃了回来，正在商议抵御的法子呢！这些秘密，我本来不能告诉你，因为你那些钱，引得我开了眼，我看着钱说话，才把自己的黑幕全告诉了你。"投机一想：这人我有法子治他。便道："我这钱可以全给你，不算什么。过滨的地方，找还埋着一罐金子在那儿呢！"瞎眼鬼道："真的吗？我做个好事，可以送你到渡口，帮助你取出那金子回家。"

投机便显出很感激的样子，一路和他向渡口来。投机估量着离自己的行营不远，一拳一脚，便将假瞎子打倒在地，这假瞎子为金钱所迷，离开了自己巢穴，被人打倒，没有法子抵敌，投机将他拿住，说道："你这种见钱开眼的人，若是把你埋了，你也会从棺材里伸手出来要钱，是留不得的，给你喂大王八。"说毕，往河里一扔，一个大王八伸出头来，把假瞎子拖了去了。那王八将他吃下，下了一个大蛋，所以后来世上人骂人王八蛋，其实就是说他假瞎子，因为这种人，什么看不进眼的事情，以不看不见对之，都可模模糊糊过去呀。欲知后事，请阅下回。

第十四回

得妙诀割肉换良心

　　却说投机扔了假瞎子往上流头走，找到自己的兵队，便将假瞎子的话对没脸鬼说了。没脸鬼道："原来这里就是刻薄鬼的地界，那我就有办法了。我在揩油山的时候，常在虚花鬼那里和他见面，只知道他有一座山头，不知道就在这里。这人交情是不认的，但是你多少给他一点儿好处，总可成为朋友。而且他向来只占小便宜，不像瞎眼鬼那样厉害。我们有这些个金银，给他个几分之几，就行了。"他们正在这里商量，只见前面突然拥出七个兵丁，东倒西歪，缓缓而来。没脸鬼恐怕来人不怀好意，赶紧督率自己的壮丁迎上前去。只见前面有一条幌子，大书吞骨山第十路军。幌子下有一个瘦子，脸黄黄的颧骨高撑，一说话露着白牙。他骑了一头满身有毛无肉的驴子歪在一边，口里哼道："谁人前来犯境？骑兵司令在此。"没脸鬼一想：这地方的一个骑兵司令就是这样一个痨病鬼，其下可知。这种人不要说，来个二三百，就来个二三千，靠我这点子流离无所的军队，也还吃得他住。我现在先且别和他翻脸，给他个先礼后兵，看他怎样？便跃上马前答道："原来是一位司令，失敬了，鄙人前来贵处，并不是恶意，因为在揩油山寄寓的时候，曾和贵上同过事，现在揩油山没了，我在那里不能站脚，带的有点儿小礼物，奉赠贵山，想由贵山借道经过。"那人肚子里实在饿了，耳朵听话都听不很清楚，只有送礼这两个字，十分听得入耳，问道："什么？你是送礼来的？我打听打听，你送些什么东西给我们？"没脸鬼道："也有吃的，也有喝的，也有花的。"那骑驴的司令一听，两只昏眼微微一睁，觉得有些力量，连那头满身骨头的驴子，嘴里也咀嚼起来。他带滚带爬下了驴背，垂头弯腰地和没鬼脸作了一个揖，说道："对不住，我错看

313

了人，足下有什么吃的，先拿过来。"没脸鬼这边的投机乞巧看见这种情形，早猜了一个透彻。投机道："我想一定是刻薄鬼吹空气，说大话，成了十路大军，实际上是弄些不相干的，顶着空幌子算事。"乞巧道："我以为虚报军额不算，他还有些不爱拿钱给人，所以饿得这些人听说有吃，连敌人也不认得。"投机便在自己粮秣担子上，拿了几个干馒头，又是几片肥肉，用一个大盘子盛了，送到那骑驴的司令面前。他真急了，身子望前一栽，隔着一丈多路，他一伸手，不是抢，就用吸力，把这一盘东西吸过去了。他将盘子拿在手上，把盘子里的馒头带肉囫囵吞地向嘴里倒下去了。他吃了之后，盘子里还有许多馒头屑子，他索性伸出舌头来，将它舔了一个干净，然后才将盘子递回给投机。投机故意说道："这一点儿东西，原不足献给司令，只是犒劳这几位兄弟们的；若是司令不嫌弃，我们还有呢！"没脸鬼道："瞎说，刚才是我们错进了，哪里能够再把那粗糙东西献给司令。"那司令听说还有吃的，满脸是笑，连说："不要紧，不要紧！我向来与士卒同甘苦，兄弟们吃得的，我就吃得。"投机故意装出很疑心的样子，说道："我们不知道贵山饷是十分充足的，不要别人一草一木，我们这样送礼，虽然是人情，有些不对吧！若是贵处原来欠粮呢，我们患难与共，那倒可以供给一点儿。"说时，那乞巧又已装着一大盘肉、两三盘馒头，像个要端出来又不敢端出来的样子。那司令还没有作声，他带的那一旅兵，共六个人，都大嚷起来道："我们饿哪，你送我们你就快拿出来吧，谁说我们不欠粮呢？"

说时，刮起一阵大西北风，这些人都张着嘴喝西北风，说道："实在饿了，我们先喝一阵子吧。"没脸鬼见了，很是诧异。心想：他们的本事，真了不得！什么肚子饿了，喝一阵子西北风，就可敷衍过去。便对那司令道："贵军训练得实在好，居然能够喝西北风。"那司令吃了人家的，哪里还忍心撒谎，叹了一口气道："这也没法啊！我们要是不出来的时候，身体都用一些圈套圈着，不是上面给我们吃，我们是伸手拿不到的。只有风这样东西，天天总有；而且拂面自来，不用得人去索。所以我们自自然然练就了喝风本事。"没脸鬼听见怪可怜，就把那盘肉和三盘馒头一齐送了过去，让他们去吃个饱。那骑驴司令，也不分上下，又夹在他部下里面一块儿吃。大家将东西吃完，觉得是经年不遇的快举，没脸鬼的人情着实可感。那司令也猜透了他们的心事，便带他全旅六个人，一步一步走到没脸鬼面前和他道谢。那人一面向没脸鬼作揖，一面说道："敝军只七千人，都很高兴，谢谢你的盛意！现在我率本旅全体六千五百四十三人同叩。"没脸鬼伸头一看，哪里有几百一千，完全只有七个人，反正是别人的军队，让他吹去，自己也不必说破，便道："诸位这样待人和蔼，我们是想不到的。我看诸位这样漂流，很不是办法，何不和我息争，一同合作。"那司令吃了人家四盘馒头、两盘肉，觉得吃了人家口软，用人家的腿软两句话，有些不错。而今人家客客气气地来约合作，若要说是不答应，先前吃人家的东西是嘻嘻哈哈地受用了，这会子好意思板起面孔来吗？只得说道："阁下商议和平，这是好事，我们有什么不同意；不过我们奉了上宪的命令，是出来防边的，这会子，却和边境上的客军议了和，恐怕回不去。"没脸鬼一口答应道："不要紧，你和我们合作，就是我们的同志，同志就为手足一般，还不患难与共吗？你们只要和我们同在一处，没吃没喝，都是我的。"那司令听说有吃有喝了，马上就把他马后竖的那根吞骨山大旗给它砍倒，说道："有吃有喝了，我还和这刻薄鬼顶个什么虚幌子啦！"当时他就在身上掏出一本簿子递给没脸鬼，说是他这支军队的花名册。那花名册封面上，写了一句格言，"献给爸爸"。名字之后，本旅先编一支队，实数一百人，暂缺九十二名，没脸鬼笑道："这也就难怪贵上不给吃喝了，你们的人数是个倒九七折，他就按三折给你们，也吃了黑天的亏。"那司令道："足下有所不知！我那敝上，你听听他的名儿，也就知道他的为人。我们现在这样浮报，他也是经年不给三个大子，你若是实报实数，知道你一支队只有七个人，他一辈子也不会理你呢！"没脸鬼道："这也罢了，只是封面上这个称呼，有些不敢当。"那司令道："不要紧，俗语说，有奶就是娘。谁养活我们，谁就是我们的爸爸。"没脸鬼见他如此说，也就只好受了。

　　这时那人那个司令头衔，已经是取消了。没脸鬼当时就给了他一道委札，委他做粮草押解员。这一来，正是耗子落在米缸里，正合其意。

原来他平生就是好吃好喝，为了饭碗，把人都丢尽了。同事和他赠了一个美号，叫作"饿鬼"。而今是饿鬼解粮，平生梦想不到的事，乐得他无可无不可。饿鬼一想：这位新主人待我这样好，怎能够不报答报答人家。便私私地和没脸鬼建策，说是如此如此，不费吹灰之力，可以把这座吞骨山取到手上来。没脸鬼听了大喜，便把他的行军锅馒全摆在阵前，把那些冷馒头、咸猪肉之类，全放在笼屉里去蒸，那一阵香味，顺风往敌营边吹去，那吞骨山的军队，驻在树林子里，都在挨一刻是一刻，不给寨主刻薄鬼动手，以为到了十分无奈的时候，刻薄鬼总要送些吃的来。不料回头对山里一望，天上的云彩也扫得干干净净，哪里有一点儿希望。大家走了这远的道，已经是累得够了，而今越想吃，越没有，都饿得有气无力。这个当儿，迎风闻到那一股肉和馒头香，都垂涎三尺，平地水流成沟。着人到林外面去一探，原来是敌人的粮车。车子边，却弓上弦、刀出鞘地列着一队人。大家计议了一会子，说是不问胜败如何，这粮草总是要抢的，我们拼了死，也要抢几个馒头来。大家计议已定，有几个饿得太狠的，便组了一个拼死队攻打前阵。这拼死队东倒西歪地走到前面，只见敌人阵前，竖着一面大旗，上写：愿归降者，缴械站立，馒头任吃。这拼死队一见，就拼死将枪刀丢在一边，跪在路边。没脸鬼这边，倒也痛快。所有来的人，都让他吃一个饱。此风一开，那边吞骨山的几百边防队，流水一般地缴械。于是刻薄鬼所恃若长城的人，都为了馒头，爬上别枝。

这里面有一个不怕饿的顽固鬼，对于刻薄鬼始终信仰。人家为了馒头，投降了客军，他独不肯。乘人不备，从马屁之下，逃出重围，便一口气跑回山寨，头头尾尾对刻薄鬼说了。刻薄鬼一听，怒气冲天，顿脚骂道："你们一年，也要吃我三钱二分银子的伙食。敌人来了，一点儿不和我出力，见了馒头就走了，这种人不懂三纲五常、君臣父子之义，一律都应该雷打火燎。"回头又对顽固鬼道："难得你这样效忠于我，我应该赏你。"便下了一道手谕，特赐内厨窝窝头两个半，顽固鬼当面道谢，退了下去。心中暗想，赏我两个不少，三个也不多，为什么却要赏两个半，这就有些不解了。后来一打听，原是来刻薄鬼吃剩下来的，留了怕坏，扔了又可惜，所以赏给这个有功的了。但是顽固鬼虽打听出来了，依旧引以为荣。因为人家要想吃刻薄鬼一点儿东西，那是不容易的事。他受了这种厚赐，越发义勇百倍，拿了他的一对笨锤，骑上他的重载骆驼，便到刻薄鬼所住的狗皮帐来，要请缨御侮。刻薄鬼见有人和他出力，十分欢喜，马上就封顽固鬼为义务无忌大将军。拨了自己的亲信壮丁五十八人交给顽固鬼指挥。军队临行之时，刻薄鬼叫人在庄前庄后，捉了几条吃野屎的家狗，宰杀烹调，以为犒军之用。据刻薄鬼的意思，这狗虽不是他家里喂养的，但是常到村庄上来吃野屎，享了不少的利益，这也可以算是他的财产了。

平常刻薄鬼不肯轻宰一头的，而今顽固鬼为他效力，不能不特别优待，所以大为牺牲，宰了几条狗。他又以为这支军队粮草要格外充足，事先他曾亲算了一算，每日每人给予杂合面二两七钱五分，让他们自己去做窝窝头吃。这吞骨山的壮丁，本来只借重一个名义，好在山外去招摇撞骗，刻薄鬼怎样待他们，与他们无关，所以到出发之时，他们虽然只有这一点儿希望，依旧欢天喜地。他们出了山穴，望前途进发，谁知那边没脸鬼的军队，还是不开仗，只把些肥肉大馒头作为诱敌之计。顽固鬼到阵前，见事不妙，连忙将带的五十八人列成一排，自己亲自出马训话，他将四书五经的话，颠来倒去，说了个不住。末后提出古书上八个字来，是："饿死事小，失节事大。"那些壮丁听了他的话，齐齐地呐了一声喊，丢了枪械，就投降没脸鬼了。

没脸鬼用了这个以馒头动敌的法子，如入无人之境，一直就杀进吞骨山的山穴里面。这时刻薄鬼得了消息，早就丢了家财，连夜逃走。临走之时，自己叹了一口长气，不想自己刻薄成家，只被敌人几顿馒头弄得众叛亲离，这样下场。刻薄鬼临行之时，以为顽固鬼忠实可靠，就把这吞骨山的山穴交给顽固鬼看守。不料这村庄里的人，向来没有沾过刻薄鬼的利益，而今敌人来了，各人关起门来，不问外事，都说道："山亡了就亡了吧，我们还不是一样过日子吗？"所以没脸鬼进了吞骨山的山寨，四山八寨，都来投降，只有顽固鬼他死守在三家村里，关着两扇黑漆的大门，不肯归顺。依着没脸鬼就要带一支人马，去攻打三家村，乞巧却对他道："使不得，我们新占了人家的地盘，总要做些好事，他越是和我们为难，我们却越不要计较他。"便对没脸鬼道："如此如此，他就会归降了，他是自命为忠义之士的，他都服从了我们，那么其余的人，就不成问题了。"没脸鬼道："此计甚妙。"便把三家村里的粮道水道，一齐给他断绝，并不和顽固鬼开战。

顽固鬼起初还丧强硬，后来又渴又饿，没有办法，只得带了他村里大大小小冲出村来。他们这班人，哪是没脸鬼军队的敌手，都被擒了。没脸鬼也不难为顽固鬼，将他送到一个优待室里去。这优待室，开着四个窗户，东西南三面，一面是酒肉林，一面是歌舞场，一面是金珠窟，都写着："入内必须归降"。一面是荆棘丛，里面还藏着许多毒虫，可是里面树着一面小旗，上写道："有路可逃。"顽固鬼自己一看环境，逃走是逃走不了。其余那酒肉林、舞场、金珠窟，他也不屑于去看，只是呆呆地坐着。可是时间一久，肚子饿得实在难过，那酒肉林里一种香味，却偏又顺风吹来，一阵阵往人脑筋里钻。饿人一闻见香味，就不免想吃。而今偏是香气扑鼻，怎样过得去。睁眼一看，那里摆着许多酒席，来了人，坐了就吃，吃了就走，你看那碗里肉是油淋淋的，盘中鸡热腾腾的，真是不但吃，看也是好看的。顽固鬼想起生死事小，失节事大的话，他却闭着眼睛不看。后来那肉油香味，越闻越近了，睁眼一看，面前小桌上，摆着许多好菜，他先也是不动，后来无意中尝了一块肉，觉得很好。过了一会儿，尝了一块鸡，更不错。这样一来，禁不住样样都尝一下。心想：管他呢，送来了我就吃一饱，反正我拿定主意，决不归降，你也莫奈我何。这样一吃，精神好得多，就不会老闭眼睛了。这窗子外的歌舞场，有几个标致绝顶女子，在那里唱歌跳舞。她们歌舞之后，不住对顽固鬼招手，要他前去。顽固鬼先又是不理，后来有一年纪最幼的时时对着顽固鬼微笑。顽固鬼不看她也罢了，偏是偷一眼偷一眼地看，越看越爱，禁不住了，那人手一招，自己便扑通一声，跳过了窗户。那顽固鬼在那优待室里，还是清清楚楚的，到了这歌舞场里面，就神志昏迷了。那个年幼的舞女一把扶住顽固鬼，便引他到休息室里去坐，说道："我看你这人忠心耿耿，所以禁不住对你一笑，你怎样跑过来找我？你要知道，这地方一来了，就要归降的。"顽固鬼道："不归降便怎么样？"那舞女道："你不知道吗？我们都是吃人肉的，你若不归降，新寨主就把你赏给我们吃了；不过我很可怜你，乘他们不备，我和你逃走吧。"顽固鬼凭空遇见怎样一个知己，鼻涕眼泪，喜欢得一齐流出来。二人便由这休息室的窗户跳了出去。

不料没脸鬼的兵新占了这个吞骨山，要看景致，三三五五，满街满巷地游玩，没脸鬼得地盘，自然要乐一乐，而今让他部下逍遥自在，也是与士卒同甘苦的意思，所以顽固鬼一逃出去，就被没脸鬼部下双双捉住，他们把顽固鬼和那舞女一路解到没脸鬼帐下来。没脸鬼先劝顽固鬼归降，他不愿意道："要我归降也容易，你破开我的肚子，先把我这颗良心掏了去。"没脸鬼道："士各有志，你不归降，我也不逼你。"说到这里一翻脸对那舞女道："你知罪吗？我有规矩，凡是劝人投降不成的，打板子五百。你没有说成，反而和人逃走，罪不可逭。"便吩咐左右，把她身上的肉割下一块来，以儆效尤。那舞女听见这话，哭得泪人儿一般。顽固鬼看了，真有些不忍，便道："越狱潜逃，那都是我的事，与她无干，要治她的什么罪，都加在我身上便了。"没脸鬼道："那也容易，只要你归降，我就不治她的罪。"顽固鬼这个时候，要说不归降，眼见得那舞女娇啼婉转，性命不保。俗言道得好，人心都是肉做的，他哪里还能强项，马上就俯首帖耳归顺了。一腔忠君爱国的思想，为了一个妇人几两肉，就此牺牲干净了。

没脸鬼招降了顽固鬼，人心已顺，他便把他那灰色旗帜一齐换了雪白鲜明的颜色，旗上大书特书："为鬼请命""振兴吞骨山"。所有本山住户的财产一律送到官家保护，以免发生危险。此事与居民大有利益，不可自误。回头那乞巧投机，劳苦功高，这时也做了狼狈二大将军。饿鬼投降最早，也封了归义侯。饿鬼为此，有吃有喝，把没脸鬼当了重生父母、再养爹娘，便和狼狈二大将军，发起一个义举，要和没脸鬼建筑生祠，以为吞骨山有此贤明寨主，不能不恭敬一番。那些居民虽然不愿意，可是不敢反对，也就只好麻麻糊糊纳了捐款。由饿鬼领袖，雇了工匠，在吞骨山头，大兴土木。

这种风闻，早传到钟馗耳朵里去。钟馗这时克复了揩油山，因为人马困乏已极，就在该处休息。这时他听到没脸鬼在吞骨山旗帜鲜明地大闹起来，忍耐不住，调动人马，便望前进。一样地过了避风谷，来到滩河渡口，只见河的下流头，有一座桥基，早是被过渡的人把它拆了，钟馗便下令安营，谋渡河之法。安营一日，顽固鬼知道这个消息，便在对面河岸上，预备一支箭，箭上带着一封信，要射到钟馗营里去，说本人不得已而降没脸鬼，虽然封了我归义侯，我并不愿受；若是天命能保全我的性命财产和我新娶的如夫人，愿指你们一条路径，渡过河来。底下署名良心。这一封信是若被钟馗得到，偷渡过河，这吞骨山不难剿灭，偏是那乞巧暗中巡防，把事撞破，便将人证两事一齐送交没脸鬼发落。没脸鬼对顽固鬼道："吃我喝我，反过来害我，这就是良心做的事吗？先把你送入十八层地狱，等打退了钟馗，再来和你算账。"左右不容分说，便将这位良心先生推入地狱去了。

这里没脸鬼便暗暗地带着军队，迎上前去，先看看钟馗的军容如何，以定降战之计；一面却叫乞巧投机，买了许多鱼虾王八螃蟹之类，给它们一点儿东西吃，然后放在河内，让它们兴风作浪，阻止钟馗的军队前进。钟馗先自不知道为什么风波大作，后来一侦察，原来是些鱼鳖作怪，料定也做不了多久的祸，让它们去闹，看它闹多久；打定主意，让它过了再过河。于是乎河那边一切善鬼、恶鬼、凶鬼、坏鬼，都能苟延残喘，未绝根株，正是：

　　已遣良心归地狱，犹留没脸在人间。

图书在版编目（CIP）数据

别有天地·新斩鬼传／张恨水著. — 北京：中国
文史出版社，2018.6

（民国通俗小说典藏文库·张恨水卷）

ISBN 978-7-5034-9998-2

Ⅰ. ①别… Ⅱ. ①张… Ⅲ. ①长篇小说-小说集-中
国-现代 Ⅳ. ①I246.5

中国版本图书馆 CIP 数据核字（2018）第 010347 号

责任编辑：卢祥秋

整　　理：澎　湃

出版发行：**中国文史出版社**

社　　址：北京市西城区太平桥大街 23 号　邮编：100811

电　　话：010-66173572　66168268　66192736（发行部）

传　　真：010-66192703

印　　装：廊坊市海涛印刷有限公司

经　　销：全国新华书店

开　　本：720×1020　1/16

印　　张：21.25　　字数：306 千字

版　　次：2018 年 6 月第 1 版

印　　次：2018 年 6 月第 1 次印刷

定　　价：65.00 元